MARKED FOR LIFE

Marked for Life

Copyright ⓒ 2016 by Emilie Schepp

Korean language edition ⓒ 2017 by FROMBOOKS

Korean translation rights arranged with HARLEQUIN BOOKS S.A. through EntersKorea Co., Ltd., Seoul, Korea.

이 책의 한국어판 저작권은 (주)엔터스코리아를 통한 저작권사와의 독점 계약으로 '프롬북스'에 있습니다.

마크드 포 라이프

Marked for Life

에멜리에 셰프 지음

서지희 옮김

북펌
bookfirm

H에게

1장

4월 15일, 일요일

"112 상황실입니다. 무슨 일인가요?"

"남편이 죽었어요······."

응급전화 안내원 안나 베리스트룀(Anna Bergström)은 여자의 떨리는 목소리를 듣는 순간 컴퓨터 모니터 한구석을 흘긋 쳐다보았다. 저녁 7시 42분이었다.

"성함을 말씀해주시겠습니까?"

"셰르스틴 율렌(Kerstin Juhlén)이에요. 남편 이름은 한스(Hans)고요. 한스 율렌."

"남편 분이 사망한 건 어떻게 아셨죠?"

"숨을 안 쉬어요. 그냥 저기 누워만 있어요. 아까 제가 집에 돌아왔을 때랑 똑같아요. 그리고 저··· 피··· 카펫에 피가 있어요." 여자는 흐느꼈다.

"전화 주신 분께서는 혹시 다치셨나요?"

"아뇨."

"누구 또 다치신 분이 있나요?"

"없어요. 제 남편이 죽었다고요."

"알겠습니다. 지금 어디시죠?"

"집이에요." 수화기 맞은편 여자는 숨을 깊이 들이마셨다.

"주소를 말씀해주시겠습니까?"

"린되(Lindö) 외스탄배겐(Östanvägen) 204, 노란색 집이에요. 큰 꽃 항아리들이 놓인 집이요."

지도에서 외스탄배겐을 검색하느라 안나의 손가락이 키보드 위에서 바삐 움직였다.

"구급대를 보내드리죠." 그녀는 차분한 목소리로 말했다. "그때까지 전화 끊지 말고 계세요."

아무 대답도 들리지 않았다. 안나는 헤드셋을 손으로 눌러 귀에 바짝 갖다 댔다.

"여보세요? 제 말 들리세요?"

"그이가 정말 죽었어요." 여자는 또다시 흐느꼈다. 흐느낌은 갑자기 발작적인 울부짖음으로 바뀌었고, 다음 순간 수화기에서는 비통에 찬 긴 절규만 들렸다.

린되에 도착한 헨리크 레빈(Henrik Levin) 형사계장과 마리아 볼란데르(Maria Bolander) 형사는 볼보에서 내렸다. 발트해의 찬바람에 헨리크의 얇은 봄 재킷이 펄럭였다. 그는 지퍼를 목까지 올리고는 양손을 주머니에 찔러 넣었다.

포장된 진입로에는 검은색 벤츠 한 대와 경찰차 두 대, 구급차 한 대가 서 있었다. 출입통제구역으로부터 어느 정도 떨어진 곳에도 차 두 대가 있었는데, 차문에 붙은 글씨를 보아하니 서로 경쟁 관계인 지역 신문사들의 차량이었다.

각 신문사에서 나온 기자 둘이 안을 조금이라도 더 잘 들여다보려고 경찰이 쳐놓은 테이프에 몸을 세게 기대는 바람에, 테이프가 팽팽히 당겨져 그들이 입고 있는 다운재킷을 움푹하게 눌렀다.

"젠장, 부티가 철철 흐르는 집이네요." 마리아 볼란데르 형사, 미아(그녀는 이렇게 불리는 걸 더 좋아했다)는 짜증스럽다는 듯 고개를 절레절레 흔들었다. "조각상도 있네." 화강암으로 된 사자상들을 바라보던 그녀의 눈빛이 이내 그 옆에 놓인 커다란 꽃 항아리들로 옮겨갔다.

헨리크 레빈은 아무 말없이 불이 밝혀진 길을 따라 외스탄배겐 204번지 집 쪽으로 걸어갔다. 길 양끝을 따라 장식된 돌 위에 조금씩 쌓인 눈은 겨울이 아직 물러가지 않았음을 여실히 보여주었다. 그는 대문 앞에 서 있던 제복 경찰관, 가브리엘 멜크비스트(Gabriel Mellqvist)에게 고개를 끄덕여 인사한 뒤 발을 굴러 신발에 묻은 눈을 털어내고는 육중한 대문을 열고 미아, 가브리엘과 함께 집 안으로 들어갔다.

웅장한 집 안에서는 모두가 분주하게 움직이고 있었다. 특히 과학수사요원들은 혹시 있을지 모르는 지문이나 다른 단서들을 찾기 위해 체계적으로 일하는 중이었다. 그들은 이미 불을 밝힌 채각 방의 문과 손잡이의 지문을 채취했고 이제는 벽들을 살펴보고 있었다. 고상하게 꾸며진 거실에서 이따금씩 카메라 플래시가 번쩍였고, 줄무늬 카펫 위에는 시신이 놓여 있었다.

"누가 발견했죠?" 미아가 물었다.

"아내. 이름은 세르스틴 율렌." 헨리크가 말했다. "산책 갔다가 돌아왔는데 남편이 이렇게 되어 있었던 모양이야."

"그 여자는 지금 어디 있어요?"

"위층. 한나 홀트만(Hanna Hultman)과 함께 있어."

헨리크 레빈은 눈앞의 시신을 바라보았다. 죽은 남자는 한스 율렌, 이민국의 망명 문제 담당자였다. 시신 주위를 빙 돌던 헨리크는 몸을 숙여 얼굴을 들여다보았다. 강인한 인상을 주는 턱, 가무잡잡한 피부, 까칠하게 자란 회색 턱수염과 관자놀이의 희끗희끗한 머리칼. 한스 율렌은 종종 언론에 등장하는 인물이었지만 그때 사용된 사진들은 지금 여기 누워 있는 나이든 남자의 모습과는 사뭇 달랐다. 그는 말끔히 다려진 바지와 하늘색 줄무늬 셔츠를 입고 있었는데, 가슴에 번진 핏자국들이 셔츠에 묻어 있었다.

"만지지 말고 보기만 하세요." 과학수사요원인 아넬리 린드그렌 (Anneli Lindgren)은 헨리크에게 이렇게 말하고는 커다란 창문 옆에 서서 의미심장한 눈빛으로 그를 쳐다보았다.

"총에 맞았나요?"

"네, 두 방이요. 살펴본 바로는 사입구가 두 개네요."

헨리크는 거실을 슥 둘러보았다. 소파, 가죽 안락의자 두 개, 유리 상판과 크롬 다리로 된 커피테이블. 벽에 걸린 울프 룬델(Ulf Lundell) 그림들. 가구들에 누군가 손을 댄 것 같지는 않았다. 넘어지거나 쓰러진 물건도 보이지 않았다.

"싸운 흔적은 안 보이는데." 헨리크는 그새 뒤에 와 서 있던 미아를 돌아보며 말했다.

"그러게요." 미아는 타원형 사이드보드에서 눈을 떼지 못한 채 대답했다. 그 위에 놓인 갈색 가죽지갑에는 5백 크로나짜리 지폐 세 장이 삐져나와 있었다. 순간 그녀는 그 지폐를 모조리 아니, 한 장만이라도 슬쩍하고 싶은 충동이 일었지만 곧 그만두었다. 더 이상은 안 돼, 그녀는 머릿속으로 말했다. 제발 정신 좀 차려.

헨리크의 두 눈은 정원 쪽으로 난 창문들을 살폈다. 아넬리 린드그렌은 여전히 지문 채취 중이었다.

"뭣 좀 찾았어요?"

아넬리 린드그렌이 안경테 위로 눈을 치켜뜨고 그를 쳐다보았다.

"아직은. 그런데 피해자의 아내가 집에 왔을 때 이 창문들 중 하나가 열려 있었다고 했다면서요? 부디 그 여자의 지문 외에 다른 게 발견됐으면 좋겠군요."

아넬리 린드그렌은 천천히 꼼꼼하게 하던 일을 계속해나갔다.

헨리크는 머리카락을 쓸어 넘기고는 미아를 향해 돌아섰다.

"위층에 가서 율렌 부인과 얘기를 나눠보는 게 어때?"

"선배는 올라가세요. 저는 여기 남아서 좀 더 둘러볼게요."

위층에서는 셰르스틴 율렌이 카디건을 어깨에 걸친 채 부부 침실의 침대에 앉아 허공을 바라보고 있었다. 헨리크가 방에 들어서자 경찰관 한 명 홀트만은 조용히 물러나 문을 닫고 나갔다.

헨리크는 계단을 올라올 때까지만 해도 피해자의 아내가 우아하게 차려입은 고상한 여자이리라 예상했다. 하지만 그녀는 체격이 크고 빛바랜 티셔츠와 어두운 색깔의 청바지를 입고 있었다. 금발머리는 끝이 뭉툭한 일자 형태였는데, 뿌리 부분이 어둡게 자라나온 걸 보니 미용실에 갈 때가 한참 지난 모양이었다. 헨리크는 호기심 어린 눈으로 침실을 둘러보았다. 가장 먼저 서랍장을 살펴보던 그의 눈이 사진들이 걸린 벽으로 옮겨갔다. 벽 한가운데에 걸린 커다란 액자에는 행복해 보이는, 오래된 듯한 결혼사진이 들어 있었다. 헨리크는 셰르스틴 율렌이 그를 쳐다보고 있는 걸 느꼈다.

"헨리크 레빈입니다, 형사계장이고요." 그가 부드러운 목소리로 말했다. "얼마나 상심이 크십니까? 이런 때에 질문을 드릴 수밖에 없는 점, 양해 부탁드립니다."

셰르스틴은 카디건 소매로 눈물을 닦았다.

"네, 이해합니다."

"부인께서 집에 돌아오셨을 때 무슨 일이 있었는지 말씀해주실 수 있나요?"

"제가 집에 돌아왔는데… 그런데… 그이가 저기 저렇게 누워 있었어요."

"그때가 몇 시였는지 아시나요?"

"7시 반쯤이었어요."

"확실합니까?"

"네."

"그럼 집안에 들어왔을 때 다른 사람은 못 보셨다는 말이죠?"

"네. 남편밖에는……."

그녀는 입술을 떨다가 결국 두 손으로 얼굴을 감쌌다.

세부사항까지 질문하기에는 적절한 때가 아니라고 판단한 헨리크는 간단히 끝내기로 마음먹었다.

"율렌 부인, 저희는 부인께 필요한 지원을 해드릴 겁니다. 하지만 그 전에 몇 가지만 더 여쭤볼 게 있어요."

셰르스틴은 얼굴을 덮고 있던 손을 무릎에 내려놓았다.

"뭐죠?"

Marked for Life

"집에 와보니 창문이 열려 있었다고 하셨죠?"

"네."

"그럼 창문을 닫은 사람이 부인이십니까?"

"네."

"창문을 닫기 전에 밖에 뭔가 이상한 건 없었나요?"

"아니요… 없었어요."

"창문은 왜 닫으셨죠?"

"누가 다시 집안으로 들어올까 봐 무서웠어요."

헨리크는 양손을 주머니에 집어넣은 채 잠시 생각에 잠겼다.

"떠나기 전에, 혹시 특별히 연락을 해줬으면 하는 사람이 있나요? 친구나 친척 아니면 자녀분들은요?"

그녀는 손을 덜덜 떨며 눈을 내리깐 채 잘 알아들을 수 없는 목소리로 속삭였다.

헨리크는 그녀가 무슨 말을 하는지 도무지 알 수 없었다.

"죄송하지만 다시 한 번 말씀해주시겠습니까?"

잠시 눈을 감고 있던 셰르스틴은 고통이 서린 얼굴을 서서히 들어 그를 쳐다보았다. 그러고는 숨을 깊이 들이쉰 뒤에야 다시 입을 열었다.

아래층에서는 아직 거실에 있던 아넬리 린드그렌이 안경을 고쳐 쓰며 말했다. "뭔가 찾아낸 것 같아요." 그녀는 창틀 위에서 형태가 드러나기 시작한 누군가의 손바닥 자국을 살펴보는 중이었다. 미아가 그녀에게 가까이 다가갔을 때에는 손바닥과 손가락의 형태를 정확히 볼 수 있었다.

"여기 하나 더 있어요." 아넬리는 손으로 가리켰다. "아이 손자국인데요."

그녀는 자신이 발견한 것을 기록하기 위해 카메라를 가져왔다. 그녀가 캐논 EOS의 렌즈를 조절해 초점을 맞춘 뒤 사진을 찍고 있던 찰나, 헨리크가 거실로 들어왔다.

아넬리는 그에게 고개를 끄덕였다.

"이리 와보세요. 지문 몇 개를 찾았어요. 작은 거예요." 아넬리는 이렇게 말하고는 다시 카메라를 얼굴에 대고 줌인한 뒤 사진을 찍었다.

"아이 손이라고요?" 미아가 확인 차 물었다.

놀란 헨리크는 더 자세히 보기 위해 창문으로 다가갔다. 그 자국들은 일정한 패턴을 이루고 있었다. 독특한 패턴. 그리고 크기로 보아 어린아이의 손이 틀림없었다.

"이상하군." 그는 중얼거렸다.

"뭐가요?" 미아가 말했다.

헨리크는 잠시 그녀를 쳐다보다가 대답했다.

"율렌 부부는 아이가 없어."

2장

4월 16일, 월요일

재판은 끝났다. 야나 베르셀리우스(Jana Berzelius) 검사는 결과
에 만족했다. 그녀는 피고인이 중상해죄로 유죄판결을 받으리라
확신하고 있었다.

피고인은 자기 여동생을 그녀의 네 살배기 아이 앞에서 발길질
해 기절시킨 데다, 그녀의 아파트에 그대로 방치해 죽게 만들었
다. 의심할 여지도 없는 명예 범죄다. 그런데도 피고측 변호인인
페테르 람스테트(Peter Ramstedt)는 판결이 내려졌을 때 꽤나 놀라
는 눈치였다.

야나는 법정을 나서기 전 그에게 고개를 끄덕여보였다. 누구와
도 그 판결에 관해 이야기하고 싶지 않았다. 특히 법원 밖에서 카
메라와 휴대전화를 손에 든 채 기다리고 있는 십 수 명의 기자들
과는. 그래서 비상구 쪽으로 걸어가 흰색 방화문을 열었다. 그녀
가 계단을 재빨리 뛰어 내려갔을 때, 시계는 11시 35분을 알리고
있었다.

이제 야나 베르셀리우스에게는 기자들을 피하는 일이 예외라기
보다는 하나의 원칙이 되어버렸다. 3년 전, 노르셰핑(Norrköping)
검찰청에서 일을 시작했을 당시만 해도 상황은 이렇지 않았다.
그때는 그녀에 대한 언론의 보도와 찬사를 고맙게 여겼으니까.

일례로 〈노르셰핑 티드닝가르(Norrköping Tidningar)〉 신문은 "최우등생이 법원에 입성하다"라는 제목으로 그녀에 관한 기사를 쓰기도 했다. '혜성처럼 나타나 승승장구', '장래의 검찰총장' 같은 표현을 써가며.

그때 재킷 주머니에 든 휴대전화가 진동했다. 주차장 입구 앞에 멈춰 선 그녀는 휴대전화의 화면을 확인하는 동시에 문을 열고 후끈한 주차장 안으로 들어섰다.

"안녕, 아빠?"

"그래, 어떻게 됐니?"

"2년형에 배상금 9만 크로나요."

"그래서 만족하니?"

칼(Karl) 베르셀리우스는 딸이 재판에서 성공적인 결과를 얻었을 때도 칭찬 한 번 하는 법이 없었다. 야나는 그런 아버지의 무뚝뚝함에 이미 익숙했다. 어린 시절에는 그녀에게 인자하고 다정했던 어머니 마르가레타(Margaretha) 역시 딸과 놀아주기보다는 가사에 훨씬 더 신경을 쓰고는 했다. 잠자리에서 동화책을 읽어주기보다는 빨래를 하고, 잠들기 전 이불을 덮어주기보다는 부엌을 치우는 식이었다. 이제 서른이 된 야나는 과거 부모님이 그녀를 키웠던 방식 그대로 부모님을 존중은 하되 냉정하게 대했다.

"만족해요." 야나는 단호하게 대답했다.

"5월 1일 집에 올 수 있는지 엄마가 궁금해 하더라. 같이 저녁이나 먹자고."

"몇 시에요?"

"7시."

"갈게요."

통화를 마친 야나는 검은색 BMW X6의 문을 열고 운전석에 앉았다. 서류가방은 조수석의 가죽시트 위에 던져놓고 휴대전화를 무릎에 올려둔 채로.

어머니도 재판이 끝난 후면 자주 전화를 걸었지만 아버지보다 먼저 건 적은 한 번도 없었다. 그건 일종의 규칙이었다. 그래서 휴대전화가 또다시 울렸을 때, 비좁은 주차장에서 노련하게 차를 빼고 있던 야나는 곧장 응답했다.

"안녕, 엄마?"

"안녕, 야나." 남자 목소리였다.

야나는 순간 브레이크를 밟았고, 차는 뒤로 휘청하다 끽 멈춰섰다. 상관 토르스텐 그라나트(Torsten Granath) 검사장이었다. 재판 결과를 듣고 싶어 안달난 듯했다. "그래, 어떻게 됐나?"

야나는 그가 대놓고 궁금해 하는 데 대해 놀라 다시 한 번 재판 결과를 간략하게 말했다.

"좋아, 좋아. 그런데 사실 내가 전화한 건 다른 일 때문이야. 자네가 좀 도와줬으면 하는 수사 건이 있어. 남편이 죽은 걸 발견했다고 경찰에 신고한 어떤 여자가 지금 구금되어 있네. 죽은 남편은 노르셰핑의 이민국에서 망명 문제를 담당했는데 경찰 말로는 사살당했대. 살인사건이야. 자네 재량껏 수사해도 좋아."

야나가 아무 말도 하지 않자 토르스텐은 말을 이었다.

"군나르 외른(Gunnar Öhrn)이 팀원들과 함께 경찰서에서 기다리고 있네. 어떻게 하겠나?"

야나는 계기판을 쳐다보았다. 11시 48분. 잠시 숨을 가다듬은 그녀는 차를 다시 출발시켰다.

"곧장 그리로 갈게요."

야나 베르셀리우스는 노르셰핑 경찰서의 정문을 재빨리 통과해 엘리베이터를 타고 3층으로 올라갔다. 그녀의 구두 소리가 넓은 복도에 울렸다. 도중에 마주친 제복 경찰관 두 명에게 짧게 목례만 했을 뿐 야나는 계속 앞만 보고 걸어갔다.

자신의 사무실 앞에서 야나를 기다리고 있던 범죄수사과장 군나르 외른은 그녀를 회의실로 안내했다. 기다란 벽에 큼직하게 난 창문들을 통해 점심시간을 맞아 이미 교통량이 늘기 시작한 노르툴(Nortull) 교차로가 내려다보였다. 반대편 벽에는 상당히 큰 화이트보드가 프로젝터 스크린과 함께 설치되어 있었다. 프로젝터는 천장에 매달려 있었다.

야나는 팀원들이 앉아서 기다리고 있는 타원형 탁자로 걸어갔다. 가장 먼저 헨리크 레빈 형사계장과 인사를 나눈 그녀는 컴퓨터 전문가인 올라 쇠데르스트룀(Ola Söderström), 아넬리 린드그렌, 미아 볼란데르에게 목례하고는 자리에 앉았다.

"토르스텐 그라나트 검사장께서 한스 율렌 사건의 초동수사를 야나 베르셀리우스 검사에게 맡기셨습니다."

"그래요."

미아 볼란데르는 이를 악문 채 팔짱을 끼고 의자에 등을 기댔다. 그녀는 또래 여자들을 라이벌로 여기고 불신하는 경향이 있었다. 야나 베르셀리우스가 지휘권을 갖고 있는 한 수사는 고역이 될 터였다.

미아는 야나와 별 수 없이 같이 일했던 적이 몇 번 있었지만 여전히 야나가 친근하게 느껴지지 않았다. 그녀는 야나가 도무지 인간미라고는 없는 사람이라고 생각했다. 너무 뻣뻣하고 너무 형식적이다. 쉬거나 놀지도 않는 것 같다. 동료라면 서로에 대해 좀 더 잘 알 필요가 있다. 일이 끝난 뒤에는 같이 맥주 한두 잔 기울이며 수다도 떨 줄 알아야 한다, 사교적으로. 하지만 미아는 야나가 그런 친목 도모를 달가워하지 않는다는 걸 비교적 일찍 알아챘다. 야나는 사생활에 관해서라면 아주 사소한 질문조차도 거만한 표정으로만 일관했기 때문이다.

미아는 야나 베르셀리우스를 거만하기 짝이 없는 디바라 여겼지만, 아쉽게도 이런 견해에 동의하는 사람은 아무도 없었다. 오히려 군나르가 야나를 소개하자 모두가 호의적으로 고개를 끄덕였다.

미아가 가장 혐오하는 점은 부잣집 딸 테가 나는 야나의 태도였다. 야나는 집안 대대로 돈 많은 상류층인 반면, 노동자 계급 출신인 미아는 빚 없이는 살 수 없었다. 바로 이 점이 미아가 야나와, 그녀의 으스대는 태도로부터 거리를 두게 된 가장 큰 이유였다.

야나는 곁눈으로 여자 형사가 경멸어린 눈초리로 쳐다보고 있음을 알아챘지만 무시하고는 서류가방을 열어 메모장과 펜을 꺼냈다.

군나르 외른은 생수병에 얼마 남지 않은 물을 다 마셔버린 뒤, 현재까지의 사건 수사 기록이 모두 담긴 자료 뭉치를 나눠주었다. 거기에는 최초보고서도 포함되어 있었다. 사건 현장 및 그 주변 사진들, 피해자 한스 율렌이 발견된 그의 집 약도 그리고 율렌에 관한 간략한 설명. 끝으로 피해자가 발견된 시점부터 행해진 수사 활동이 시간대별로 기록된 일지까지.

군나르는 화이트보드에 그려둔 시간표를 가리켰다. 그리고 피해자의 아내 셰르스틴 율렌과의 대화를 기록한 최초보고서에 관해서도 설명했다. 그 보고서에는 그녀와 가장 먼저 면담했던 순찰 경찰관들의 사인이 담겨 있었다.

"하지만 셰르스틴 율렌은 제대로 말을 하기 힘든 것 같았어요." 군나르가 말했다.

그녀는 처음에는 거의 히스테리에 가깝게 고함을 지르고 일관성 없는 말을 했다. 그러다 어느 시점에 가쁜 숨을 몰아쉬기 시작하더니, 줄곧 자기는 남편을 안 죽였다는 말만 되풀이했다는 것이다. 자기는 그저 거실에서 남편을 발견했을 뿐이라고. 이미 죽은 남편을.

"그럼 그 여자를 의심해볼 필요가 있나요?" 야나가 말했다. 여전히 그녀를 노려보는 미아의 눈초리가 느껴졌다.

"네, 용의자로 보고 있습니다. 현재 구금 중이고요. 입증 가능한 알리바이가 없거든요."

군나르는 자료를 휙휙 넘겨보았다.

"자, 그럼 한 번 요약해봅시다. 한스 율렌은 어제 오후 세 시에서 일곱 시 사이에 살해당했습니다. 범인은 밝혀지지 않았고요. 과학수사요원들은 살인이 집안에서 일어났다더군요. 즉, 시신이 다른 곳으로부터 옮겨진 게 아니라는 겁니다. 맞습니까?"

그는 확답을 달라는 듯 아넬리 린드그렌을 향해 고갯짓을 했다.

"맞아요. 한스 율렌은 그 자리에서 사망했습니다."

"시신은 밤 10시 21분에 검시관에게 인도되었고 형사들은 자정이 넘어서까지 집안을 살펴봤습니다."

"네, 그리고 이걸 찾아냈어요."

아넬리는 각각 하나의 문장만 적혀 있는 종이 열 장을 앞에 내려놓았다. "피해자의 침실에 있는 옷장 깊숙한 곳에 잘 숨겨져 있더군요. 짧은 협박편지 같아요."

"누가 보냈는지, 받는 사람이 누군지 알아요?" 헨리크가 그 종이들을 확인하기 위해 손을 뻗으며 말했다. 야나는 메모장에 뭔가를 적었다.

"아니요. 이 복사본은 저도 오늘 아침에서야 린셰핑(Linköping) 과학수사대로부터 받은 걸요. 그쪽에서 우리한테 뭔가 다른 정보를 주려면 하루 정도는 걸릴 거예요." 아넬리가 말했다.

"뭐라고 쓰여 있는데요?" 미아가 말했다. 그녀는 양손을 입고 있는 니트 스웨터의 소매 속에 집어넣은 채 팔꿈치를 테이블에 대고 호기심 어린 얼굴로 아넬리를 쳐다보았다.

"전부 같은 메시지입니다. '지금 돈을 내놓든가 아니면 더 비싼 값을 치르든가.'"

"협박이군." 헨리크가 말했다.

"그래 보여요. 우리는 율렌 부인과도 얘기해봤어요. 이 편지들에 대해서는 아는 바가 전혀 없다더군요. 이걸 보고 정말 놀란 것 같았어요."

"그럼 이런 협박들을 신고한 적이 없다는 건가요?" 야나는 이렇게 말하며 눈썹을 찌푸렸다.

"네, 피해자는 아무 신고도 안했습니다. 부인이나 다른 사람들도 마찬가지고요." 군나르가 말했다.

"살해 도구는요?" 야나가 주제를 바꿔 물었다.

"아직 못 찾았습니다. 시신이나 그 주변에는 아무것도 없었어요." 군나르가 말했다.

"DNA 흔적이나 발자국은요?"

"없어요." 아넬리가 말했다. "하지만 부인이 집에 왔을 때 거실 창문 하나가 열려 있었답니다. 범인은 그리로 들어온 게 분명해요. 안타깝게도 부인이 그 창문을 닫아버리는 바람에 일이 더 어렵게 되어버렸죠. 그래도 우린 간신히 흥미로운 손바닥 자국 두 개를 찾아냈어요."

"누구의 손자국이죠?" 야나는 펜을 들고 이름을 받아 적을 준비를 하며 물었다.

"아직 모르지만 어느 모로 보나 어린아이의 것으로 생각됩니다. 이상한 점은 그 부부한테는 아이가 없다는 거예요."

메모장을 쳐다보고 있던 야나가 고개를 들었다.

"그 자국이 정말 의미 있는 건가요? 율렌 부부 지인들 중에 자녀를 둔 사람도 분명 있을 텐데요. 친구나 친척?" 그녀가 말했다.

"그에 관해서는 아직 셰르스틴 율렌에게 못 물어봤습니다." 군나르가 대답했다.

"그렇다면 그걸 먼저 처리해야겠군요. 되도록이면 당장이요."

야나는 서류가방에서 일정표를 꺼내 휙휙 넘겨 오늘 날짜를 찾았다. 일정 알림, 시간과 이름이 연노랑색 종이 위에 깔끔하게 적혀 있었다.

"최대한 빨리 부인과 대화를 나눠봤으면 하는데요."

"제가 부인의 변호사인 페테르 람스테트에게 바로 전화하죠."
군나르가 말했다.

"좋아요." 야나가 말했다. "가능한 빨리 시간 약속을 잡으세요."
그녀는 일정표를 다시 가방에 집어넣었다. "이웃 주민들은 탐문해
봤나요?"

"네, 가까운 집들은요." 군나르가 말했다.

"그래서요?"

"아무것도 못 건졌습니다. 뭘 보거나 들었다는 사람이 하나도
없어요."

"그럼 더 물어보세요. 그 길에 있는 집들은 물론이고 인근 지역
까지 싹 다 들러보도록 해요. 린되에는 큰 집들이 많고 그중 다수
에는 대형 전망 창이 나 있어요."

"네, 어련히 잘 아시겠어요?" 미아가 말했다.

야나는 미아를 똑바로 쳐다보았다. "내 말은, 누군가는 분명히
뭔가를 보거나 들었을 거란 뜻이에요."

야나의 눈빛에 응수하던 미아는 이내 고개를 돌렸다.

"한스 율렌에 관해 더 알아낸 것 있나요?" 야나는 말을 이었다.

"그는 지극히 평범한 사람처럼 보입니다." 군나르는 이렇게 말
한 뒤 자료에 나온 내용을 읽었다. "킴스타드(Kimstad)에서 1953년
에 태어났으니 쉰아홉이네요. 어린 시절도 거기서 보냈고요. 1965
년 열두 살 때 가족과 함께 노르셰핑으로 왔습니다. 경제학을 전
공하고 4년간 회계 법인에서 일하다가 이민국 망명과에 입성해
승진을 거듭한 끝에 과장 자리에 올랐고요. 아내 셰르스틴과는 열
여덟 살 때 만나 일 년 뒤 등기소에서 결혼했답니다. 베테른 호수

(Lake Vättern)에 여름 별장을 가지고 있어요. 지금까지 알아낸 건 이게 전부입니다."

"친구나 친척은요?" 미아는 심술궂게 말했다. "확인된 게 있나요?"

"아직은 피해자나 부인의 친구들에 관해서는 알려진 바 없어. 하지만 관계도 작성은 이미 시작했지." 군나르가 말했다.

"부인과 좀 더 깊이 대화를 나눠보면 자세한 사항을 알아내는 데 도움이 될 거예요." 헨리크가 말했다.

"그래, 알고 있네." 군나르가 말했다.

"휴대전화는요?" 야나가 물었다.

"피해자의 휴대전화 통화 목록을 요청해뒀어요. 늦어도 내일 안에는 받아볼 수 있기를 기대해봐야죠." 군나르가 말했다.

"부검 결과 알아낸 게 있나요?"

"현재로서는 한스 율렌이 총을 맞고 그 자리에서 사망했다는 것밖에는 모릅니다. 오늘 검시관이 예비 보고서를 주기로 했어요."

"그 복사본이 필요해요." 야나가 말했다.

"헨리크와 미아가 회의가 끝난 후 바로 가볼 겁니다."

"좋아요. 그럼 저도 같이 가죠." 이렇게 말한 야나는 미아 볼란데르 형사의 깊은 한숨 소리를 듣고 빙긋 웃었다.

3장

바다는 거칠었고, 비좁은 공간에서 나는 악취는 더욱 심해졌다. 일곱 살 먹은 소녀가 한쪽 구석에 앉아 있었다. 엄마 치마를 잡아당겨 입가에 갖다 댄 소녀는, 지금 자기 집 침대 속 아니면(배가 파도에 요동칠 때면) 흔들리는 요람 속에 있다고 상상했다.

소녀는 숨을 얕게 들이마시고 내쉬었다. 숨을 내쉴 때마다 치마가 입술에서 들려 올라갔고, 들이마실 때마다 다시 입술을 덮었다. 소녀는 치마가 얼굴에 붙지 않게 하려고 숨을 점점 더 크게 쉬었는데, 결국은 너무 세게 쉰 나머지 치마가 휙 날아가 사라져버렸다.

소녀는 치마를 찾아 손을 더듬거렸다. 그러나 희미한 불빛 속에서 치마 대신 찾아낸 건 바닥에 놓인 장난감 거울이었다. 분홍색에 나비한 마리가 그려진 거울에는 크게 금이 가 있었다. 누군가가 길에 버린 쓰레기봉투 속에서 찾아낸 거울. 그 거울을 집어 들어 얼굴을 비춰 보던 소녀는 이마에 흘러내린 머리카락을 쓸어 넘긴 뒤 자신의 헝클어진 어두운 색 머리카락과 커다란 눈, 긴 속눈썹을 관찰했다.

그때 그 좁은 공간 속에서 누군가가 큰 소리로 기침을 했고, 소녀는 놀라서 움찔했다. 누가 그랬는지 보려 했지만 어둠 속에서 사람들의 얼굴을 분간하기란 힘든 일이었다.

소녀는 언제쯤 도착할지 궁금했지만 감히 또 물을 용기가 나지 않았다. 마지막으로 아빠한테 이 지겨운 철 상자 안에 얼마나 더 앉아 있어야 하느냐고 물었을 때 아빠는 조용히 하라는 듯 쉿 소리를 냈을 뿐이었다. 이제 엄마도 기침을 했다. 숨 쉬기가 정말 힘들었다. 이 안의 얼마 안 되는 산소를 이 많은 사람들이 나눠 쓰고 있으니. 소녀는 철제 벽을 따라 손을 이리저리 움직였다. 이내 부드러운 엄마의 치맛자락이 손에 잡혔고, 소녀는 그것을 코에다 갖다 댔다.

바닥은 딱딱했다. 소녀는 허리를 똑바로 세워 자세를 바꾼 뒤 또다시 손을 벽에 대고 움직이기 시작했다. 검지와 중지를 쭉 뻗어 빠른 속도로 앞뒤로 번갈아 움직이며 벽을 따라 가다가 바닥으로 내려갔다. 집에서 소녀가 그런 행동을 할 때면 엄마는 웃으며, 자기가 말을 낳은 게 틀림없다고 말하곤 했다.

소녀가 살던 라 핀타나(La Pintana, 칠레 산티아고에 있는 빈민가—옮긴이)의 판잣집에서 소녀는 부엌 식탁 밑에 장난감 마구간을 만들어놓고 인형을 말 삼아 가지고 놀았다. 지난 세 번의 생일에 소녀는 진짜 조랑말을 갖고 싶다는 소원을 빌었다. 가질 수 없으리란 걸 알면서도. 생일을 포함해서 소녀가 선물을 받은 적은 거의 없었다. 아빠는 음식 살 돈도 없다고 자주 말했다. 어쨌든 소녀는 자기 조랑말이 생겨서 학교에 타고 다니면 좋겠다고 상상했다. 그 조랑말은 지금 다시 벽을 타고 올라가는 소녀의 손가락만큼이나 빠를 터였다.

이번에는 엄마가 웃지 않았다. 너무 피곤해서 그럴 거야, 소녀는 생각하며 엄마 얼굴을 올려다보았다.

아, 정말 얼마나 더 오래 걸리는 걸까? 지겹고도 지겨운 이 여행길! 처음에는 이렇게 긴 여행이 될 줄 몰랐다. 비닐봉투에 옷을 눌러 담을 때만 해도 아빠는 모험을, 큰 모험을 떠나는 거라고 말했다. 잠깐 보트를 타고 여행하다 보면 새 집에 도착할 거라고. 거기 가면 새 친구들도 많이 사귈 수 있고 재미있을 거라고.

소녀의 친구 몇 명도 함께 여행 중이었다. 다닐로(Danilo)와 에스테르(Ester). 소녀는 다닐로를 좋아했다. 다닐로는 착했지만 에스테르는 아니었다. 에스테르는 남을 잘 괴롭히는, 심술궂은 면이 있었다. 그 밖에 두 명의 아이가 더 있었지만 모르는 아이들이었다. 전에는 한 번도 본 적 없는 아이들. 아무튼 그 아이들 모두 보트에 타고 있는 걸 싫어했다. 특히 그중 가장 어린 아기는 계속 울어댔다. 지금은 잠잠해졌지만.

소녀는 다시 손가락을 앞뒤로 빠르게 움직였다. 그러다 손을 쭉 뻗어서 아까보다 좀 더 높은 곳, 또 좀 더 낮은 곳까지 왔다 갔다 했다. 손가락이 한쪽 구석 끝까지 다다랐을 때, 뭔가 튀어나와 있는 게 느껴졌다. 호기심이 생긴 소녀는 뭔지 보려고 어둠 속에서 눈을 잔뜩 찌푸렸다. 철판이었다. 소녀는 벽에 나사로 고정된 그 작은 은색 판을 좀 더 자세히 보려고 안간힘을 써서 다가갔다. 글자 몇 개가 적혀 있는 걸 발견하고는 읽어보았다. V…P… 그리고 알아볼 수 없는 글자 하나.

"엄마, 이게 무슨 글자야?" 소녀는 손가락 두 개를 교차시켜 엄마에게 보여주었다.

"X", 엄마가 속삭였다. "X란다."

X, 소녀는 생각했다. V, P, X, O. 그리고 숫자도 있었다. 세어보니 여섯 개였다. 여섯 개의 숫자.

4장

쨍한 형광등 불빛이 부검실 안을 밝히고 있었다. 방 한가운데에는 번쩍이는 철제 탁자가 놓여 있었고, 그 위에 덮인 흰색 천 아래로 시체의 윤곽이 드러났다.

또 다른 철제 탁자 위에는 두개골 절단용 톱과 함께, 아이디 숫자가 표기된 플라스틱 병들이 길게 줄지어 있었다. 고기에서 나는 것 같은 쇠 냄새가 스며 든 방이었다.

가장 먼저 들어온 야나 베르셀리우스는 검시관 비외른 알만(Björn Ahlmann)의 책상 맞은편에 섰다. 그녀는 검시관에게 인사를 건넨 뒤 메모장을 꺼냈다.

헨리크는 야나 옆에 섰고 미아는 뒤쪽 출구 근처에 머물렀다. 사실은 헨리크도 뒤로 물러나 있고 싶은 심정이었다. 부검실에 들어오는 건 그에게는 항상 어려운 일이었고, 그토록 시체에 심취하는 알만도 이해할 수 없었다. 매일 시체를 다루는데도 아무렇지 않은 병리학자를 보면 그저 신기했다. 아무리 일이라 해도 죽음을 가까이서 목도하는 건 여전히 힘들었다. 형사가 된 지 벌써 7년이 지났지만 헨리크는 시체가 공개될 때면 담담한 표정을 짓기 위해 안간힘을 써야 했다.

그와는 정반대로 야나는 아무렇지 않은 듯했다. 아무 감정도 드러나지 않는 그녀의 얼굴을 보며, 헨리크는 도대체 얼마나 더한

028

Marked for Life

것을 봐야 그녀가 반응할지 궁금해졌다. 야나는 빠져버린 이빨, 뽑힌 눈알, 잘려나간 손가락과 손 같은 걸 봐도 무덤덤했다. 맞아서 으깨진 혀, 3도 화상도 마찬가지였다. 헨리크는 이런 것들을 야나와 함께 목격한 적이 있어서 잘 알고 있었다. 당시 참지 못한 그가 속을 게워내고 만 반면, 야나는 아무런 마음의 동요도 없어 보였다.

야나의 표정은 정말이지 극도로 제한적이었다. 그녀는 결코 고민하지도, 단호하지도 않았다. 그 어떤 감정도 잘 드러내지 않았다. 거의 웃지 않았으며 혹여 입가에 미소를 띤다 해도 미소라기보다는 하나의 선 같았다. 억지로 그은 선.

헨리크는 그런 야나의 성격과 외모가 어울리지 않는다고 생각했다. 그녀의 긴 어두운 색 머리카락과 커다란 갈색 눈은 따뜻한 분위기를 풍겼으니까. 아마 그녀는 타인의 존중을 받기 위해 자신의 전문적인 면만 보여주는지도 모른다. 그녀가 입은 남색 블레이저와 종아리까지 내려오는 치마, 늘 신는 하이힐도 엄격하며 장난을 허용하지 않는 검사의 이미지를 만드는 데 분명 일조하고 있다. 일할 때만큼은 사적인 감정을 일부러 배제하는지도… 아닐 수도 있지만.

비외른 알만은 조심스럽게 흰 천을 걷어 한스 율렌의 시신을 보여주었다.

"자, 보시죠. 사입구가 여기 하나, 여기 또 하나 있습니다." 비외른은 이렇게 말하며 가슴에 뚫린 두 개의 상처를 손으로 가리켰다. "둘 다 완벽하게 맞은 것 같지만, 여기 이게 이 남자를 죽였지요." 그는 위쪽 구멍을 가리켰다.

"그럼 확실히 두 번 총에 맞은 건가요?" 헨리크가 말했다.

"그렇습니다."

비외른은 시티 촬영지를 집어 들어 불 켜진 상자 위에 끼웠다.

"시간 순으로 보면 이 남자는 먼저 흉곽 아래쪽에 총알을 맞고 쓰러진 것 같습니다. 뒤로 넘어지는 바람에 머리 뒤쪽에 경막하 출혈이 발생했고요. 여기 이겁니다."

비외른은 이미지에서 검은 부분을 가리켰다. "하지만 남자는 첫 번째 총알을 맞고도, 또 심하게 넘어진 다음에도 죽지 않았어요. 제 추측은, 한스 율렌이 쓰러졌을 때 범인이 가까이 다가와 다시 한 번 총을 쐈다는 겁니다. 여기."

그는 율렌의 몸에 난 두 번째 사입구를 가리켰다.

"총알은 흉곽의 연골을 정확히 관통해 심장의 심막까지 뚫고 들어갔어요. 결국 남자는 즉사했고요."

"그러니까 두 번째 총알에 맞아 죽었다는 말이군요." 헨리크는 또다시 병리학자의 말을 되풀이했다.

"네."

"흉기는요?"

"발견된 탄피를 보아하니 글록(Glock, 오스트리아 글록 사에서 만든 권총—옮긴이)이에요."

"그렇다면 추적하기가 쉽지 않겠는데요." 헨리크가 말했다.

"왜죠?" 야나가 말했고, 그때 주머니 속 휴대전화가 진동했지만 그녀는 무시한 채 재차 물었다. "왜요?"

"검사님도 아시겠지만 글록은 아주 흔한 총입니다. 우리나라 군인들 게다가 전 세계 경찰들이 사용할 정도로요. 적법한 허가를 받은 사람들을 전부 조사하려면 시간이 걸릴 거라는 말입니다."
헨리크가 말했다.

"그럼 그 일은 인내심 있는 사람에게 맡겨야겠네요." 야나가 대답할 때 주머니에서 또다시 짧은 진동이 울렸다. 전화를 걸었던 사람이 메시지를 남긴 모양이었다.

"피해자가 저항한 흔적은요?" 건너편에 서 있던 미아가 물었다.

"없습니다. 폭력의 흔적은 전혀 없어요. 긁히거나 멍들거나 목 졸린 자국도 없고요. 총에 맞았을 뿐입니다. 그게 다예요."

비외른은 헨리크와 야나를 향해 고개를 들었다.

"혈액 흐름을 보니 사망한 뒤에 시신이 다른 곳으로 옮겨지지는 않았습니다. 헌데……"

"맞아요, 군나르 과장님이 말씀하셨죠." 미아가 끼어들었다.

"네, 아침에 과장님과 이야기를 나눴어요. 그런데……"

"지문이 없나요?" 미아가 말했다.

"아니요, 그게 아니라……"

"그럼 마약?"

"아뇨, 약은 아닙니다. 술도 아니고요. 헌데……"

"뼈가 부러졌나요?"

"아니요. 이제 제 말 좀 끝까지 들어주시겠습니까?"

미아는 입을 꾹 다물었다.

"고맙습니다. 한 가지 흥미로운 점이 있는데, 바로 총알이 시신을 뚫고 들어간 경로입니다. 사입구 중 하나는……" 비외른은 두 개의 사입구 중 위쪽에 있는 것을 손으로 가리켰다. "…정상범주에 속해요. 총알이 수평으로 몸을 관통했죠. 그런데 다른 총알은 사선으로 비스듬히 관통했습니다. 각도로 판단하건데, 범인은 첫 번째로 총을 쐈을 때는 무릎을 꿇거나 눕거나 앉아 있었을 겁니다. 남자가 쓰러지고 나서는 가까이 다가가 심장을 정확히 겨냥해 쏜 거죠."

"처형하듯 말이죠?" 미아가 말했다.

"판단이야 형사님들 몫이지만, 그렇게 보입니다."

"그럼 첫 번째 총알을 맞았을 때 피해자는 서 있었겠군요." 헨리크가 말했다.

"네, 그래서 앞에서 볼 때 위쪽 각도로 총알을 맞은 거죠."

"그렇다면 누군가가 무릎을 꿇거나 누운 채로 피해자 앞쪽에서 피해자를 올려다보며 총을 쐈다고요? 말이 안 되는데요. 그러니까, 바닥에 앉은 자세로 앞에 있는 피해자를 죽인다는 게 너무 이상해요. 그랬다면 피해자가 뭔가 반응할 시간이 있지 않았을까요?" 미아가 말했다.

"그랬을 수도 있지. 아니면 범인이 피해자가 알던 사람이거나." 헨리크가 말했다.

"아니면 피의 난쟁이 같은 것이었을 수도 있고요." 미아는 이렇게 말하고는 큰 소리로 웃었다. 헨리크는 그녀를 보며 한숨을 내쉬었다.

"가서 한번 의논해보세요. 어쨌든 제가 추정한 바로는, 한스 율렌은 그렇게 사망했습니다. 여기 요약해놓았어요." 헨리크와 야나는 비외른이 건넨 부검보고서 복사본을 한 부씩 받아들었다.

"피해자는 일요일 저녁 6시에서 7시 사이에 사망했습니다. 그것도 거기 적혀 있어요."

야나는 보고서를 대충 넘겨보았다. 한눈에 보기에도 예상보다 포괄적이고 상세한 보고서였다.

"요약 감사합니다." 그녀는 비외른에게 말하고는 주머니에서 휴대전화를 꺼내 음성 메시지를 확인했다.

군나르 외른은 단호한 어조로 짧은 문장을 녹음해두었다. "셰르스틴 율렌 인터뷰, 3시 30분." 그게 다였다. 심지어 자기 이름도 밝히지 않았다.

야나는 휴대전화를 주머니에 다시 집어넣었다.

"3시 반에 인터뷰가 있어요." 그녀는 헨리크에게 조용히 말했다.

"뭐라고요?" 미아가 말했다.

"3시 반에 인터뷰가 있다고!" 헨리크는 큰 소리로 미아가 확실히 들을 수 있게 말해주었다. 미아가 뭐라고 말하려던 찰나, 야나가 먼저 입을 열었다.

"자, 그럼." 야나가 말했다.

검시관은 안경을 고쳐 쓰며 물었다. "이제 되었습니까?"

"네."

그는 천천히 벌거벗은 시신 위에 천을 다시 덮었다. 문을 연 미아는 야나가 다가오자 서로 닿지 않으려고 슬쩍 뒤로 물러섰다.

"궁금한 게 있으면 다시 오겠습니다." 헨리크는 부검실을 나서며 비외른에게 말했다. 그러고는 앞장서서 성큼성큼 엘리베이터로 향했다.

"그러시죠." 비외른이 뒤에서 대답했다. "제가 어디 있는지는 잘 아실 테니까요." 그가 덧붙였지만 그 목소리는 환기용 관에서 쿵쿵대는 소음에 묻혀 들리지 않았다.

노르셰핑 검찰청에는 토르스텐 그라나트 검사장을 필두로 열두 명의 상근직원이 근무하고 있다. 15년 전, 토르스텐이 검사장직을 맡게 되면서 검찰청은 급격한 변화를 겪었다. 그의 주도 하에, 일을 제대로 못하는 직원들을 더 적은 인원의 실적 좋은 신입직원들로 교체하는 정책이 도입된 것이다. 그는 몇몇 장기근속자들에게 그간의 노고에 감사하는 동시에 사직을 권고하고, 나태한 행정직원들을 해고하며, 제 능력을 충분히 발휘하지 못한 전문가들이 다른 분야에서 새로운 도전과제를 찾도록 도왔다.

야나 베르셸리우스가 채용되었을 당시 토르스텐은 이미 조직을 상당히 정리한 후라 직원은 단 네 명뿐이었다. 그런데 같은 해, 노르셰핑 검찰청이 더 넓은 지역을 관할하게 됨에 따라 인접 도시인 핀스팡(Finspång), 쇠데르셰핑(Söderköping)과 발데마르스비크(Valdemarsvik)에서 일어나는 범죄들까지 다루게 되었다. 게다가 최근에는 마약 거래도 늘어나 더 많은 일손이 필요했다. 결국 토르스텐은 직원을 새로이 채용했고, 이제 열두 명이 되었다.

토르스텐이 시행한 정책의 결과, 오늘날 노르셰핑 검찰청은 대외적으로 그 능력을 인정받고 있었다. 예순두 살인 토르스텐은 아이러니하게도 이제 느긋해져서, 가끔은 일보다는 잘 손질된 골프장을 머릿속에 떠올리곤 했지만 그래도 그의 가슴을 뛰게 하는 건 여전히 일이었다. 검찰청을 이끌어가는 일은 그에게는 평생의 사명이었고, 은퇴할 때까지 계속 매진할 터였다.

그의 사무실은 집처럼 아늑한 느낌을 주었다. 창문에 드리워진 커튼, 책상 위에 놓인 금테를 두른 손자들 사진 액자, 바닥에 깔린 북슬북슬한 녹색 러그. 그는 통화할 때면 러그 위에서 앞뒤로 서

Marked for Life

성거리는 버릇이 있었다. 야나 베르셀리우스가 돌아왔을 때도 그런 행동을 하는 중이었다. 야나는 행정직원인 이본 얀손(Yvonne Jansson)에게 짧은 인사를 건넸다.

이본은 지나가던 야나를 멈춰 세웠다.

"잠깐만요!"

그녀는 익숙한 이름이 적힌 노란색 포스트잇 한 장을 야나에게 내밀었다.

"〈노르셰핑 티드닝가르〉의 마츠 뉠린데르(Mats Nylinder)가 한스 율렌 살인사건에 관해 한 마디 해 달래요. 검사님이 초동수사를 담당하게 된 걸 알아낸 게 틀림없어요. 마츠는 오늘 아침에 검사님이 법원을 몰래 빠져나갔으니 자기한테 해줄 말이 있을 거라던데요? 판결에 관한 성명을 들으려고 한 시간도 넘게 검사님을 기다렸다나요."

야나가 아무 대답도 하지 않자 이본이 계속 말했다.

"불행히도 전화한 사람은 마츠뿐만이 아니에요. 스웨덴의 모든 신문사가 그 살인사건에 관심을 갖고 있다고요. 내일 머리기사로 실을 만한 내용을 건지려고 난리예요."

"난 그들에게 아무 말도 해주지 않을 거예요. 경찰 쪽 홍보담당한테 연락하라고 하세요. 나한테서는 아무 말도 못 들을 테니."

"알겠어요, 노코멘트라고 전하죠."

"마츠 뉠린데르한테도 마찬가지예요." 야나는 이렇게 말한 뒤 자기 사무실로 향했다. 쪽매 마루가 깔린 사무실 안에 들어서자 또각거리는 구두 소리가 울려 퍼졌다.

사무실에는 가구는 거의 없었지만 우아한 분위기가 풍겼다. 티크목으로 만든 책상에 역시 티크목인 책장에는 제본된 사건 파일들로 가득했다. 책상 오른쪽에는 3층짜리 은색 서류 정리대가, 왼쪽에는 17인치 HP 노트북이 놓여 있었다. 창턱 위에는 흰색 난초 화분 두 개가 놓여 있었다.

야나는 문을 닫고 재킷을 벗어 의자 등받이에 걸었다. 컴퓨터가 켜지는 사이 창가에 놓인 꽃들을 살펴보았다. 그녀는 자신의 사무실이 좋았다. 넓고 바람이 잘 통하는 곳. 그녀는 창문을 등지고 앉도록 책상을 배치했다. 유리벽을 통해 바깥 복도를 한눈에 볼 수 있기 때문이었다.

야나는 높이 쌓인 소환장들을 컴퓨터 옆에다 놓았다. 그러고는 시계를 흘긋 보았다. 셰르스틴 율렌 신문 시간까지는 이제 한 시간 반밖에 남지 않았다.

갑자기 피곤해진 야나는 머리를 앞으로 숙인 채 목 뒤를 손으로 문질렀다. 그녀의 손가락 끝이 목 뒤의 고르지 못한 피부 위를 천천히 움직이더니 이내 돌출된 부위에 닿았다. 그녀는 긴 머리카락을 정돈해 목 뒤를 잘 가리고 등 위로 자연스럽게 늘어뜨렸다.

소환장들을 훑어보던 야나는 커피나 한 잔 하려고 일어섰다. 얼마 후 다시 자리로 돌아왔지만 좀처럼 일이 손에 잡히지 않았다.

5장

자그마한 신문실에는 의자 네 개가 딸린 탁자 하나, 한 구석에 놓인 의자 하나를 제외하면 아무것도 없었다. 한쪽 벽에는 창살이 달린 창문이 있었고, 반대편 벽은 거울이었다. 헨리크 옆에 앉은 야나는 그가 녹음기를 켜자 펜과 메모장을 손에 들었다. 그녀는 이번 신문을 헨리크에게 일임한 터였다. 미아 볼란데르는 의자를 끌어당겨 그들 뒤에 앉았다. 시작 전 헨리크는 셰르스틴 율렌의 이름과 개인식별번호를 크고 분명한 목소리로 말했다.

"4월 16일 월요일 오후 3시 30분. 이 신문은 헨리크 레빈 형사 계장이 미아 볼란데르 형사의 보조를 받아 진행하며, 야나 베르셀리우스 검사와 페테르 람스테트 변호사가 동석합니다."

셰르스틴 율렌은 용의자 신분으로 구금되어 있었지만 아직은 어떤 죄목도 없는 상태였다. 그녀는 자신의 변호사인 페테르 람스테트 옆에 앉아 꽉 마주잡은 두 손을 탁자 위에 올려놓고 있었다. 화장기 없는 얼굴은 창백했고 머리는 헝클어져 있었으며 귀걸이는 뺀 상태였다.

"누가 제 남편을 죽였는지 아세요?" 셰르스틴 율렌은 속삭이듯 물었다.

"아니요, 아직 답을 드리기에는 너무 이릅니다." 헨리크는 대답하며 앞에 앉은 그녀를 진지하게 쳐다보았다.

"제가 그랬다고 생각하시는 건가요? 그이를 쏜 사람이 저라고……?"

"저희는 아무것도 섣불리 생각하지 않습니다."

"그렇지만 제가 그러지 않았어요! 저는 집에 없었다고요! 전 아니에요!"

"말씀드렸다시피 저희는 어떤 것도 앞서 생각하지 않습니다. 하지만 저희에겐 남편분의 살해를 둘러싼 정황을 수사하고 그 일이 어떻게 일어난 건지 밝힐 의무가 있어요. 그러니까 부인께서 일요일 밤 집에 돌아왔을 때의 상황을 말씀해주세요."

셰르스틴은 크게 두 번 심호흡을 하고는 두 손을 펴서 무릎에 올린 뒤 허리를 똑바로 세워 앉았다.

"산책을 갔다가… 집에 돌아왔어요."

"산책은 혼자? 아니면 누구랑 함께였나요?"

"저 혼자 해변까지 갔다가 돌아왔어요."

"계속 말씀하세요."

"집에 돌아와서는 현관에서 코트를 벗고 남편을 불렀어요. 그때쯤이면 그이가 집에 와 있다는 걸 알았으니까요."

"그때가 몇 시였나요?"

"7시 반쯤이었어요."

"계속하세요."

"아무 대답도 안 들려서 오늘은 퇴근이 좀 늦나보다 생각했어요. 그이는 일요일에도 항상 사무실에 나갔거든요. 저는 곧장 부엌으로 가서 물을 한 잔 마셨어요. 그때 부엌 사이드보드 위에 피자 박스가 있는 걸 보고 남편이 집에 있다는 걸 알았죠. 저희는 일요일이면 보통 피자를 먹거든요. 그이가 퇴근길에 사가지고 오죠. 그래서… 다시 남편을 불렀는데 여전히 대답이 없는 거예요. 그래서 혹시 거실에서 뭘 하고 있나 보려고 갔는데… 그이가 거실 바닥에 누워 있었어요. 저는 너무 놀라 경찰에 신고했고요."

"언제 전화를 거셨죠?"

"곧바로요… 그이를 발견했을 때요."

"그럼 경찰에 전화한 다음에는 어떻게 하셨나요?"

"위층에 올라갔어요. 전화 받은 여자가 그렇게 하라고 해서요. 남편을 만지지 말라기에 위층으로 올라갔어요."

헨리크는 앞에 앉아 있는 여자를 쳐다보았다. 시선을 한 곳에 두지 못하고 긴장하는 듯 보였고, 입고 있는 연회색 바지를 초조하게 만지작거리는.

"전에도 물었지만 다시 한 번 묻겠습니다. 집안에서 다른 사람을 보셨나요?"

"아니요."

"집 밖에도 없었고요?"

"앞쪽 창문이 열려 있어서 제가 닫았어요. 혹시 누가 아직 숨어 있을까 무서워서요. 잔뜩 겁을 먹고 있었죠. 하지만 말씀드렸다시피 사람은 없었어요. 아무도 못 봤어요."

"길에 차도 없었나요?"

"네." 셰르스틴은 큰 소리로 대답했다. 몸을 앞으로 숙인 그녀는 가려워서 긁으려는 듯 한쪽 발의 아킬레스건을 손으로 문질렀다.

"남편 분에 관해 말씀해주세요." 헨리크가 말했다.

"무엇을요?"

"노르셰핑 이민국에서 망명 문제 담당자로 일하셨다는데, 맞습니까?" 헨리크가 물었다.

"네. 그이는 일을 잘했어요."

"구체적으로 말씀해주시겠습니까? 뭘 잘하셨다는 건가요?"

"그이는 정말 별별 일을 다 했어요. 자기가 담당한 부서에서요……."

셰르스틴은 갑자기 입을 다물고 고개를 숙였다. 헨리크는 그녀가 마른 침을 삼키는 걸 보고는 눈물이 나오려는 걸 참는 건가 생각했다.

"원하시면 잠시 쉬었다 해도 됩니다." 그가 말했다.

"아니요, 괜찮아요. 괜찮아요."

셰르스틴은 심호흡을 했다. 그녀는 탁자에서 펜을 빙글빙글 돌리고 있는 변호사를 흘긋 보고는 다시 입을 열었다.

"남편은 과장이었어요. 자기 일을 좋아하고 차근차근 승진도 하고, 평생을 이민국에 헌신했죠. 그이는 모든 사람이 좋아할 만한 사람이에… 사람이었어요. 출신과 상관없이 모두에게 친절하게 대해주었죠. 어떤 편견도 없었고요. 다른 사람을 돕고 싶어 했어요. 그래서 이민국에서 일하는 걸 매우 좋아했죠. 그런데 요즘 들어 이민국이 많은 비난을 받고 있어요." 셰르스틴은 잠시 말을 멈추었다.

헨리크는 고개를 끄덕였다. 그도 알다시피, 최근 감사원은 이민국의 망명 신청자 거처 마련 절차를 조사했고 그 와중에 부당 행위를 이유로 해당 직원들을 소환했다. 이민국은 거처 구입을 위해 작년에만 5천만 크로나를 지출했다. 그중 9백만 크로나는 직접 계약 건에 사용되었는데, 이는 적절한 절차에 따르지 않는 한 금지된 행위였다. 감사원은 또한 다수의 주인들과 맺은 불법 계약들도 적발했다. 이들 중 대부분은 아무 소용없는 하나마나한 계약이었다. 이 감사에 관해 지역 신문들에는 몇 건의 기사가 나기도 했다.

"남편은 그런 비난 때문에 속상해했어요. 예상보다 더 많은 난민들이 망명을 신청했고, 그이로서는 빨리 거처를 마련해줘야만 하는 상황이었죠. 그러다 일이 잘못됐고요."

셰르스틴은 입을 다물었다. 입술이 파르르 떨렸다.

"그이가 안쓰러웠어요."

"부인께서는 남편이 하시는 일에 관해 잘 알고 계셨던 것 같군요." 헨리크가 말했다.

셰르스틴은 대답하지 않았다. 눈물을 훔친 그녀는 생각에 잠긴 채 고개를 끄덕였다.

"불량한 행동 때문에 문제가 벌어지기도 했어요."

그녀는 망명자 체류 시설에서 끊임없이 벌어져온 폭행과 절도 등을 신속히 설명했다. 스트레스 상태여서인지, 새로 시설에 들어온 사람들 간에 언쟁도 잦았다. 이로 인해 시설 운영을 위해 임시로 고용된 직원들이 그곳의 질서를 유지하기란 매우 어려웠다.

"그건 저희도 알고 있습니다." 헨리크가 말했다.

"아 예, 물론 그러시겠죠." 셰르스틴은 이렇게 말하며 다시금 허리를 꼿꼿이 세웠다.

"난민들 다수가 정신적으로 힘든 상태였기에 남편은 그들이 가능하면 편안하게 그곳에 있을 수 있도록 최선을 다해 노력했어요. 그건 정말 어려운 일이었답니다. 한 번은 며칠 동안 밤마다 누군가가 화재경보기를 울리기도 했죠. 사람들이 겁을 먹자 저희 남편으로서는 그 시설을 감시할 직원을 더 고용할 수밖에 없었어요. 확실히 말씀드릴 수 있는 건, 그이가 아주 헌신적이었다는 거예요. 자기 일에 온 정신을 쏟았죠."

헨리크는 등을 뒤로 기댄 채 셰르스틴을 살펴보았다. 그녀는 이제 그다지 비참해보이지 않았다. 점차 어떤 감정에 사로잡힌 듯 보였는데 어쩌면 그건 남편의 일에 대한 자부심일 수도, 아니면 일종의 안도감일 수도 있었다.

"그이는 많은 시간을 사무실에서 보냈어요. 밤늦게까지 일했고, 일요일에도 점심 먹고 나가면 저녁까지 돌아오지 않았죠. 언제 집에 올지, 몇 시에 저녁준비를 마칠지 정확히 알 수 없었기 때문에 그렇게 매번 피자를 사왔어요. 어제도 마찬가지였죠. 평소처럼."

셰르스틴 율렌은 양손에 얼굴을 파묻은 채 고개를 흔들었다. 괴로움과 고통의 감정이 일순간 다시 밀려오는 듯.

"잠시 쉬셔도 됩니다." 페테르 람스테트는 이렇게 말하며 조심스럽게 그녀의 어깨에 손을 올렸다.

야나는 그의 손을 유심히 보고 있었다. 그가 여자를 좋아하고 여성 고객들에게 육체적인 위로도 서슴지 않는 걸로 유명하다는 사실을 알고 있었다. 기회만 있다면 그보다 더한 것도 할 수 있는 사람이다.

셰르스틴은 불편한 듯 어깨를 살짝 움찔했고, 페테르는 상대를 잘못 골랐음을 깨달은 듯 손을 치웠다. 대신 그는 손수건을 꺼내 그녀에게 건넸다. 셰르스틴은 고마워하며 그것을 받아들고는 큰 소리로 코를 풀었다.

"죄송합니다." 그녀가 말했다.

"괜찮습니다." 헨리크가 말했다. "그러니까 제가 제대로 이해한 게 맞다면, 남편께서는 어려운 일을 맡고 계셨다는 거군요."

"아니요, 제 말은… 그래요, 하지만 잘은 모르겠어요. 정확히 말씀드리기가 힘드네요… 제 생각에는… 그이의 비서를 만나보시면 좋을 것 같아요."

헨리크는 눈썹을 찌푸렸다. "그건 왜죠?"

"그냥 그게 가장 좋을 것 같아요." 그녀가 속삭이듯 말했다.

헨리크는 한숨을 내쉬며 몸을 앞으로 기울여 탁자에 기댔다.

"비서 이름이?"

"레나 비크스트룀(Lena Wikström)이에요. 거의 20년 동안 그이 비서였어요."

"그분과 꼭 만나보도록 하죠."

셰르스틴은 어깨를 축 늘어뜨린 채 두 손을 꽉 움켜잡았다.

"실례지만 부인과 남편은 서로 가깝게 지내셨나요?" 헨리크가 말했다.

"무슨 뜻이죠? 당연히 가까웠죠."

"뜻이 맞지 않거나 한 적은 없으셨나요? 다툼이 잦았다거나?"

"무슨 목적으로 그런 질문을 하십니까, 계장님?" 페테르가 탁자 위로 몸을 굽히며 끼어들었다.

"그저 수사를 위해 전체적인 그림을 그려보는 것뿐입니다." 헨리크가 말했다.

"아니요, 저희는 다툰 적이 거의 없어요." 셰르스틴은 천천히 대답했다.

"부인 말고는 누가 남편과 친했습니까?"

"안타깝게도 시부모님은 오래 전에 돌아가셨어요. 두 분 다 암이셨죠. 그이에게는 절친한 친구도 없어서 사실 저희의 사교생활은 아주 제한적이었어요. 하지만 저희는 오히려 그게 좋았죠."

"형제나 자매는요?"

"핀스팡에 그이의 이복동생이 살지만 최근 몇 년간은 서로 연락을 잘 하지 않았어요. 둘은 아주 달라요."

"어떻게요?"

"그냥 달라요."

"그분 이름이 뭔가요?"

"라르스 요한손(Lars Johansson), 다들 라세(Lasse)라고 불러요."

아까부터 팔짱을 낀 채 두 사람의 대화를 듣고만 있던 미아 볼란데르가 불쑥 물었다. "왜 아이가 없으시죠?"

그 질문에 깜짝 놀란 셰르스틴은 순간 다리를 의자 밑으로 홱 끌어당겼다. 그러는 바람에 한쪽 신발이 벗겨졌다.

헨리크는 뒤돌아 미아를 쳐다보았다. 그는 짜증난 표정이었지만 미아는 자기 질문에 만족하는 모양이었다. 셰르스틴은 몸을 숙여 탁자 밑에 떨어진 신발 한 짝을 향해 손을 뻗으며 끙 소리를 냈다. 곧 다시 똑바로 앉은 그녀는 양손을 탁자 위에 포갰다.

"저흰 아이가 없었어요." 그녀는 이렇게만 말했다.

"왜죠?" 미아가 말했다. "임신이 안됐나요, 아니면 뭔가요?"

"어쩌면 가질 수도 있었겠죠. 하지만 웬일인지 그렇게 되지 않더군요. 저희는 있는 그대로 받아들였고요."

헨리크는 침을 꿀꺽 삼키고는 미아가 더 이상 그에 관한 질문을 못하도록 먼저 입을 열었다.

"그렇군요. 아까 많은 사람들과 사귀지는 않았다고 하셨죠?"

"네, 맞아요."

"마지막으로 손님을 초대하신 게 언제였나요?"

"한참 전이에요. 그이는 항상 일하느라 바빴으니까요."

"달리 방문했던 사람은 없었나요? 수리공이라거나?"

"크리스마스 즈음에 어떤 남자가 복권을 팔려고 문을 두드린 적
은 있었지만 그 외에는……."

"어떻게 생긴 남자였나요?"

셰르스틴은 별 이상한 걸 다 묻는다는 듯 헨리크를 쳐다보았다.

"제 기억으로는 키가 크고 금발이었어요. 착하고 단정해 보였고
요. 하지만 복권을 사지는 않았어요."

"혹시 어린아이와 함께 왔었나요?"

"아니요, 아니에요. 남자 혼자였어요."

"아시는 분 중에 어린 자녀를 둔 사람이 있나요?"

"그럼요. 남편의 이복동생이요. 여덟 살 먹은 아들이 있어요."

"최근 그들이 집에 온 적이 있습니까?"

셰르스틴은 다시 헨리크를 쳐다보았다.

"왜 그런 걸 묻는지 모르겠지만… 아니요, 저희 집에 오지 않은
지 한참 됐어요."

야나 베르셀리우스는 메모장에 적어둔 이복동생의 이름에 동그
라미를 쳤다. 라르스 요한손.

"누가 남편께 그런 짓을 했을지 짐작 가시는 부분이 있나요?"
그녀가 말했다.

셰르스틴은 몸을 살짝 움직이며 창밖을 바라보고는 대답했다.

"아니요."

"남편께 적이 있었나요?" 헨리크가 말했다.

셰르스틴은 탁자를 내려다보며 숨을 깊이 들이쉬었다.

"아니요, 없었어요."

"남편이 누구에게 화를 냈다거나 누구와 다퉜거나, 아니면 누군가의 원한을 산 적은 없습니까?"

셰르스틴은 그 질문을 듣고 있지 않는 듯했다.

"부인?"

"네?"

"남편 분이 누군가의 원한을 산 적은 없나요?"

셰르스틴이 아니라는 대답 대신 고개를 어찌나 세차게 흔들었는지, 턱 밑에 늘어진 살이 출렁였다.

"이상하군요." 헨리크는 이렇게 말하며 협박 편지의 복사본을 그녀 앞에 내밀었다. "부인도 아시는 거겠지만, 댁에서 이걸 발견했거든요."

"이게 다 뭐죠?"

"옷장에서 나온 편지들입니다. 부인께서 이와 관련해 뭔가 말씀해주시리라 기대합니다만."

"하지만 저는 이게 뭔지도 모르는 걸요. 한 번도 본 적이 없어요."

"일종의 협박 편지로 보입니다. 즉 남편 분께 최소 한 명의 적은 있었다는 말이지요."

"그럴 리가……." 셰르스틴은 다시 고개를 흔들었다.

"저희는 이걸 누가 보냈는지, 또 왜 보냈는지 정말 알아내고 싶습니다."

"저는 몰라요."

"모르신다고요?"

"네. 말씀드렸다시피 저는 이걸 한 번도 본 적이 없어요."

탁탁, 페테르 람스테트가 펜으로 소리를 냈다.

"제 고객께서 두 번이나 말씀하셨잖습니까, 이 편지들이 뭔지 모른다고요. 이미 답이 나온 질문은 이쯤에서 그만하시는 게 어떨까요? 그럼 똑같은 질문을 반복하느라 시간을 낭비할 필요도 없으니까요."

"람스테트 씨, 신문이란 게 어떻게 진행되는지는 당신도 물론 잘 아실 텐데요. 자세히 묻지 않으면 우리는 필요한 정보를 얻을 수 없을 겁니다." 헨리크가 말했다.

"그렇다면 적절한 질문들만 해주셨으면 합니다. 제 고객께서는 전에 이 편지들을 본 적이 없다고 분명히 말씀하셨습니다."

페테르는 헨리크를 똑바로 쳐다보았다. 탁탁.

"그럼 부인께서는 남편 분이 협박을 받고 있다고 느꼈는지 여부를 모르신다는 건가요?" 헨리크는 계속 물었다.

"네."

"이상한 전화도 없었고요?"

"없었던 것 같아요."

"그렇게 생각하시는 겁니까, 아니면 모르시는 겁니까?"

"아니요, 그런 전화는 분명 없었어요."

"남편 분께 협박할 만한 사람은 없나요? 아니면 복수나?"

"아니요. 하지만 그이 업무의 특성상 그이가 그런 것에 취약했던 건 사실이에요."

"그게 무슨 뜻이죠?"

"음… 남편은 망명의 결정 과정이 힘든 일이라고 했어요. 망명 신청자들을 돌려보낼 수밖에 없는 경우를 무척이나 싫어했죠. 그 사람들과 직접 만나서 말해야 하는 위치에 있었던 것도 아닌데 말이에요. 그들이 여기서 망명 허가를 받지 못하면 얼마나 절망적인 상황에 빠질지 알고 있으니까요. 하지만 모두가 허가를 받을 수 있는 건 아니에요. 아무도 그이를 협박하거나 복수를 시도한 적은 없었어요."

헨리크는 셰르스틴의 말이 사실인지 궁금했다. 물론 한스 율렌이 그 협박 편지들을 그녀 몰래 보관했을 수도 있었다. 그러나 수년간 그런 일에 종사하면서 누군가를 두려워하게 된 일이 전혀 없었다거나, 또 그런 일을 아내에게 말하지 않았다는 건 도무지 믿기 힘들었다.

"율렌에게 꽤나 심각한 협박이 있었던 게 분명합니다." 신문이 끝난 뒤 헨리크가 야나에게 말했다. 두 사람은 느릿한 걸음으로 신문실을 나서는 중이었다.

"그래요." 야나는 짧게 대답했다.

"부인은 어떤 것 같아요?"

헨리크가 문을 닫는 동안 야나는 복도에 서 있었다. "집안에 폭력의 흔적은 없었어요." 그녀가 말했다.

"잘 계획된 살인이었기 때문일 수도 있죠."

"그럼 부인이 유죄라고 생각하는 거예요?"

"배우자는 항상 유죄잖아요, 그렇죠?" 헨리크가 씩 웃었다.

"맞아요, 거의 그렇죠. 하지만 현재로서는 부인을 살인과 연관 지을 만한 어떤 증거도 나오지 않았어요."

"그 여자 긴장한 것 같았어요." 헨리크가 덧붙였다.

"그걸로는 충분치 않아요."

"압니다. 그렇지만 진실을 숨기고 있다는 느낌이 든다고요."

"만일 그렇다고 해도 부인을 체포하려면 그 이상의 것이 필요해요. 부인 스스로 입을 열지 않거나 우리 쪽에서 증거를 찾아내지 못한다면 나는 부인을 풀어줄 수밖에 없어요. 이제 사흘 남았어요."

헨리크는 손으로 머리를 쓸어 넘겼다.

"그럼 그 비서는요?" 그가 말했다.

"비서가 뭘 알고 있는지 알아보죠. 최대한 빨리, 적어도 내일까지는 만나보도록 하세요. 안타깝지만 난 지금 처리해야 할 사건이 네 건이나 돼서 같이 갈 수는 없겠네요. 하지만 당신을 믿어요."

"걱정 마세요. 미아와 제가 비서를 만나보죠."

야나는 작별인사를 한 뒤 다른 신문실들을 지나쳐 걸어갔다.

검사인 그녀는 이곳을 자주 방문하곤 했다. 직업 특성상 매년 며칠은 주말이나 밤에 비상근무를 했다. 교대 근무 스케줄도 따로 나왔는데, 이는 특정인의 구금 여부와 같은 긴급한 결정을 내려야 할 때를 대비해 검사를 상주시키는 것이었다. 검사는 특정인을 혐의 없이도 사흘까지 구금할 수 있었으나 그 이후에는 심리 절차가 요구되었다. 어떤 경우에는(때로는 밤늦은 시간에) 황급히 불려가서 구속 여부를 결정해야 할 때도 있었다.

오늘은 모든 방이 차 있었다. 야나는 천장을 올려다보며 돌아오는 주말에 당직이 아닌 것을 신께 감사했다. 동시에 다음 주말에는 다시 당직 차례가 돌아옴을 기억해냈다. 복도를 걸어가던 그녀는 걸음을 늦추더니 결국 멈춰 섰고, 의자에 앉아 일정표를 꺼내 4월 28일이 있는 장을 펼쳤다. 아무 일정도 없었다. 4월 29일 일요일이었나? 역시 아무것도 없었다. 몇 장을 넘겨보니 5월 1일에 뭔가 적어 놓은 게 보였다. 공휴일. '당직.' 그리고 그날은 부모님과 저녁을 먹기로 한 날이었다. 야나는 순간적으로 스트레스를 받았다. 저녁식사와 당직근무를 다 하기란 불가능했다. 어떻게 이걸 못 봤지? 물론 부모님 집에 저녁을 먹으러 꼭 가야 하는 건 아니었지만 아버지를 실망시켜드리고 싶지 않았다.

당직을 좀 바꿔야겠어, 그녀는 생각하며 일정표를 가방에 집어넣었다. 자리에서 일어난 그녀는 다시 걸어가며 누가 당직을 바꿔줄 수 있을지 생각해보았다. 가장 가능성이 높은 사람은 페르 오스트룀(Per Åström)이었다. 그는 성공한 검사일 뿐 아니라 저명한 사회사업가였고 야나는 그를 동료로서 존경했다. 서로 알고 지낸 5년간, 두 사람 사이에는 일종의 우정 관계가 형성되어 있었다.

페르는 서른세 살의 건장한 남자였다. 그는 매주 화, 목요일마다 테니스를 쳤다. 금발에, 턱에는 보조개가 살짝 들어가고 양쪽 눈 색깔이 달랐다. 그에게서는 애프터셰이브 로션 향기가 났다. 때때로 행동이 좀 과한 것만 빼고는 좋은 사람이었다. 그냥 좋은 사람. 그 이상은 아니었다.

야나는 페르가 기꺼이 당직을 바꿔주기를 바랐으나 어쩌면 와인 한 병을 뇌물로 바쳐야 할지도 모를 일이었다. 레드 와인이 좋을까, 화이트 와인이 좋을까? 그녀는 복도에 울리는 자신의 발소리를 들으며 두 가지 선택권을 두고 고민했다. 레드 아니면 화이트. 레드 아니면 화이트.

야나는 잠시 계단을 통해 주차장으로 내려갈까 생각했으나 결국 엘리베이터를 택했다. 그러나 역시 엘리베이터를 기다리던 페테르 람스테트를 본 순간 자신의 결정을 후회하고 말았다. 그녀는 어느 정도 거리를 두고 그의 뒤쪽에 섰다.

"아, 당신이군요, 야나." 그녀를 본 페테르가 말했다. 그는 발바닥을 앞뒤로 왔다 갔다 하며 움직이고 있었다.

"듣자하니 부검을 검토하고 피해자 시신을 보러 검시관실에 갔었다고요."

"그런 얘기는 어디서 들으셨죠?"

"그 정도는 알죠."

페테르가 능글맞게 웃자 새하얀 치아가 드러나 보였다.

"그래, 시체를 좋아하나보죠?"

"별로요. 그저 수사를 지휘하느라 그랬을 뿐이에요."

"변호사 생활 10년 동안 검사가 부검을 보러 간다는 건 처음 들어보네요."

"그건 저보다는 오히려 다른 검사들이 들어야 할 말 아닐까요?"

"동료들을 별로 안 좋아하나요?"

"그런 말한 적 없습니다."

"당신 지위 정도면 다리품 파는 일은 경찰한테 시키는 게 더 편하지 않나요?"

"편하고 안 편하고는 아무 상관 없어요."

"당신도 알다시피 검사가 그러면 수사를 더 복잡하게 할 수 있어요."

"뭘 어떻게 복잡하게 한다는 거죠?"

"당신 자신한테 주의를 집중시키고 있잖아요."

이 말을 들은 야나 베르셀리우스는 계단을 통해 주차장으로 내려가기로 마음먹었다. 그리고 걸음을 내딛을 때마다 페테르 람스테트를 저주했다.

Marked for Life

흔들림이 멈췄다. 그들은 어두운 컨테이너 안에 갇힌 채 말없이 여행 중이었다.

"다 왔어요?" 소녀가 말했다.

엄마는 대답하지 않았다. 아빠도. 둘 다 긴장한 듯 보였다. 엄마는 소녀에게 똑바로 앉으라고 말했다. 소녀는 그 말을 따랐다. 다른 사람들도 움직이기 시작했다. 불안이 엄습했다. 몇 사람이 기침을 해댔고, 소녀는 후텁지근하고 답답한 공기가 폐 속으로 밀고 내려가는 걸 느꼈다. 이제는 아빠마저도 쌕쌕거리며 힘겹게 숨을 쉬고 있었다.

"이제 다 왔어요?" 소녀는 다시 말했다. "엄마? 엄마!"

"조용!" 아빠가 말했다. "입 다물고 있어."

소녀는 뾰로통해져서는 무릎을 턱 쪽으로 바짝 끌어당겼다.

그때 갑자기 바닥이 덜컹 흔들렸다. 그 바람에 한쪽으로 쓰러진 소녀는 몸을 일으키려고 한쪽 팔을 뻗었다. 엄마가 소녀를 붙들어 가까이 끌어당겼다. 그리고 아주 오래, 오랫동안 아무 소리도 들리지 않았다. 그러더니 컨테이너가 들어 올려졌다.

모두가 그 비좁은 공간에서 서로를 꽉 붙들고 있었다. 소녀는 엄마의 허리를 움켜쥐었다. 그런데도 컨테이너가 땅에 쾅 하고 내려졌을 때 소녀는 머리를 부딪치고 말았다. 마침내 그들은 새로운 나라에 도착한 것이다. 새로운 인생을 살게 될 곳.

자리에서 일어난 엄마는 딸을 일으켜 세웠다. 소녀는 여전히 벽에 등을 대고 앉아 있는 다닐로를 쳐다보았다. 그는 두 눈을 동그랗게 뜬 채로 다른 사람들처럼 밖에서 나는 소리를 들으려 애쓰고 있었다. 그 벽을 통해서는 어떤 소리도 잘 들리지 않았지만 온 정신을 집중하니 사람 목소리가 약하게 들려왔다. 정말로 밖에서 사람들이 대화를 나누고 있었다. 소녀가 아빠를 쳐다보자 아빠는 씩 웃었다. 그 미소를 마지막으로, 드디어 컨테이너 문이 열리고 햇빛이 쏟아져 들어왔다.

컨테이너 밖에는 세 명의 남자가 서 있었다. 그들의 손에는 은색의 커다란 뭔가가 들려 있었다. 소녀는 전에도 그런 걸 본 적이 있었는데, 전에 봤던 건 빨간 플라스틱으로 된 물을 뿌리는 도구였다.

남자 한 명이 다른 두 명에게 소리를 지르기 시작했다. 그의 얼굴에는 이상하게 생긴 커다란 흉터가 있었다. 소녀는 그 흉터에 저절로 눈길이 갔다.

그 남자는 컨테이너 안으로 들어와 그 은색 도구를 휘둘렀다. 그리고 연신 소리를 질러댔다. 소녀는 그가 무슨 말을 하는지 알아듣지 못했다. 소녀의 부모도 마찬가지였다. 그의 말을 이해하는 사람은 아무도 없었다.

그 남자는 에스테르에게로 다가가 그녀의 스웨터를 잡고 끌어당겼다. 에스테르는 겁에 질렸다. 에스테르의 엄마 역시 잔뜩 겁을 먹었고, 그녀에게 무슨 일이 일어났는지 깨달았을 때는 이미 너무 늦어버렸다. 에스테르를 끌어당겨 목을 꽉 끌어안은 남자는 그녀의 부모를 향해 은색 도구를 겨냥한 채 다시 뒤로 물러났다. 에스테르의 부모는 감히 나설 엄두를 내지 못하고 그 자리에 가만히 서 있기만 할 뿐이었다.

소녀는 누군가 자기 팔을 꽉 붙드는 걸 느꼈다. 아빠는 소녀를 잽싸

Marked for Life

게 자기 다리 뒤로 밀었다. 그러자 엄마가 치마를 펼쳐 소녀를 숨기는데 가세했다.

소녀는 할 수 있는 한 움직이지 않고 가만히 있었다. 치마 뒤에 있어서 무슨 일이 일어나는지 볼 수 없었지만, 들을 수는 있었다. 어른들이 소리를 지르기 시작했다. 안 돼, 안 돼, 안 돼! 그리고 곧이어 다닐로의 처절한 목소리가 들렸다.

"엄마!" 그가 소리쳤다. "엄마!"

소녀는 양손으로 귀를 막고 다른 아이들의 울부짖음과 비명을 듣지 않으려 애썼다. 어른들 목소리는 그보다 더했다. 어른들도 울고 비명을 지르기는 마찬가지였지만 그 소리가 훨씬 더 컸으니까. 소녀는 귀를 막은 손을 더 꽉 눌렀다. 그런데 얼마 뒤, 모든 게 잠잠해졌다.

소녀는 손을 귀에서 뗐다. 아빠 다리 사이로 밖을 보려 했지만, 소녀가 움직이자 아빠는 소녀를 벽 쪽으로 밀었다. 소녀는 아팠다.

그때 누군가 다가오는 소리가 들렸고, 아빠가 소녀를 점점 더 세게 철벽 쪽으로 미는 게 느껴졌다. 소녀는 숨 쉬기조차 힘들었다. 막 입을 열어 불평을 하려던 찰나, 빵 소리와 동시에 아빠가 바닥에 얼굴을 부딪치며 쓰러졌다. 소녀 앞에 쓰러진 아빠는 움직이지 않았다. 소녀가 고개를 들자, 앞에는 얼굴에 흉터 난 남자가 서 있었다. 그는 씩 웃었다.

소녀의 엄마는 앞으로 불쑥 튀어나와 소녀를 빼앗기지 않으려 안간힘을 썼다. 모녀를 쳐다보던 남자는 또다시 뭐라고 소리를 질렀고, 엄마도 같이 소리쳤다.

"내 딸한테 손대지 마!" 엄마가 외쳤다.

그러자 남자는 손에 든 은색 도구로 엄마를 때렸다.

소녀는 엄마의 손이 자신의 배와 다리를 따라 미끄러져 내리는 걸 느꼈고, 엄마는 눈을 멍하니 뜬 채 바닥에 쓰러졌다. 엄마의 눈은 깜빡이지 않았다. 그냥 그렇게 떠진 채 어딘가를 쳐다보고 있었다.

"엄마!"

소녀는 남자가 팔 위쪽을 홱 잡아당기는 걸 느꼈다. 소녀의 팔을 꽉 붙든 그는 소녀를 앞세워 컨테이너를 빠져나왔다.

가는 길에 소녀는 그 은색 도구가 발사될 때 나는 끔찍한 소리를 들었다. 그 안에는 물이 든 게 아니었다. 물이라면 그런 소리가 날 리 없었다. 뭔가 단단한 것이, 어둠 속으로 곧장 발사되었다.

엄마와 아빠를 향해서.

7장

4월 17일, 화요일

야나 베르셀리우스는 새벽 5시에 잠에서 깨어났다. 또 같은 꿈이었다. 매일 밤 그녀를 괴롭히는 꿈. 상체를 일으킨 그녀는 이마에 맺힌 땀을 닦았다. 소리를 질러대느라고 그랬는지 입이 바짝 말라 있었다. 그녀는 쥐가 난 손가락을 쫙 폈다. 손바닥에는 손톱이 파고 든 자국이 선명했다.

야나는 기억도 나지 않을 정도로 오래 전부터 같은 꿈을 꿔왔다. 항상 같은 영상들. 그녀는 그 꿈이 대체 무슨 의미인지 알 수 없어 짜증이 났다. 꿈에 빠져들 때마다 거기 나타나는 모든 상징들을 돌려보고, 비틀어보고, 분석했지만 아무 소용이 없었다.

베개는 바닥에 떨어져 있었다. 그녀가 던진 걸까? 침대로부터 떨어진 거리를 보면 그런 것 같았다.

야나는 베개를 주워 다시 헤드보드 앞에 놓고 이불을 끌어당겨 덮었다. 따뜻한 이불 속에서 잠을 못 이룬 채 20분을 더 누워 있다 보니, 문득 다시 잠을 청하는 게 얼마나 부질없는 짓인지 깨달았다. 결국 그녀는 자리에서 일어나 샤워하고, 옷을 입고, 뮈즐리 한 그릇을 먹었다.

커피 잔을 든 야나는 창밖으로 불안정한 날씨를 관찰했다. 4월 중순이 다 되어 가는데도 아직 겨울은 완전히 물러가지 않았다.

하루는 차가운 비가 내렸다가 다음날이면 기온이 0도 가까이 떨어져 눈이 내리기도 했다. 크네핑스보리(Knäppingsborg)에 있는 그녀의 아파트에서는 강과 루이 드 예르 홀(Louis de Geer Hall, 스웨덴 노르셰핑에 있는 콘서트 홀로, 1600년대 스웨덴 산업 발전에 크게 기여한 벨기에 출신 기업가의 이름을 따옴-옮긴이)의 광경이 내다보였다. 거실에서는 고풍스러운 상점가를 찾는 사람들을 구경할 수도 있었다. 크네핑스보리는 최근 재개발된 곳이지만, 의회의 도시 계획 전문가들 덕분에 이곳 본연의 느낌을 여전히 간직하고 있었다.

야나는 언제나 천장이 높은 아파트에서 살고 싶었다. 이 지역의 오래된 건물들에 대한 재개발 계획이 승인되었을 때, 야나의 아버지는 당시 갓 대학을 졸업한 그녀를 위해 주택협회 아파트에 투자를 신청했다. 운이 좋았는지 아니면 전화를 몇 통 돌린 덕분인지, 칼 베르셀리우스는 최우선 선택권을 갖게 되었고, 야나가 다른 집들보다 40평방미터 더 넓은 196평방미터짜리 아파트를 선택했음은 당연한 수순이었다.

야나는 목을 손으로 주물렀다. 추운 날이면 목의 흉터가 꼭 말썽이었다. 약국에서 가장 최근에 나왔다는 약사의 말을 듣고 구입한 크림도 발라봤지만, 별 개선된 점은 없었다.

야나는 긴 머리를 오른쪽 어깨 위로 쓸어 넘겨 목을 노출시켰다. 그러고는 세심한 손길로, 새겨진 글자들 위에 크림을 부드럽게 문질러 발랐다. 그런 다음 머리카락으로 목을 다시 덮었다.

야나는 옷장에서 남색 재킷을 꺼내 입었고 그 위에 베이지색 아르마니 코트를 걸치고 단추를 채웠다. 8시 반에 집을 나선 야나는 부슬부슬 내리는 빗속을 뚫고 법원까지 운전해 갔다. 그녀는 오늘의 첫 사건(가정 폭력과 관련된)에 대해 생각했다. 관련 절차는 9시에 시작될 터였다. 그리고 네 번째 사건, 즉 오늘의 마지막 사건은 아마 5시 반은 되어야 끝날 것이다.

오늘은 긴 하루가 되리라는 걸 야나는 알고 있었다.

오전 9시를 갓 넘긴 시각, 이민국 사무소에 들어선 헨리크 레빈과 미아 볼란데르는 접수처로 가서 신원을 밝힌 뒤 임시 카드키를 받았다.

비서인 레나 비크스트룀은 헨리크와 미아가 2층에 있는 그녀의 사무실에 딸린 대기실로 들어갔을 때 한창 누군가와 통화중이었다. 그녀는 손가락을 들어 곧 가겠다는 신호를 보냈다.

레나의 사무실에서는 한스 율렌의 사무실이 바로 들여다보였다. 한스의 사무실은 정리정돈이 잘 되어 있었다. 널찍한 책상 위는 컴퓨터 한 대와 그 옆에 놓인 서류철 뭉치만 빼고는 깨끗했다. 반면 레나 비크스트룀의 공간은 정반대였다. 책상 위, 서류철 위, 링 바인더 아래, 서류함 속, 바닥 위, 종이류 재활용 박스 속, 쓰레기통 속 할 것 없이 종이들이 사방에 널려 있었다. 정돈된 것이 하나도 없었고 서류들은 여기저기 굴러다니고 있었다. 이렇게 엉망인 곳에서 어떻게 일에 집중할 수 있는지 생각하니 헨리크는 등골이 오싹해졌다.

"이상입니다." 레나는 전화를 끊고 자리에서 일어났다. "어서 오세요."

그녀는 헨리크, 미아와 차례로 악수를 나눈 뒤 자기 책상 옆에 놓인 다 헤진 손님용 의자에 앉기를 권했다. 그러고는 곧장 말을 시작했다.

"정말 끔찍한 일이에요. 아직도 납득이 안 돼요. 그저 무서울 뿐이죠. 소름끼칠 정도로요. 누가 그런 짓을 했는지 다들 궁금해 하고 있습니다. 하루 종일 과장님이 살해당한 일에 관한 전화만 받고 있어요. 살해당한 거 맞죠? 오, 정말이지 너무나 끔찍한 일이 아닐 수 없어요."

레나는 손톱에 칠해진 매니큐어를 벗겨내기 시작했다. 몇 살인지는 가늠이 잘 되지 않았지만 55세는 넘은 듯 보였다. 그녀는 어두운 색 단발머리에 밝은 보랏빛 블라우스를 입고 그에 어울리는 색의 귀걸이를 하고 있었다. 우아함과 부유함이 느껴지는 인상이었다. 다 벗겨진 매니큐어만 아니라면.

미아는 펜과 메모장을 꺼냈다.

"한스 율렌 씨와 오랫동안 함께 일하셨다고요, 맞습니까?" 그녀가 말했다.

"네, 20년도 넘었습니다." 레나가 말했다.

"셰르스틴 율렌 부인은 거의 20년이 됐다고 하던데요?"

"안타깝게도 부인은 남편에 관해 잘 몰랐던 것 같네요. 정확히 22년입니다. 하지만 그동안 내내 한스 과장님 비서만 한 건 아니에요. 처음에는 다른 상사를 모셨는데 그분이 오래 전 은퇴하시면서 과장님한테 자리를 넘겨주었어요. 과장님이 이 직책을 맡기 전까지는 회계부서를 담당했거든요. 제가 과장님 전임자 비서였기 때문에 당시 과장님과 만날 일이 많았답니다."

"율렌 부인은 율렌 씨가 요즘 스트레스를 받고 있었다던데 그런가요?" 헨리크가 말했다.

Marked for Life

"스트레스요? 아니요, 그렇게 생각하지 않아요."

"최근 부서가 비난의 대상이 되었다고 하셨어요."

"아, 그래요? 음, 물론 그렇긴 하죠. 언론들은 저희가 끊임없이 들어오는 망명 신청자들을 제대로 수용하지 못했다고 하는데, 사실상 얼마나 많은 사람이 올지 미리 알기란 쉽지 않거든요. 경험에서 우러난 추측, 추정밖에 할 수 없는데 어쨌든 추정은 추정일 뿐이니까요."

레나는 숨을 깊게 들이마셨다.

"3주 전 소말리아 출신 망명 신청자들이 대규모로 들어오는 바람에 저희는 규정 업무시간 전후로 초과근무를 해야 했어요. 과장님은 더 이상 지역 신문에 등장하는 일이 없기를 바랐죠. 비난을 심각하게 받아들였거든요."

"율렌 씨에게 적이 있었나요?" 헨리크가 말했다.

"제가 아는 한은 없어요. 그렇지만 이 일에 종사하는 이상 어느 정도는 공격에 취약하다는 사실을 항상 느낄 수밖에 없습니다. 수많은 감정들이 오가고, 스웨덴에서 체류 허가를 받지 못했다는 이유로 위협적으로 행동하는 사람들도 많거든요. 그러니까 적이 많다고 볼 수도 있지요. 경비 업체가 이곳을 상시 순찰하는 것도 그런 이유 때문이고요." 레나가 말했다. "하지만 과장님 스스로 특별히 적이 있다고 느끼지는 않았을 것 같아요."

"저녁이나 밤에도요?"

"네."

"협박 받은 적이 있나요?"

"아니요, 저는 없어요. 물론 이민국은 언제나 보안을 중요시하지만요. 한 번은 자기 몸에 석유를 뿌린 남자가 접수처로 뛰어 들어와서는 체류 허가를 내주지 않으면 분신하겠다며 협박한 적도 있었죠. 그런 사람들은 그렇게 완전히 미쳐버릴 수도 있답니다. 정말 별의별 사람들이 다 있어요."

헨리크는 의자에 등을 기대고 미아를 흘긋 쳐다보자 그녀가 다음 질문을 이어갔다.

"일요일에 경비 섰던 분과 이야기 좀 할 수 있을까요?"

"지난 일요일이요? 과장님이……."

"네."

"한 번 알아보죠."

레나는 수화기를 들고 번호를 누르고는 잠시 기다렸다. 잠시 후 경비 업체는 일요일에 경비를 섰던 옌스 카베니우스(Jens Cavenius)를 보내주기로 약속했다.

"그럼 율렌 씨가 어떤 식으로든 특별히 협박 받고 있다고 느끼지는 않았는지 혹시 아십니까?" 헨리크가 말했다.

"전혀요." 레나가 말했다.

"이상한 편지나 전화도 없었나요?"

"제가 아는 바로는요. 전 메일을 다 열어보는데… 그런 건 전혀 못 봤어요."

"율렌 씨가 어린아이와 연락한 적이 있나요?"

"네? 특별히 그런 적은 없는데 그건 왜 물으시죠?"

헨리크는 대답을 회피했다.

"율렌 씨가 늦은 밤이나 일요일에 사무실에 나와 뭘 했는지 아십니까?"

Marked for Life

“정확히는 모르지만 문서 작업과 자료 검토에 바쁘셨어요. 과장님은 컴퓨터를 좋아하지 않아서 꼭 필요할 때가 아니면 사용하지 않았죠. 그래서 제가 자료나 보고서들을 전부 인쇄해드렸어요.”

“율렌 씨가 일하실 때 보통 여기 함께 계셨나요?” 미아는 들고 있던 펜으로 레나를 가리키며 말했다.

“일요일에는 그렇지 않았어요. 과장님은 혼자 있고 싶어서 밤이나 주말에 일하는 걸 선호했으니까요. 그런 때에는 아무도 방해하지 않잖아요.”

미아는 고개를 끄덕이며 메모장에 뭔가를 적었다.

“위협적인 행동을 할 가능성이 있는 사람들이 있다고 하셨죠? 혹시 망명 신청자 전원의 명단을 볼 수 있을까요?” 헨리크가 말했다.

“물론이에요. 올해 것만? 아니면 그 전 것도요?”

“일단 올해 것만 있으면 됩니다.”

레나는 컴퓨터 데이터베이스에 접속한 뒤 인쇄 버튼을 눌렀다. 레이저프린터가 작동을 시작했고, 알파벳순으로 정렬된 이름들이 적힌 종이가 한 장씩 인쇄되어 나왔다. 레나는 프린터에서 나온 인쇄물들을 집어 들었다. 스무 장 정도 인쇄되었을 때 경고등이 깜빡였다.

“아이, 정말 짜증나게! 매번 이런다니까.” 레나는 이렇게 말하며 얼굴을 붉혔다. 그녀가 용지함을 열었지만 아직 용지가 있었고, 그녀는 놀란 얼굴을 했다.

“어? 왜 이러지?” 그녀는 다시 용지함을 밀어 넣었다. 프린터는 윙 소리를 냈지만 또다시 빨간 불빛을 깜빡이며 뭔가 이상이 생겼음을 알렸다.

"기계면 기계답게 잘 작동해야 되는 거 아닌가요?" 레나는 짜증 나는 목소리로 말했다.

헨리크와 미아는 그저 가만히 앉아 있을 뿐이었다.

다시 용지함을 열어본 레나는 여전히 용지가 있는 걸 확인하고 는, 쾅 소리를 내며 용지함을 닫았다. 프린터가 다시 작동했지만 인쇄되어 나오는 건 없었다.

"아이 참, 왜 이리 힘들게 하니!" 레나가 시작 버튼을 주먹으로 내리쳤고, 그제야 프린터는 제대로 작동되었다. 그녀는 창피한 듯 인쇄가 다 끝날 때까지 연신 손으로 머리를 쓸어 넘겼다. 바로 그 때 전화벨이 울렸고, 접수처 직원과 짧은 통화를 마친 그녀는 옌스 카베니우스가 도착했다고 전했다.

옌스 카베니우스는 접수처에 있는 기둥에 기대어 서 있었다. 열 아홉 살인 그는 이제 막 잠에서 깬 것 같았다. 충혈된 두 눈, 한 쪽 은 납작하게 눌린 반면 다른 한 쪽은 헝클어진 머리카락. 안감을 댄 청재킷을 입고 흰색 캔버스 운동화를 신은 그는 헨리크와 미아 를 발견하고 먼저 다가가 손을 내밀어 악수를 청했다.

"앉을까요?" 헨리크가 말했다.

그는 접수처 오른편, 소파와 안락의자가 있는 곳을 손으로 가리 켰다. 2미터 높이의 인조 유카야자나무로 둘러싸여 있었다. 흰색 커피테이블 위에는 아랍어로 된 안내책자들이 진열되어 있었다.

옌스는 소파에 털썩 앉아 상체를 앞으로 숙이고는, 비록 충혈되 었지만 기대에 가득 찬 눈빛으로 헨리크와 미아를 쳐다보았다. 둘은 옌스 맞은편에 앉았다.

"일요일에 여기서 일했다고요?" 헨리크가 말했다.

"맞아요." 옌스는 이렇게 말하며 양손을 마주쳤다.

"한스 율렌 씨가 있었나요?"

"네. 잠깐 얘기도 했어요. 보스나 마찬가지였던 분이죠."

"몇 시경이었나요?"

"6시 반쯤이었을 거예요."

헨리크는 미아를 쳐다보았다. 그녀는 뒤이어 질문할 준비를 하고 있었고, 그는 허락의 의미로 고개를 끄덕였다.

"무슨 얘기를 했나요?" 미아가 말했다.

"얘기라기보다는 인사에 가까웠어요. 아니면," 옌스가 말했다.

"아니면?" 미아가 말했다.

"고개 끄덕이기요, 그분 사무실을 지나치며 목례했거든요."

"다른 사람은 아무도 없었나요?"

"네, 전혀요. 일요일에 여기는 죽은 곳이나 다름없어요."

"율렌 씨 사무실을 지나쳤을 때 그가 뭘 하고 있는지 봤나요?"

"아니요. 하지만 컴퓨터 키보드 소리는 들렸어요. 아시겠지만 경비원이 되려면 청력이 좋아야 해요. 이상한 소리 같은 걸 잘 들어야 하니까요. 저는 야간 시력도 꽤 좋은 편인데, 선발 당시 테스트에서 1등을 했어요. 괜찮죠?"

미아는 옌스의 감각에 대해서는 별 감흥이 없었다. 그녀는 조롱하듯 눈썹을 치켜뜨며 헨리크 쪽으로 고개를 돌렸다. 그는 유카야자나무 한 그루를 뚫어져라 쳐다보고 있었다. 미아는 생각에 잠긴 헨리크의 팔을 툭 쳤다.

"한스 율렌의 컴퓨터요." 그녀가 말했다.

"뭐라고?" 헨리크가 말했다.

"컴퓨터를 자주 썼던 모양인데요?"

"네, 항상 쓰셨죠." 옌스는 이렇게 말하며 또다시 손뼉을 쳤다.

"그렇다면 그걸 가져가 봐야겠군." 헨리크가 말했다.

"제 생각도 그래요." 미아가 말했다.

Marked for Life

8장

　가브리엘 멜크비스트 경관은 몸을 부르르 떨었다. 추운 날씨였다. 신발은 물이 샜고, 모자에서 떨어진 차가운 비가 목으로 흘러내렸다. 동료 하나 홀트만이 어디 있는지 알 수 없었다. 아까 마지막으로 봤을 때는 36번지 집 앞에 서서 초인종을 누르고 있었는데. 그들은 오늘 아침에만 약 스무 채나 되는 단독주택들을 돌며 문을 두드렸지만 수사에 도움될 만한 목격담을 들려준 주민은 없었다. 이상한 남자나 여자를 봤다는 증언도 없었다. 오히려 일요일에 집에 있지도 않았던 사람들이 대부분이었다. 여름 별장에 있었거나, 골프장에 있었거나, 승마 경기를 보러 갔거나 등등. 한 아이 엄마는 어린 여자아이가 지나가는 걸 봤다며 아마 친구랑 놀다가 저녁 시간이 돼서 집에 가는 길이었던 것 같다고 말했는데, 가브리엘은 그런 얘기를 굳이 왜 하는지 알 수 없었다.

　그는 나지막이 욕설을 내뱉으며 시계를 보았다. 몸은 피곤하고, 입이 바짝 마를 정도로 갈증이 났다. 다 혈당이 떨어졌다는 신호다. 그런데도 그는 높다란 돌담에 가려진 다음 집으로 걸어갔다.

　그는 가가호호 방문하는 일을 좋아하지 않았다. 특히 이런 빗속에서는. 하지만 범죄수사과 최상급자의 명령이니 시키는 대로 할 수밖에 없었다.

　대문은 닫혀 있었다. 굳게 잠긴 채로. 가브리엘은 주위를 둘러보았다. 여기서는 살인사건이 일어난 외스탄배겐 204번지 집이 거의 보이지 않았다. 그는 대문 옆에 달린 인터콤을 누르고 누군가 받기를 기다렸다. 잠시 후 다시 한 번 버튼을 누른 그는, 이번에는 "안녕하세요!" 인사해보았다. 잠긴 문을 살짝 밀자 덜컹 소리가 났다. 도대체 한나는 어디 있을까? 골목 어디에도 그녀는 보이지 않았다. 그렇다고 혼자 옆 골목으로 갔을 리 없다. 그에게 말도 안 하고 가버릴 사람은 아니다. 이제껏 한 번도 그런 적이 없었으니까. 한숨을 내쉬며 뒤로 한 발짝 물러난 가브리엘은 하필 물웅덩이 한가운데를 밟고 말았다. 차가운 물이 오른쪽 양말을 적셨다. 하, 기가 막히는군! 아주 기가 막혀!

가브리엘은 다시금 그 집을 올려다보았다. 여전히 인기척이 없었다. 마음 같아서는 이 짓을 그만두고 가까운 식당에 가서 뭐라도 좀 먹고 싶었다. 그때 그는 곁눈으로 뭔가를 목격했다. 뭔가 움직이는 것. 그는 정체를 확인하려고 살짝 눈을 돌렸다. 감시 카메라! 그는 다시 인터콤을 누르며 문을 열라고 몇 번 소리쳤다. 그러한 그의 열정이, 스멀스멀 밀려오는 어지럼증을 간신히 억누르고 있었다.

헨리크 레빈은 40분 동안 98크로네를 지불하고 양껏 먹었다. 태국 음식 뷔페에는 맛있는 음식들이 너무도 많았다. 하지만 그와 동행한 미아 볼란데르는 좀 더 가볍게 먹을 수 있는 샐러드를 선택했다.

다시 차로 돌아온 헨리크는 점심 메뉴 선정을 후회했다. 몸이 무겁고 졸음이 오는 바람에 경찰서까지 미아가 운전하도록 했다.

"다음에는 나한테도 샐러드를 먹으라고 해줘." 그가 말했다.

미아가 웃었다.

"그럴 거지?"

"난 선배 엄마가 아니라고요! 하지만 뭐, 알았어요. 엠마(Emma)가 살 빼라던가요?"

"내가 뚱뚱하다는 거야?"

"얼굴은 빼고요."

"고맙군."

"엠마가 잠자리를 거부하는군요?"

"뭐라고?"

"그래서 탄수화물을 적게 섭취하려는 거잖아요, 살 빼려고. 인터넷에서 읽었는데 남자들이 살을 빼는 데 가장 큰 동기부여가 되는 건 섹스를 더 많이 하고 싶어서래요."

"난 그저 샐러드 얘기를 한 것뿐이야. 다음번에는 샐러드를 먹고 싶다고. 뭐 잘못된 거라도 있어?"

"전혀요."

"내가 뚱뚱하다고 생각해?"

"아니요. 선배는 안 뚱뚱해요. 80킬로밖에 안 나가잖아요."

"83이야."

"83킬로, 뚱보 맞네! 왜 몸무게가 덜 나가면 좋겠는데요?"

미아는 약 올리듯 윙크했다. 헨리크는 아무 말없이, 가벼운 식사를 원하는 진짜 이유를 생각했다.

그가 7주 전부터 저탄수 다이어트를 시작했다는 걸 미아가 알 필요는 없었다. 또한 주중에 더 많은 운동을 하기로 다짐한 상태였다. 하지만 이런 새로운 라이프스타일을 유지하기란 쉽지 않았다. 특히 밥과 함께 먹으면 훨씬 더 맛있는 태국 음식을 먹을 때면 더더욱. 그의 퇴근 후 생활은 단순했다. 귀가, 식사, 놀이, 목욕, 애들 재우기, TV 시청, 수면. 집에 가서는 다섯 살, 여섯 살짜리 아이들과 함께 시간을 보내는 게 일상이 되었다. 사실 그는 아직 아내 엠마에게 일주일에 한두 번, 한 시간만 운동하고 오면 안 되냐고 묻지도 못했다. 부디 아내가 허락해주기를. 그러나 헨리크는 마음속으로, 자신이 듣게 될 대답을 두려워하고 있었다. 단호한 거절을.

이미 엠마는 그가 가족들과 함께 보내는 시간이 너무 적다며 화를 냈기 때문이다.

하지만 헨리크는 몸매가 좋아지면 아내와 더 만족스러운 섹스를, 더 자주 할 수 있을 거라 생각했다. 이게 윈-윈 전략이 아니면 무엇이겠는가.

그러나 전에 엠마에게 토요일에 동네 클럽 사람들과 축구해도 되냐고 물었을 때마다 매번 거절당했다. 그녀는 주말은 가족과 함께 보내야 한다고 말했다. 그래서 그들은 아이들과 공원이나 동물원, 극장에 가거나 아니면 집에서 함께 시간을 보냈다. 엠마는 포옹만 자주 하면 부부 관계가 돈독해진다고 생각하는 듯했다.

헨리크는 포옹을 별로 좋아하지 않았다. 그가 좋아하는 건 섹스였다. 배우자에게 사랑을 증명해 보이는 데 섹스만한 건 없다. 장소나 시간과 관계없이 그저 섹스가 중요하다는 것이 그의 생각이다. 하지만 엠마는 달랐다. 그녀에게 섹스란 즐겁고 편안해야 하며 많은 시간과 적절한 분위기를 요하는 일이었다. 그녀는 여전히 침대에서 하는 걸 좋아했는데 아이들이 깨어 있을 때는 그마저 불가능했다. 유령을 무서워하는 펠릭스(Felix)가 매일 밤 아빠 엄마 사이에서 자겠다고 조르는 바람에 그들이 부부관계를 할 기회는 거의 없었다.

헨리크는 앞으로 나아질 거라는 희망만으로 만족할 수밖에 없었다. 지난달에는 특히 더 욕구가 샘솟았고 엠마 역시 동조해주었다. 적어도 한 번은. 정확히 4주 전 일이었다.

헨리크는 쓰린 속을 간신히 참았다. 다음에는 꼭 샐러드만 먹겠다고 생각하며.

회의실에 들어선 헨리크와 미아는 가브리엘 멜크비스트 경관이 린되의 집들을 돌아다니다가 쓰러졌다는 소식을 들었다. 한 노부인이 초인종이 계속 울리는 소리에 문밖으로 나갔다가 그를 발견했다고 했다. 휠체어 신세라 빨리 나갈 수 없었고, 겨우 대문에 다다랐을 때 땅에 쓰러져 있는 경관을 본 것이다.

"다행히 가브리엘을 도우러 달려온 한나 홀트만이 그의 주머니에서 포도당 주사기를 찾아내 허벅지에 찔러 넣었어. 이상은 나쁜 소식이고, 좋은 소식은 그 부인 집 밖에서 감시 카메라를 발견했다는 거야. 그 골목을 찍고 있는 카메라를. 여기 달려 있네." 군나르는 말을 끝낸 후 벽에 시간표와 함께 붙어 있는 주거지역 지도 위에 X 표시를 했다.

팀원들이 전부 회의실에 모였다. 야나 한 명만 빠졌는데 미아는 그래서 기분이 좋았다.

"잘하면 일요일에 일어난 일들이 아직 서버 어딘가에 남아 있을 거야. 올라, 바로 확인해주면 좋겠는데."

"지금이요?" 올라 쇠데르스트룀이 말했다.

"그래, 지금."

올라는 자리에서 일어났다.

"잠깐." 헨리크가 말했다. "올라가 해줄 일이 또 있어요. 우리가 압수해 온 한스 율렌의 컴퓨터를 봐줘야 해요."

"레나 비크스트룀하고 얘기해서 뭘 좀 건지셨어요?"

"셰르스틴 율렌과는 전혀 다른 말을 하더군. 셰르스틴은 한스가 항상 컴퓨터로 일한다고 했는데, 비서인 레나의 말에 따르면 한스는 컴퓨터를 거의 안 썼대. 그 정도로 말이 서로 다른 게 이상해."

올라, 군나르와 아넬리가 동의를 표했다.

"또 레나는 셰르스틴의 말과는 다르게 한스 율렌이 특별히 스트레스를 받고 있지는 않았다고 했습니다." 헨리크가 말했다.

"하지만 그건 그녀 생각이죠. 저도 한스가 스트레스 받았을 거라고 봐요. 언론이 그렇게 비난을 퍼부어대고 협박 편지까지 받았으니 당연하잖아요?" 미아가 말했다.

"맞아요." 올라가 말했다.

"레나는 망명 허가를 받지 못한 신청자들과 관련한 보안 문제가 항상 있었다고 했습니다. 그래서 올해 현재까지 망명 신청자들 명단을 받아왔어요." 헨리크가 말했다.

"좋아, 다른 건?" 군나르가 말했다.

"없습니다." 헨리크가 말했다. 집집마다 돌아다니며 실시한 방문조사에서는 감시 카메라를 발견한 것 외에는 소득이 없었다.

"목격자는요?" 미아가 말했다.

"한 명도 없어." 군나르가 말했다.

"미치겠네. 뭐라도 본 사람이 아무도 없대요? 이래서는 수사 범위를 도무지 좁힐 수 없잖아요!" 미아가 말했다.

"당장은 목격자가 없어. 한 명도. 그러니까 감시 카메라가 우리에게 뭘 보여줄지 기대해봐야지. 올라, 관련 영상을 얻을 수 있는지 당장 확인해줘." 군나르는 말하며 올라에게 돌아섰다.

"한스 율렌의 컴퓨터도 뒤져봐. 나는 통화 기록을 확인할 테니까. 안 나왔으면 내놓을 때까지 전화해서 닦달해야지. 아넬리, 자네는 현장에 다시 가서 더 찾을 만한 게 없는지 살펴봐. 지금 상황에서는 어떤 거라도 도움이 될 테니까."

9장

처음에 소녀는 미친 듯이 울었다. 하지만 지금은 오히려 진정된 기분이었다. 이런 느낌은 난생 처음이었다. 눈앞에서 일어나는 모든 일이 마치 느린 화면 속 이미지 같았다.

소녀는 무겁게 느껴지는 머리를 허벅지 쪽으로 구부리고 양팔을 옆에 축 늘어뜨린 채 망연자실한 상태로 앉아 있었다. 그들이 탄 밴의 엔진이 힘없이 부릉댔다. 소녀의 허벅지가 따끔거렸다. 아까 남자가 소녀를 세게 붙잡아 팔에 주사 바늘을 꽂았을 때, 오줌을 지리고 말았기 때문이다.

이제 소녀는 천천히 고개를 들어 왼쪽 팔 위쪽에 난 자그마한 빨간 자국을 쳐다보았다. 그 자국은 아주 작았다. 소녀는 키득거렸다. 아주 작은. 코딱지만 한. 아까 본 주사기도 아주 작았다.

밴이 덜컹이더니 아스팔트길이 자갈길로 바뀌었다. 소녀는 머리를 뒤로 기대며 무게 중심을 잡으려 애썼다. 안 그랬다가는 밴의 단단한 내부 어딘가 혹은 다른 누군가와 부딪힐 수도 있으니까. 모두 일곱 명이 좁은 공간에 꼭 붙어 앉아 있었다. 소녀 옆에 앉은 다닐로도 울었다. 소녀는 그동안 다닐로가 우는 모습을 한 번도 본 적이 없었다. 다닐로는 항상 웃기만 했으니. 소녀는 그 미소를 좋아했고 언제나 같은 미소로 화답했다. 하지만 지금 다닐로는 웃을 수 없었다. 은색 테이프가 그의 입을 단단히 막고 있어서, 숨도 코를 벌름거리며 얻은 공기로 겨우 쉬고 있었다.

그들 맞은편에는 어떤 여자가 앉아 있었다. 화가 난 듯 보였다. 아주, 아주 많이. 으르렁. 소녀는 혼자 몰래 웃었다. 그러고는 다시 머리를 다리 쪽으로 숙였다. 피곤했다. 침대에서 인형(언젠가 버스 정류장에서 주운)과 함께 자고 싶은 마음이 굴뚝같았다. 팔다리가 각각 하나뿐이지만 소녀가 본 인형들 중 가장 예뻤다. 물결치는 갈색 머리에 분홍 드레스를 입은 인형. 소녀는 그 인형이 몹시도 그리웠다. 인형은 아직 엄마 아빠와 함께 컨테이너에 있을 것이다. 나중에 그리로 돌아가면 인형을 찾아올 생각이다.

그럼 모든 게 다시 괜찮아질 것이다.

그리고 그들은 돌아갈 수 있을 테고.

집으로.

10장

감시 카메라 영상이 막 도착했다. 올라 쇠데르스트룀은 포장을 뜯어 작은 하드디스크를 재빨리 컴퓨터에 집어넣고는 곧장 외스 탄배겐이 한눈에 보이는 영상들을 넘겨보았다. 안타깝게도 회전 하는 카메라 렌즈가 한스 율렌의 집까지는 찍지 못했다. 각도로 보니 카메라는 땅에서부터 2~3미터쯤 위에 설치되었던 것 같고, 거리 위의 모든 것을 볼 수 있을 정도로 촬영 범위도 적당했다. 화 질도 좋고 선명했다. 올라는 지난 일요일 아침 촬영분으로 영상을 빨리 되감아보았다. 한 여자가 개를 데리고 지나갔고 흰색 렉서스 가 거리를 벗어났으며, 개와 여자가 되돌아오는 모습도 보였다.

영상 속 시간이 17시 30분일 때, 올라는 되감기 속도를 늦추었 다. 텅 빈 거리는 바람이 심하게 불어 추워 보였다. 흐린 날씨 탓 에 움직임을 감지하기 힘들었고 거리의 조명도 너무 어두웠다.

영상을 더 선명하게 보기 위해 밝기 조절을 고민하던 순간, 한 소년이 갑자기 올라의 눈앞에 나타났다. 그는 영상을 멈췄다. 18 시 14분을 가리키고 있었다. 재생 버튼을 눌렀다. 소년은 거리를 빠르게 가로질러 걸어가더니 곧 사라졌다.

올라는 영상을 되감아 같은 구간을 반복해서 보았다. 어두운 색 의 후드로 얼굴을 가린 소년은 고개를 푹 숙이고, 양손은 배 쪽에 난 커다란 주머니에 찔러 넣은 채 걸어갔다.

Marked for Life

올라는 한숨을 내쉬며 손으로 얼굴을 문지르다 머리를 마구 쓸어 넘겼다. 그저 어디론가 가고 있는 아이일 뿐이다. 올라는 다시 재생 버튼을 누른 뒤 양손을 머리 뒤에 받친 채 몸을 의자에 기댔다.

영상 속 시간이 20시가 됐지만 여전히 아무것도 보이지 않았다. 아무런 움직임도, 그 어떤 사람도. 그 두 시간 동안 차 한 대 지나가지 않았다. 오직 그 소년뿐. 바로 그때, 올라는 자기가 뭘 봤는지 깨달았다. 단 한 명의 소년.

올라가 너무 급히 일어서는 바람에 뒤로 넘어간 의자가 쿵 하고 바닥에 쓰러졌다.

"기분이 좋아 보이네요."

군나르는 아넬리 린드그렌의 목소리에 깜짝 놀랐다. 팔짱낀 채 문간에 선 그녀는 꽉 묶은 머리 탓에 선명한 파란 눈과 높이 솟은 광대뼈가 더 도드라져 보였다.

"응, 방금 통화목록을 넘겨주겠다는 약속을 받았거든. 난리를 쳤더니 해결되는군." 그가 말했다.

"지금 기분 좋은 이유가 그것 때문인가요?" 아넬리가 말했다.

"맞아. 가봐야 하지 않나?" 군나르가 말했다.

"네, 하지만 날 도와줄 사람을 기다리고 있어요. 다 살펴보기엔 집이 너무 크니까 혼자 다 해낼 수는 없어요."

"혼자 일하는 걸 좋아하는 줄 알았는데."

"때로는 그렇지만 그것도 얼마 안 가 지쳐요. 그럴 때는 곁에 누군가 있는 게 좋아요." 아넬리는 말하며 고개를 살짝 기울였다.

"모든 걸 처음부터 다시 뒤질 필요는 없잖아? 눈에 띄는 것만 보라고."

"그거야 당연하죠. 날 뭘로 보는 거예요?" 아넬리는 고개를 빳빳이 들고 한 손을 허리에 올렸다.

"뒤진다는 말이 나와서 말인데, 창고를 정리하다가 당신 물건 몇 가지를 발견했어."

"당신이 창고를 정리했다고요?"

"그래. 뭐 잘못됐어?" 군나르는 어깨를 으쓱하며 말했다. "필요 없는 것들 좀 추려내려다가 장식품들이 들어 있는 커다란 상자를 찾았어. 다시 가져가겠어?"

"이번 주말쯤 가지러 갈 수 있을 거예요."

"아니, 내가 사무실로 가져오는 게 낫겠어. 자, 그럼 미안하지만 이제 난 약속대로 그 목록이 도착했는지 확인을 좀 해봐야겠어."

막 방에서 나가려던 아넬리는 문간에서 잔뜩 긴장한 올라 쇠데르스트룀과 거의 부딪칠 뻔했다.

"왜?" 군나르가 말했다.

"뭔가 찾아낸 것 같아요. 와서 보시죠!"

군나르는 책상에서 일어나 올라를 따라 그의 컴퓨터실로 들어갔다.

군나르보다 스무 살 어린 올라는 키가 크고 마른 데다 코가 뾰족했다. 청바지와 빨간색 체크 셔츠를 입었고 여느 때처럼 모자를 쓰고 있었다. 온도계가 몇 도를 가리키든 상관없이, 영하 30도든 영상 30도든 그는 항상 모자를 썼다. 때로는 빨간색, 때로는 흰색. 때로는 줄무늬, 때로는 체크무늬. 오늘은 검은색이었다.

군나르는 올라에게 업무시간에는 모자를 쓰지 말라고 여러 번 말했지만, 결국 포기하고 말았다. 올라가 컴퓨터를 다루는 기술에 비하면 짜증나는 모자쯤은 별 문제가 아니니까.

"이것 좀 보세요." 올라가 키보드로 뭔가를 치자 녹화테이프가 재생되기 시작했다. 군나르는 영상 속의 어린 소년을 보았다.

"정확히 18시 14분에 나타났어요." 올라가 말했다. "거리를 가로질러 걸어가는 모습이 아무래도 외스탄배겐 쪽, 즉 한스 율렌의 집 쪽으로 가는 것 같아요."

군나르는 소년의 움직임을 관찰했다. 뻣뻣했다. 거의 기계처럼.

"다시 틀어봐." 소년이 화면에서 사라지자 군나르가 말했다.

올라는 그의 말대로 했다.

"멈춰!" 군나르는 화면 쪽으로 더 가까이 다가섰다. "확대할 수 있나?"

올라가 키보드를 누르자 소년이 더 크게 보였다.

"양손을 후드 티 주머니에 넣고 있는데 주머니가 너무 불룩해. 뭔가 다른 게 있기 때문이야." 군나르가 말했다.

"아넬리가 아이 손자국을 찾았다고 했잖아요. 이 아이일까요?" 올라가 말했다.

"몇 살로 보여?" 군나르가 말했다.

올라는 영상 속 형체를 쳐다보았다. 아무리 큰 후드를 입고 있어도 그 안에 숨겨진 소년의 체구는 가늠해볼 수 있었다. 하지만 중요한 건 키였다.

"제가 보기에는 여덟, 아홉 살 정도 같은데요." 올라가 말했다.

"그 나이 또래 아이를 가진 사람이 누가 있지?"

"한스 율렌의 이복동생."

"젠장."

"더 확대해봐."

올라는 한 단계 더 확대했다.

군나르는 불룩한 주머니를 조금이라도 더 잘 보려고 얼굴을 화면에 바짝 갖다 댔다.

"주머니에 뭐가 있는지 이제 알겠군."

"뭔가요?"

"권총이야."

헨리크 레빈와 미아 볼란데르는 노르셰핑에서 핀스팡 방면으로 이동 중이었다. 아무 말 없이 앉아 각자 생각에 빠져 있던 그들은 목적지까지 5킬로미터 남았음을 알려주는 표지판을 지나쳤다.

헨리크는 갓길에 차를 대고 내비게이션에 가려는 곳의 주소를 검색했다. 최종 목적지까지 150미터가 남았음을 알려주는 지도와 함께, 다음 원형교차로에서 직진하라는 음성이 흘러나왔다. 헨리크는 지시를 따라 둔데르바켄(Dunderbacken) 지역에 속하는 그 주소를 찾아갔다.

미아는 버려진 종이와 포장재들로 넘쳐나는 재활용품 분리수거장 옆에 빈 주차공간을 손으로 가리켰다. 초록색 쓰레기통 수거함 앞에는 누군가 놓아둔 낡은 라디오가 있었다.

"그러니까 여기가 그 이복동생이 사는 곳이군요." 미아가 말했다. 차에서 내린 그녀는 기지개를 켜며 크게 하품했다. 헨리크 역시 차에서 내려 문을 쾅 닫았다.

저층 아파트 건물들 사이의 풀밭에서는 몇몇 사람들이 서서 대화를 나누고 있었다. 근처에서는 두 아이가 그네 옆 모래밭에서 놀고 있었다. 쌀쌀한 4월의 날씨에 볼이 빨갛게 된 채로. 아이들의 아버지로 보이는 남자는 그 옆 벤치에 앉아 휴대전화만 들여다보고 있었다. 발목까지 내려오는 겨울 코트를 입은 한 여자가 양손에 쇼핑백을 든 채 인도를 걸어 그쪽으로 걸어왔다. 잠시 후 멈춰 선 그녀는 자전거보관대에서 노란색 모나크(Monark, 스웨덴의 자전거 브랜드—옮긴이)를 꺼내는 긴 머리 남자에게 인사를 건넸다.

풀밭을 가로질러 걸어간 헨리크와 미아는 건물 번호를 살피고는 34번으로 들어갔다. 얇은 옷차림의 한 남자가 입구에 서 있다가 한쪽으로 몇 발짝 물러섰다. 그는 누군가를 기다리는 듯 초조하게 계속 서성거렸다.

미아는 엘리베이터 옆에 붙은 거주자 명단을 흘긋 보고는 찾는 사람이 3층에 있음을 파악했다. 라르스 요한손. 둘은 계단으로 올라가 초인종을 눌렀다.

라르스는 곧바로 문을 열었다. 노르셰핑 팀의 엠블럼이 박힌 흰색 축구 유니폼 상의에 팬티 차림이었다. 지저분하게 난 수염에 눈 밑에는 다크서클이 진했다. 그는 목덜미를 주무르며 앞에 서 있는 두 경관을 놀란 눈으로 쳐다보았다.

"라르스 요한손 씨?" 헨리크가 물었다.

"그렇소. 무슨 일이오?" 라르스가 말했다.

헨리크는 자신들을 소개한 뒤 수색영장을 내밀었다.

"난 또 신문사인지 어딘지에서 온 줄 알았네. 지난 며칠간 기자들이 하도 왔다 갔다 해서 말이오. 뭐, 어쨌든 들어오쇼, 제길, 들어

와요! 요새 청소를 통 못했으니 신발은 신고. 거실에 앉아서 기다려요, 바지나 좀 입고 오게. 오줌도 눠야 하는데. 기다리실 거요?"

라르스는 화장실 쪽으로 갔고 헨리크는 고개를 절레절레 흔드는 미아를 쳐다보았다. 둘은 라르스를 따라 복도를 걸어갔다.

화장실은 복도 끝에 있었고 라르스는 그 안에서 빨래통에 들어 있던 회색 면바지를 꺼냈다. 곧 그는 문을 닫았고 안에서 잠갔다.

"가실까요?" 헨리크는 정중한 몸짓을 하며 미아에게 말했다. 미아는 고개를 끄덕이며 몇 발짝 더 걸어갔다.

왼쪽에 있는 부엌에는 안 씻은 접시 더미와 피자 박스들로 어질러져 있었다. 싱크대 안에는 묶어둔 쓰레기봉투가 들어 있었다. 부엌 맞은편에 있는 침실은 크기가 상당히 작았고 역시 정리 안 된 싱글 침대가 있었다. 베니션 블라인드는 다 내려진 상태였고 크고 작은 레고 조각들이 흩어진 바닥은 그야말로 난장판이었다. 화장실 왼쪽으로 거실이 보였다.

헨리크는 거기 놓인 갈색 가죽 소파에 앉을지 말지 고민하며 머뭇거렸다. 한쪽 구석에 이불이 있는 걸로 보아 침대로도 쓰는 듯했고 쿰쿰한 냄새까지 났기 때문이다.

변기 물 내리는 소리가 나더니 잠시 후 라르스가 5센티미터는 짧아 보이는 바지를 입은 채 거실로 왔다.

"앉요. 내가 저걸……" 라르스는 베개와 이불을 살구색 리놀륨 바닥으로 밀어 내렸다. "자 이제 앉아요. 커피 드릴까?"

헨리크와 미아는 사양하며 소파에 앉았다. 그들의 무게에 눌린 소파가 쉬익 꺼지는 소리를 냈다. 소파에 밴 땀 냄새가 역했다. 라르스는 녹색 플라스틱 의자에 앉아 바지를 2센티미터 정도 더 위

Marked for Life

로 당겨 올렸다.

"라르스 씨." 헨리크가 입을 열었다.

"그냥 라세라고 불러요. 다들 그러니까."

"좋아요, 라세 씨. 용건을 말씀드리기 전에 우선 조의를 표합니다."

"형 말이군요. 네, 아주 끔찍한 일이죠."

"그 일로 많이 힘드셨나요?"

"아니, 별로요. 우리는, 그러니까 형하고 난 우애 좋은 형제와는 거리가 멀었거든. 배다른 형제니까. 하지만 친척이라고 해서 꼭 많은 시간을 함께 보내리라는 법은 없어요. 서로 좋아하라는 법도 없고."

"사이가 안 좋으셨나요?"

"그래요. 아니, 그 정도면 좋았던 건가. 젠장, 나도 모르겠네."

라세는 아주 잠깐 그 질문에 관해 생각하며 한쪽 다리를 살짝 들어 사타구니 쪽을 긁었다. 거기에 커다란 동전 크기의 구멍이 나 있었다. 그는 다시 형과의 관계에 대해 이야기했다. 그다지 좋지 않았다고. 사실 작년에는 아예 만나지도 않았다고. 자신의 도박 문제 때문이었는데 이제는 아들을 위해 도박을 하지 않는다고 했다.

"상황이 안 좋을 때면 항상 형한테 돈을 빌렸어요. 형은 시몬(Simon)을 굶기는 걸 원치 않았거든. 복지수당으로 먹고 살기란 쉽지 않아요. 집세도 내야 하고, 뭐 여러 가지."

라세는 손바닥으로 오른쪽 눈을 문지르고는 말을 이었다. "그런데 이상한 일이 일어났어요. 형이 갑자기 구두쇠처럼 변해서는 돈이 없다고 했지. 말도 안 되는 얘기라고 생각했어요. 린되에 살면서 돈이 없다니 말이 안 되잖소."

"무슨 일이 있었는지는 알아내셨나요?" 헨리크가 말했다.

"아니. 그냥 더는 돈을 못 빌려준다고 말했다는 것밖에 몰라요. 형수가 안 된다고 했다는 것밖에는. 돌려주겠다고 약속까지 했는데. 뭐, 한동안 약속을 못 지켰지만 어쨌든 약속했다고요. 그래도 돈을 더 빌릴 수는 없었지. 형은 바보였소, 인색한 바보. 하루 저녁만 비싼 스테이크를 안 먹는 대신 내게 1백 크로나만 빌려줬으면 됐을 걸. 안 그렇소? 내가 형이었다면 그랬을 거요, 암."

라세는 자신의 가슴을 쳤다.

"돈 문제로 율렌 씨와 다툰 적 있습니까?"

"전혀요."

"형을 협박했다거나 둘 사이에 거친 말이 오간 적은 없었나요?"

"이상한 욕 같은 건 했는지 몰라도 협박한 적은 절대 없소."

"아들이 있다고요?" 미아가 계속 물었다.

"네, 시몬이오." 라세는 주근깨가 난 남자아이가 웃고 있는 사진 액자를 내밀었다.

"이건 다섯 살 때고 지금은 여덟 살이오."

"더 잘 나온 사진은 없나요? 최근 걸로?" 헨리크가 말했다.

"잠깐만."

라세는 찬장으로 가서는 잡동사니들이 가득 든 작은 상자 하나를 꺼냈다.

종이 몇 장, 배터리, 엉켜버린 전선들, 연기 감지기와 목이 부러진 공룡 인형, 사탕 포장지도 있었다. 장갑 한 짝도.

"괜찮게 나온 최근 사진이 있나 모르겠네. 학교에서 찍어주는 사진들은 아주 징그럽게 비싸니. 스무 장에 4백 크로나씩 받아요. 누가 그런 걸 살 수 있답니까? 빌어먹을 날강도 같으니라고."

라세는 종이들을 바닥에 던져놓고 상자 안을 자세히 살펴보았다.

"더 잘 나온 사진은 없소. 그런데 내 휴대전화에 혹시 있을 수도 있겠군."

라세는 부엌으로 사라지더니 구식 플립 폰을 들고 돌아왔다. 그는 선 채로 버튼을 눌러댔다.

헨리크는 라세가 없어진 화살표 버튼 대신 새끼손가락을 이용해 사진 폴더를 뒤적이고 있는 걸 보았다.

"여기." 라세는 이렇게 말하며 헨리크에게 휴대전화를 내밀었다. 헨리크는 그것을 받아 화면 속의 사진을 보았다. 화질은 나빴지만 비교적 키가 크고 여전히 주근깨가 난 소년이 있었다. 발그스레한 볼. 선량한 눈.

헨리크는 라세에게 아들이 잘생겼다고 칭찬하며 사진을 자기 휴대전화로 보내달라고 했다. 1분 뒤 그는 사진을 휴대전화 이미지 파일에 저장했다.

"시몬은 학교에 있나요?" 헨리크는 휴대전화를 주머니에 집어넣으며 말했다.

"그래요." 라세는 다시 의자에 앉았다.

"언제 집에 옵니까?"

"이번 주에는 제 엄마랑 있어요."

"지난 일요일에는 함께 계셨나요?"

"네."

"저녁 5시에서 7시 사이에 어디 계셨나요?"

라세는 손으로 정강이를 위아래로 문질렀다.

"시몬은 비디오게임을 했소."

"그럼 두 분 다 여기, 집에 계셨다는 건가요?"

그는 또다시 정강이를 문질렀다.

"아니요. 시몬만."

"당신은 어디 계셨죠?"

"음… 그게… 이른 저녁에 열리는 포커 게임을 좀 했소. 바로 이 블록 아래서. 친구들이 하자는데 뺄 수는 없지. 하지만 마지막이었소, 진짜 마지막. 보시다시피 나는 도박 같은 건 안 하니까. 더는 안 해요."

11장

얼굴에 흉터가 있는 남자는 이리저리 서성거렸다. 그는 돌바닥 위에 맨발로 줄지어 서 있는 그들을 사나운 눈빛으로 노려보았다. 창문들은 가려져 있었지만 널빤지로 된 벽의 틈새 한두 군데를 통해 빛의 조각이 비추고 있었다.

소녀는 그들이 거의 때리다시피 입에 붙인 끈끈한 은색 테이프 때문에 입술과 양 볼이 아팠다. 밴에 타고 있었을 때는 코로 숨 쉬기 힘들었다. 그 이후, 작은 보트로 떠밀려 올라탔을 때에는 멀미가 나서 목구멍까지 올라오는 구토를 억지로 삼켜야만 했다. 그들이 마침내 그 큰 방, 아니면 홀, 이름이 뭐든 간에 그곳에 도착하자마자 밴에서 맞은편에 앉았던 여자가 소녀의 입을 막고 있던 테이프를 떼어냈다.

소녀는 고개를 돌리지 않은 채 주위를 둘러보았다. 커다란 기둥들이 천장을 받치고 있었고 거미줄이 많이 보였다. 마구간? 그보다는 훨씬 더 컸다. 그러나 매트리스도 없는 걸로 보아 누군가의 집도 아닌 듯했다. 그렇게 보이지도 않았고. 돌바닥만 빼면 말이다. 소녀의 집 바닥도 돌바닥이었다. 하지만 집 바닥은 언제나 따뜻했던 반면 이 바닥은 얼음장처럼 차가웠다.

소녀는 몸을 부르르 떨다가 곧장 다시 똑바로 섰다. 할 수 있는 한 똑바로 서려고 노력했다. 다닐로 역시 가슴을 앞으로 내밀고 턱을 들고 있었지만 에스테르는 그러지 못했다. 그저 울기만 할 뿐. 에스테르는 두 손으로 얼굴을 가린 채 도무지 울음을 멈출 생각을 하지 않았다.

그 남자는 에스테르에게 다가가 크게 소리를 질렀다. 에스테르는 그의 말을 못 알아듣는 듯했다. 다른 아이들과 마찬가지로. 결국 에스테르는 더 크게 울었고 남자는 에스테르를 사정없이 때렸다. 그 바람에 에스테르는 뒤로 쓰러졌다. 남자는 벽 앞에 서 있던 다른 두 남자에게 손짓했다. 그들은 에스테르의 팔다리를 들어 올려 데리고 나갔다. 소녀가 에스테르를 마지막으로 본 모습이었다.

남자는 천천히 소녀에게 다가와서는 멈추더니, 소녀의 얼굴에서 불과 2센티미터 앞까지 자기 얼굴을 들이밀었다. 얼음처럼 차가운 눈빛을 한 그는 스웨덴어로 뭐라고 말했고, 소녀는 나중까지도 그 말을 결코 잊을 수 없었다.

"울지 마." 그는 말했다.

"이제 절대로 울어서는 안 돼. 절대로."

Marked for Life

12장

　미아 볼란데르는 다른 팀원들과 함께 마지막 브리핑을 위해 회의실에 앉아 있었다. 한스 율렌 살인사건 수사와 관련한 의문점들을 검토하는 중이었다. 그중 가장 중요한 것은 지금 대형 스크린에 떠 있는 사진 속 소년이었다.

　군나르 외른은 아직 이름조차 모르는 그 소년을 최우선과제로 삼았다. 살인과 직접적 관련이 있거나, 그렇지 않더라도 이번 수사의 주요 용의자이기 때문이다. 소년을 찾아야만 했다. 그건 소년의 신원을 밝혀줄 사람을 찾아 가가호호 방문을 더 열심히 해야 한다는 의미였다.

　미아는 승진과 함께 그 지겨운 일에서 해방된 것이 너무나 기뻤다. 이웃 주민들을 탐문하는 일은 전혀 도전적인 일이 아니었다. 재미라고는 눈 씻고 찾아봐도 없는.

　미아는 제일 먼저 회의실 탁자 가운데 접시에 담긴 시나몬 번을, 그것도 가장 큰 것을 집어 들었다. 경쟁심이 강한 미아는 그 점에 있어서 큰 오빠한테 감사해야 했다. 어린 시절은 모든 것이 최고가 되기 위한 경쟁이었다. 그녀보다 다섯 살, 여섯 살 많은 오빠들은 누가 더 팔굽혀펴기를 많이 하나, 누가 먼저 저기까지 뛰어가나, 누가 더 안 자고 오래 버티나 같은 걸로 다투곤 했다. 미아는 그런 오빠들의 주목을 끌고자 갖은 노력을 다했지만 오빠들은 단 한 번도 그녀가 이기도록 놔두지 않았다. 아무리 사소한 경쟁에서라도.

그리하여 미아에게 경쟁은 자연스러운 일이 되었고(사실상 모든 분야에서) 그 본능은 도무지 사그라질 줄을 몰랐다. 게다가 타고난 다혈질이라, 학창시절 친구들 대부분은 그녀가 멋대로 하도록 내버려두었다. 중학교 때도 몇 번이나 상급생들과 싸우는 바람에 귀가 조치를 받았다.

5학년 때에는 반 친구를 때려 피까지 나게 한 적도 있었다. 아직도 미아는 그 남자아이를 기억한다. 코가 펑퍼짐했던 그 아이는 걸핏하면 미아를 놀리고, 체육시간이면 미아에게 돌멩이를 던졌다. 100미터 달리기가 미아보다 더 빠른 유일한 학생이기도 했다. 미아가 그런 아이를 가만뒀을 리 없다. 어느 날 방과 후 미아는 그 아이의 정강이를 세게 걷어찼고, 이에 양호실로 간 아이는 뼈에 금이 가서 병원 신세를 져야 했다. 그 일로 정학을 맞을 뻔한 미아는 그냥 사고였을 뿐이라고 주장했다. 교장은 생활기록부에 그 사건을 기록했지만 미아는 전혀 개의치 않았다. 그리고 그 다음 체육시간, 미아는 달리기에서 1등을 했다. 그녀에게 중요한 일은 그것이었다.

미아는 남은 번을 순식간에 먹어치웠다. 탁자 위 떨어진 설탕을 한 곳에 모아서는 손가락 끝을 핥더니 그걸로 설탕을 찍어 입 안에 넣었다.

학창시절 미아는 친구가 거의 없었다. 열세 살 때 큰오빠가 패싸움을 하다 죽은 이후 그녀는 다르게 살기로 결심했다. 처음에는 그녀도 거친 변두리 동네에서 살아남기 위해 최대한 튀어야만 했다. 피어싱, 머리 염색, 부분 삭발, 전체 삭발, 문신, 상처, 베인 상처, 찔린 상처…… 그 무엇도 낯설지 않았다. 미아도 거기 끼기 위해 눈썹 한 쪽을 바늘로 뚫기도 했다. 하지만 그녀가 다른 사람들과 구별됐던 점은 바로 태도였다. 미아는 삶에서 뭔가를 이루고 싶었다. 결국 그런 건방진 태도와 경쟁심 덕분에 학교를 졸업할 수 있었다. 오빠 같은 낙오자가 되지 않으리라 단단히 결심을 했으니까.

미아는 시나몬 번을 또 하나 집어 들고 헨리크에게 접시를 건넸지만 그는 사양했다.

그들은 소년이 사건에 어떤 식으로 연루되었는지 한 시간 가까이 토론하고 있었다. 올라는 감시 카메라 파일에서 캡처한 소년의 사진을 보여주었다. 길을 건너면서 살짝 뒤돌아보는 모습이었다.

올라는 다른 사진들도 더 보여주었다. 사진들은 느리게 한 장씩 넘어갔다. 사람들은 소년이 걸어가는 장면을 순서대로 관찰할 수 있었고, 맨 마지막 사진에는 소년의 옷에 달린 모자만 보였다. 휴대전화를 집어든 헨리크는 스크린 속 사진을 라세 요한손의 아들 시몬의 사진과 비교해보았다. 그러고는 시몬에게 품었던 일말의 의심을 지웠다.

"피해자의 조카는 키가 더 작고 다부진 체형입니다. 사진 속의 소년이 더 말랐어요." 그가 말했다.

"어디 봐요." 올라는 헨리크의 휴대전화를 받아 사진을 보았다.

"게다가 시몬이라는 아이 머리는 붉은색이에요. 저 소년은 더 어둡잖아요. 적어도 사진 상으로는." 헨리크가 말했다.

"그래, 시몬은 그렇다 쳐. 하지만 여전히 의문은 남지. 저 소년은 누굴까? 저 아이를 찾아야 해." 군나르는 이제 통화목록으로 주제를 바꿨다. 기술적인 세부사항은 올라가 도맡아 처리했지만 이번에는 감시 카메라 건으로 정신이 없었기 때문에, 빠른 진행을 위해서 군나르가 직접 통화목록을 확인했다. 군나르는 통화목록 복사본을 탁자 가운데로 밀어 다들 한 부씩 가져가게 했다.

헨리크는 커피를 한 모금 마시고는 첫 장을 보았다.

"한스 율렌의 마지막 통화는 일요일 저녁 6시 15분 '마이애미 피제리아'에 건 거였어. 올라?"

올라는 일어나 벽에 붙은 시간표에 통화 시각을 기록했다.

"그 피자 가게에 확인했는데 통화한 게 맞고, 율렌이 6시 40분에 피자를 가지러 왔다고도 했어. 다른 통화들은 다음 장에 나와 있네." 군나르가 말했다.

모두 파일을 넘겼다.

"많진 않네요." 헨리크가 말했다.

"맞아, 몇 통 안 돼. 대부분이 아내한테 걸거나, 아내가 건 거고. 카서비스에 건 게 하나 있는데, 별로 중요하진 않았어." 군나르가 말했다.

"문자는요?" 미아가 말했다.

"이상한 점은 없네." 군나르가 말했다.

미아는 파일을 덮어 탁자 위에 툭 던졌다. "그럼 이제 뭘 하죠?"

"저 소년을 찾아야 해." 군나르가 말했다.

"이복동생에 관해 알아낸 건 있나요?" 아넬리가 물었다.

"별거 없어요. 미아와 막 만나고 오는 길이에요. 자기 말로는 보조금을 받아 혼자 살고 있고, 아이를 공동 양육하고 있답니다. 게

다가 도박 중독이에요." 헨리크가 대답했다.

"그 남자 전과 기록이 있나요?" 미아가 말했다.

"없어." 군나르가 말했다.

"제 직감으로 봤을 때 그는 이 살인사건과 관계없어요." 미아가
말했다.

"그럼 한스 율렌의 아내는 어때?" 군나르가 말했다.

"그녀가 한 짓 같진 않아요." 미아가 말했다.

"저도 확신을 못하겠어요." 아넬리가 말했다. "목격자도 없고
이렇다 할 과학적 증거도 없으니 말이에요."

"이복동생 라세가 흥미로운 말을 했어요. 한스 율렌이 돈이 없
다고 했다더군요. 어느 날부터인가 갑자기 돈이 없다며 얼마 안
되는 금액도 안 빌려줬대요." 헨리크가 말했다. "협박 편지들을 받
았던 걸로 볼 때, 누군가가 율렌을 제 멋대로 조종했을 가능성이
있습니다. 아마 돈도 그쪽으로 흘러갔겠죠."

"한스 율렌도 도박 빚이 있었던 건 아닐까요?" 미아가 말했다.

"그럴지도 모르지. 만일 그랬다면 그가 최근에, 적어도 자기 부
인이 보기에 스트레스를 받는 것 같았다는 게 설명이 되는군. 어
쩌면 그가 일했던 부서가 비난 여론뿐 아니라 협박 편지까지 받았
을지도 모르고."

"좋아, 그걸 시작점으로 하자고. 율렌의 은행 계좌를 확인하도
록. 올라, 내일 아침에 그걸 먼저 처리해줘." 군나르가 말했다.

"그럼 컴퓨터는요?" 올라가 말했다.

"은행 거래명세서 먼저, 그 다음 컴퓨터. 좋아, 이걸로 마치지."
군나르가 말했다.

시계를 본 헨리크는 이미 7시 반인 걸 확인했다. 또 야근이다. 엠마는 지금쯤 저녁식사를 마쳤을 테고, 아이들은 자러 갔겠지. 제기랄! 그는 한숨을 내쉬며 식은 커피를 단숨에 다 마셨다.

헨리크 레빈은 최대한 조용히 문을 열려고 애썼다. 재빨리 문을 열고 현관에 들어선 그는 곧장 화장실로 향했다.

볼일을 마치고 손을 씻은 헨리크는 거울에 비친 자기 얼굴을 들여다보았다. 지난 사흘 치 수염이 까칠하게 자라나, 그의 생각보다 더 지저분해보였다. 오른손으로 볼과 턱을 쓰다듬으며 그 촉감을 느꼈다. 지금은 면도를 하고 싶지 않았다. 샤워면 모를까.

그는 갈색 머리를 손으로 쓸어 넘기다 이마 위쪽에서 새치 하나를 발견하고는 즉각 뽑아 세면대에 버렸다.

"안녕?"

엠마가 화장실 안으로 머리를 쏙 들이밀었다. 머리를 동그랗게 말아 올린 데다, 빨간색 벨벳 점프수트와 검은 양말 차림이었다.

"안녕." 헨리크가 말했다.

"당신 들어오는 소리 못 들었는데." 엠마가 말했다.

"애들 깰까 봐 조용히 들어왔지."

"오늘 어땠어?"

"괜찮았어. 당신은?"

"나도. 복도 서랍장에 페인트칠을 좀 했어."

"잘했네."

"응."

"흰색으로?"

Marked for Life

"응. 흰색."

"난 샤워 좀 하려고."

엠마는 문기둥에 머리를 기대고 있었다. 머리카락 한 올이 그녀의 눈썹 위로 흘러내렸고, 그녀는 그걸 귀 뒤로 넘겼다.

"무슨 일 있어?" 헨리크가 말했다.

"뭐가?"

"할 말 있는 것 같은데."

"아니야."

"정말?"

"응. 정말."

"알았어."

"텔레비전에서 좋은 영화를 방송 중이야. 침실에서 보려고."

"나도 곧 갈게, 샤워만 하고."

"면도도 할 거지?"

"응, 할 거야."

엠마는 미소를 지어 보이고는 사라졌다.

할 수 없군. 헨리크는 서랍에서 면도기를 꺼냈다. 어차피 해야 했으니까.

15분 뒤, 헨리크는 엉덩이를 수건으로 감싼 채 침실로 들어왔다. 엠마는 오스카상을 한 개 이상 수상했다는 대단한 영화에 완전히 빠져 있었다. 헨리크는 그 슬픈 영화의 마지막을 억지로 봐야 한다는 생각에 두려웠다. 그나마 다행히 다섯 살 아들은 침대에 없었다.

"펠릭스는?"

"자기 방에서 잠들었어. 당신 준다고 유령 그림을 그린 거 있지."

"또?"

"응." 엠마는 대형 벽걸이 TV에서 눈을 떼지 않은 채 대답했다.

헨리크는 침대 끄트머리에 앉아 서로 뒤엉켜 있는 TV 속 남녀를 흘긋 보았다. 펠릭스는 자기 침대에서 자고 있다. 어쩌면 지금이 기회일지도······.

그는 수건을 풀어 한쪽에 놓고는 따뜻한 이불 속으로 미끄러지듯 들어가 엠마에게 몸을 바짝 붙였다. 한 손을 엠마의 배 위에 올렸지만, 그녀의 두 눈은 여전히 TV에 고정되어 있었다. 헨리크는 엠마의 어깨에 머리를 기댄 채 그녀의 허벅지를 천천히 어루만졌다. 곧 엠마도 그의 허벅지를 더듬기 시작했고, 둘은 이불 속에서 서로의 손을 만지작거렸다.

"엠마." 헨리크가 말했다.

"으흠."

"여보···"

"응?"

"묻고 싶은 게 있어."

엠마는 대답하지 않았다. 그녀는 이제 서로 꼭 붙어 길고 강렬한 키스를 나누는 화면 속 남녀를 유심히 쳐다보고 있었다.

"내가 생각해봤는데, 당신도 내가 다시 운동을 시작하고 싶어하는 거 알잖아? 그래서 내 생각에··· 만약 괜찮다면··· 일주일에 두 번쯤 갔으면 하는데. 퇴근 후에."

엠마는 움찔하더니 처음으로 TV에서 눈을 떼고는 실망한 눈빛으로 그를 쳐다보았다.

헨리크는 팔꿈치로 몸을 지탱하고 있었다.

"부탁이야, 여보."

눈썹을 치켜뜬 그녀는 보란 듯이 자기 배를 만지던 헨리크의 손을 홱 떼어냈다.

"안 돼." 그녀는 짧게 대답하고는 다시 로맨틱한 영화의 엔딩에 집중했다.

헨리크는 여전히 팔꿈치를 괴고 있다가 이내 자세를 바꿔서는, 베개를 베고 똑바로 누운 채 자신을 저주했다. 바보 같은 짓을 하다니. 같은 요구라도 엠마가 거절할 수 없도록 말을 잘 해야 했는데. 천장을 바라보던 그는 베개를 매만져 모양을 잡고는 엠마에게 등을 돌리고 누워버렸다. 한숨이 나왔다. 오늘도 섹스는 물 건너갔고, 그건 전적으로 멍청한 그의 잘못 때문이었다.

야나 베르셀리우스와 페르 오스트룀이 '더 콜랜더(The Colander)'라는 이름의 동네 레스토랑에서 나가기로 했을 때 밖에서는 막 눈이 내리기 시작했다. 페르는 한 추잡한 이혼소송 건을 성공적으로 마무리 지은 걸 축하하고자 저녁식사를 제안했고, 야나는 결국 수락하고 말았다. 혼자 요리해 먹는 건 그녀의 취향이 아니었고, 페르 역시 마찬가지였다.

"저녁 초대 고마워." 야나는 자리에서 일어나며 말했다.

"곧 또 이런 기회가 있으면 좋겠네. 당신만 좋다면 말이야." 페르는 빙긋 미소를 지으며 대답했다.

"아니, 안 그럴 거야." 야나는 미소에 화답하지 않은 채 말했다.

"그건 부정직한 진술인데."

"결코 그렇지 않아요, 친애하는 판사님."

"아니라고?"

"그래."

"당신도 내가 같이 있어줘서 고마워하고 있잖아?"

"전혀."

"가기 전에 술 한 잔 어때?"

"별로 그러고 싶지 않아."

"난 진이 들어간 게 좋아. 자주 마시던 걸로. 당신은?"

"아니, 난 괜찮아."

"그럼 두 잔 갖고 올게."

야나는 바 쪽으로 가는 페르를 보며 한숨을 지었다. 어쩔 수 없이 자리에 앉은 그녀는 창문을 통해 눈송이가 천천히 땅으로 내리는 광경을 지켜보았다. 그녀는 팔꿈치를 테이블에 올린 채 깍지 낀 손에 턱을 괴고는, 바텐더와 이야기하는 페르를 쳐다보았다.

그녀와 눈이 마주친 페르가 바에서부터 마치 어린아이들이 하듯 손을 쥐었다 폈다 하며 흔들었다. 야나는 고개를 절레절레 흔들며 다시 창밖으로 눈길을 돌렸다.

페르를 처음 만난 건 야나가 검찰청에 갓 들어왔을 때였다. 그녀의 상사인 토르스텐 그라나트가 둘을 서로 소개해주었고, 페르는 검찰청 업무의 일반 절차들을 친절하게 설명해주었다. 근처 맛집 정보도 그녀에게 알려주었다. 음악에 관해서도. 그리고 업무와는 전혀 관계없는 온갖 질문을 해댔다. 그럴 때면 야나는 아주 간단하게 대답하거나 아예 대답하지 않았다. 페르는 관능적인 침묵에 가까운 그녀의 대답에 만족하지 못하고 여러 가지 불필요한 질문들을 계속하곤 했다. 야나는 페르의 호기심 때문에 마치 신문받는 듯한 기분을 느꼈고, 결국 그에게 그만하라고 말했다. 자기는 수다 떠는 걸 별로 좋아하지 않는다고. 그러자 페르는 아주 바보같이 씩 웃었고, 그날 이후 둘은 우정관계로 발전했다.

레스토랑은 만석이었다. 실내는 겨울 코트들 때문에 꼭 짓눌린 분위기였고, 체크무늬 바닥은 손님들의 신발에 묻어온 눈 때문에 젖어 있었다. 웅성거리는 사람들의 목소리 속에서 유리잔들이 부딪치는 소리가 작게 들렸다. 전등 몇 개와 수많은 촛불이 보였다.

야나의 두 눈은 다시 창문을 떠나 바 쪽으로 옮겨가더니, 페르를 지나쳐 바텐더 뒤에 있는 유리 선반에 고정되었다. 거기서 판매되는 술들을 훑어보다가 글렌모렌지, 라프로익, 아드벡 등 몇 가지 라벨을 알아보았다. 그녀가 알기로는 전부 스코틀랜드에서 증류되는 정통 위스키들이었다. 야나의 아버지는 위스키에 관심이 많아 가족식사 때마다 스모키 향이 나는 위스키를 권했다. 그녀는 위스키에는 별 관심이 없었지만, 어른이 술을 권하면 거절하는 게 아니라고 교육 받아왔다. 그녀는 화이트와인, 그중에서도 차갑게 마시는 소비뇽 블랑을 선호했다.

페르가 돌아왔고, 야나는 그가 테이블에 내려놓은 꽤 많은 양의 술이 든 유리잔들을 미심쩍은 눈빛으로 쳐다보았다.

"얼마나 센 거야?" 그녀가 말했다.

"싱글이야."

야나는 자신의 동료를 뚫어져라 쳐다보았다.

"알겠어, 알겠다고, 더블이야. 미안."

야나는 그의 사과를 받아들였다. 그녀는 술을 한 모금 마시고는 쓴 맛에 얼굴을 찌푸렸다.

얼마 후, 둘 다 잔을 비우고 페르가 두 잔 더 주문하자고 조를 때쯤, 이들의 대화는 법조계의 도덕과 윤리에 관한 논쟁으로 바뀌어 있었다. 잘 알려진 사건들과 명성이 의심스러운 변호사들에 관한 여러 이야기를 나눈 후, 또다시 지겨운 치안판사 문제로 주제를 돌렸다.

"내가 전부터 말했고 앞으로도 말하겠지만, 치안판사제도는 확 바뀌어야만 해. 정치인이 되려는 사람들 말고, 법과 정의에 관심을 갖고 있는 사람들로 임명해야 한다고." 페르가 말했다.

"내 생각도 같아." 야나가 말했다.

"성실한 사람이어야 하잖아. 어쨌든 치안판사석에서 그들이 내리는 표결이 결정적이니까."

"물론이지."

"얼마 전에 스톡홀름에서는 재판 도중에 치안판사들 중 한 명이 졸았다는 이유로 청소년 두 명이 항소를 제기했대."

"응, 나도 들었어."

"치안판사가 심리 중에 졸았다는 것 때문에 우리가 재심 비용을 물어야 한다는 건 용납이 안 돼. 그 사람 임금을 깎아야지. 정말 말도 안 돼." 페르가 말했다.

그는 술을 한 모금 들이켜고는 테이블 쪽으로 몸을 굽히더니 심각한 눈빛으로 야나를 쳐다보았다. 야나 역시 그를 쳐다보았다. 심각하게.

"왜 그래?" 그녀가 물었다.

"한스 율렌 살인사건은 어떻게 돼가?"

"내가 아무 얘기도 못한다는 거 알잖아."

"알지. 그런데 어떻게 진행되고 있냐고?"

"진행이 전혀 안 되고 있어."

"무슨 일인데?"

"말 못한다고 했잖아."

"조금만 얘기해주면 안될까? 오프 더 레코드로?"

"그만해."

"뭐 냄새나는 거라도 있는 거야?"

페르는 야나를 향해 능글맞게 웃으며 눈썹을 위아래로 움직였다.

"뭔가 냄새가 나는 거지? 우두머리가 연루된 일은 보통 그렇게 마련이잖아."

야나는 눈알을 굴리며 고개를 가로저었다.

"말 안 하면 맞는 거라고 해석할게."

"그러는 게 어디 있어?"

"어디 있냐고? 아무튼, 자 건배!"

13장

4월 18일, 수요일

존 헤르만손(John Hermansson)이 그 소년을 찾았다.

5년간 홀아비로 살아온 일흔여덟 살 존은 아르셰순드(Arkösund)에서 5킬로미터 떨어진 작은 해안가 마을 비드비켄(Viddviken)에 살고 있었다. 그의 집은 남자 혼자 살기에는 정말 너무도 컸고, 관리하는 데에도 엄청난 시간이 들었다. 하지만 계속 거기 사는 이유는 그가 주변 자연환경을 사랑했기 때문이다. 아내가 세상을 떠난 뒤 그는 잠을 잘 이루지 못했다. 보통 새벽같이 일어나는 그는 침대에 누워 있지 않고 일어나 날씨와 상관없이 긴 산책을 나갔다. 오늘같이 추운 아침에도 마찬가지였다. 장화를 신고 방수재킷을 걸치고 밖으로 나갔다. 이제 막 뜨기 시작한 해가 정원의 서리 내린 풀밭 위로 빛을 내리쬈다. 공기는 축축했다.

대문을 나선 존은 오늘은 숲이 아닌 바다 쪽으로 걸어갔다. 해변과 브로비켄 만(Bråviken Bay)을 마주한 암벽까지는 불과 약 2백 미터 거리였다. 존은 좁은 자갈길을 걸어 바닷가로 향했다. 발밑으로 자갈들이 밟혔다.

오른쪽으로 굽은 좁은 길로 접어들어 커다란 소나무 두 그루를 지나치자 바다가 나타났다. 물은 마치 거울처럼 잔잔하게 그의 앞에 펼쳐져 있었다. 이상한 일이었다. 그 만에는 보통 높은 파도가

Marked for Life

밀려왔기 때문이다. 존이 숨을 깊이 들이쉬고 다시 내쉬자 입김이 나왔다. 그가 막 돌아가려던 찰나, 바닷가에 뭔가 이상한 것이 보였다. 번쩍거리는 은색 물건. 그는 도랑으로 더 가까이 다가가 무엇인지 보려고 몸을 굽혔다. 피 묻은 총이었다.

존은 머리를 긁적였다. 좀 더 먼 곳에 빨갛게 물든 풀들이 보였다. 하지만 그의 눈길을 사로잡은 건 그보다 더 멀리, 전나무 아래에 누워 있는 무언가였다. 소년이었다. 엎드린 채로 눈을 크게 뜬 채 누워 있는. 왼팔은 부자연스럽게 꺾여 있었고 머리는 피투성이였다.

순식간에 메스꺼움이 밀려와 존은 숨쉬기가 힘들었다. 다리가 후들거려 바위에 털썩 주저앉았다. 도저히 다시 일어날 수 없었던 그는 거기 그렇게 앉아서 한손으로 입을 막은 채 죽은 소년을 바라보았다.

그는 이 끔찍한 장면이 자신의 기억에 아로새겨지리라 생각했다.
영원히.

노르셰핑 경찰청에 신고가 들어온 건 5시 2분이었다.

30분 뒤 순찰차 두 대가 비드비켄의 자갈길을 달려왔다. 5분 뒤에는 아직도 바닷가 바위에 앉아 있는 존 헤르만손을 데리러 구급차가 도착했다. 신문배달부가 그를 발견하고는 괜찮은지 물었고, 그러자 존이 죽은 소년을 가리키며 몸을 앞뒤로 흔들고 이상한 소리를 중얼거렸다는 것이다.

6시가 막 지나자 또 다른 경찰차가 달려왔다. 군나르 외른이 서둘러 도랑 쪽으로 걸어갔고, 헨리크 레빈과 미아 볼란데르가 그 뒤를 바짝 따랐다. 이들 바로 뒤에는 아넬리 린드그렌이 현장 감식에 필요한 도구가 든 가방을 들고 걸어오고 있었다.

"총에 맞았어요." 아넬리는 라텍스 장갑을 끼며 말했다.

소년의 생기 없는 두 눈이 그녀를 향했다. 입술은 마르고 갈라져 있었고 입고 있는 후드 스웨터는 지저분한 데다 응고된 피 때문에 본래 색을 알아보기 힘들었다. 아넬리는 말없이 휴대전화를 꺼내 검시관 비외른 알만에게 전화를 걸었다.

그는 신호가 두 번 울리고 나서 전화를 받았다.

"여보세요?"

"당신이 할 일이 생겼어요."

막을 수 없는 일이었다. 노르셰핑 근처에서 어린 소년이 살해된 채 발견됐다는 내용의 TT국영통신의 뉴스 속보는 엄청난 속도로 스웨덴의 모든 언론사로 퍼져나갔고, 노르셰핑 경찰청 홍보담당자는 더 자세한 내용을 원하는 여러 기자들의 전화를 받아야 했다. 미성년자가 총에 맞아 죽은 사건이라 나라 전체의 관심이 쏠렸고, 아침 TV쇼에서는 여러 범죄학 전문가들이 각자의 견해를 표명했다. 범행에 쓰인 총은 시신 근처에서 발견되었다. 많은 사람들이 소년이 범죄조직에 가담했으리라 추측했는데, 이는 요즘 청소년들 사이에서 벌어지는 폭력의 수위와 그 결과에 관한 불꽃 튀는 논쟁을 일으켰다.

야나 베르셀리우스는 그 소식을 알리는 전화 때문에 잠에서 깼다. 일어난 그녀는 정신을 차리기 위해 샤워를 해야겠다고 생각했다. 숙취가 약간 있어서 마음 같아서는 침대에 좀 더 누워 있고 싶었다. 다 페르 때문이다. 그들은 헤어지기 전 각자 세 잔씩 마셨는데, 그녀가 감당할 수 있는 양을 넘어선 음주였다. 그 전에 식사하면서도 와인 한 병을 나눠 마신 데다, 독한 술을 한 잔 마실 때마다 물을 한 잔씩 마시라는 조언도 무시했던 것이다.

샤워 후 정신을 차린 야나는 두통약 한 알을 먹고는 머리가 젖은 채로 침대에 온몸을 쭉 뻗고 잠시 누웠다. 천천히 20까지 세고 다시 일어나 옷을 입고, 이를 닦고, 페퍼민트 껌이 든 통을 찾았다. 이제 경찰서에서 열리는 회의에 갈 준비가 다 끝났다.

"우리는 오늘 아침 비드비켄에서 시체로 발견된 소년에 관해 알아낸 내용을 정리하려고 모였습니다."

군나르는 잠시 말을 멈추더니 자석을 이용해 사진 한 장을 화이트보드 위에 고정했다.

"아직 현장에 있는 아넬리 요원은 소년이 총에 맞았으며 일요일 밤 7시에서 11시 사이에 사망했다고 말했습니다. 그녀의 말에 의하면 주변 식물들이 밟히고 짓이겨진 걸로 보아 소년은 사망 전 이동 중이었고, 몸에 난 상처들로 볼 때 뒤에서 총을 맞았다고 합니다."

군나르는 물을 한 모금 마셔 목을 가다듬었다.

"현재로서는 피해자에게 다른 상처가 있는지, 성폭행을 당했는지 여부는 모릅니다. 부검을 해봐야 알 텐데, 검시관은 최대한 빨리 보고서를 주기로 약속했습니다. 빠르면 내일 날 밝는 대로 받아볼 수 있을 겁니다. 소년의 옷가지는 과학수사대로 보냈습니다."

그는 의자에서 일어섰다.

"지금도 사건 현장 주변을 샅샅이 뒤지고 있지만 아직까지는 범인의 발자국이나 다른 흔적 등은 찾지 못했습니다. 다만 죽은 소년이 외스탄배겐의 감시 카메라 영상에 등장했던 바로 그 소년이라고 거의 확신합니다."

"살해도구는요?" 헨리크가 말했다.

"아직 정확히는 몰라. 알아낸 건 소년이 총에 맞았다는 것과 시신 근처에서 권총 하나가 발견되었다는 것뿐. 그 권총이 소년을 살해하는 데 사용되었는지는 확인되지 않았어. 다만 확실한 건 소년 근처에서 발견된 권총이 글록이라는 것, 또 한스 율렌을 쏜 총도……"

"…글록이었죠." 헨리크가 말을 이어받았다.

"맞아. 일련번호는 아직 모르지만. 그 총에 남은 총알들을 검사하기 위해 국립연구소로 보냈어. 만약 그게 한스 율렌을 살해한 총알과 같다면 그 소년이 율렌 살해사건에 어떤 식으로든 연관되었다고 충분히 의심할 수 있지. 지문도 다 떴어."

"결과는요?" 미아가 말했다.

"일치해. 한스 율렌의 집에서 나온 손자국과 지문은 그 소년 거야." 군나르가 말했다.

"그러니까 그 아이가 거기 있었다는 거군요." 미아가 말했다.

"그렇지. 그리고 내 첫 번째 추측으로는 그 애가……"

"…살인범이고요."

야나는 그 말을 중얼거림과 동시에 등골이 오싹해졌다. 자기가 한 말에 자신이 놀란 것이다.

"…살인범, 맞아요." 군나르가 그녀의 말을 확인해주었다.

"하지만 말이 안 되는 게, 애들은 사람을 죽이지 않아요. 적어도 그런 식으로는. 더군다나 이곳 노르셰핑에서, 그것도 린되에서! 그 아이가 그런 짓을, 그것도 혼자서 했을 리는 절대로 없어요." 미아가 말했다.

"그럴 수도 있지. 그렇지만 지금으로서는 다른 단서가 없어." 군나르가 말했다.

"하지만 그 애가 그랬다면 동기가 뭘까요?" 헨리크가 말했다. "어린아이가 이민국의 과장한테 협박 편지를 보냈다?"

"그 아이가 살인범인지 아닌지 알아내는 건 우리 손에 달려 있어. 또 누가 그 아이를 죽였는지도 알아내야 해." 군나르가 힘겹게 숨을 쉬며 말했다.

"아이의 신원은요?"

"그것도 아직은 몰라. 그 아이가 왜 비드비켄에 있었는지, 아니면 어떻게 그리로 오게 되었는지도. 어쨌든 물속에 누워 있지 않았다는 건 분명하니까. 아이는 바다를 등진 채 해변에 누워 있었어." 군나르가 말했다.

"누군가로부터 도망쳤군요." 헨리크가 말했다.

"그런 것 같아." 군나르가 말했다.

"타이어 자국은 없었어요?" 헨리크가 말했다.

"그래, 아직까지는 못 찾았어." 군나르가 말했다.

"그럼 보트를 타고 왔겠군요. 범인은 보트에 타고 있었을 테고요." 헨리크가 말했다.

"그렇다고 자동차나 그 밖에 다른 이동수단으로 그리로 이동했을 가능성을 배제할 수는 없어." 군나르가 말했다.

"목격자는요?" 미아가 말했다.

"없어. 하지만 비드비켄에서부터 아르셰순드까지 해안 전체를 확인하는 중이야."

"그 아이는 대체 누굴까요? 그 소년 말입니다." 헨리크가 말했다.

군나르는 숨을 깊이 들이마셨다.

"아직은 어떤 명부에서도 찾아볼 수 없어. 미아, 실종된 아이들 관련 사건들을 전부 훑어봐줘. 최근뿐 아니라 예전 것도, 공소시효가 지난 거라도 말이야. 이 아이의 사진을 가지고 사회복지국에도 가보고, 학교나 청소년클럽 같은 곳들도 확인해. 어쩌면 대중에게 도움을 청해야 할지도 몰라." 군나르가 말했다.

"언론을 통해서요?" 헨리크가 말했다.

"그래, 그 방법까지는 쓰고 싶지 않아. 그랬다가는… 언론의 잔치판이 벌어질 테니."

군나르는 벽에 붙어 있는 지도 앞으로 걸어가 시신이 발견된 곳을 가리켰다.

"여기가 소년이 발견된 지점입니다. 그러니까 일요일 밤 7시부터 11시까지 비드비켄을 지나간 보트나 다른 해상 교통수단이 있는지 찾아봐야 합니다."

그는 손을 지도상의 더 위쪽으로 옮겼다.

"우리는 여기에 가택 탐문을 위한 인원들을 투입했고, 시신 발견 지점에는 경찰견을 풀어 순찰 중입니다."

"셰르스틴 율렌은 어쩌죠?" 야나가 말했다. "여러분이 증거를 가져다주지 못하면 저는 내일 아침 일찍 그 여자를 풀어줄 수밖에 없어요."

"어쩌면 그 여자가 소년을 알지 않을까요?" 미아가 말했다.

"그녀에게 남편의 재정 상태에 관해서도 물어봐야 해." 군나르
가 말했다.

"올라, 한스 율렌의 은행 계좌를 샅샅이 뒤져. 개인 명의든 예금
계좌든 투자 전용 계좌든 전부 다."

올라는 고개를 끄덕였다.

"헨리크, 셰르스틴을 다시 한 번 만나봐. 아직 그 여자를 보내서
는 안 돼. 아직은." 군나르가 말했다.

14장

아프겠지. 소녀는 예상하고 있었다. 벽을 통해서 소리가 들렸기 때문이다. 하지만 이 정도로 고통스러울 줄은 몰랐다.

소녀는 한 어른을 따라 어두운 창고 안으로 들어갔다. 거기서 그 남자는 소녀의 양손을 등 뒤에다 묶고 고개를 앞으로 향하게 한 후, 날카로운 유리 조각으로 소녀의 목에다 새 이름을 새겼다. 케르(Ker). 이제부터 소녀는 그렇게 불릴 것이다. 소녀는 케르가 되고, 영원히 그 이름으로 남을 것이다. 흉측한 흉터가 있는 남자가 소녀에게 주사를 놓으며 이제 다시는 아프지 않을 거라고, 아무 일도 없을 거라고 말해주었다. 그와 동시에 편안한 느낌이 온몸으로 퍼졌고, 힘이 솟아올랐다. 소녀는 더는 아무것도 두렵지 않았다. 자신이 강해진 것 같았다. 누구든 다 이길 수 있을 것 같은, 불사신이 된 듯한 느낌.

어른들은 상처가 다 아물 때까지 소녀가 손을 대지 못하도록 손을 그대로 묶어둔 채 창고에 있도록 했다. 결국 창고 밖으로 나왔을 때 소녀는 다시 약해진 기분이 들었고, 추웠고, 아무것도 먹고 싶지 않았다.

소녀는 목 뒤에 새겨진 글자들을 거울에 비춰보려 했지만 보이지 않았다. 그래서 손으로 목 뒤를 만져보았다. 피부가 아직 예민해져 있어서 따끔거렸다. 소녀는 딱지가 앉은 걸 잊고는 무의식중에 목 뒤를 긁었다. 그러자 상처에서 피가 나기 시작했다. 소녀는 자신이 한 짓에 화를 내며 스웨터 소매로 상처를 눌러 지혈하려 했다. 하지만 누르면 누

Marked for Life

를수록 옷에 묻은 빨간 자국은 점점 더 커져만 갔다.

소녀는 팔을 내려다보았다. 핏자국이 크게 나 있었다. 수돗물을 틀어 그 밑에 팔을 갖다 대고 핏자국을 없애보려 했지만 소용없었고, 오히려 더 번져만 갔다. 이제 옷소매는 피로 젖어 있었다.

소녀는 벽에 몸을 기댄 채 고개를 들어 천장을 바라보았다. 동그란 전등이 약한 빛을 내뿜고 있었고, 유리 덮개 안에는 죽은 파리들이 들어 있었다. 이제 그들은 소녀를 어떻게 벌 줄 것인가? 목을 만지지 말았어야 했는데. 그들 말대로 상처가 완전히 아물 때까지 놔둬야 해. 만지면 더 미워질 거야. 흉측해진다고.

소녀는 벽에 등을 기댄 채 바닥으로 미끄러져 내렸다. 쉬는 시간은 곧 끝날 터였고, 화장실에 더 오래 있을 수는 없었다. 이 섬에 온 지 얼마나 됐을까? 한 달? 아마 몇 달은 됐을 것이다. 어쨌든 나무에 붙어 있던 낙엽이 다 떨어져 버렸으니. 소녀는 그 황금빛 갈색 잎들이 아주 사랑스러웠다. 고향에서는 그렇게 색을 바꾸는 나무를 한 번도 본 적이 없었다. 마당에 차렷 자세로 서 있을 때마다 소녀는 금빛 낙엽 더미 속에 몸을 던져보고 싶었다. 하지만 절대 그럴 수 없었다. 소녀에게 허락된 일은 오직 싸움뿐이었으니까. 항상 그랬다. 비실비실해 보이지만 강단 있는 미노스(Minos)를 상대로. 또 다닐로를 상대로도. 다닐로는 키가 크고 힘이 셌기에 소녀는 적수가 되지 못했다. 다닐로는 소녀를 너무 세게 때리지 않으려고 노력했지만 결국에는 그렇게 할 수밖에 없었다. 싸우지 않았다가는 맞아야 했으니까, 그것도 아주 많이. 그래서 다닐로는 소녀를 때리고 말았다. 처음에는 조심스럽게 주먹으로 살짝 한 번 치고 따귀를 한 대 때리는 수준이었다. 그러나 그걸 본 흉측한 흉터가 있는 남자가 다닐로의 머리채를 잡고 사정없이 들어 올리는 바람에 다닐로의 머리카락이 뭉텅이로 빠져버렸다.

소녀는 자신을 방어하려고 안간힘을 썼다. 다닐로를 발로 차고 때려
봤지만 아무 소용이 없었다. 결국 다닐로에게 주먹으로 맞았는데 어찌
나 힘이 셌는지 소녀의 입술이 찢어지고 말았다. 소녀의 입술은 사흘
동안 퉁퉁 부어 있었다. 그리고 다음 싸움 날이 돌아왔다. 이번에는 소
녀가 한 살 어린 소년과 맞붙게 되었다. 그 아이가 일부러 소녀의 아픈
입술을 향해 주먹을 날리자, 분노한 소녀는 소년의 귀를 마구 때렸고
소년은 바닥에 쓰러지고 말았다. 그런데도 소녀는 발길질과 주먹질을
멈추지 않았고 결국 흉터 있는 남자가 소녀를 막아 세웠다. 그러고는
씩 웃었다. 그는 자신의 눈, 목, 가랑이를 차례로 가리켰다.

"눈, 목, 가랑이." 그가 말했다. 단지 그 말만.

다음 수업 시간을 알리는 종소리가 들렸다.

소녀는 젖은 소매를 있는 힘껏 비틀어 짰다. 바닥으로 떨어진 물이
작은 웅덩이를 만들었다. 소녀는 손을 뻗어 휴지 몇 장을 빼가지고 그
물을 닦았다. 그러고는 자리에서 일어나 더러운 변기에 휴지를 넣고
물을 내렸다.

소녀는 소매를 살짝 걷어 올려 핏자국을 숨긴 뒤, 문을 열고 밖으로
나갔다.

15장

페테르 람스테트는 헨리크 레빈의 전화를 심술궂게 받았다. 누가 변호사 아니랄까, 그의 목소리는 날카롭고 냉정했다. 그는 셰르스틴 율렌을 재차 신문하는 자리에 출석할 시간이 전혀 없다고 두 번이나 되풀이했다. 특히나 오늘 오후, 헨리크가 제안한 그 시간에는 더더욱.

"내 고객께서는 내가 곁에 있어주기를 바라마지 않으시는데 나는 지금 법원에 와 있으니, 우리가 오늘 저녁이나 내일 아침에 가는 게 적당합니다." 람스테트가 말했다.

"안 됩니다." 헨리크가 말했다.

"뭐라고요?"

"안 된다고요. 오늘 저녁이나 내일 아침은 적당하지 않아요. 혹시 모를까 봐 얘기하는데, 우리는 지금 살인사건을 수사 중이며 셰르스틴 율렌과 당장 대화해야 합니다."

수화기 반대편에서는 아무 말이 없었다. 얼마 후 변호사의 목소리가 다시 들렸다. 매우 느리고 단호하게.

"나 역시 당신이 혹시 모를까 봐 말하는데, 율렌 부인의 법적 대리인으로서 나도 그 자리에 참석해야 합니다."

"좋습니다. 그럼 두 분 다 오전 11시까지 이리로 오세요."

헨리크는 전화를 끊었다.

11시가 되기 2분 전, 그 변호사는 셰르스틴을 비롯한 다른 사람들이 모인 신문실로 들어섰다. 서류가방을 바닥에 탁 소리가 나게 내려놓은 그는 상기된 얼굴로 셰르스틴 옆에 앉았다. 그는 헨리크와 야나에게 거만한 미소를 지어보이고는, 휴대전화를 줄무늬 재킷 주머니에 집어넣었다. 신문이 곧 시작되었다.

헨리크는 한스 율렌의 재정 상태에 관한 직접적이고도 간단한 질문 몇 개를 던졌고, 셰르스틴은 차분히 대답했다. 그러나 헨리크가 더 상세한 내용들을 묻기 시작하자, 그녀는 거의 말을 하지 않았다.

"말씀드렸다시피 제가 남편의 모든 계좌를 볼 수 있는 건 아니어서 잔고를 몰라요. 그러니 얼마가 있었는지 말씀드릴 수 없어요." 하지만 그녀는 남편의 봉급이 그들의 공동 명의 계좌로 이체되었으며 대출금과 기타 관리비가 거기서 빠져나간다고 했다. 한스가 부부의 재정 상태에 책임을 지고 자신의 봉급으로 생활비를 냈다는 말이다.

"그이가 모든 걸 다 관리했어요." 셰르스틴이 말했다.

"제가 알기로 두 분은 재정상으로 꽤 넉넉합니다." 헨리크가 말했다.

"그래요."

"그런데 남편께서 돈을 낭비하지는 않으셨다고요?"

"맞습니다."

"그래서 동생에게도 돈을 빌려주지 않으셨던 건가요?"

"라세가 그러던가요? 그이한테 돈 못 받았다고?" 셰르스틴이 돌연 언성을 높였다.

Marked for Life

헨리크는 대답하지 않았다. 그저 셰르스틴의 분홍 티셔츠를 응시했다. 목 부분이 살짝 늘어나 있었고 한쪽 소매에는 실밥이 풀려 달랑거렸다. 헨리크는 탁자 위로 몸을 숙여 그걸 잡아 뜯고 싶은 충동을 느꼈다. 어떻게 저기 달린 실밥을 그냥 놔둘 수 있는지 의아했다.

"라세는 툭하면 남편에게 돈을 받아갔어요. 엄청 많이요. 그이는 라세를 돕고 싶어 했지만 라세는 도박으로 다 날려버렸죠. 남편은 조카가 힘들어지는 걸 걱정해서 도움을 주고자 시몬 명의의 계좌로 직접 돈을 이체해주기도 했어요. 하지만 시몬의 법적 후견인인 라세는 그 돈을 자기 멋대로 계좌에서 빼서 경마로 다 탕진했어요. 물론 화가 난 남편은 더는 돈을 부쳐주지 않았죠. 아이를 위해서는 그다지 좋은 방법이 아니었을 수 있지만, 그이가 뭘 어떻게 할 수 있었겠어요?"

"라세 씨는 부인이 돈을 주지 말라고 했다던데요?" 헨리크가 말했다.

"그렇지 않아요. 그건 오해예요."

셰르스틴은 엄지를 입으로 가져가 손톱을 물어뜯었다.

"어쨌든 라세 씨가 최근에 돈을 못 받은 건 사실이지요?" 헨리크가 말했다.

"네, 작년부터는요."

잠시 그 말을 곱씹던 헨리크는 셰르스틴을 바라보았다.

"부인의 계좌를 확인해야겠습니다." 그가 말했다.

"왜요?" 셰르스틴은 헨리크의 눈을 쳐다보며 계속 손톱을 물어뜯었다.

"부인의 말씀이 맞는지 확인하려고요."

"그러려면 허가가 필요합니다." 람스테트가 끼어들었다.

"이미 받아났습니다." 야나는 수색 영장을 내밀었다.

람스테트는 다 들리도록 크게 콧방귀를 뀌고는 다시 몸을 뒤로 기댄 채 셰르스틴의 어깨에 손을 올렸다. 셰르스틴은 그를 쳐다보았다. 긴장으로 인해 그녀의 왼쪽 눈꺼풀이 씰룩이는 것을 본 헨리크가 말했다.

"중요한 질문이 하나 더 있습니다. 오늘 아침 한 소년이 시체로 발견되었어요. 여기 사진이 있습니다."

그는 고해상도 사진 두 장을 그녀 앞에 놓았다. 한 장은 소년이 발견된 현장에서 찍은 것이고 다른 한 장은 감시 카메라 영상을 캡처한 것이었다.

셰르스틴은 그 사진들을 흘긋 보기만 했다.

"저희는 남편 분을 살해한 범인을 찾아야 하고, 꼭 찾을 겁니다. 하지만 아직까지는 용의자가 한 명뿐이고, 바로 부인이에요. 그러니 여기서 나가고 싶으시면 이 소년을 집 근처 어디선가 본 적 있는지 떠올려 주십시오."

셰르스틴은 잠시 말없이 앉아 있었다.

"한 번도 본 적 없는 아이에요." 그녀가 말했다. "정말이에요. 한 번도 못 봤어요. 단 한 번도."

"확실합니까?"

"네, 확실해요."

야나 베르셀리우스는 두통이 좀 가라앉은 것을 느꼈다. 그래도 컵에 따른 물과 함께 두 번째 알약을 삼켰다. 한동안 수도꼭지를 틀어놓았다가 받은 물은 시원했다.

그녀는 약을 먹고 난 뒤 사무실 싱크대에다 유리컵을 내려놓고는 일하러 갔다. 회신해야 할 이메일과 전화가 여러 통 와 있었고, 미승인 소환장도 두 통 있었다. 게다가 오늘 이본을 통해 세 통을 더 받은 상태였다.

토르스텐 그라나트가 사무실 주방으로 들어오더니 재빨리 찬장으로 걸어가 컵 하나를 꺼냈다.

"일이 많으신가 봐요?" 야나가 말했다.

"언제는 뭐 안 그런가."

토르스텐은 커피머신 받침에 머그를 놓으려고 휙 돌아서다, 너무 서두르는 바람에 머그를 떨어뜨리고 말았다.

컵이 막 땅에 떨어지려던 찰나, 야나가 오른손을 뻗어서 컵을 잡았다.

"깔끔한 캐치군."

야나는 대답 없이 컵을 상사에게 건넸다.

"그 호화로운 기숙학교에서 배운 건가?"

야나는 잠자코 있었다. 그녀의 과묵함에 익숙했던 토르스텐은 이번에는 조심스럽게 커피를 내렸다.

"커피 한 잔도 제대로 못 마시다니, 나도 은퇴할 때가 됐나."

"매사를 좀 천천히 하세요." 야나가 말했다.

"안 돼. 그럴 시간이 없어. 헌데 율렌 사건은 어떻게 되어가나?"

"내일이면 율렌 부인을 풀어줘야 해요. 부인을 살인과 연관 지을 만한 확실한 증거가 없어요. 람스테트는 좋아하겠죠."

"그 자식! 그놈에게는 법이 그저 비즈니스일 뿐이야."

"여자는 보상이고요."

토르스텐은 야나에게 환한 미소를 지어보였다.

"나는 자네를 믿네." 그가 말했다.

"알고 있습니다."

야나는 토르스텐의 말이 진심임을 알고 있었다. 그는 그녀가 검찰청에 온 첫날부터 그녀를 신뢰했다. 연수생 생활을 칭찬하는 추천서들 덕분에, 야나는 높은 경쟁률을 뚫고 대다수가 선망하는 노르셰핑의 검사직을 얻었다. 그녀가 전 검찰총장 칼 베르셀리우스의 딸이라는 사실이 반영된 결과일지도 몰랐다. 아버지 칼은 정부 행정조직 전반에 걸쳐, 특히 법조계에서 인맥이 넓었지만 야나는 혼자 힘으로 대학 공부를 마쳤다. 웁살라대학교 법학과를 수석으로 졸업한 그녀가 졸업장을 받았을 때 아버지는 자랑스러워했을 것이다. 아니면 적어도 만족했거나. 야나가 잘 모르는 이유는 칼이 졸업식 날 오지 않았기 때문이다. 대신 어머니 마르가레타가 그녀에게 말했다. "아버지가 축하 인사를 전하라고 하셨어." 어머니는 포트와인 빛깔의 카네이션 다발을 야나에게 건네고는 그녀의 어깨를 토닥이며 그 이상은 기대하지 말라는 의미의 미소를 지었다.

야나가 아버지의 전철을 밟는 것은 언제나 당연시되어 왔다. 다른 직업을 선택한다는 건 생각조차 할 수 없는 일이라고, 어렸을 때부터 들어왔다. 그랬기에 아버지가 졸업식 날 와서 직접 축하해주리라 바랐다. 하지만 아버지는 결국 오지 않았다.

야나는 목을 긁적이고는 양손을 맞잡아 가슴 앞에 댔다. 토르스

Marked for Life

텐은 여전히 웃고 있었고, 야나는 혹시 그가 아버지의 전화를 받은 건 아닐까 생각했다. 칼 베르셀리우스는 2년 전 은퇴했지만 스웨덴 법조계에서 완전히 발을 떼진 않았다. 특히 자기 딸이 맡은 사건들에는 더 신경을 썼다. 한 달에 두 번씩 그는 토르스텐에게 전화해 야나가 일을 어떻게 하고 있는지를 들었다. 그녀의 상사는 그것을 거부할 수 없었고 야나 역시 마찬가지였다.

칼은 그런 식이었다.

단호한.

강압적인.

토르스텐의 얼굴에서 미소가 사라졌다.

"그럼, 나는 가봐야 해. 4시에 동물병원에 가야 하거든. 집사람이 루데(Ludde)를 걱정하더라고. 멋진 캐치 고마워. 안 그랬으면 새 컵을 사야 했는데."

토르스텐은 방을 나가기 전 야나에게 윙크했다.

야나는 화강암으로 된 조리대 옆에 서서 그가 가는 모습을 지켜보았다.

"고맙긴요." 그녀는 혼자 조용히 말했다.

율렌의 은행 계좌 거래내역서는 총 56쪽에 달했다. 은행원은 친절했고 올라 쇠데르스트룀은 그에게 세 번이나 고맙다고 공손히 인사했다.

올라는 율렌의 개인 계좌 내역서를 훑어보았다. 매달 25일마다 이민국으로부터 7만4천 크로나가 이체된 기록들이 있었다. 인상적인 액수를 확인한 올라는 휘파람을 불었다. 그의 봉급 3만3천 크로나보다 훨씬 많은 금액이다.

그런데 그로부터 이틀 뒤인 27일, 그 계좌에서 잔고와 거의 맞먹는 금액이 이체된 기록이 있었다. 계좌에는 5백 크로나밖에 안 남았고, 이런 패턴이 지난 열 달간 계속되었다.

다음으로 율렌 부부의 공동명의 계좌를 살펴본 올라는 이상한 점을 감지했다. 한스 율렌의 계좌에서 이체된 금액이 바로 공동명의 계좌로 간 것이다. 그것만 보면 이상할 게 없지만 올라가 의아하게 여긴 건 4만 크로나라는 거액이 인출되었다는 사실이다. 한 달에 한 번씩 같은 액수가, 그것도 매달 같은 날, 같은 지점에서.

매달 28일. 스웨드방크(Swedbank)의 리다레덴(Lidaleden) 8지점이었다.

헨리크는 이 정보를 경찰청 엘리베이터 안에서 들었다. 휴대전화의 수신 상태가 좋지 않아 올라의 목소리를 듣기 위해 온 신경을 집중해야 했다. 헨리크는 납빛 엘리베이터 벽에 기대어 최대한 전화가 잘 들리는 각도로 머리를 기울였다. 그래도 별 도움이 되지 않아 문 쪽에 바짝 다가섰다. 하지만 결국 엘리베이터에서 내리고 나서야 내용을 제대로 들을 수 있었다.

"그러니까 지난 열 달 동안 매달 같은 날에 4만 크로나가 부부 공동명의 계좌에서 인출되었다고?" 그는 엘리베이터에서 걸어 나오며 말했다.

"맞아요. 문제는 그 돈이 어디 쓰였냐는 거예요. 협박 편지를 보낸 사람에게 줬을까요?"

"알아봐야지."

헨리크는 전화를 끊고 재빨리 미아의 번호를 눌러 함께 하에뷔(Hageby) 지역에 있는 은행에 가보지 않겠냐고 물었다.

"한 달에 4만씩 냈다고요? 엄청나네요!" 미아가 말했다.

"나랑 같이 하에뷔에 갈 거야 말 거야?"

"못 가요, 여기 일이 반밖에 안 끝나서." 미아는 현재 실종신고 된 아동과 청소년들을 전부 확인하려면 시간이 좀 걸린다고 말했다. 사회복지국에도 연락해봤지만 아무 소득이 없었고, 이민국 난민센터 거주자들이나 중학교 교사들 중에도 소년을 알아보는 사람이 없었다. 오늘까지 소년의 신원을 밝혀 줄 사람을 못 찾으면, 미아는 범위를 더 넓혀서 인근 지자체까지 뒤져야 했다. 그러니 최고의 시나리오는 이 지역에서 단서를 찾아내는 것이다.

"그 아이가 서류상에 존재하지 않을 가능성도 있어요. 다른 나라 출신인데 이민국을 통하지 않고 입국했다면." 미아가 말했다.

"그래, 하지만 그 아이가 율렌의 집안에 있었던 건 분명하니까 어떤 식으로든 접촉이 있었을 거야." 헨리크가 말했다.

"그래요." 미아가 말했다.

헨리크는 경찰청에서 나와 차에 타서 시동을 걸었다. 여전히 통화중이었다. 스웨덴에서는 아직 운전 중 휴대전화 사용이 금지되지 않은 걸 다행으로 여기며.

"부모가 아이의 실종 사실을 모를 수 있어요. 신문도 안 읽고, 아들이 친구나 친척 등과 같이 있다고 생각하면." 미아가 말했다.

"하지만 대부분의 부모는 자기 아이가 어디 있는지 알고, 제때 귀가하지 않으면 경찰에 연락할 거야, 안 그래?" 헨리크는 이렇게 말하며 횡단보도 신호등의 빨간불에 멈춰 섰다.

한 엄마가 어린아이 둘을 데리고 그의 앞을 지나가고 있었다. 두 아이는 횡단보도의 흰색 선들 사이를 밟지 않으려고 보폭을 크게 걸었다. 아이들이 걸을 때마다 모자에 달린 파란색 털실 방울들이 위아래로 흔들거렸다.

"그래요. 내 생각도 그렇지만 모든 부모가 똑같진 않잖아요."

"그 말이 맞아."

"그래도 실종 소년에 관한 신고를 찾기를 바래볼래요. 그 아이가 누군지 알아낸다면 정말 좋겠어요."

"아니면 운 좋게 아직 안 가본 학교들 중에서 걸리거나."

통화를 마친 헨리크는 전화기를 기어변속 레버 옆에 놓고는 창밖을 바라보았다. 두 아이와 엄마는 이미 길을 건너서 사라져갔다.

문득 죽은 소년이 생각난 헨리크는 핸들을 탁 치며 한숨을 지었다. 아무도 실종신고를 하지 않은 게 이상했다. 더 이상한 것은 아이의 지문과 손자국이 율렌의 집에서 발견되었다는 사실이다. 소아성애(pedophilia)와 연관된 걸까? 자신을 성적으로 학대한 남자를 죽여 복수하려 한 걸까? 아주 터무니없지는 않지만 불쾌하기 그지없어 헨리크는 재빨리 그 생각을 머릿속에서 지워버렸다.

쿵스가탄(Kungsgatan, 스웨덴 스톡홀름의 주요 번화가—옮긴이)에는 차가 많았기에 헨리크는 느린 속도로 스크발레르토르예(Skvallertorget)를 지나 공원 쪽으로 차를 몰았다. 원형교차로의 세 번째 출구로 나간 그는 쇠드라 프로메나덴(Södra Promenaden)을 따라 직진했다. E22에 이르자 교통량이 약간 줄어들었고, 그는 2킬로미터쯤 더 가서 미룸 갈레리아(Mirum Galleria) 방면 출구로 접어들었다.

대형 주차장에는 차가 거의 없이 휑했다. 헨리크가 차에서 내리자 그의 발소리가 울려 퍼졌다.

마감 시간 10분 전, 헨리크는 조명이 환하게 켜진 스웨드방크 지점으로 들어섰다. 세 명의 고객이 대기표를 손에 든 채 차례를 기다리고 있었다. 머리를 가지런히 빗어 넘긴 앳돼 보이는 직원 한 명이 고객 응대 중이고 다른 창구들은 닫혀 있었다.

헨리크가 수색영장을 내밀자, 직원은 근무시간이 10분 남았으니 그때까지만 기다려달라고 말했다. 결국 헨리크는 달걀 모양 안락의자에 앉아 건물 2층 H&M에서 흘러나오는 광고(모두를 환영한다고 강조하는)에 귀를 기울였다. 쇼핑객들이 분주하게 오가는 모습이 보였다.

"자 그럼 형사님, 저를 따라오세요."

직원은 헨리크에게 손짓하며 창구 뒤쪽으로 통하는 길로 안내했다. 그들은 작은 회의실에 놓인 긴 탁자 앞에 앉았다. 50대로 보이는 여성 지점장이 빨간색 꽃무늬 블라우스 차림으로 회의실에 들어와 함께 자리했다.

헨리크는 방문 이유를 설명했다.

"이렇게 직접 찾아와주셔서 감사합니다. 아시다시피 저희는 은행으로서 비밀유지라는 제한을 받습니다. 아까 동료 분께도 말씀드렸고요." 여자가 말했다.

"올라 말씀이십니까?"

"맞아요. 그분께 율렌 씨 계좌 정보를 전부 드렸습니다."

"압니다. 그런데 한스 율렌이 매달 4만 크로나를 여기 이 은행에서 인출했더군요. 그가 왜 그런 거액을 인출했는지 확인하는 게 무척 중요합니다."

"고객이 자기 돈을 어디다 사용하는지 묻는 일은 거의 없습니다만, 거액의 현금 인출에 관해서만큼은 높은 제한을 두고 있습니다. 1만5천 크로나 이상을 현금으로 인출하려는 고객은 저희에게 미리 알려야 합니다."

"그렇군요. 그럼 한스 율렌도 여러 번 사전에 통고했겠군요?" 헨리크가 말했다.

"아니요. 한스 율렌 씨가 통고하지 않았습니다." 여자가 말했다.

"그럼 누가……?"

"그분의 아내 셰르스틴 율렌 씨입니다."

16장

군나르 외른은 자동차 라디오를 듣고 있었다. 리포터는 한 스웨덴 자선 단체의 역사에 관해 말한 후 곧 전설적인 곡을 틀겠다고 했다. 첫 마디를 듣자마자 군나르는 그 가수를 알아채고는 평소 좋아했던 록 음악에 맞추어 핸들을 두드렸다.

브루스 스프링스틴(Bruce Springsteen).

"더 보스(The Boss, 브루스 스프링스틴의 별명 – 옮긴이). 오 예!" 군나르가 소리쳤다.

볼륨을 높인 그는 후렴구가 나오자 더 세게 핸들을 두드렸다.

그는 자신의 솔로 연주가 괜찮았는지 확인하기 위해 조수석에 있는 아넬리 린드그렌을 흘긋 쳐다보았지만 그녀는 전혀 감명 받지 않은 듯했다. 두 눈을 감은 채 헤드레스트에 머리를 기대고 있었으니까.

오후 3시 반이었다. 아넬리는 지난 10시간 내내 비드비켄의 살인사건 현장에 나가 있었다. 군나르가 도착했을 때 그녀는 방수 장화를 신은 채 가슴 높이의 물속에 들어가 있었다. 그를 본 그녀는 해변으로 걸어 나왔다.

"어떻게 돼가?" 군나르가 물었다.

"바닷물 샘플을 채취했어요." 아넬리는 웨이더(wader, 겨드랑이까지 올라오는 방수 처리가 된 바지 – 옮긴이)의 어깨끈을 풀며 대답했다. "이 부근을 샅샅이 뒤졌어요. 발자국은 하도 많아서 엄두를 못 냈지만."

"만(灣)은 훑어봤어?"

"두 번이나. 하지만 다른 무기는 없었어요."

"그럼 총알은? 찾았어?"

"네. 그리고 또 흥미로운 걸 발견했죠. 이리 와요, 보여줄 테니."

군나르는 아넬리를 따라 자갈길 쪽으로 걸어갔다. 아넬리는 자갈이 꽉 들어찬 길을 20미터쯤 가다가, 길 가장자리의 덤불을 조심스럽게 헤치며 풀밭으로 걸음을 옮겼다. 군나르는 그녀가 뭘 보여주려는지 보려고 몸을 앞으로 숙였다. 곧바로 그의 얼굴에 미소가 번졌다.

땅 위에 타이어 자국이 나 있었다.

그것도 깊게.

그 자국을 발견한 것에 의기양양했던 아넬리는 지금 군나르의 차 조수석에 말없이 앉아 있었다.

군나르는 볼륨을 줄였다. "피곤해?"

"네."

"브리핑은 할 수 있겠어? 4시까지 다 모이라고 했는데."

"그럼요."

"끝나고 집까지 태워다 줄게."

"고맙지만 내 차를 집에 가져가야 해요. 아담(Adam)이 8시에 축구 연습이 있거든요. 잊어버렸어요?"

"아, 맞아! 오늘 수요일이지."

군나르는 팔꿈치를 창문에 기댄 채 검지를 코 밑에 갖다 댔다.

"아담도 내가 태워다줄 수 있는데. 그러니까, 당신이 원한다면 말야. 우리 다 같이 가는 거지." 그가 말했다.

"그래요. 당신이 정 그렇다면… 좋아요."

아넬리는 눈 밑을 문질렀다.

"아, 맞다!" 군나르는 손으로 이마를 쳤다.

"왜요?" 아넬리가 말했다.

"또 잊어버렸네. 다락에 있는 큰 상자 말야."

"중요한 것도 아닌데요, 뭐."

"하지만 당신 물건이 든 마지막 상자라고."

"뭐, 이제껏 다락에 있었으니 좀 더 있다고 문제될 건 없어요."

"오늘 밤 대문 바로 옆에 갖다놔야겠어. 그럼 절대 안 잊어버리고 갖고 나올 수 있겠지."

"좋은 생각이네요."

잠시 침묵이 이어졌다.

"당신이 오늘 밤 우리랑 함께 한다니 좋네요. 아담이 기뻐할 거예요." 아넬리가 말했다.

"그래." 군나르가 말했다.

"나도 기쁠 거고요."

"그래."

"당신은 안 기뻐요?"

"아넬리, 그만해. 소용없는 일이야."

"왜 소용없어요?"

"그냥."

"누구 만나는 사람 있어요?"

"아니, 없어. 그렇지만 우린 지금 이대로 있기로 결정했잖아."

"당신이 결정했지, 난 아니에요."

"그래, 이번엔 나였지. 나는 지금 이대로가 정말 좋아. 우리 사이도 괜찮고. 우린 적정선을 잘 유지하고 있다고."

"당신한테나 적정선이겠죠."

"무슨 뜻이야?"

"아무것도 아니에요."

"나는 그저 호의로 당신과 아담을 태워다주려 했을 뿐이야. 그게 잘못이야?"

"태워줄 필요 없어요. 우린 당신 도움 없이도 잘 지내니까."

"그래, 그럼 없던 걸로 하지."

"그래요, 그렇게 해요."

"좋아."

"좋아요."

군나르는 혼잣말로 투덜거리다 라디오 볼륨을 다시 높였지만, 하필 음악이 다 끝나갈 때라 곧 차 안은 정적만이 감돌았다.

아넬리는 군나르보다 몇 발짝 뒤에서 복도를 따라 걸어갔다. 군나르의 등을 노려보는 그녀의 입술이 삐죽거렸다. 자신의 눈초리를 그도 느끼고 있다는 걸 알아서 더욱 뚫어져라 노려보았다.

군나르는 자기 사무실 앞에서 잠시 걸음을 멈췄다.

아넬리는 그의 미결 서류함에 국립과학수사연구소(SKL)에서 온 팩스가 들어 있는 걸 보았다. 중요한 내용이겠지만, 그녀는 아무 말 없이 가던 길을 계속 갔다. 어차피 군나르가 그 팩스를 당장 읽으리란 걸 잘 아니까. 아넬리는 여전히 기분 나쁜 표정을 하고 걸었지만 회의실에 들어서자마자 자세를 바로잡고 사적인 감정은 얼굴에서 싹 지워버렸다.

아넬리와 군나르는 자신들의 관계를 아무에게도 알리지 않기로 했기에 그들이 느끼는 감정 역시 대놓고 드러낼 수 없었다. 둘의 관계는 군나르가 과장으로 있는 노르셰핑 경찰청 범죄수사과에서 아넬리가 일하기 전부터 시작되었다. 경찰 인트라넷에 과학수사 전문가를 찾는 광고가 났을 때, 그녀는 SKL 린셰핑 분원에서의 경력을 담은 이력서를 써서 광고에 기재된 대로 범죄수사과장에게 보냈는데 하필 그 과장이 그녀의 애인이었던 것이다. 아넬리는 자신의 인생 파트너와 함께 일하는 데 있어 어떤 어려움도 느끼지 않았다.

반면 군나르의 입장에서 그 상황은 딜레마였다. 처음에는 사적인 감정이 개입될까 봐 아넬리의 지원서를 한쪽으로 치워두었다. 하지만 아넬리의 전문성이 다른 지원자들보다 월등히 우수했기에 그녀를 고용하는 것이 최선이었다. 그와 아넬리와의 관계를 비밀로 해온 사실 때문에 그나마 쉽게 결정을 내릴 수 있었고, 직장에서만큼은 가능한 계속 관계를 숨기기로 했던 것이다.

하지만 그들의 관계에 관한 루머는 퍼져나갔고, 그중에는 아넬리가 그 자리를 얻으려고 상사와 잠자리를 가졌다는 악의적인 소문도 있었다. 아넬리가 다른 사람이었다면 놓치고 말았을 범상치 않은 증거(쓰러진 초목이나 희미한 타이어 자국 같은)를 찾는 데에 특별한 재능을 갖고 있다는 것도 루머 앞에서는 아무 소용없었다.

일부 동료들은 그녀가 상사와 애인 관계라는 사실만 보려고 했으니까.

그러나 많은 사람들이 모르는, 혹은 굳이 알려 하지 않는 사실이 있었다. 아넬리와 군나르는 만났다 헤어지기를 반복하는 관계였다. 아들을 위해 어떻게든 함께 살려고 한 적도 있지만, 지난 달 아이가 열 살이 되자 결국 따로 살기로 합의했다. 그들은 계속 함께 살 만큼 서로에게 헌신하지 않았다. 그들의 감정은 마치 롤러코스터 같아서, 동거와 별거를 일곱 번이나 반복했다. 마지막으로 했던 동거는 열 달간 지속되었는데, 이번에는 군나르가 먼저 아넬리에게 그만두자고 말했다.

아넬리는 테이블에 앉아 있는 미아와 올라에게 인사를 건넴과 동시에 군나르에 대한 생각을 싹 몰아냈다.

미아가 곧장 그녀에게 말했다. "비드비켄에서 흰색 밴을 봤다는 목격자가 있어요."

아넬리가 막 대답하려던 찰나, 군나르가 서둘러 들어왔다. SKL에서 온 팩스를 손에 들고.

"협박 편지에 찍힌 지문의 주인을 알아냈대." 군나르는 흥분했다. "헨리크는 어디 있나?"

"셰르스틴을 다시 신문 중이에요. 그 많은 돈에 관해 거짓말을 했다는 증거가 나왔거든요." 올라가 재빨리 대답했다.

"그녀의 거짓말은 그뿐만이 아니야. 당장 헨리크한테 연락해!"

오늘만 두 번째로 신문실로 들어와야 했던 페테르 람스테트는 목이 새빨갛게 달아올라 있었다. 그는 탁자 위에 홱 올려놓은 서류가방에서 메모장과 펜을 꺼내고는, 가방을 바닥에 툭 던졌다. 그러고는 양손으로 재킷 단추를 모두 푼 뒤 양끝을 뒤로 넘겨 케이프처럼 걸치고 의자에 앉았다. 지금은 팔짱을 낀 채 엄지로 펜을 끊임없이 딸각거리며 앉아 있었다.

헨리크 레빈은 혼자 슬며시 미소 지었다. 그의 손에는 비장의 카드가 있었다. 마치 마지막 퍼즐 조각들이 제자리를 찾아가듯, 군나르의 전화를 받은 뒤에야 비로소 은행 직원의 진술도 중요성을 띤 것이다.

"여쭤보고 싶은 게 있는데……" 헨리크는 어깨를 웅크린 채 앉아 있는 셰르스틴 율렌에게 말했다. 탁자 아래로 그녀의 노란색 플라스틱 슬리퍼가 삐죽 튀어나와 있었다. "…쇼핑은 주로 현금으로 하십니까 아니면 카드로?"

셰르스틴은 눈을 들어 그를 쳐다보았다.

"카드요."

"현금은 사용하지 않고요?"

"네."

"전혀요?"

"가끔은 쓰기도 해요."

"얼마나 자주 쓰시나요?"

"잘 모르겠어요. 한 달에 한 번 정도."

"현금은 어디서 인출하십니까?"

람스테트는 계속 펜을 딸각이고 있었다.

헨리크는 펜을 빼앗아 그 변호사의 빨간색 넥타이 위에 잉크를 뿌리고 싶었다.

셰르스틴이 그의 그런 생각을 가로막았다.

"필요할 때는 현금지급기를 이용해요."

"어떤 현금지급기요?"

"잉엘스타(Ingelsta)에 있는 거요. 카페 옆에."

"항상 그리로 가십니까?"

"네."

"보통 얼마 정도 인출하시나요?"

"5백 크로나 정도요."

"돈을 인출하러 은행 창구로 가진 않으시나요?"

"네, 전혀요."

셰르스틴은 새끼손가락을 입술로 가져가더니 소리가 다 들리도록 손톱을 물어뜯었다.

"그러니까 은행에는 안 가신다고요?"

"음, 네, 그래요."

"마지막으로 은행에 가셨던 적이 언제입니까?"

"아마 1년 전쯤일 거예요."

"그땐 무슨 일로 가셨나요?"

"어쩌면 그보다 더 오래 전일지도 몰라요. 기억이 잘 안 나요."

"그럼 그 이후로는 은행에 안 가셨습니까?"

침묵.

헨리크는 질문을 되풀이했다. "그럼 그 이후로는 은행에 안 가셨습니까?"

"네, 안 갔어요."

"이상하군요. 하에뷔에 있는 은행에서 부인을 봤다고 확인해 준

증인이 둘이나 있는데."

람스테트는 펜을 딸각이던 손을 멈췄다.

잠시 침묵이 흘렀다.

헨리크는 자신의 숨소리를 들을 수 있을 정도였다.

"하지만 저는 거기 간 적이 없는데요." 셰르스틴은 불안해하며
말했다.

헨리크는 자리에서 일어나 방 한 구석으로 걸어갔다. 그는 천장
에 고정된 카메라 아래에 서서 그걸 손으로 가리켰다.

"모든 은행에는 저런 카메라가 설치되어 있어서 오고 가는 고객
들 전부를 기록합니다."

"잠시만요." 람스테트도 일어서며 말했다. "내 고객과 잠깐 할
말이 있습니다."

헨리크는 그의 말을 못 들은 척했다.

다시 탁자로 돌아온 그는 셰르스틴을 똑바로 쳐다보았다.

"다시 묻겠습니다. 하에뷔에 있는 은행에 가신 적이 있나요?"

람스테트는 대답을 막으려는 듯 재빨리 셰르스틴의 어깨에 손
을 올렸다.

그러나 그녀는 결국 입을 열었다.

"아마도요, 갔을 거예요."

헨리크는 의자에 앉았다.

"무슨 목적으로 가셨죠?"

"돈을 인출하러요."

람스테트는 셰르스틴의 어깨에서 손을 떼고는 한숨을 내쉬며
자리에 앉았다.

"얼마나 인출하셨는데요?"

"몇 천 정도요. 2천 크로나였을 거예요."

"거짓말은 그만하시죠. 부인은 지난 열 달간 매달 4만 크로나씩을 공동명의 계좌에서 인출했어요."

"제가요?"

"말씀드렸다시피 증인이 두 명이나 있습니다, 부인."

"대답하지 말아요." 람스테트는 셰르스틴을 설득했지만 그녀는 무시했다.

"그렇다면 제가 그런 게 맞겠죠." 그녀는 조용히 말했고, 변호사는 그녀의 대답에 순간 이성을 잃어 펜을 확 던져버렸다.

헨리크는 본능적으로 머리를 숙였지만 펜은 그와는 한참 떨어진 곳으로 날아가, 문에 부딪쳐 땅에 떨어졌다. 람스테트를 본 헨리크는 속으로 웃었다. 그는 아무 말도 하지 않았고, 바로 그 점이 어떤 말보다 변호사를 더 화나게 한다는 걸 알았다. 그는 차분하게 다시 질문에 임했다.

"그 돈으로 뭘 하셨죠?"

"옷이요."

"옷?"

"네."

"한 달에 4만 크로나 어치의 옷을 사셨다고요?"

"네."

"기분 상하게 할 의도는 없지만, 그 돈이면 그런 티셔츠랑 플라스틱 샌들보다는 훨씬 더 나은 옷을 사실 수 있을 것 같은데요."

셰르스틴은 재빨리 발을 끌어당겨 탁자 아래로 숨겼다.

"지난 열 달간 부인 혹은 남편 분께서는 누군가로부터 협박 편지를 받았습니다." 헨리크가 말했다.

"그것에 대해서는 전혀 몰라요."

"아실 것 같은데요."

"아니, 몰라요. 맹세해요. 그 편지에 관해서는 형사님이 말씀하셔서 알았어요."

"그럼 그 편지들을 한 번도 본 적 없나요? 만진 적도 없고요?"

"네, 네, 네! 없어요. 없다고요!"

"그렇군요. 하지만 부인은 이번에도 진실을 말하지 않았어요. 저희는 편지들을 분석하다 거기서 지문을 발견했습니다."

"아, 그래요?"

"바로 부인 지문이에요."

매우 긴장한 셰르스틴은 눈을 어디다 둘지 몰라 두리번거렸다.

"제가 생각하는 진실을 말해볼까요? 저는 부인이 그 돈으로 옷을 샀다고 생각하지 않습니다. 부인은 그 돈을 빼서 협박 편지를 보낸 사람한테 줬어요. 편지가 10통이었으니 그런 거금을 열 번 인출했고."

"아니… 전 안 그랬어요."

"저를 실망시키지 마세요, 부인. 이제 진실을 말씀하세요. 정말 무슨 일이 있었는지 말씀해 주세요."

람스테트는 자리에서 일어나 재킷을 가다듬고는 펜을 주우러 문 쪽으로 걸어갔다. 헨리크의 등 뒤에서 그는 셰르스틴에게 더는 아무 말도 말라는 의미의 몸짓을 보냈다. 하지만 그녀의 어깨는 이미 축 처져 있었다.

그녀는 침을 꿀꺽 삼켰다.

그리고 자신의 이야기를 하기 시작했다.

전부 다.

신문실에 남은 헨리크는 멍하니 앉아 있었다. 신문은 끝났지만 여전히 생각에 잠겨 있었다. 그는 머릿속으로 사건을 순서대로 재생했다. 셰르스틴의 입술이 떨리기 시작했을 때. 그녀가 볼에 흐른 눈물을 닦았을 때. 자신의 남편이 무슨 짓을 했는지 설명했을 때.

"저는 남편에 대해 제대로 알지도 못했던 것 같아요. 항상 멀리 있는 사람 같았지요. 그는 항상…… 저는 뭔가 잘못됐다는 걸 알았어요. 관계 중 그이가 베개인지 뭔지로 제 얼굴을 가리길 원했을 때 깨달았죠. 안 그러면 토할 것 같다며 그러라고 강요했어요."

셰르스틴은 흐느꼈다.

"결혼한 지 얼마 안 됐을 때였어요. 그것 말고도 이상한 짓들을 하더군요. 한밤중에 잠에서 깼는데 그이가 제 가슴을 쳐다보며 누워 있었어요. 그러다가 절 보더니 멍청한 년이라고 소리를 지르며 제 입에 억지로 그걸… 그것을……"

셰르스틴은 차마 말을 잇지 못하며 소매로 코를 훔쳤다.

"…자기 성기를 제 목구멍에다 하도 깊이 밀어 넣어서 숨이 막힐 지경이었어요. 일을 마치고 나서는 저더러 역겹다며, 못생긴 마누라랑 했으니 가서 씻어야겠다면서."

셰르스틴은 잠시 울먹이더니 이내 진정했다. 잠시 침묵하다가 다시 이야기를 시작했다.

"그이는 한 번도 저와의 정상적인 잠자리를 원한 적이 없어요. 하지만 저는 점차 나아지리라 생각했죠. 언젠가는 다 괜찮아질 거라고, 단지 그 모든 게, 그러니까 그이의 업무가 너무 힘들어서 그러는 거니까 내가 이해해야 한다고… 그렇지만 그이는 결국 다른 여자들과 관계를 갖기 시작했어요……그러다가 여자 아이들과도. 그이는… 그 아이들은 무서웠을 거예요, 그이를 두려워했을 거라고요. 그가 어떻게 그런 짓을 했는지 도무지 이해할 수 없어요, 저는……"

그녀는 울음을 터뜨렸다.

"…한 번은 이런 말을 했어요. 자기가 어떤 여자애를 바닥에서 강간했는데 그 애가 소리를 엄청 질렀다고. 자기 성기가 그 아이의 몸에 들어가는 순간, 두 눈에 두려움이 가득했다면서요. 그 애가 밑에서 피를 흘리기 시작했을 때 자기는 웃고 있었다고. 그리고 그이는… 그 여자애가 피를 흘리고 있는데… 그런데 그이는… 그 애 목구멍에다……"

셰르스틴은 두 손으로 얼굴을 감싼 채 탁자 위로 고개를 숙였다.

"…오, 맙소사!" 그녀는 울었다.

신문실에 혼자 남은 지금까지도 그녀의 울음소리가 들리는 것 같았다. 창밖은 연한 회색빛이었다. 잠시 후 헨리크는 자리에서 일어섰다. 30분 내로 팀원들과 함께 회의실에 모여야 하고, 그러려면 우선 마음을 가라앉혀야만 한다.

헨리크는 경찰청 계단을 천천히 오르며 길고 텅 빈 3층 복도를 따라 회의실로 향했다. 우편함이나 그림들은 거들떠보지도 않았고, 문이 열려 있는 사무실 안을 들여다보지도 않았다. 그의 눈빛은 온통 바닥을 향한 채 가끔씩 앞을 흘긋거릴 뿐이었다.

헨리크의 표정을 읽은 군나르는 회의를 한 시간 정도 미루기를 원하는지 물었다. 그러나 헨리크는 셰르스틴의 방금 전 신문 내용 가운데 가장 중요한 부분을 팀원들과 당장 검토해야 한다고 고집했다. 그는 팀원들이 둘러앉은 탁자 앞에 서 있었다.

"그 협박 편지들은 한스 율렌에게 왔던 겁니다." 그가 입을 열었다. "한스 율렌은 몇몇 여성 망명 신청자들을 성폭행했고 그 대가로 영구거주 허가를 약속했습니다. 하지만 그녀들이 약속된 허가를 받은 적은 단 한 번도 없었습니다. 한 번은 율렌이 어린 소녀를 너무 심하게 학대한 나머지 소녀가 자기 오빠한테 그 사실을 알렸답니다. 첫 번째 편지가 왔을 때, 셰르스틴은 그 소녀의 오빠가 쓴 것임을 알아차렸다고 합니다. 한스 율렌은 소위 자신의 '정복'을 자랑하는 버릇이 있었기 때문이죠. 소녀들이 얼마나 순진해 빠졌는지, 그가 강간했을 때 소녀들이 어떻게 울었는지에 관해서 말이에요."

아넬리 린드그렌은 이런 이야기가 듣기 불편했는지 헨리크가 잠시 말을 멈춘 사이 몸을 꼼지락댔다. 잠시 후 헨리크는 다시 입을 열었다.

"셰르스틴은 한스가 그 편지를 읽은 적이 없다고 했습니다. 처음 열어본 사람이 자기라고요. 더 이상의 성폭행을 막기 위해 경찰에 신고할까 생각도 했답니다. 이혼이 정답이었겠지만 남편이 없으면 누구랑 함께 살지, 누가 자기를 돌봐줄지 걱정이 됐답니다. 가진 돈도 없어서 자립할 수도 없었고요. 만일 그 이야기가 밖으로 새어나가면 남편의 커리어도 끝나고, 생활에 필요한 돈도 못벌 거라고 생각한 거죠. 게다가 다들 그녀를 성폭행범 마누라라고 조롱할 테고. 그래서 셰르스틴은 편지를 숨기고 돈을 지불하기로 마음먹었답니다. 입막음을 목적으로." 헨리크가 말했다.

"어떻게 자기를 그런 식으로 학대한 사람을 보호할 수 있죠?" 미아가 말했다.

"모르겠어. 한스 율렌은 정말 형편없는 놈이더군. 셰르스틴 말로는, 한스가 자기를 계속 못살게 굴었대. 20년 전, 그녀가 아이를 못 갖는다는 사실을 알게 된 이후부터. 한스는 매일 그 사실을 셰르스틴에게 상기시켰다더군. 그녀를 아주 깔아뭉갠 거지."

"그런데도 그 여자는 가만히 있었대요?"

"응."

"그렇지만 한스는 계좌에서 돈이 인출된 걸 알았을 거 아냐?" 군나르가 말했다.

"그럼요. 그가 인출 건에 관해 물었지만 셰르스틴이 거짓말을 했답니다. 생활용품을 샀다거나 청구서나 수리비를 지불했다는 등. 당연히 한스는 화를 냈고, 심한 말다툼이 오가다가 결국 셰르스틴은 손찌검까지 당했다더군요. 하지만 셰르스틴은 계속 같은 변명만 했고요. 물론 말도 안 되는 변명이었지만 시간이 어느 정도 흐르자 한스는 그 일에도, 셰르스틴에게도 관심을 끊었답니다. 어느 순간부터 아예 묻지도 않았다더군요." 헨리크가 말했다.

"협박 편지는 누가 보냈죠?" 미아가 말했다.

"에티오피아 출신인 유세프 아브람(Yusef Abrham)이란 사람. 하에뷔에서 여동생과 함께 살고 있대. 그래서 셰르스틴이 항상 거기서 돈을 인출했던 거야. 회의가 끝나면 바로 그 자부터 만나보자고. 혹시 저 좀……." 헨리크는 빈 의자를 가리키며 말했다.

"물론, 어서 앉아." 군나르가 말했다. 평소에는 알아서 행동하던 헨리크가 그런 말을 하자 군나르는 이렇게 덧붙였다. "앉는 것까지 허락 받을 필요는 없지, 안 그래?"

"그럼요. 당연히 앉아도 돼죠." 미아가 말했다.

헨리크는 의자를 뒤로 빼서 앉고는 곧장 물병을 열어 절반을 따라 마셨다. 탁자 끝에 앉은 야나 베르셀리우스는 쭉 잠자코 앉아 상황을 관망 중이었다.

그녀는 다리를 꼬며 말했다. "셰르스틴이 다른 자백은 안 했나요?"

헨리크는 고개를 가로저었다.

"우린 아직도 그녀를 살인과 연관 지을 명확한 단서를 못 찾았어요. 그럼 나는 그녀를 풀어줄 수밖에 없어요."

"한스가 셰르스틴을 어떻게 대했는지 생각하면 셰르스틴은 충분히 남편이 죽기를 바랄만 해요. 아마 심한 말다툼 끝에 권총을 꺼내 남편을 쐈을 거예요." 미아가 말했다.

"하지만 권총은? 셰르스틴이 어디서 그런 걸 얻었겠어? 그리고 남편을 쏜 다음에는, 창문을 통해 나간 아이에게 권총을 줬을까? 그럼 그 아이는 누구고?" 헨리크가 말했다.

"나도 몰라요. 직접 한 번 생각해보시죠!" 미아가 화를 냈다.

헨리크는 피곤한 표정으로 그녀를 쳐다보았다.

"자, 그만들 해. 검사님 말이 맞아. 우리는 셰르스틴을 풀어줄 수밖에 없어. 적어도 지금은." 군나르가 말했다.

"라세 요한손은 어떻게 됐나요?" 야나가 말했다.

"그는 더 이상 관심의 대상이 아닙니다. 여러 사람에 의해 알리바이가 확인됐어요."

"그럼 현재 우리가 가진 패는 그 소년과 유세프 아브람이란 사람뿐이네요?"

"뭔지는 모르지만 한스 율렌의 컴퓨터에 들어 있는 내용과." 군나르가 말했다.

"맞아요." 올라 쇠데르스트룀이 자세를 바꿔 앉으며 말했다. "진행이 더디긴 하지만 지금 하드드라이브 확인 중입니다. 이상한 점, 아니 흥미로운 점은, 누군가가 그걸 지우려고 시도했다는 거예요."

"지워?" 미아가 말했다. "하지만 너라면 복구할 수 있잖아, 안 그래?"

"물론이죠. 문서와 쿠키파일은 아무 문제없이 복구 가능합니다. EMP로 폭파된 경우만 아니라면."

올라는 어리둥절한 표정으로 자신을 쳐다보는 팀원들을 보았다.

"전자기 펄스(electromagnetic pulse)요. 그건 모든 걸 다 날려버리거든요. 그걸 전문으로 하는 기업들도 있고요."

"한스가 숨기려 했던 뭔가가 있다는 거군." 헨리크가 말했다.

"아마도요. 제가 뭘 알아낼 수 있는지 한 번 보세요."

17장

"내가 그 사건 뭔가 냄새가 난다고 했지?"

페르 오스트룀은 야나 베르셀리우스를 보며 씩 웃었다.

검찰청 밖에서 우연히 마주친 둘은 사무실 커피 대신 근처 베이 커리 카페에 향했다. 도보로 5분 걸렸고 운 좋게도 카운터에는 줄이 없었다. 야나는 햄과 체다치즈를 올린 천연 발효종 빵을 먹을지 말지 잠시 고민했다. 결국 그들은 각각 커피 한 잔과 잼을 곁들인 스콘을 주문한 뒤 창가 자리에 앉았다.

전형적인 모던 북유럽풍 인테리어여서 마치 호텔 로비 같은 느낌이었다. 여러 개의 타원형 오크 탁자에 검은색 가죽 의자들이 있었고, 구석구석에는 등받이가 높은 안락의자들이 두 개씩 짝지어 있었다. 검은색과 빨간색 천을 입힌 다양한 크기의 조명들이 천장에 매달려 있었고, 갓 구운 빵의 좋은 냄새가 카페 안에 진동했다.

"당신 앞에서 그 수사에 관해 언급하는 게 아니었는데." 야나가 페르에게 말했다.

그녀는 한스 율렌의 어두운 면을 페르에게 몰래 말했던 것이다.

"흥미진진한데. 어쨌든 간에 이민국 과장이 망명을 원하고 있는 여자와 소녀들을 강간했다는 사실이 언론에 알려진다면 어떻게 될까?" 페르는 또다시 씩 웃었다.

"목소리 낮추지 않으면 기자들이 당장이라도 알게 될 거야."

"미안."

"골치 아픈 수사라고."

"좀 더 얘기해줄 수 없어?"

"아무에게도 말하면 안 돼." 야나는 페르를 뚫어져라 쳐다봤다. "알겠어?"

"약속하지."

"한스 율렌은 총에 맞았어. 경찰은 그의 집에서 어린아이의 지문과 손자국을 찾아냈지. 그런데 그 아이도 총에 맞아 죽은 채 발견됐고, 더구나 그 총은 한스 율렌을 쏜 총과 같은 타입으로 판명됐어. 그리고 그 소녀들에 관한 일은······."

"그 추잡한······."

"마음대로 얘기해. 하지만 당신이라면 이 모든 걸 하나로 끼워 맞출 수 있겠어?"

"아니."

"그래, 고마워."

"별 말씀을."

야나는 커피잔을 입술에 갖다 대며 페르를 쳐다보았다. 멋진 셔츠와 블레이저, 몸에 꼭 맞춘 바지. 페르는 옷을 정말 잘 입었다. 야나의 기억 속에서 그는 쭉 싱글이었다. 두어 번 오랜 만남을 가진 적도 있지만 기본적으로 다른 사람과 사는 걸 불편하게 여기는 사람이었다.

"누군가를 사귀며 외로워하느니 혼자 외로운 편이 낫지." 2년 전쯤 그가 한 말이었다.

야나는 페르가 업무과 청소년들에 대한 헌신적 봉사에 모든 시간을 할애하는 것을 잘 알았다. 하지만 누군가의 삶에 간섭하고 싶은 마음은 전혀 없었다. 아무리 페르라 해도.

비록 가끔은 상황이 오묘하게 맞아떨어지기도 했지만, 둘은 아무 사이도 아니었다. 야나에게 페르는 친구이자 동료일 뿐이었다.

"당신 도움이 필요해." 야나는 잔을 탁자에 내려놓으며 말했다.

"난 그 퍼즐을 어떻게 맞춰야 할지 도무지 모르겠는데." 페르가 말했다.

"수사 건 말고. 나랑 당직 좀 바꿔줘."

"왜?"

"화요일에 부모님과 저녁 먹기로 했거든. 5월 1일 공휴일에."

페르는 고개를 갸우뚱하며 휘파람을 불었다.

"좋아, 좋아."

"답례로 괜찮은 와인을 선물할게. 레드가 좋아, 화이트가 좋아?"

"괜찮아. 한스라는 그 추잡한 놈에 관해 더 얘기해주면 기꺼이 당직을 바꿔주지. 그 이야기를 책으로 낼까 생각 중이야. 큰돈을 벌 수 있겠는데!"

"정말 못 말려."

야나는 별 수 없이 웃으며 스콘을 한 입 베어 물었다.

마크다 아브람(Makda Abrham)은 부엌 창문으로 그들이 오는 모습을 보았고, 이민국의 그 남자 때문이란 걸 곧바로 알았다. 이런 날을 얼마나 고대했던가. 그녀에게 지옥을 맛보게 했던 그 악마에 관해서 다 털어놓을 날.

그녀의 뱃속에서 걱정이 스멀스멀 올라왔다. 대문을 열었을 때 횡격막에서 느껴지는 압박감이 너무 셌던 나머지 그녀는 벽을 붙들고서야 겨우 서 있을 수 있었다. 경찰관 이름도 잘 안 들렸고 그들이 내민 신분증도 제대로 보이지 않았다.

"저희는 유세프 아브람을 찾고 있습니다." 헨리크는 신분증을 집어넣으며 앞에 서 있는 여자를 찬찬히 들여다보았다. 스무 살 정도로 보이는 젊은 여자. 짙은 눈, 갸름한 얼굴, 긴 머리, 천으로 만든 팔찌, 목이 깊게 파인 스웨터.

"왜요?" 그녀가 말했다.

"그분이 집에 계신가요?" 헨리크가 말했다.

"제가… 동생이에요. 왜 그러죠?"

마크다는 말이 제대로 나오지 않았다. 왜 오빠를? 나와 대화하러 온 게 아니었나? 왜 유세프를 만나려 하지?

그녀가 짙은 색 머리카락을 귀 뒤로 쓸어 넘기자 귓불에 길게 늘어선 진주알이 보였다.

"한스 율렌에 관해 그분과 긴히 할 말이 있습니다."

경찰이 그의 이름을 언급했다.

그 더러운 이름을.

그녀가 무엇보다도 증오하는 그 역겨운 남자를.

"오빠! 경찰!" 마크다는 집안에 대고 큰 소리로 말했다.

그녀는 옆으로 한 발짝 물러나 헨리크와 미아를 자신의 1층 집안으로 들인 뒤 왼쪽으로 걸어가 닫혀 있는 문을 조심스럽게 두드렸다.

헨리크와 미아는 현관에서 기다렸다.

현관 바닥에는 스웨덴 전통 방식으로 직조된 매트가 깔려 있었고, 벽에 걸린 모자걸이는 텅 비어 있었다. 바닥에는 신발 세 켤레가 놓여 있었는데, 그중 두 켤레는 새것처럼 보이는 흰색 스니커즈였다. 모두 유명 브랜드 신발이었고 헨리크도 그 신발들이 비싸다는 걸 알고 있었다. 현관에 다른 건 아무것도 없었다. 서랍장도, 그림도, 의자 같은 것도.

마크다는 닫힌 문을 재차 두드리며 알아들을 수 없는 말로 소리쳤다. 미아는 티그리냐어(에리트레아와 에티오피아 북부에서 쓰이는 언어—옮긴이) 같다고 생각했다. 마크다는 경관들에게 멋쩍은 미소를 지은 뒤 다시 문을 두드렸다.

현관에 서 있던 헨리크와 미아는 들어가서 점점 더 걱정스러운 얼굴이 되어가는 마크다를 도와주기로 했다. 그들은 마크다가 서 있는 침실 문 앞에 함께 섰다. 부엌 안이 훤히 들여다보였는데, 부엌에는 뒷문도 나 있었다. 팬 하나가 켜져 있었고 탁자 위 재떨이는 담배꽁초로 가득했다. 부엌과 다른 방향에는 화장실과 또 다른 침실 그리고 거실이 보였다. 그러나 가구는 거의 보이지 않았다.

"유세프 씨, 문 열어요. 잠깐 이야기 좀 하려고 왔습니다."

헨리크는 침실 문을 쾅 쳤지만 안에서는 아무 대답이 없었다.

"당장 문 열어요!"

그는 더 세게 문을 두드렸다. 여러 번.

그때 방 안에서 삐걱대는 소리가 들렸다.

"무슨 소리죠?" 미아가 물었다.

"이 소리는 마치 창문을……."

바로 그때 미아는 까무잡잡한 남자가 맨발로 부엌 창문을 넘어 재빨리 뒤뜰로 도망가는 모습을 포착했다.

"제길!" 미아는 소리치며 뒤뜰로 통하는 뒷문으로 뛰어갔다.

헨리크도 그녀를 쫓았다.

미아는 앞서가는 남자가 덤불을 헤치고 달려 나가 시야에서 사라지는 걸 지켜보았다.

"멈춰!"

그를 따라 덤불을 통과한 미아는 막 놀이터 쪽으로 방향을 튼 그를 발견했다. 그는 모래밭을 빠른 속도로 껑충껑충 뛰어 건너더니 그네 옆 울타리를 휙 뛰어넘었다. 미아는 그리 많이 뒤지지 않았다. 그녀는 남자에게 멈추라고 또 한 번 소리쳤다. 그를 따라 울타리를 뛰어넘어 좁은 자전거 길로 접어든 그녀는 이제 그와 불과 몇 미터 차이밖에 나지 않았다. 곧 그녀는 따라잡을 것이다. 아무도 그녀를 이길 수 없다.

아무도.

미아는 근육을 최대한 긴장시켜 격차를 줄여갔다. 길의 끝에 다다랐을 때, 그를 완전히 따라잡은 그녀는 제대로 된 태클을 걸어 그를 쓰러뜨렸다. 두 사람은 함께 눈밭에 굴렀다. 남자가 엎드린 채로 그녀 아래 깔리자 미아는 재빨리 그의 왼팔을 꽉 잡아 등 뒤로 굽혔다. 그제야 그녀는 숨을 가다듬었다.

뒤따라 달려온 헨리크가 수갑을 꺼내 그 남자의 손목에 채우고 일으켜 세운 뒤 신분증을 보여주고는 차로 데리고 갔다.

마크다 역시 그들을 따라왔지만 놀이터까지 와서 포기했다. 오빠가 수갑을 찬 채로 두 경관 사이에 서서 걸어오는 모습을 본 그녀는 양손으로 입을 틀어막고 고개를 가로저었다. 오빠에게 달려가 목덜미를 움켜쥔 그녀는 티그리냐어로 크게 비난조의 말을 쏟아냈다.

미아는 그녀를 남자에게서 떼어냈다.

"저희는 이분과 할 얘기가 있습니다." 그녀는 차분한 목소리로 말하고는 마크다를 그네 쪽으로 데리고 갔다.

"오빠 분은 저희와 함께 경찰서로 가실 겁니다. 걱정 마세요."

미아는 걸음을 멈추더니 양손으로 마크다의 어깨를 붙들고 그녀의 눈을 바라보았다.

"제 말 잘 들으세요. 저희는 당신에게도 무슨 일이 있었는지 이야기할 겁니다. 당신이 어떤 일을 당했는지도요. 당신 모국어를 아는 사람을 보내드릴 테니 그분과 조용히 대화하실 수 있을 거예요."

마크다는 여자 경찰의 말을 이해할 수 없었지만 그녀의 두 눈에 선한 빛이 서려 있음을 볼 수 있었다. 마크다는 고개를 끄덕였다. 미아는 미소를 지어 보이고는 놀이터를 떠났다. 어디로 가야 할지 알 수 없었던 마크다는 그저 그곳에 서 있었다.

근심에 잠긴 채.

그리고 완전히 멍해진 채로.

경찰서에 도착해 자리에 앉기가 무섭게 유세프 아브람은 서툰 영어로 스웨덴어를 전혀 못한다고 말했다. 헨리크와 미아는 통역을 찾느라 40분 이상을 고군분투했다. 마침내 통역사가 도착하자 이번에는 후두염에 걸려 말을 못한다고 주장했다. 미아는 더 이상 참지 못하고 격분했다. 협박 편지들을 탁자 위에 던지며 욕설이 섞인 장광설을 퍼부었고 통역사는ー물론 화내지 않고ー그녀의 말을 티그리냐어로 되풀이했다. 유세프는 조롱하는 태도로 미아를 노려보기만 했다.

미아의 입에서 욕설이 몇 마디 더 나온 후에야 유세프는 크게 한숨을 내쉬더니 결국 이야기를 시작했다. 한스가 여동생을 어떻게 학대했는지. 추웠던 1월의 어느 날, 한스는 그들의 아파트로 찾아와 거주 허가에 관해 마크다와 할 말이 있다고 했다.

"집에 혼자 있던 마크다는 그를 들어오게 하고 싶지 않았지만, 그는 강제로 들어와 현관에서 마크다를 강간했소." 유세프가 말했다. "내가 돌아왔을 때, 마크다는 자기 방에 틀어박혀 울고 있었죠. 도와주고 싶었지만, 마크다는 무슨 일이 있었는지에 관해 아무에게도, 아무 말도 하지 말라고 하더군."

그는 눈알을 굴리며, 여동생이 거주 허가를 원하는 순진한 바람 때문에 한스 율렌이 초인종을 누를 때마다 문을 열어줬다고 말했다.

유세프는 성폭행 사건을 비밀로 해달라는 동생과의 약속은 지켰지만, 한스 율렌이 여동생에게 거주 허가를 내줄 것처럼 거짓말을 하고 있다는 의심에 참을 수 없었다.

"한스 율렌은 얼간이 같아 보였소. 얼간이들은 믿을 수 없지."

석 달이 지나도 마크다가 이민국으로부터 긍정적인 답변을 받지 못하자, 유세프는 한스 율렌처럼 협박이라는 방법을 쓰기로 결심했다. 그는 섹스가 아닌 돈을 원했다. 한 번은 몰래 숨어서 자기 집에 찾아온 한스의 비열한 행위를 휴대전화로 촬영했다. 그런 다음 첫 협박 편지를 써서 보낸 것이다. 2주 후 그는 셰르스틴 율렌을 만났다. 그녀는 협박을 멈춰달라고 애원했지만 그는 거절했다.

"그놈이 여동생을 학대했으니, 나도 그놈을 학대할 권리가 있다고 생각했소. 그놈 마누라가 돈을 주지 않으면 언론에 사진들을 유출할 생각이었지!"

그가 장난으로 그러는 것이 아님을 깨달은 셰르스틴은 다음날 그에게 돈을 건넸다.

"하지만 마크다에게는 아무 말도 안 했어요. 돈은 그냥 내가 가졌고. 그러니까 마크다는 내 협박에 관해 아무것도 모릅니다. 아무 대가도 없이 그런 놈과 그 짓을 하고 싶으면 마음대로 하라지."

"협박 편지들은 직접 썼나요?" 헨리크가 물었다.

"네."

"스웨덴어를 할 줄 아는군요?"

유세프는 능글맞게 웃었다. 그 순간부터 그는 모든 질문에 유창한 스웨덴어로 답했다. 스웨덴에서 1년 반 거주한 그는 꽤나 빠른 속도로 언어를 습득했다. 에리트레아에서 태어나고 자랐지만 에티오피아와의 분쟁 때문에 조국을 떠나야 했다.

"우린 운이 좋았어요. 여기까지 살아서 올 수 있었으니까. 그 여정을 거치고도 살아남다니. 유령 컨테이너 안에서 안 죽은 게 다행이지."

"유령 컨테이너라뇨?" 헨리크가 말했다.

"다른 나라로 입국하기 위해 최근 흔히 쓰는 방법인데, 안전하지 않소. 특히 불법 난민들에게는. 오는 동안 많은 사람이 죽어요. 어떤 때에는 다 죽기도 하고. 아프가니스탄, 아일랜드, 태국 같은 곳에서 일어나는 일인데, 여기도 마찬가지요."

"여기요?" 헨리크가 말했다.

"네."

"스웨덴에서?"

"그렇다니까."

"이상하군요. 그런 일이 있었다면 우리가 몰랐겠어요?" 미아가 물었다.

"당신들이 모든 일을 다 알 수는 없소. 어쨌든… 우리 부모님도 이곳으로 오실 거요." 유세프가 말했다.

"언제요?" 헨리크가 말했다.

"내년쯤. 에리트레아에 있는 건 위험하니까."

"그렇죠." 헨리크가 말했다. "협박 편지 얘기로 돌아가죠. 이 편지에 관해 누구에게 말한 적 있나요?"

유세프는 고개를 가로저었다.

"당신이 죄를 지었다는 건 알고 있나요?" 미아가 말했다.

"그냥 편지일 뿐 진짜 협박은 아니잖소."

"아니, 진짜 협박 맞아요. 그리고 누군가를 협박하는 건 스웨덴에서는 아주 중대한 범죄입니다. 어쩌면 평생 감옥에서 지낼지도 몰라요." 미아가 말했다.

"그만한 가치가 있었는걸." 그가 말했다.

유세프는 경찰관이 감방으로 데려가는데도 전혀 저항하지 않았다. 진실을 말하고 나니 마음이 놓인 듯, 그는 편안한 모습으로 느긋하게 걸어갔다.

올라 쇠데르스트룀은 어두운 방 안에서 유일하게 밝은 빛을 내뿜는 모니터를 응시했다. 한스 율렌의 컴퓨터 파일들을 훑어보는 중이었다. 이따금씩 이층 저층을 옮겨 다니는 엘리베이터 소리가 나직하게 들려왔다. 천장의 팬들은 쉬쉬 소리를 내며 돌아갔고, 그가 삭제된 파일들을 찾는 동안 하드드라이브는 마치 성난 듯 웅웅댔다. 그러나 잠시 후 그 웅웅대던 소리가 멈췄다. 드디어 모든 파일을 찾아낸 것이다.

'자, 어디 한 번 볼까.' 올라는 어딘가에는 분명 뭔가 흥미로운 게 있다는 사실을 알고 있었다. 항상 그랬으니까. 어느 컴퓨터든 마찬가지였다. 하지만 그걸 찾아내려면 그것이 있을 만한 장소를 들여다봐야만 했다. 컴퓨터는 사람들이 아는 것보다 더 많은 걸 숨기고 있기 때문에 그걸 다 찾아내려면 파일들을 여러 번 훑어보거나 특수한 소프트웨어를 사용해야만 했다.

올라는 한스 율렌이 어떤 사이트를 방문했는지 보기 위해 쿠키 폴더를 살펴보았다. 여러 국영 신문의 주요 기사들이 나타났고 그중 이민국 관련 기사가 눈에 띄었다. 대부분의 기사는 이민국이 주택 소유주 및 공급자들과 맺은 불법 계약에 관한 것이었다. 어떤 연속보도 기사는 운영진이 일반인의 공식기록 열람 원칙에 관해 알고 있었는지 물었고, 어느 기자는 이민국의 정부조달 절차(궁극적으로 한스 율렌의 책임인)를 조사하기도 했다. 이민국은 신랄한 비판을 받았고, 망명 신청자들의 거처를 물색하고 돈을 지불하는 일과 관련해서는 왜 그런 관례를 개선하는 데 그리 오랜 시간이 걸리느냐는 질문을 자주 받았다. 이에 대해 한스는 "복사기 한 대 사는 것과 집을 사는 것은 차이가 있다"라고 말한 걸로 나와 있었다.

올라는 한스 율렌이 압박을 받았으리라 생각하며 쿠키 폴더를 살펴보았다. 선박에 관한 사이트 네 개, 운반용 컨테이너에 관한 사이트 한 개. 곧이어 방대한 포르노 사이트 목록도 발견했는데, 대부분 검은 피부의 여성 위주였다.

올라는 자세를 고쳐 앉고 컴퓨터가 나머지 숨겨진 폴더와 파일들도 전부 찾아냈다. 그중 하나에는 '2012년 통계'라는 이름이 붙어 있었다. 올라는 그걸 열어 2011년과 2012년의 난민 수를 보여주는 비교 도표를 확인했다. 난민이 주로 발생하는 열다섯 개 국가를 알려주는 도표도 있었다. 연초에는 소말리아 출신들이 거주허가의 대부분을 받았다. 그 다음으로는 아프가니스탄과 시리아 순이었다.

올라는 정보자료와 표준 서식이 담긴 폴더를 열어 운동경기와 이민, 유럽 난민 펀드, 노동이민과 같은 특수 주제를 다룬 보고서들을 훑어보았다. 회의 자료와 정부 지침(이민국의 활동, 보고서 및 자료표, 법령정보에 관한) 폴더도 확인했다. 하드드라이브에 든 폴더들 중 세 개는 이름이 없었는데, 올라는 그중 하나에서 수상한 문서를 발견했다.

일요일 오후 6시 35분에 삭제된 문서였다. 그 파일을 연 올라는 깜짝 놀랐다. 몇 줄에 걸쳐 알파벳 대문자와 숫자만 나열되어 있을 뿐 다른 건 아무것도 없었기 때문이다.

전부 열 줄이었다.

VPXO410009

CPCU106130

BXCU820339

TCIU450648

GVTU800041

HELU200020

CCGU205644

DNCU080592

CTXU501102

CXUO241177

올라는 이 글자와 숫자들이 무엇인지 궁금했다.

제일 첫 줄을 복사하여 검색 창에 입력했지만 일치하는 결과는 없었다. 다른 줄도 다 해봤지만 결과는 같았다. 글자만 따로 입력해도 역시 아무 소득이 없었다. 처음 든 생각은 '각 줄이 일종의 코드 같다'였다. 어쩌면 개인 코드일지도, 혹은 다른 걸 의미하는 걸까? 이름일 수도 있을까? 개인식별번호 앞부분인가? 생년월일? 결국 이 모든 생각을 지워버린 올라는 막다른 길에 다다른 기분이었다.

시간은 이미 자정이 넘었고, 아무리 일해도 미스터리는 풀리지 않았다.

Marked for Life

18장

소녀의 눈썹에서 땀방울이 떨어졌다.

소녀는 할 수 있는 한 열심히 싸웠다.

오른 주먹 앞으로, 머리 숙이고, 왼 주먹 앞으로, 발차기, 발차기, 발차기. 흉측한 흉터가 있는 남자는 자신의 눈과 목, 가랑이를 가리키며 소리쳤다.

"눈, 목, 가랑이!"

소녀도 그를 따라 소리쳤다.

"눈, 목, 가랑이!"

오른 주먹 앞으로, 머리 숙이고, 왼 주먹 앞으로, 발차기, 발차기, 발차기!

"공격 경보!"

소녀는 얼어붙은 듯 움직임을 멈췄다. 남자가 소녀의 시야에서 사라졌다.

제발, 소녀는 생각했다. 갑작스러운 공격은 그만! 소녀는 그런 공격이 싫었다. 근접전투는 문제없었다. 정말 잘했으니까. 타고난 소질에 대응능력도 훌륭했다. 특히 칼을 들면 더더욱. 소녀는 상대 목에 칼날을 최대한 가까이 갖다 대려면 체중을 어디에 실어야 하는지 잘 알았다. 우선 도전자가 균형을 잃고 땅에 쓰러지게 만드는 것이 관건이었다. 보통은 무릎을 잘 겨냥해 발길질만 몇 번 하면 끝나지만, 그걸로 불

155

충분하거나 힘든 상대를 만나면 팔꿈치나 무릎으로 상대의 머리를 여러 번 가격해야 했다.

다닐로 혹은 하데스(Hades: 다닐로의 목에 새겨진 이름)를 상대할 때면 소녀는 보통 손이 그의 목에 닿기 직전에 주먹을 쥐는 직접적 구타 방식을 이용했다. 다닐로가 고통스러워하며 몸을 숙이면 소녀는 그의 머리를 잡고 쓰러질 때까지 얼굴에 니킥을 날렸다. 하지만 다닐로는 종종 한 발 앞서서 소녀를 먼저 땅에 쓰러뜨린 뒤 소녀의 가슴 위에 걸터앉아 양손으로 목을 졸랐다. 때로는 소녀가 기절하기도 했지만 그것도 훈련의 일부였다. 고통을 겪는 것. 소녀는 설령 눈앞이 까매져도 결코 굴복하지 않는 법을 배워야만 했다.

이전보다 신체가 강해진 소녀는 그런 자세에서 빠져나와 우위를 점하는 횟수가 점점 늘어났다. 하데스의 등이나 신장 쪽을 무릎으로 정확히 가격하면 풀려날 수 있었다. 그리고 바로 그때 그의 얼굴을 발로 찰 수만 있다면 싸움에서 이기는 것도 문제없었다.

근접전투에서는 발차기가 중요했다. 소녀는 다리에 더 많은 힘이 실리도록 엉덩이를 움직이는 법도 연습했다. 회전하려면 균형 감각이 필수였다. 소녀는 모든 자세에서 무게중심을 잘 잡기 위해 연습에 특히 더 주의를 기울였다. 기술을 완벽하게 익히는 것은 생사가 걸린 문제이기에 소녀는 밤에 잠들기 전 머릿속으로 배운 것을 되뇌고는 했다. 뒤쪽 다리 앞으로, 무릎 들어, 돌려, 발차기.

지구력 운동 역시 그리 나쁘지는 않았다. 소녀는 벌거벗은 채 차가운 눈 속으로 기어들어갈 때 느끼는 고통을 무시하는 법을 배웠다. 뛰어서, 혹은 구간 훈련(interval training, 높은 강도와 낮은 강도의 운동을 번갈아 하는 신체 훈련 방법—옮긴이)으로 언덕 오르기도 할 만했다. 소녀가 가

Marked for Life

장 싫어하는 과제는 갑작스런 공격에 맞서 공격해야 하는 것이었다. 물론 소녀는 이미 공격과 방어 방법을 수없이 훈련했다. 자세도 일어서서, 앉아서, 누워서 등 다양하게. 게다가 상대에게 무기가 있을 때, 어두운 곳에서 여러 상대를 만났을 때, 좁은 공간에 있을 때, 압박을 받을 때 등 각종 상황을 대비한 훈련이었다. 그러나 아직도 갑작스러운 습격에는 익숙하지 않았다.

이제 소녀는 벽의 한 점을 응시한 채 아주 작은 소리라도 들을 수 있도록 집중했다. 한참 그렇게 서 있었던 것 같았다. 그 역시 훈련의 일부였다. 그렇게 긴장한 상태로 일곱 시간을 서 있다가 공격당한 적도 있었다. 그때는 사지가 불규칙하게 떨렸고 탈수된 기분이었지만, 모든 감정이 사라지고 더는 고통도 느낄 수 없었다. 소녀는 정말 케르가 된 것 같았다. 죽음의 여신. 결코 포기하지 않는 자.

바로 그때 소녀의 귀에 작은 돌멩이가 오도독거리는 소리가 들렸다. 누군가 다가오는 것 같았다. 그랬다. 정말 누가 그녀에게 다가오고 있었다. 뒤쪽에서.

근육을 잔뜩 긴장시킨 소녀는 크게 소리지르며 뒤로 휙 돌았다. 흉측한 흉터가 있는 남자가 가까이 서 있었고, 소녀는 그의 손에 들려 있던 칼이 빠르게 날아오는 걸 보았다. 소녀는 칼에서 눈을 떼지 않은 채 재빠르게 손을 들어 칼 손잡이를 잡았다. 손잡이를 손에 꽉 쥔 순간 소녀는 남자와 눈이 마주쳤다. 그는 몸을 웅크리더니 소녀를 덮쳤다. 소녀는 빛처럼 빠른 속도로 무게중심을 옮겨 온 힘을 다해 발꿈치를 들고는 그를 발로 찼다. 소녀의 발은 그를 정확히 가격했다.

남자는 바닥에 쓰러졌고 소녀는 단숨에 그에게 다가갔다. 한쪽 발을 그의 가슴에 올린 채 몸을 숙여 칼을 그의 눈썹에 갖다 댔다. 소녀의 집은 색 눈동자가 이글거렸다. 잠시 후 소녀는 칼을 살짝 들어 올리더니 바닥에 던져버렸다. 칼은 남자의 머리로부터 불과 2센티미터 떨어진 곳에 안착했다.

"잘했어." 남자는 격려하듯 소녀를 쳐다보았다.

소녀는 자기가 뭐라고 대답해야 하는지 알고 있었다.

그러나 쉽게 입이 떨어지지 않았다.

"고마워요, 아빠."

Marked for Life

4월 19일, 목요일

러닝화가 아스팔트를 쿵쿵 울렸다. 야나 베르셀리우스는 예른
브로가탄(Järnbrogatan) 쪽으로 방향을 틀었고, 아스팔트에서 벗어
나 수로 옆 자갈이 박힌 오솔길로 접어들었다. 그녀는 집에서 스
트레칭한 뒤 조깅을 하러 나왔다. 아직 몸이 덜 풀려서인지 한기
가 느껴졌다. 옷을 가볍게 입긴 했지만, 1킬로미터만 더 가면 땀이
나기 시작한다는 걸 알고 있었다.

야나는 겨울 조깅과 야외 달리기를 즐겼다. 운동에 대한 의지는
눈이나 진창, 찬바람에도 꺾이지 않았다. 날씨와 상관없이 항상
같은 구간을 달렸는데, 산드가탄(Sandgatan)을 따라 힘멜스탈룬드
(Himmelstalund)공원까지 갔다가 돌아왔다. 그녀는 언덕이 있는 풍
경보다 도시적인 배경을 선호했다. 단순히 특별한 길을 달리려는
목적으로 차를 몰고 교외로 나가고 싶지는 않았다. 운전은 시간낭
비였으니까. 운동할 때는 바로 시작할 수 있는 게 좋다.

헬스장에 가는 것도 그녀에게는 대안일 수 없었다. 에어로빅 그
룹 같은 데에 참여하는 건 있을 수 없는 일이었다. 혼자 있는 걸
좋아하는 그녀에게는 달리기야말로 최고의 운동이었다.

근육 운동은 굳이 헬스장에 안 가도 할 수 있다. 아파트에 개인
운동기구를 갖춰놓고, 10킬로미터 달리기를 끝내고 나면 항상 팔

굽혀펴기와 윗몸일으키기로 마무리했다. 샤워 전에는 철봉에서 턱걸이까지 마쳤다. 그러면 자신의 몸을 완전히 제어하고 있다는 생각에 기분이 좋았다. 그녀는 20까지 센 뒤에야 기진맥진한 채로 바닥에 풀썩 쓰러졌다.

6시 57분, 아직 출근 전까지는 시간이 많았다. 야나는 맥박을 확인한 후 정상으로 돌아오자 일어나 옷을 벗었다. 20분간의 샤워를 끝내고 속옷 세트를 꺼내 입은 뒤, 드레스룸에서 남색 바지 정장에 받쳐 입을 얇은 블라우스를 꺼냈다.

베이컨 네 장과 달걀 두 개를 팬에 구워 TV 아침 뉴스 시간에 딱 맞춰 아침을 먹었다. 해외특파원의 긴 보도가 끝나자, 노르셰핑 외곽에서 사망한 채 발견된 소년에 관한 뉴스가 나왔다. 한스 율렌의 웃는 사진이 나왔고, 리포터는 두 피해자가 어떤 관계가 있는 건 아닐까 자문했다. 그에 대한 해답은 아침 9시로 예정되어 있는 해당 지방 경찰당국의 기자회견을 통해 알 수 있을 거라고 덧붙였다.

일기예보는 또 다른 폭풍이 북해를 넘어오고 있다고 했다. 여자 기상 캐스터는 상냥한 미소를 지으며, 폭풍 때문에 스웨덴 중부의 눈 상태가 어지럽혀질 수 있다고 또박또박 경고했다. 이미 4월인데도 기록적인 양의 눈이 내렸는데 그보다 더 내린다는 전망이었다. 야나는 TV를 껐다. 엷게 화장하고 이를 닦고 머리를 빗었다. 거울을 봤는데 자신의 모습이 그다지 마음에 들지 않아 마스카라를 한 겹 더 발랐다. 재킷을 팔에 걸치며 차고로 향했다.

아침 안개가 끼고 길이 언 탓에, 보통 차로 40분이면 가는 린셰핑 법의학 센터까지 55분이 걸렸다. 차들은 기어가다시피 했고 야나는 차선을 벗어나지 않으려 계속 집중해야 했다. 노르스홀름(Norsholm)에 다다르자 안개는 조금씩 걷혔고, 야나가 린셰핑 방면 출구로 빠져나갈 때쯤에는 완전히 걷혀 평소와 같아졌다.

야나는 정문을 통해 검시관, 비외른 알만의 사무실로 걸어 들어갔다. 아직 미팅까지는 15분이 남아 있었지만 헨리크와 미아는 이미 도착해 대기실 의자에 앉아 있었다. 벽에 붙은 자작나무 선반에는 의학서적들이 줄지어 꽂혀 있었고, 창문에는 흰 제비 그림이 그려진 연두색 커튼이 드리워져 있었다. 밝은 자작나무 책상 위에는 여러 개의 전화번호와 휴가 여행 사진들을 붙여둔 게시판이 걸려 있었다.

비외른 알만은 린셰핑대학교에서 의학 공부를 시작할 때까지만 해도 신경학을 전공할 계획이었다. 하지만 도중에 법의학에 관심을 가졌고, 결국 전공으로 선택했다. 비록 정신적으로 고달프고 혼자 일해야 하는 날이 대부분이었지만, 그는 만족했다. 자신의 전문적인 분석과 해박한 지식을 바탕으로 한 판단은 좋은 평판을 받았다. 그는 자신의 결론이 누군가의 삶에 엄청난 영향력을 미치며, 그의 부검 결과가 재판 절차에서 아주 중요하다는 사실을 알고 있었다. 부서에서 단연 자신의 직업에 가장 적격인 사람인데도, 그 스스로는 자신이 그만한 전문가는 못 된다고 여겼다.

야나가 들어오자, 비외른은 인체공학적으로 설계된 사무실 의자에서 일어나 그녀의 손을 꽉 붙들고 악수했다.

야나는 그제야 기다리고 있던 두 형사를 향해 고개를 끄덕였다.

"약속한 대로 해놨어요." 비외른이 말했다. "보고서는 준비됐습니다. 아직 분석이 안 끝난 샘플들이 몇 개 있지만요. 같이 가서 시신을 보시죠. 보여드리고 싶은 게 있습니다."

그들이 엘리베이터에서 지하 복도로 걸어 나왔을 때 천장 전등 중 하나가 깜빡거리고 있었다.

복도를 걸어가는 길에 비외른은 헨리크에게 자신의 열 살, 열세 살짜리 손자들 이야기를 늘어놓았다. 수영, 축구 등 각종 스포츠 활동을 하는 손자들을 묠뷔(Mjölby)와 모탈라(Motala)에서 열리는 주말 경기에 데려가려 한다고 자랑스럽게 말했다.

야나와 미아는 서로의 눈빛을 피하는 데 너무 집중한 나머지 둘의 대화를 듣지 못했다.

비외른은 방화문을 열고 살균실의 불을 켰다.

미아는 언제나처럼 부검대에서 어느 정도 거리를 두고 물러나 있었고, 야나와 헨리크는 부검대 바로 옆에 섰다.

비외른은 손을 꼼꼼히 닦은 뒤 라텍스 장갑을 끼고 흰색 천을 걷었다. 벌거벗은 시신은 키가 부검대의 3분의2에 불과했다. 소년의 눈은 감겨 있었고 얼굴은 창백하게 굳어 있었다. 코는 가늘었고 눈썹은 짙었다. 머리를 다 밀어버린 탓에 이마에 난 사출구가 뚜렷이 보였다. 뒤에서 총을 맞은 게 분명했다.

야나는 소년의 팔과 다리를 뒤덮은 멍들을 유심히 보았다. 헨리크도 마찬가지였다.

"이 멍들은 쓰러지면서 생긴 건가요? 아니면 총 맞았을 때?" 헨리크가 말했다.

비외른은 고개를 가로저었다.

"그렇기도 하고 아니기도 합니다. 여기 이것들은." 비외른은 커다랗게 멍이 든 허벅지 바깥쪽과 엉덩이 부근을 가리키며 말했다.

"이 멍들은 안쪽까지 상처가 있어요. 출혈이 근육의 여러 지점에서 발생했고요."

비외른은 근육질의 양팔을 가리켰다.

"하지만 대부분은 더 전에 생긴 겁니다. 그러니까 죽기 전에요. 심한 폭력을 당했어요. 특히 머리와 목, 성기 부분, 다리까지도. 내 생각에는 단단한 물건으로 두들겨 맞은 것 같습니다."

"예를 들면?" 헨리크가 말했다.

"쇠막대나 딱딱한 신발 같은 거요. 딱 꼬집어 말하기는 어렵군요. 세포조직 샘플 분석 결과가 어떻게 나올지 기다려봐야 해요."

"반복적으로 맞은 겁니까?"

"네. 오래된 흉터도 여러 개 있고 내출혈이 있는 걸로 보아 오랫동안 학대를 당했던 것 같습니다."

"폭행 말씀이죠?"

"네, 아주 심한 폭행이지요."

헨리크는 천천히 고개를 끄덕였다.

"하지만 성폭행의 흔적은 없습니다. 정액도 검출되지 않았고, 항문 주위에 붉은 기도 없어요." 비외른이 말을 이었다. "목 졸린 흔적도 없어요. 이 소년은 뒤에서 쏜 총에 머리를 맞아 사망한 겁니다. 총알은 아직 분석 중이에요."

"사용된 총의 종류는요?"

"아직 확인되지 않았습니다."

"총알과 조직 샘플 분석 결과는 언제쯤 주실 수 있나요?"

"내일 아니면 모레요."

"소년의 나이는요?"

"아홉 살이나 열 살, 더 정확히 말하기는 힘듭니다."

"그렇군요. 또 뭐가 있나요?" 헨리크가 말했다.

비외른은 헛기침을 하더니 부검대 끝, 소년의 머리 옆쪽으로 이동했다.

"소년의 혈액에서 중추신경계를 억제하는 마약 성분을 발견했습니다. 그러니까 마약에 취한 상태였다는 거죠. 그것도 꽤 많은 양이에요."

"어떤 마약 성분 말입니까?"

"헤로인입니다. 직접 했든 다른 누군가가 했든, 반복적으로 팔의 정맥에 주사를 놓았습니다. 여길 보세요."

비외른은 소년의 팔꿈치 안쪽에 곪은 피부를 보여주고는, 커다란 염증 부위가 잘 보이도록 팔을 비틀었다.

"이 안쪽으로 감염이 많이 진행된 상태입니다. 추측컨대, 본인이 정맥을 잘못 찾아서 혈액이 아닌 외부 조직에 용액을 주사한 것 같아요."

소년 팔의 피부는 빨갛게 부어 있었고 작은 상처들로 가득했다.

"여길 누르면 느낌은 마치… 어떻게 설명해야 할까요? 꼭 찰흙 같은데, 그건 고름으로 가득 찼다는 말입니다. 이런 종류의 감염은 근육 내 주사를 쓸 때 나타나는데, 가볍게 볼 문제가 아닙니다. 신체 일부가 감염 때문에 썩어버리는 끔찍한 경우도 봤어요. 뼈에까지 커다란 구멍이 나거나 패혈증, 즉 혈액 중독에 걸리는 경우도 적지 않죠. 최악의 경우에는 감염된 부위를 절단하는 방법밖에 없습니다."

"그러니까 이 아홉 살 혹은 열 살 먹은 아이가 마약중독자였다는 말씀인가요?" 헨리크가 말했다.

"네. 거의 확실해요."

"딜러였을까요?"

"그건 모릅니다. 저는 그런 판단을 할 수 있는 사람은 아닙니다."

"아니면 운반책이요?"

"그랬을지도요." 비외른은 어깨를 으쓱해보였다. "어디 보자…
이게 보여드리려 했던 겁니다."

비외른은 소년의 머리를 한쪽으로 돌려 뒷목이 잘 보이게 한 뒤
지점을 가리켰다.

야나는 소년의 살에 새겨진 글자들을 보았다. 마치 끝이 무딘
도구로 새긴 듯 고르지 않은 모양. 그 글자들이 하나의 이름을 이
룬다는 걸 깨닫는 순간, 발밑의 땅이 마구 진동하는 기분이었다.
그녀는 쓰러지지 않으려 양손으로 부검대 테두리를 붙들었다.

"괜찮으세요?" 헨리크가 말했다.

"네, 괜찮아요." 야나는 그 글자들에서 눈을 떼지 못한 채 거짓
말을 했다.

그녀는 그 이름을 다시 읽어보았다. 다시. 또다시.

타나토스(Thanatos).

죽음의 신.

20장

군나르 외른은 인터넷에서 지방신문들을 뒤적이고 있었다. 머리를 뒤로 기댄 채 스포츠면을 들여다봤다. 뉴스를 보기 전 스포츠면을 읽는 게 그의 버릇이었다. 그리고 항상 경제면을 정치면보다 먼저, 예술면을 자동차란보다 먼저 봤다. 블로그 및 가족면은 거들떠보지도 않았다.

아넬리와 가장 최근 별거한 이후 군나르는 자신에게 꼭 맞는 일과를 정해놓았다. 오전 6시 반에 일어나 아침을 먹고 경찰청으로 갔다. 보통 저녁 6시까지는 집에 돌아와 요기를 한 뒤, 아들과 같이 있지 않을 때는 시내에 나가 볼일을 봤다. 8시까지는 다시 귀가해 자정까지 책을 읽거나 컴퓨터를 했다. 날씨가 괜찮으면 밖에 나가 한 시간 정도 걷기도 했지만 자주 그러진 않았다. 아넬리는 항상 그에게 운동하라고 말했고, 함께 살 때는 나가서 걷자며 그를 강제로 끌어내곤 했다. 이제는 혼자 있으니 걷는 속도도 스스로 정할 수 있다. 그는 천천히 걷는 걸 선호했다.

군나르는 스포츠면을 닫고 지방 뉴스로 넘어갔다. 열다섯 살짜리 트럼펫 연주자가 음악 장학금 2천 크로나를 받았다는 소식이 있었다. 치아에 교정기를 낀 소년은 아들 아담을 연상시켰다.

아담은 운동 스케줄이 없는 한 일주일에 이틀은 군나르의 집에 저녁을 먹으러 왔다. 두 사람은 함께 피자를 먹으러 가거나 가끔

영화를 보기도 했다. 군나르는 아들의 축구팀에 보조 코치로 자원할까 생각했지만, 단 한 번 있는 프리시즌 훈련기간을 놓치고 말았다. 다음에 하지 뭐. 그는 컴퓨터 화면에 뜬 자신의 사진을 보며 생각했다. 아침에 열린 기자회견에서 찍힌 것이다.

소년의 시신이 발견된 이후라 수많은 신문 및 잡지, TV, 라디오 기자들이 기자회견장에 몰려들었고, 더 넓은 공간으로 이동해야만 했다. 결국 경찰청 건물 내에서 가장 큰 회의실이 개방되었지만 그곳도 곧 사람들로 넘쳐났다. 군중들의 목소리와 무선 장비를 테스트하는 소리가 뒤섞여 회의실이 시끌벅적했다. 군나르 외른과 시 경찰청장, 카린 라들러(Carin Radler)가 우선 모두에게 환영 인사를 건넨 뒤, 경찰청 홍보담당 사라 아르비드손(Sara Arvidsson)이 진행을 넘겨받았다. 그녀는 한스 율렌 살인사건을 자세히 설명했지만 소년의 살해에 관해서는 말을 아꼈다. 또한 셰르스틴 율렌은 구금에서 풀려났으나 여전히 경찰 조사에 잘 협조하고 있다고도 했다. 실로 대단한 기자회견이었다. 카린 라들러의 말에 따르면 짧고 굵은 그러나 꼭 필요한 행사였다. 기자들이 정보 부족으로 각종 추측을 남발하게 하느니 이렇게 모아놓고 미끼라도 던져주는 편이 더 나으니까.

사라 아르비드손은 대부분의 기자들 질문에 사무적으로 "노코멘트"라고 대답했다. 그녀는 이제 나흘째인데도 상당한 주목을 끌고 있는 그 수사에 관해 거의 발설하지 않았다.

군나르는 다른 뉴스 사이트를 열어 자기 사진을 봤다. 이번에는 옆모습이었다. 세 번째로 열어본 사이트에서는 그의 상반신만 보였다. 사진사가 그보다는 사라에게 초점을 맞춘 모양이었다.

"다행이군." 그는 중얼거리며 컴퓨터를 닫았다. 수사 진행 중 기자회견에 참석하기란 싫은 일이다. 누군가가 필요 이상으로 많은 내용을 발설할 위험이 항상 존재하기 때문이다. 게다가 폭로 전문 기자들은 교묘한 질문과 거짓된 주장을 하는 데 도가 터 있었다. 이들의 거짓 주장은 나중에 자료의 신빙성에 그다지 신경을 쓰지 않는 다른 사람들에 의해 완벽한 진실로 탈바꿈하곤 했다. 매번 '노코멘트'로 일관하는 것이 좋은 방법은 아니지만 필요한 방법이었다. 특히 이번 사건은.

군나르는 올라가 오늘 아침 보여준 글자와 숫자들이 단서가 되어주기를 진심으로 바랐다.

팀 미팅은 12시에 다시 열릴 예정이었다. 군나르는 은색 손목시계를 들여다보았다. 30분 전이었다. 미팅 전에 카페테리아에서 간단히 점심이나 해야겠다고 마음먹었다.

야나는 떨리는 손으로 겨우 대문을 열었다.

집안에 들어오자마자 신발을 벗어버린 그녀는 문에 등을 기댄 채 바닥에 주저앉았다. 한동안 그렇게 앉아 있었다. 숨을 고르며.

방금 전 일들이 마치 안개처럼 희미했다. 의뢰인과 급한 미팅이 있다고 사과하고는 황급히 법의학 센터를 나왔다. 집까지 어떻게 왔는지도 잘 기억나지 않았다. 운전도 막 했을 게 분명했다. 제한 속도보다 느리게 가던 차를 거의 박을 뻔했다. 주차는 어디에다 했지? 집까지 어떻게 올라왔는지도 기억할 수 없었다.

서서히 몸을 일으킨 야나는 화장실로 들어가다 문턱에 발을 헛디뎠고, 넘어지기 일보 직전에 세면대를 붙잡았다. 온몸을 덜덜 떨며 벽장에서 휴대용 거울을 찾았다. 바로 찾지 못하자 짜증이 나 서랍 속 물건들을 전부 바닥에 쏟아버렸다. 향수병 한 개가 박살나며 바닥 타일 위로 들척지근한 액체가 흘러내렸다. 다른 서랍 안을 마구 뒤졌지만 거기에도 거울은 없었다.

야나는 잠시 움직임을 멈추고 생각했다. 핸드백! 거울은 핸드백 안에 있었다. 다시 현관으로 가 옷장을 열었다. 거기, 남색 핸드백 한구석에 둥근 휴대용 거울이 들어 있었다.

야나는 거울을 꺼내 재빨리 화장실로 갔다. 벽거울 앞에 서서 잠시 머뭇거렸다. 심장이 쿵쿵댔고 몸이 떨렸다. 떨리는 손으로 머리카락을 한 쪽으로 쓸어 넘긴 그녀는 작은 거울로 목 부분을 비추며 숨을 멈췄다.

감히 볼 수 없어 두 눈을 꼭 감고 열을 셌다. 다시 눈을 떴을 때, 거울에 반사된 글자들이 그녀의 눈에 들어왔다.

K-E-R

KER.

"죽음의 신." 미아가 말했다.

"뭐라고?" 헨리크가 말했다.

"타나토스는 죽음의 신이래요."

미아는 전자백과사전에 나온 내용을 확대해 보고 있었다.

두 사람은 린셰핑을 떠나 노르셰핑으로 서둘러 돌아가는 중이었다. 비외른 알만과의 미팅이 예상보다 오래 걸려서 12시에 있을 브리핑 미팅에 늦을 판이었다.

조수석에 앉은 미아는 큰 소리로 그 글을 읽었다.

"잘 들어봐요. 타나토스는 그리스 신화에 나오는 죽음의 신이에요. 아주 빠르고 강하죠. 만일 타나토스가 횃불을 아래로 향하게 들고 있으면, 누군가 죽는다는 의미래요. 하지만 횃불이 위를 향하고 있으면 아직 희망이 있다는 표시라네요."

"그걸 다 믿는 거야?" 헨리크가 말했다.

"아니요, 그렇지만 그 아이 목에 이 이름이 있었잖아요. 분명 무슨 의미가 있을 거예요."

"아니면 그냥 그 애가 그 이름으로 불렸든가."

"아닐 수도 있어요."

"어쨌든 스스로 새겼을 리는 없어. 그건 확실해."

"거울을 보면서 했을지도 모르죠."

"아니. 그렇게 해서는 그 정도로 똑바르게 쓸 수 없어."

"하지만 대체 누가 어린애 목에다 사신의 이름을 새기겠어요?"

"모르지."

"어느 미친놈이겠죠."

"혹은 친구거나. 범죄조직에 가담한 건 아닐까?"

미아는 검색 창에서 새로운 단어를 입력했다.

헨리크는 차선을 바꾸기 위해 방향지시등을 켰다.

표지판을 보니 남노르셰핑 출구까지는 10킬로미터밖에 남지 않았다. 미아가 인터넷에 몰입하는 사이, 죽은 소년을 생각하던 헨리크는 곧 야나 베르셀리우스를 떠올렸다. 부검 중에 그녀는 갑자기 양해를 구하더니 황급히 떠나버렸다. 항상 끝까지 남아서 추가 질문을 하거나 비외른 알만의 결론에 반기를 들기도 했던 그녀가, 오늘은 소년의 시신을 살펴보는 동안 어떤 질문도 하지 않았다.

Marked for Life

헨리크는 눈썹을 찌푸렸다. 물론 부검대에 누운 어린 소년의 시신을 보는 건 끔찍한 일이다. 소년의 목에 새겨진 글자들을 봤을 때 야나의 얼굴이 처음으로 창백해졌지? 아니면 그건 헨리크의 상상인가? 왜 그는 그녀의 행동에 의문을 품게 되었지?

헨리크와 미아는 회의 시작 30초 전에 회의실에 들어섰고, 야나는 이미 집중하는 모습으로 자리에 앉아 있었다. 그녀 옆에 앉은 아넬리는 지방 신문을 읽느라 정신이 없었다. 올라와 군나르는 머리를 맞대고 조용히 대화중이었다.

미아는 항상 앉는 의자에 털썩 주저앉아 탁자 위에 놓인 커피가 담긴 보온병으로 손을 뻗었다. 헨리크는 야나 옆에 앉았다.

군나르가 일어나 말했다. "자, 모두 일들 할 시간입니다. 헨리크와 미아부터 시작하지. 법의학 센터에 다녀왔는데, 소년의 몸에 난 상처에 관해 알아낸 걸 말해주겠나?"

헨리크는 고개를 끄덕이고는 깍지 낀 양손을 탁자 위에 올리며 상체를 숙였다.

"비외른 검시관은 우리가 이미 알고 있는 사실을 확인해 주었습니다. 소년은 뒤에서 총을 맞았고 사망 전 심한 폭행을 당한 것으로 보입니다. 성폭행은 아닙니다. 또 마약에 취해 있었습니다. 정확히 말하면 헤로인이요."

"몇 살인데?" 군나르가 물었다.

"아홉 살에서 열 살 정도인데 이미 중독된 것 같았습니다. 양팔에 상처와 감염의 흔적이 있어요."

"저런."

"그래. 그렇게 어린 중독자를 찾아보긴 쉽지 않은데." 군나르가 말했다.

"한 번 발을 들이면 헤어 나올 수 없죠, 나이와는 상관없이요. 헤로인은 중독성이 엄청나게 강한 마약이니까." 올라가 말했다.

"하지만 그렇게 어린 중독자를 찾아보긴 쉽지 않아." 군나르가 거듭 말했다.

"그럼 이제 우리는 그 아이가 한스 율렌의 집에 약을 살 돈을 훔치러 들어갔다고 생각할 수 있는 건가요?" 미아가 말했다.

"음, 그것도 가능한 얘기지." 군나르가 말했다. "그 소년에 관해 더 자세히 알아내야만 해. 범죄조직원은 아니었는지, 어떤 딜러나 중독자한테 약을 사고팔았는지 등. 우리가 아는 헤로인 중독자와 딜러들을 총동원해야지." 그는 창가로 걸어갔다.

"판매는 보통 빈민가에서 이루어지죠." 미아는 손바닥으로 탁자 위를 왔다갔다 문지르며 말했다.

"하지만 마약은 모든 사회 계층의 공통된 문제잖아, 안 그래?" 헨리크가 말했다.

미아는 야나 쪽을 바라보며 씩 웃었다.

"잘사는 동네에서는 숨기는 편이 낫겠죠." 미아가 말했다.

"그런데 어린아이들이 마약을 파는 이유가 뭘까요?" 헨리크가 말했다.

"당연히 돈이죠." 미아가 재빨리 말했다. "십대들 모두가 여름 아르바이트를 구할 수만 있으면 마약판매 같은 일은 안 할 거예요."

"그럼 십대들이 마약을 파는 이유가, 의회가 여름 아르바이트 자리를 마련해주지 않아서라는 건가요?" 야나가 말했다. 미팅 시작 후 처음 입을 연 그녀는 탁자 쪽으로 몸을 굽히고 미아를 노려보았다. "정말 웃음밖에 안 나오네요. 일자리는 스스로 찾는 거지 누가 거저 내주는 게 아니라고요."

미아는 이를 악문 채 팔짱을 꼈다. 망할 검사, 지옥에나 떨어지라지.

"그렇지만 우린 지금 열 살짜리 아이 얘기를 하고 있습니다. 열 살짜리는 아르바이트를 하지 않죠." 헨리크가 말했다.

미아는 짜증난 표정으로 그를 쳐다보았다.

"그 열 살짜리가 왜 마약을 하게 됐을까요? 강요를 당해서?" 올라가 말했다.

"마약거래를 강요당했다? 그럴듯하군." 헨리크가 말했다.

군나르는 자기 의자를 뒤로 뺐지만 앉지는 않았다. "추측은 그만하고 다른 얘기를 해봅시다. 비드비켄 범행 현장 근처에서 발견된 타이어 자국은 굿이어의 마라톤8 모델로 판명 났어요. 그 자국이 목격자가 봤다는 흰색 밴에서 나온 것인지는 확실치 않고요. 혹시 이와 관련해 더 알게 된 것 있습니까?"

"네, 가브리엘과 얘기해봤는데, 목격자 말로는 그 차가 오펠 것이었답니다." 미아가 말했다.

"차종은?"

"그건 모르겠대요."

"오펠 것인지는 어떻게 알았고?"

"그냥 알아봤겠죠."

"차종은 못 알아봤고?"

"네, 그래요."

"크기는?"

"소형 밴 정도라고 했대요."

"그 목격자 이름은?"

"에릭 노르드룬드(Erik Nordlund)."

"어디 살지?"

"얀스베리(Jansberg)에요. 야외에서 삼림 관리를 하고 있었는데 그 밴이 빠른 속도로 집 앞을 지나갔답니다. 비드비켄으로 꺾어지기 2킬로미터쯤 전에 있는 아르셰순드 도로 근처에 산대요."

"당장 이리로 와달라고 해. 자기가 본 게 어떤 타입의 밴인지 분명 알고 있을 테니까. 오펠의 전 차종 사진을 인쇄해서 그에게 들이밀어 봐. 그 밴을 찾아야 해. 설령 그 차량이 살인과 관계없더라도 운전자가 중요한 걸 봤을 가능성이 있으니까."

벽에 붙은 지도 앞에서 서성거리던 군나르는 빨간색 마커펜을 집어 들더니 화이트보드에 '오펠'이라고 썼다.

수사는 여전히 아무 진척이 없었다. 아주 힘 빠지는 일이었다. 군나르는 의자에 앉아 기운을 차리려 애썼다.

"그 밴이 빨리 달려갔다고 했지?" 헨리크가 미아에게 말했다.

"네, 목격자의 말에 따르면 그랬대요." 미아가 말했다.

"아르셰순드 도로에 과속 단속 카메라가 있을까?" 헨리크가 말했다.

"그럼요."

"어쩌면 거기 찍히진 않았을까?"

"좋은 지적이야, 헨리크. 키루나(Kiruna)의 교통과에 연락하도록 해. 그날 밤 속도위반을 한 차량이 그쪽 카메라에 기록됐다면 우리에게 알려주겠지." 군나르가 말했다.

올라가 손가락을 들었다. "제가 연락해보죠." 그가 말했다. "그럼 그 소년이 보트를 타고 왔다는 가설은 버리는 건가요?"

"아니, 하지만 그 부근에서 그 시간에 보트를 봤거나 소리를 들었다는 사람이 아무도 없잖아. 그러니 밴에 먼저 집중하자고."

군나르는 올라를 향해 고개를 끄덕였다. "좋아, 이제 자네 차례야."

"네." 올라가 키보드 위의 키 몇 개를 누르자 그 글자와 숫자가 적힌 문서가 열렸다. 그가 프로젝터를 켰지만, 화면에는 아무것도 보이지 않았다.

"왜 이러지?" 그는 이렇게 말하며 의자에서 일어섰다. "조명 때문이야 뭐야?"

올라는 모자를 고쳐 쓰고는 탁자 위로 올라가 천장에 매달린 기계를 살펴봤다.

야나는 짧고 얕은 숨을 쉬며 그를 흘긋 쳐다보았다. 집을 나선 이후로 그녀는 마음의 평정을 잃지 않으려 안간힘을 쓰고 있었다. 그러나 평정은 외관상의 것일 뿐, 사실 그녀는 불안감을 제어할 수 없었다. 몇 번이나 자신에게 집중하라고 되뇌어야 했다. 그녀는 미아 앞에 놓인 커피 보온병을 잡으려 손을 뻗었다. 비록 속으로는 엄청나게 예민한 상태였지만 그녀의 움직임만 봐서는 전혀 그런 걸 느낄 수 없었다.

미아는 보온병을 집어가는 야나를 노려보았다.

올라는 아직도 천장 아래에서 분주하게 뭔가를 하고 있었고, 다른 사람들은 말없이 각자 생각에 빠져 있었다.

야나는 커피를 한 모금 마셨다.

올라가 침묵을 깨고 말했다. "됐어요. 이제 될 거예요."

그는 탁자에서 내려와 절전 모드였던 컴퓨터를 다시 켰다. 화면에는 알 수 없는 조합의 글자와 숫자들이 보였다.

확대된 이미지를 올려다본 야나의 두 눈이 휘둥그레지고, 심장이 빠르게 고동쳤다. 귓속에서 쉬쉬거리는 소리가 들렸고 방이 진동했다. 그녀는 첫 줄을 읽는 순간부터 알아보았다. 전에도 본 적 있었으니까. 꿈속에서. 매번 반복되는 꿈.

VPXO410009

"자, 한스 욜렌의 컴퓨터에서 이런 걸 찾아냈습니다. 하드드라이브에 있는 폴더, 파일, 문서를 하나도 빠짐없이 살펴봤는데, 그중 유일하게 수상한 문서였어요. 한스 욜렌은 무엇 때문인지 이 조합들을 여러 번 사용했고 같은 이름의 문서를 반복해서 저장했습니다. 이유는 모르겠어요. 이 숫자와 글자들이 무슨 의미인지도 모르겠고요. 혹시 아시는 분 있나요?"

다들 고개를 가로저었다. 야나만 빼고.

올라는 말을 이었다. "인터넷으로 검색했지만 아무것도 찾을 수 없었습니다."

올라는 다시금 모자 위로 머리를 긁적였다.

"혹시 비서가 알까요? 아니면 욜렌의 아내?"

"헨리크, 비서한테 확인해봐. 미아, 자네는 셰르스틴한테 물어보고. 유세프가 혹시 뭘 알고 있는지도 알아봐. 모두 다한테 물어봐야지. 안 그렇습니까, 검사님?" 군나르가 말했다.

야나는 갑작스러운 질문에 놀랐다.

"뭐가요?"

Marked for Life

"검사님 생각은 어떠시냐고요?"

그녀는 애써 미소를 지으며 대답했다.

"동의해요. 포기해서는 안 되죠."

21장

　소녀의 손에 들린 금속은 차가웠다.

　소녀는 침을 꿀꺽 삼키고는 앞에 서 있는, 흉측한 흉터가 있는 남자를 올려다보았다.

　그들은 지하 저장고 안에 있었다. 보통은 독방으로 쓰이는 곳이었다. 훈련을 통과하지 못하거나 명령을 어겼을 때, 음식을 남기거나 달리기에서 약한 모습을 보였을 때 그들은 거기 갇히곤 했다. 때로는 그저 어른들이 멋대로 가두는 경우도 있었다.

　소녀는 전에 두 번 그곳에 갇힌 적이 있었다. 처음에는 규칙을 모르고 허락 없이 화장실에 갔다고, 소녀는 불도 안 켜지는 방 안에 사흘간 갇혀 있었고, 어쩔 수 없이 바닥에 볼일을 봐야 했다. 그 악취는 컨테이너 안에 있었을 때만큼이나 지독했다. 그건 소녀가 엄마, 아빠와 함께했던 여정에서 아직까지 기억해낼 수 있는 유일한 것인 듯했다. 부모에 대한 기억은 매일 점점 더 희미해져갔다. 하지만 소녀는 돌멩이로 침대 옆 벽에 부모의 얼굴을 새겼다. 작은 찬장 뒤에 숨겨져 아무도 볼 수 없었지만 매일 밤 소녀는 그 찬장을 한쪽으로 밀고 부모님께 굿나잇 인사를 했다.

　두 번째로 독방에 갇힌 이유는 목에 새긴 상처를 건드렸기 때문이다. 흉측한 흉터의 남자는 소녀의 옷소매에 묻은 핏자국을 발견하고는, 소녀의 머리채를 잡고 마당으로 끌어냈다. 그때는 5일간 갇혀 있어

　　　　　　　　　　　　　　　　　　Marked for Life

야 했다. 첫날에는 거의 하루 종일 잠만 잤고, 둘째 날에는 도망을 쳐볼까 생각했다. 셋째 날에는 혼자서 발차기와 칼로 공격하기를 연습했다. 바닥에서 찾은 작은 나뭇조각을 칼 삼아. 남은 이틀간 소녀는 어두컴컴한 방안을 탐색했다. 그간 훈련용 방들만 전전했기 때문에 지하방은 불편하면서도 흥미로웠다. 소녀는 호기심에 자기가 찾을 수 있는 모든 물건을 조사했다. 한쪽 벽을 따라 쭉 뻗어 있는 오래된 작업대와, 거기 있는 페인트 깡통, 여러 가지 플라스틱 용기가 특히 좋았다. 소녀는 희미한 빛 속에서 최선을 다해 그것들을 전부 조사했다. 두 번째 벽에는 선반 두 개에 종이박스와 신문지가 있었다. 녹슨 자전거 한 대가 계단 아래 벽에 기대어 서 있고, 그 앞에는 갈색 여행 가방이 놓여 있었다. 계단 난간에는 오래된 문 하나가 있었고 그 옆에는 의자가 하나 있었다. 소녀는 지난 번 그곳에 갔던 이래로 아무도, 아무것도 손대지 않았다는 걸 알 수 있었다.

"시간이 됐어." 흉측한 흉터의 남자가 소녀에게 총을 건네며 말했다. "이제 네가 내 딸이 될 자격이 있다는 걸 증명해봐. 표적은 평소와는 달라."

남자는 계단 맨 위에서 벽에 기대 서 있는 여자를 향해 고개를 끄덕였다. 그러자 여자는 문을 열고 미노스를 불러들였다. 미노스는 어둠에 눈을 적응시키려 애쓰며 천천히 계단을 걸어 내려왔다.

"저게 네 새로운 표적이다." 남자가 소녀에게 말했다.

미노스는 그 말을 듣자마자 계단 위에서 멈칫했다. 그 순간 그는 그동안 배웠던 모든 걸 새까맣게 잊어버렸다. 공포가 엄습했고, 그는 재빨리 다시 위쪽 문으로 내달렸다. 하지만 거기 서 있던 여자가 총을 꺼내들더니 그의 머리를 겨누고는 다시 계단을 내려가라고 위협했다.

미노스는 살려달라고 애걸했다.

그는 남자의 발치로 몸을 내던지듯 달려가 큰 소리로 외쳤다.

남자는 그를 발로 찼다. "넌 패배자야. 시키는 대로 했으면 네가 케르 대신 이 자리에 서 있겠지. 가장 강한 자만이 살아남는 거고, 그건 바로 케르야."

미노스의 눈동자가 두려움 때문에 빙글 돌아갔다. 그는 이제 무릎을 꿇은 채 덜덜 떨었다.

소녀에게 다가간 남자는 소녀의 머리채를 잡아 뒤로 홱 젖혔다. 그는 장난이 아님을 보여주려는 듯 손에 힘을 준 채 소녀의 눈을 똑바로 쳐다보았다.

"곧 너는 암흑 속에 있게 될 거야. 그러면 다른 감각들을 이용해야겠지. 무슨 말인지 알지?"

소녀는 알고 있었다. 심장이 쿵쾅대기 시작했다.

"날 뿌듯하게 해봐." 남자가 속삭였다.

남자와 여자가 삐걱대는 계단을 올라 지하실을 떠났다. 문이 닫히자 소녀는 총을 꽉 잡아 휙 들어올렸다.

어둠이 소녀를 감쌌다. 어둠이 싫은 소녀는 숨이 가빠졌다. 소리 지르고 싶었지만 그래봤자 돌아오는 건 메아리치는 자신의 목소리뿐일 것이다. 공허한 메아리. 소녀의 심장이 터질 듯 뛰었고, 어둠은 자발적으로 소녀에게서 점차 물러나고 있었다.

그때 미노스가 자전거에 부딪치는 소리가 들렸다. 소녀는 그가 계단 아래로 기어들어가고 있다고 생각했다. 소녀는 마음을 진정시키려 애썼다. 심호흡과 함께. 어떻게든 해낼 것이다. 어둠을 정복하는 일. 다시 호흡을 마음대로 조절할 수 있게 되자, 소녀는 숨을 천천히 깊게 들이

Marked for Life

마셨다가 코로 다시 내쉬었다. 그리고 집중하고 귀를 기울였다. 침묵, 모든 게 마비된 듯한 침묵.

소녀는 한 걸음 앞으로 나아가 멈춘 뒤 다시 귀를 기울였다. 또 한 걸음, 또 한 걸음. 세 걸음 더 걸어가자 소녀는 계단에 닿았다. 계단을 지나 미노스가 있는 곳으로 가려면 옆으로 걸어가야 했다.

소녀는 계단 난간을 향해 손을 뻗고는 머릿속으로 걸음을 셌다. 하나, 둘, 셋. 그때 난간의 갈라진 부분이 손에 만져졌다. 그로부터 세 걸음 더 나아간 소녀는 나무 난간에서 손을 뗀 뒤 앞에 있는 뭔가를 향해 손을 뻗었다. 한 걸음 더 가자 바닥에 놓인 여행 가방이 발에 걸렸고, 소녀는 움찔했다. 바로 그때 미노스가 그녀 곁에서 기어가는 소리가 들렸다. 소녀는 총을 앞으로 겨눈 채 오른쪽에서 왼쪽으로 이어지는 소리를 따라갔다. 하지만 그 소리는 좀 전에 들렸을 때와 마찬가지로 조용히 사라졌다. 움직이느라 숨이 가빠진 소녀는 다시 입을 다물고 귀를 기울였다. 미노스는 어디 있을까? 소녀는 표적이 내는 소리를 들으려고 천천히 고개를 돌렸다. 기억을 더듬었다. 미노스가 작업대 아래에 앉아 있는 건 아닐까?

아니면 선반 옆?

소녀는 아무 소리도 내지 않고 가만히 제자리에 서 있었다. 숨소리나 움직임 같은 신호를 기다리며. 그러나 소녀가 들을 수 있는 건 여전히 침묵뿐이었다.

소녀는 습격을 당할 위험이 도사리고 있음을 알고 있었다.

어쩌면 미노스가 이미 등 뒤에 서 있는 건 아닐까?

그 생각에 소녀는 뒤로 홱 돌았다. 이마에 땀이 맺혔고, 축축한 손이 쇠붙이를 덮었다. 뭔가 해야만 했다. 마냥 서서 그를 기다리고만 있을 수는 없었다.

소녀는 울퉁불퉁한 흙바닥 위에서 균형을 잡기 위해 한 발을 먼저 앞으로 내딛었다. 그러고 나서 다른 발을 내딛었다.

그런 다음 소녀는 또다시 미동도 없이 가만히 서 있었다. 잠시 주저하다가 한 걸음, 또 한 걸음 앞으로 나아갔다. 총은 여전히 앞으로 겨눈 채 오른쪽과 왼쪽을 번갈아 돌아봤다. 소녀의 감각들이 시각을 대신하기 위해 잔뜩 긴장하고 있었다.

소녀가 한 손을 뻗어 왔다 갔다 하자, 작업대의 딱딱한 표면이 만져졌다. 작업대의 길이가 2미터임을 아는 소녀는 거기에 손을 댄 채 쭉 따라 걸었다. 그러고는 끝까지 가서 멈춰 섰다.

그때 드디어 소리가 들렸다.

숨소리.

신호.

소녀는 본능적으로 소리가 나는 쪽을 향해 총을 겨눴다. 그 순간 소녀는 팔을 세게 한 대 맞았다. 균형을 잃는 동시에 집중력도 흐트러졌다. 두 번째 공격은 머리로 곧장 날아들어 더욱 고통스러웠다. 소녀는 양팔을 들어 자신을 방어했다. 어떤 일이 있어도 총을 떨어뜨려선 안 된다.

미노스는 가까이 있었다. 위험하리만치 가까이. 그의 분노는 엄청났다. 그는 다시 주먹을 날렸다. 그리고 또다시. 소녀는 쓰러지지 않으려, 집중하려 애썼다. 미노스가 마지막 일격을 준비하느라 잔뜩 긴장하던 순간, 소녀가 반응했다. 어둠을 향해 펀치를 날렸고, 표적에 명중했다. 미노스가 끙끙댔다.

소녀는 다시 한 번 때렸다. 이번에는 총으로. 세 번째에는 소녀가 미노스의 이마를 쳤고, 그러자 육중한 쿵 소리와 함께 미노스가 바닥에 쓰러졌다.

소녀는 두 손으로 총을 쥐고 바닥을 향해 겨눴다.

미노스는 흐느꼈다. 그의 목소리는 어둠 속에서 금속처럼 차갑고 칼처럼 날카롭게 들렸다.

일순간 소녀는 마음이 평안해졌다. 강해진 기분, 그 어느 때보다 대단한 존재가 된 기분이었다. 더는 어둠이 두렵지 않았다.

"쏘지 마." 미노스가 말했다. "제발. 난 네 친구잖아."

"하지만 난 네 친구가 아닌 걸." 소녀는 이렇게 말하고 방아쇠를 당겼다.

22장

에릭 노르드룬드는 경찰청 정문을 통과하며 미팅이 10분 안에 끝나기를 바랐다.

안내실은 사람들로 붐볐다. 대부분 여권을 신청하려는 사람들이었다. 카운터에 앉아 있던 제복을 입은 여자가 그의 이름을 기록한 뒤 헨리크 레빈에게 전화를 걸었다. 헨리크는 1분이 채 지나지 않아 안내실로 내려왔다.

"형사계장 헨리크 레빈입니다. 와주셔서 감사합니다."

그들은 악수를 나눈 뒤 엘리베이터를 타고 3층으로 올라가 복도를 통해 사무실로 들어갔다.

"커피 드릴까요?"

"네, 고맙습니다."

"우유나 설탕은요?"

"설탕만요."

"잠시 앉아계세요. 곧 돌아오겠습니다."

에릭은 자리에 앉아 반대편 유리벽을 통해 사무실을 둘러보았다. 열 명 정도 되는 경찰들이 각자 책상에 앉아 열심히 일하는 중이었다. 전화벨 울리는 소리, 대화하는 소리, 복사기가 웅웅대는 소리, 키보드 치는 소리. 책상 앞에 앉아서 일하는 건 전혀 적성에 맞지 않았던 에릭은 문득 자신의 일터인 숲속으로 돌아가고 싶은

Marked for Life

생각이 강하게 들었다.

그는 입고 있던 기모 재킷을 벗어서 걸어야 할지 잠시 고민했지만, 어차피 잠깐 있다 갈 거란 생각에 그만두었다. 경찰관에게 뭘 봤는지만 말해주면 될 테니까.

저쪽에서 형사계장이 커피 두 잔을 들고 오는 모습이 보였다. 그가 방에 들어서자 벽에 테이프로 고정되어 있던 그림 한 장이 바람에 펄럭였다. 어린아이가 그린 녹색 유령. 에릭은 세 명의 손자들을 떠올렸다. 매주 여러 장의 그림을 작은 봉투에다 욱여넣어 그에게 보내주는 손자들. 주로 해와 나무, 꽃과 보트 그림이었다. 아니면 자동차나. 유령은 한 장도 없었다.

헨리크에게서 잔을 받아든 에릭은 커피를 한 모금 마셨다. 김이 모락모락 나는 액체가 목구멍을 뜨겁게 달궜다.

헨리크는 자리에 앉아 메모장을 꺼냈다. 첫 번째 질문은 에릭의 직업에 관한 것이었고, 에릭은 나무 베기에 관해 이야기했다.

"대부분의 나무는 자연적으로 쓰러지는 방향이 정해져 있지요." 에릭은 잔을 내려놓고 손짓을 했다. "그 방향은 나무가 어느 쪽으로 기울었는지의 여부, 가지들의 범위와 형태, 바람의 방향 등에 영향을 받아요. 꼭대기에 눈이나 얼음이 많이 쌓이면 무게가 엄청나서 나무가 어느 방향으로 쓰러질지 판단하기가 어려운데, 이번 겨울은 엄청 춥군요."

헨리크는 동의의 의미로 고개를 끄덕였다. 이번 겨울은 정말 이례적으로 추웠고, 대부분의 지방에서 기록적인 적설량을 보였다.

에릭은 열정적인 목소리로 이야기를 계속했다. "안전한 나무 베기의 기본이 되는 건 벌도맥(holding wood)의 너비입니다. 벌도맥은 수구(受口, 벌목시 나무가 쓰러지는 쪽 – 옮긴이)와 추구(追口, 수구의 반대쪽 – 옮긴이)를 잘라내고 그 사이에 남은 도막인데, 힌지(hinge)라고도 하죠. 이 힌지가 너무 넓으면 나무를 쉽고 깔끔하게 쓰러뜨리지 못합니다. 더 골치 아픈 건 힌지가 너무 좁을 때인데, 혹시라도 부러져버리면 나무가 아무 방향으로나 쓰러지기 때문이에요. 제대로 하지 않으면 정말 크게 다칠 수 있습니다. 자연을 멋대로 다뤄서는 안 돼요. 쾅!" 에릭은 손뼉을 쳤다. "나무 몸통에 깔려 다리가 부러지거나 그보다 더한 일도 당할 수 있거든요. 내 동료 하나는 쪼개진 자작나무에 맞아 정신을 잃었었죠. 우리가 겨우 의식을 회복시킬 때까지 몇 분 동안 실신 상태였어요."

에릭은 잔을 들어 커피를 또 한 모금 마셨다.

헨리크는 이때다 싶어 대화의 주제를 바꿔 본론으로 들어갔다.

"밴을 보셨다고요?"

"네."

"일요일에요?"

"네, 밤 8시쯤에요."

"확실합니까? 시간도요?"

"그럼요."

"어제 선생님을 찾아갔던 가브리엘과 한나 형사 말로는, 선생님이 그걸 오펠사 차량이라고 하셨다는데, 맞나요?"

"네, 확실합니다."

"정말 오펠 차였나요?"

"물론이죠. 나도 오펠 차를 모는 걸요. 보시죠!"

에릭은 벨트에 달린 열쇠꾸러미를 풀더니 헨리크에게 오펠 엠블럼이 새겨진 금속 키링을 보여주었다.

"오펠. 이것도 한 대 있다오." 에릭은 역시 금속으로 된 볼보 키링을 집어 들었다.

헨리크는 고개를 끄덕였다.

"어디서 그걸 보셨습니까? 오펠이요."

"우리 집 앞 길에서요. 아주 빠른 속도로 지나갔어요."

"지도를 드리면 그 밴을 목격하신 정확한 지점과 밴이 간 방향을 짚어주실 수 있나요?"

"물론이죠."

헨리크는 잠시 밖으로 나가더니 지도를 가지고 돌아와 책상 위에서 펼쳤다.

에릭은 마커펜을 들고는 지도상에서 자기 집을 찾은 뒤 갈색 선으로 표시된 도로 위에 빨간색 X표와 화살표를 그렸다.

"여기가 그 밴을 본 곳입니다. 바로 여기요. 그 밴은 해변 쪽으로 갔어요."

"감사합니다. 혹시 운전자를 살짝이라도 보셨나요?"

"아니요. 전조등 때문에 눈이 부셨거든요. 밴 색상 말고는 아무것도 못 봤어요."

"번호판은요?"

"못 봤어요."

"다른 차량은 없었습니까?"

"없었어요. 그 시간에는 도로가 보통 비어 있거든요. 가끔씩 지나가는 트럭 말고는."

헨리크는 침묵에 잠겼다. 앞에 앉아 있는 남자는 믿을 만해 보였다. 그는 빨간색 작업복을 입었고 재킷 겉에는 형광 주황색 조끼를 걸치고 있었다.

헨리크는 지도를 접은 뒤 오펠 밴들의 사진이 인쇄된 종이뭉치를 집어 들었다.

"어떤 종류의 밴이었는지 기억 못하신다는 건 알지만, 이 사진들을 보시고 혹시 그때 보셨던 밴과 같은 게 있는지 찾아봐주셨으면 합니다."

"하지만 나는 못 봤는데……."

"압니다. 그래도 사진들을 천천히 한 번 봐주세요. 오래 걸려도 괜찮습니다."

에릭은 한숨을 내쉬며 결국 재킷을 벗어 의자 등받이에 걸었다.

얼마 안 걸리리란 그의 예상은 빗나가고 말았다.

야나 베르셀리우스는 아직까지도 속이 메스꺼웠다. 그녀는 양손에 얼굴을 파묻은 채 생각을 정리하려 노력했다. 그만큼 충격이 컸다.

소년의 목에 있던 글자들을 본 순간 그녀는 전에는 한 번도 경험하지 못했던 마음의 동요를 느꼈다. 그녀는 그 이름이 뭘 의미하는지 알고 있었다. 하지만 그 소년이 바로 그 이름을 갖고 있다니, 불가능한 일이다.

일어날 수 없는 일.

일어나서는 안 되는 일.

야나는 자신의 해스텐스 침대(Hästens, 스웨덴의 고급 침대 브랜드-옮긴이) 가장자리에 앉았다. 갑자기 방이 작아진 것만 같았다.

Marked for Life

수축된. 숨 막히는.

그녀는 다시 생각을 정리하려 애썼지만 곧 자신이 심리적 마비 상태에 빠졌다는 걸 알게 되었다. 뇌가 작동을 거부했다. 겨우 부엌으로 갔지만 여전히 손이 덜덜 떨렸다. 물을 한 잔 마셨지만 상황은 나아지지 않았다. 냉장고 안의 음식들도 도움이 되지 않았다. 메스꺼움이 너무 심해서 야나는 뭘 좀 먹으려던 생각을 접고 말았다. 대신 에스프레소 머신을 켰다.

그녀는 잔을 손에 든 채 침실로 돌아와 다시 침대에 앉았다. 협탁에 잔을 올려놓은 뒤 그 아래 선반장을 열어 여러 권의 검은색 공책들 중 하나를 꺼내고는 천천히 넘겨보았다. 꿈속에서 봤던 이미지와 상징들. 화살표, 원, 알파벳 글자들이 가지런히 줄을 맞춰 적혀 있었다. 그림도 여기저기 보였는데, 몇 개는 날짜까지 적혀 있었다. 그중 가장 오래된 날짜는 얼굴 그림 아래에 적힌 1991년 9월 22일이었다. 아홉 살이던 때, 그녀는 치료 목적으로 반복되는 꿈에 관해 기록을 남겨야 했다. 그녀는 그 경험에 관해, 끔찍하리만치 실제적인 꿈에 관해 부모님께 말했지만 엄마와 아빠는 그 꿈이 지나친 공상의 결과물이라고 생각했다. 야나의 뇌가 속임수를 쓰는 거라고. 부모님은 야나를 정신과 의사에게 데려가 그 '단계'(부모님은 야나의 상태를 이렇게 불렀다)에서 벗어나게끔 도와달라고 했다.

그러나 아무 소용이 없었다. 꿈은 계속 그녀를 괴롭혔고, 그녀는 잠들지 않기 위해 뭐든 다 해봤다. 계속되는 걱정은 호흡곤란과 절망감마저 야기하며 그녀를 무너뜨렸다. 밤에 부모님한테 잘 자라는 인사를 듣고 나면, 그 즉시 그녀는 두 눈을 다시 뜨고는 어떻게 하면 밤새 깨어 있을 수 있을지 생각했다. 어둠 속에서 하는 놀이를 좋아했던 터라, 종종 손가락을 앞뒤로 움직여 이불 커버를 가로질러 가서는 이불솜을 군데군데 모아서 작은 장애물처럼 만들어놓고 손가락으로 점프하곤 했다.

또 그녀는 어두운 방 안을 돌아다니거나, 바깥쪽으로 깊게 돌출된 창문 앞에 앉아 정원을 내다보기도 했다. 3미터 높이에 있는 천장을 목표로 몸을 가능한 한 길게 뻗거나, 넓은 침대 밑으로 들어갈 수 있을 정도로 가능한 한 작게 웅크려보기도 했다. 정신과 의사는 시간이 지나면 그 꿈들도 결국 사라질 거라고 그녀에게 말했었다.

하지만 그렇지 않았다.

꿈들은 점점 더 악화되어갔다.

그렇게 드라마틱한 밤들을 보낸 지 2주가 지나자, 아버지는 야나에게 약을 먹여야 하는 건 아닌지 생각하게 되었다. 딸의 어리석은 생각들을 완전히 뿌리 뽑고 싶었기 때문이다. 수면은 인간의 기본 욕구 중 하나이니 아무리 바보라도 잠은 잘 수 있다는 생각에서였다. 그는 결국 딸을 데리고 병원에 갔고, 의사는 그에게 수면제 한 병을 주었다.

수면제의 효과는 오래가지 못했던 반면 불행히도 부작용은 심했다. 야나는 집중력은 물론 식욕까지 잃게 되었고 결국 그녀의 선생님은 어머니와 단둘이 면담하는 자리에서 야나가 수업 두 개가 진행되는 동안 내리 잤다고 말했다. 야나와 논의를 시도하는 것 자체가 거의 불가능하다고도 했다. 수학 공식을 풀어보라고 하면 그저 알아들을 수 없는 소리로 중얼거리기만 한다고. 칼과 마르가레타의 딸에 대한 교육열을 고려할 때, 반드시 뭔가 조치를 취해야만 한다는 말이었다. 그것도 당장.

야나는 졸음이 끔찍이도 싫었다. 생각을 제대로 못하게 되고 모든 일을 느릿느릿하게 할 수밖에 없기 때문이다. 부모님이 그녀에게 약 먹이기를 중단한 것은 야나에게는 일종의 승리나 마찬가지였다. 다시는 정신과 의사를 만나러 병원에 가기 싫었던 그녀는 부모님에게 더는 그런 꿈을 꾸지 않는다고 거짓말했던 것이다. 심지어 의사에게도. 대신 야나는 이를 악물었다. 매일 밤 거울 앞에서 웃는 법을 연습했고, 다른 사람들의 몸짓, 신체언어와 표정을 따라함으로써 자신을 숨겨버렸다. 그녀는 사교 게임과 그 규칙을 배웠다.

딸의 상태가 호전되자 칼 베르셀리우스는 매우 기뻤다. 야나의 머리를 쓰다듬으며 그녀에게 희망을 가져도 되겠다고 믿었다. 이제 다 좋아졌다는 거짓말 덕분에 야나는 의사를 만날 걱정 같은 건 전혀 할 필요가 없게 되었다.

그러나 그녀는 여전히 꿈을 꾸었다.

매일 밤마다.

열쇠들이 미아 볼란데르가 연 우편함에 부딪혀 짤랑거렸다. 그녀는 편지 뭉치를 꺼내 재빨리 훑어보았다. 전부 고지서들이었다. 한숨을 내쉬며 우편함을 닫은 미아는 2층을 향해 잽싸게 계단을 올라갔다. 그녀의 발소리가 계단통에 울려 퍼지고 곧 삐걱거리는 소리와 함께 문이 열렸다. 현관에 들어선 미아는 서랍을 열고는, 아직 뜯지도 않은 고지서들 위에 방금 가져온 편지 뭉치들을 올려놓았다. 그러고는 문을 잠근 뒤 부츠를 벗고 재킷은 바닥에 던져 놓았다.

시간은 7시였다. 그들은 한 시간 뒤면 해리스(Harry's)에서 만날 터였다. 미아는 곧장 침실로 가서 옷을 벗고 3년 전 크리스마스 세일 때 샀던 드레스를 꺼냈다.

이거라도 입어야겠어, 그녀는 생각했다.

그녀는 부엌으로 가서 냉장고를 열었다. 단호한 표정으로 안을 들여다보던 그녀는 술이 없음을 알게 되었다. 다시 시계를 보았다. 주류 가게는 이미 문을 닫은 시간이었다. 오, 제길!

당장 내려가 슈퍼마켓에 가서 도수 낮은 맥주라도 사오고 싶은 심정이었다. 하지만 그 대신 그녀는 이곳저곳을 뒤져보았다. 싱크 대 아래에 있는 세제들 사이, 컵과 받침이 들어 있는 찬장 안, 꽃병들 사이까지. 심지어는 뭔가 들어 있으리라는 기대를 가지고 전자레인지까지 열어보았다. 그러다 결국 빵 한 덩어리가 담긴 비닐봉투 뒤, 식료품들을 놓아두는 곳에서 칼스버그(Carlsberg) 한 캔을 발견했다. 이미 유통기한이 지났지만 그래봐야 한 달 남짓이었고, 지금 상황에서는 그거라도 마셔야 했다. 캔 뚜껑을 딴 그녀는 거품이 바닥에 떨어지는 걸 막기 위해 입술을 가장자리에 댄 채 맥주를 들이켰다. 시큼하고 뻑뻑한 맛이 났다.

미아는 코를 찡그리며 팔로 입술을 훔친 뒤 화장실로 갔다. 머리를 꼬아서 하나로 묶고는 맥주를 또 한 모금 들이키며 화장을 약간 진하게 하기로 마음먹었다. 파란색 아이섀도 두 겹과 검은색 마스카라, 뻣뻣한 루즈 브러시로 마지막 남은 콤팩트파우더를 긁어모았다. 광대뼈 아래를 어두운 톤으로 칠하니 얼굴이 갸름해 보여 좋았다.

그녀는 캔 맥주를 집어 들고 거실로 가서 기다렸다. 40분 전이었다. 문득 미아는 돈에 관해 생각했다. 오늘을 19일, 월급날까지는 아직 일주일 가까이 남아 있다. 어제는 계좌에 7백 크로나가 남아 있었지만, 그건 외출 전 얘기다.

오늘 저녁에는 얼마나 쓰게 될까? 2백?

입장료, 맥주 두 잔, 케밥 하나.

어쩌면 3백?

그녀는 소파에서 일어나 마지막 남은 맥주를 마신 뒤 빈 캔을 내려놓았다. 그러고는 복도에 놓여 있던 신발을 신고, 재킷을 입고서 아래층 로비로 내려갔다. 아파트 건물들이 늘어선 블록을 지나 어둠 속으로 걸어 들어갈 때쯤 찬바람이 불어 맨다리가 따가웠다. 전차를 탈 수도 있었지만 걸어가면 20크로나 이상을 아낄 수 있다. 그녀가 사는 산드뷔호브(Sandbyhov)에서 시내 중심가까지는 도보로 15분밖에 안 걸렸다.

'골든 그릴 바(Golden Grill bar)' 앞을 지나갈 때 그녀의 배가 꼬르륵거렸다. 밖에 세워둔 간판을 주목했다. 햄버거 세트, 소시지와 빵, 감자튀김……

미아는 2차선 전찻길을 건넜다. 브레다 배겐(Breda Vägen)과 하가 가탄(Haga Gatan)이 만나는 모퉁이에 현금지급기가 있었다. 잔액을 확인하니 350크로나뿐이었다. 어제 생각보다 돈을 많이 썼던 것이다. 오늘 밤에는 자중해야 했다. 맥주 딱 한 잔만. 많아도 두 잔을 넘기지 말 것. 그러면 내일 쓸 돈을 남길 수 있을 것이다. 안 그랬다가는 누군가에게서 돈을 빌려야 해, 그녀는 생각했다.

이번에도 또.

미아는 현금지급기에서 나온 명세표를 구겨 던져버리고는 중심가로 계속 걸어갔다.

그 공책은 2백 쪽짜리였다. 하지만 시작에 불과했다. 야나의 침대 옆 협탁에는 그런 공책이 스물여섯 권이나 더 있었다. 각 권에는 1년 치 꿈이 담겨 있다. 야나는 어릴 적 그린 그림이 있는 마지막 장을 펼쳤다. 끝이 빨갛게 칠해진 칼이었다.

야나는 책을 덮고 생각에 잠긴 눈빛으로 창밖을 내다보았다. 그러더니 다시 책을 펼쳐 글자와 숫자의 조합이 적힌 장을 찾았다. VPX0410009. 올라 쇠데르스트룀이 그녀에게, 팀원들에게 보여준 것과 똑같은 조합이었다.

공책을 들고 서재로 간 야나는 작은 창고로 이어지는 문을 열었다. 그녀는 그 창고를, 자신의 과거를 알아내는 데 도움이 될 만한 모든 걸 모아두는 장소로 탈바꿈시켰다. 지금까지는 오로지 자신의 꿈에 의지할 수밖에 없었지만.

야나는 천장 등을 켜고 방 한가운데에 서서 벽들을 쳐다봤다. 그 방의 크기는 10평방미터 정도였다. 두 개의 벽에는 각종 이미지와 사진, 스케치 등이 가득 붙은 게시판들이 걸려 있었다. 또 한쪽 벽에 있는 화이트보드는 여러 개의 메모들로 뒤덮여 있었다. 그 아래에는 작은 책상과 의자가 놓여 있었고, 책상 옆에는 금고가 있었다. 창문은 없었지만 천장의 LED등이 방 전체를 고루 비춰주었다.

그녀는 이 방을 아무에게도 보여준 적이 없다. 부모님이 봤다면

Marked for Life

그녀를 병원에 입원시키려 했을지 모른다. 페르 역시 그녀가 이런 조사를 하고 있다는 사실을 전혀 몰랐다. 그녀는 이 일에 관해 그들 중 누구에게도, 한 마디도 발설한 적이 없었고 앞으로도 그럴 터였다. 이건 그녀의 일, 그녀 혼자만의 일이었으니까. 이 방안에 있는 모든 건 그녀의 어린 시절에 관한 것이었다.

사실 야나는 과거를 캐는 것이 좋았다(이 사실은 이미 오래 전에 깨달았다). 기억할 수 있는 한 가장 오래된 시점부터 그녀는 이 일을 해왔다. 그건 마치 오직 그녀 자신에 관한 복잡한 게임 같아서, 일종의 만족감이 있었다. 그런데 지금 다른 선수가 그 게임에 끼어들려 하고 있다. 그건 정말 황당하고도 비현실적인 느낌이었다.

야나는 공책을 책상에 내려놓고는 여러 게시판 중 하나로 다가가, 거기 붙어 있는 각종 종이들을 들여다봤다. 맨 꼭대기에는 여신의 사진이 붙어 있었다. 학창시절 웁살라에 있는 한 골동품 가게에서 발견한 책에 끼워져 있었는데, 그녀가 50크로나 남짓을 주고 사온 것이다.

그 오래된 대학 도시에서 야나는 학교도서관뿐 아니라 공공도서관도 자주 이용했다. 하지만 가장 자주 갔던 곳은 자연히 법학과 도서관일 수밖에 없었다. 그녀가 항상 앉던 자리는 로세니우스(Loccenius)실 한구석, 책장을 등지고 길고 좁은 창문을 왼쪽에 둔 자리였다. 거기서는 독서실 전체와 오가는 학생들을 전부 한눈에 볼 수 있었다. 책상은 그리 넓지 않았고 초록색 독서용 전등은 그다지 밝지 않았다. 그녀의 법학서적들은 많은 자리를 차지하지 않았지만 그리스 신화에 관한 책은 하도 많아서 다루기 힘들었다.

대학교 중앙도서관은 수세기를 거치면서 방대한 양의 귀중한 책들을 소장하고 있었다. 야나는 신화, 특히 여신과 관련된 문학을 찾아보았다. 그녀는 특히 죽음의 여신에 관심이 있었는데, 조사하던 중 찾은 주요 내용들은 복사해두었다가 기숙사에 있던 게시판에 붙여두었다. 그리고 밤이면 '여신', '상상 속의 그리스', '그리스 신화 속의 화신' 같은 제목의 책들을 골라 읽었다. 흥미로운 내용이 보이면 전부 적어두었고 중요한 그림들은 모두 복사했다. 그러고는 자신이 찾아낸 모든 연결고리를 이해하려 애썼다.

이러한 장기간의 조사는 전부 하나의 이름을 중심으로 한 것이었다.

케르.

야나는 틈만 나면 자기 목에 새겨진 이상한 글자의 미스터리를 풀려고 전력을 다했지만 아직까지도 아무 진전이 없었다. 처음 그 이름을 찾아봤을 때, 폭력적인 죽음의 여신을 의미한다는 내용은 읽은 적이 있었다.

그런 설명을 처음 발견한 것은 어느 오래된 백과사전에서였다. 야나는 책등의 높이 순으로 가지런히 정렬된 책들을 바라보다 중간쯤에 있는 사전을 꺼내 노란색 포스트잇이 붙어 있는 장을 펼쳤다. 그러고는 연하게 X 표시를 해둔 부분을 검지로 따라가며 읽기 시작했다 "케르." 거기에 적혀 있었다. 야나는 계속 읽었다. "그리스 신화. 고대 그리스의 죽음의(더 정확하게는, 폭력적인 죽음의) 여신들. 그러나 헤시오도스는 단 한 명의 케르만을 언급했는데, 이는 밤의 딸이자 죽음(타나토스)의 여동생……."

야나는 읽기를 멈췄다.

타나토스!

Marked for Life

그녀는 의자에 앉아 책을 내려놓고는 팔을 뻗어 게시판에 붙어 있던 종이 하나를 떼어내 거기 적힌 내용을 읽었다. '그리스 신화-죽음의 신'이었다. 거기에는 서른 개 정도의 이름이 나열되어 있었는데 그중 세 번째가 그 소년의 이름이었다.

야나는 다시 메스꺼움이 밀려오는 기분이었다.

그녀는 의자 등받이에 등을 기대고 심호흡을 했다.

잠시 후 다시 일어난 그녀는 다른 게시판으로 향했다. 거기 붙은 어느 종이에는 다른 내용 없이 글자와 숫자의 조합들만 적혀 있었다. 알파벳 글자와 숫자가 큰 활자로 적혀 있었고, 옆에는 운반용 컨테이너의 사진이 있었다. 초창기 기억 속에서 그녀는 어떤 명패를 떠올렸고, 동시에 파란색 컨테이너 하나를 보았지만 그것들이 어떤 연관이 있는지는 알 수 없었다. 그 조합이 컨테이너와 관련되었다고 추측했던 야나는 수백만 개의 인터넷 페이지들 중 그와 관련된 걸 하나라도 찾아보려고 애썼지만 헛수고였다. 결국 그녀는 모두 무의미한 꿈일 뿐이라며 자신을 설득시켰고, 과거를 알아내려던 노력도 막다른 길에 다다르고 말았다.

야나가 이 비밀의 방에 들어온 것도 정말 오랜만이었다. 그녀는 물건들은 그대로 두되, 답을 찾으려는 노력은 더 이상 하지 않기로 결정했었다. 가망이 없어보였으니까. 그런데 지금 이 순간 이상한 생각이 들었다. 지금이 처음이자 마지막으로 답을 얻을 때는 아닐까? 그 소년은 이 퍼즐의 중요한 조각이다. 그의 목에 새겨진 이름을 봤을 때는 너무 놀라 어쩔 줄 몰랐지만, 이제 와서 생각해보니 그녀의 일생일대 수수께끼에 대한 답을 찾는 데 도움이 될 수 있을 것이다. 그 조합 역시 중요한 조각이었다. 혹시 그 둘 중

하나가, 아니면 둘이 함께 그녀에게 진실을 알려주지 않을까?

야나는 사색을 멈췄다. 경찰이 그녀가 아는 것과 같은 글자와 숫자의 조합을 손에 넣었다는 사실은 꽤나 당혹스러웠다. 이 상황을 어떻게 처리해야 할지 몰랐다. 도움을 받을 수 있으니 감사해야 할까? 그녀가 조사해왔던 내용들을 경찰에 다 털어놓아야 할까? 그 그림들을 보여줄까? 그녀의 목에 있는 이름도? 아니. 수사를 이끄는 데 사적인 이유가 있다고 한 마디라도 발설한다면 야나는 사건에서 배제될 게 뻔했다.

다시 의자에 앉은 그녀는 어떻게 해야 할지 혼란스럽기만 했다. 여러 생각들이 머릿속에서 빙빙 돌았다. 경찰이 수사를 진행하도록 둬야 하지만, 그렇다고 그냥 가만히 지켜볼 수만은 없는 노릇이다. 이제야 빛을 보게 된 퍼즐 조각들을 가지고 뭐라도 해야 했다. 답을 찾아야만 한다. 지금이 아니면 영영 못 찾을 것이다.

하지만 어떻게? 어떤 단서를 먼저 쫓아야 할까? 소년? 아니면 글자와 숫자 조합? 결정을 내려야 했다.

야나는 자리에서 일어나 창고 문을 잠근 뒤 침실로 들어갔다.

옷을 벗고 침대로 올라가 불을 껐다. 결정은 이미 내렸고 그녀는 그 결정에 만족했다.

아주 많이.

23장

4월 20일, 금요일

이른 아침, 경찰청 밖에서 마츠 닐린데르가 군나르 외른의 뒤를 헐레벌떡 쫓아왔다. 바람이 없이 맑았던 밤 동안 내린 서리는 입구 옆 포장석 위에 눈꽃 모양을 만들어놓았다. 창문에는 얼음 결정들이 덩어리져 있었고, 삐죽삐죽 튀어나온 헐벗은 나뭇가지들은 은백색을 띠었다.

마츠 닐린데르는 〈노르셰핑 티드닝가르〉의 평기자였는데, 군나르는 그가 뉴스에 지나친 관심을 갖고 있다고 생각했다. 그의 업무 처리 방식은 과도하게 열정적이라 신경에 거슬렸고, 그가 주는 인상은 동물에 비유하자면 꼭 설치류 같았다. 외모는 마치 오토바이를 타고 다니는 뻔뻔스러운 불량배처럼 보였다. 작은 키, 하나로 묶은 머리, 갈색 가죽조끼. 목에는 카메라를 걸고 있었다.

"과장님, 잠깐만요! 몇 가지만 더 묻겠습니다. 그 소년은 정확히 어떻게 살해됐습니까?"

"지금은 상세하게 말씀드릴 수 없습니다." 군나르는 대답하며 걸음을 재촉했다.

"어떤 도구가 쓰였나요?"

"할 말 없습니다."

"성폭행 당했나요?"

"할 말 없습니다."

"목격자는 있습니까?"

군나르는 대답 없이 앞에 있는 문을 밀어 열었다.

"한스 율렌이 망명 신청자들을 학대했던 건 어떻게 생각하죠?"

군나르는 문에서 손을 떼지 않은 채 걸음을 멈췄다. 그리고 뒤를 돌아보았다.

"무슨 뜻입니까?"

"난민 여성들을 강간한 일 말입니다. 그들을 비하하고 폭행한 것이요."

"그 일에 관해서라면 드릴 말씀 없습니다."

"그 이야기가 밖으로 새어나가면 엄청난 스캔들이 될 겁니다. 그래도 할 말이 없으신가요?"

"내 일은 범죄 수사이지, 스캔들을 걱정하는 게 아니오." 군나르는 위압적으로 말한 뒤 안으로 들어가 버렸다.

그는 계단을 올라가 곧장 사무실 주방 공간으로 들어갔다. 버튼을 누르고 김이 모락모락 나는 커피 한 잔을 손에 들고 사무실로 향했다.

국립과학수사연구소에서 온 새로운 서류 뭉치가 그의 검토를 기다리고 있었다.

"상자 가져왔어요?"

아넬리가 불쑥 나타났다. 그녀는 다리를 꼰 채 벽에 기대어 섰다. 베이지색 치노 바지와 흰색 상의, 흰색 카디건 차림이었다. 손목에는 꼬인 모양의 금팔찌를 하고 있었는데, 군나르가 생일선물로 준 것이었다.

Marked for Life

"아니, 또 잊어버렸어. 당신이 집에 와서 좀 가져갈 수 있어?"

"언제요?"

군나르는 커피를 내려놓고 책상위에 놓인 서류를 엄지로 넘겨보기 시작했다.

"언제 가져갈까요?" 아넬리가 다시 말했다.

"상자?" 그는 그 서류에서 눈을 떼지 않은 채 말했다.

"네. 언제 가져가면 돼요?"

"당신이 괜찮을 때. 언제든지."

"내일 갈까요?"

"아니."

"안 된다고요? 방금 당신이……."

"그래, 좋아… 아니, 잘 모르겠어. 그런데 이게 뭔지 알아?"

그는 서류를 아넬리의 얼굴 앞에서 흔들었다.

"아니요."

"드디어 수사에 진척이 있어. 진척이 있다고!"

"이것들이 무슨 의미인지 알려주실 수 있나요?"

미아 볼란데르는 율렌의 비서 레나 비크스트룀에게 애원하는 눈빛을 보냈다.

"아니요, 모르겠어요. 뭔가요?"

"그건 제가 묻고 싶은 말이에요."

"하지만 저는 이 번호들을 본 적이 없어요."

"그럼 글자들은요?"

"마찬가지예요. 이건 일종의 코드인가요?"

미아는 대답하지 않았다. 20분도 넘게 레나에게 한스 율렌의 컴퓨터에서 발견된 이상한 조합들에 관한 설명을 구했지만 허사였다. 결국 그녀는 받지도 못한 도움에 대해 레나에게 감사 인사를 한 뒤 이민국을 나섰다.

차로 돌아온 미아는 레나가 얼마나 지쳐보였는지 떠올렸다. 얼굴은 창백했고, 눈 주위는 푸르죽죽했다. 그녀는 굼뜬 동작으로 책상 위에 넓게 펼쳐져 있는 서류들을 이리저리 밀쳤다. 미아가 일이 어떻게 돌아가고 있는지 묻자, 레나는 우울하다고 대답할 뿐이었다.

한심한 여자 같으니라고, 미아는 생각했다. *아무것도 모르다니 정말 쓸모없는 인간이야!*

경찰청으로 돌아가는 길에 미아는 스토트회가배겐(Ståthögavägen)에서 길게 이어지는 자동차 행렬에 끼게 되었다. 거북이 운행을 하는 차들 때문에 더욱 짜증이 났다. 하지만 무엇보다도 그녀를 화나게 한 건 돈이 다 떨어졌다는 사실이었다. 어젯밤 외출에서 그녀는 생각보다 더 많은 돈을 지출했다. 게다가 남의 술까지 사주었다. 맥주 두 잔을, 심지어 누군지도 모르는 놈에게. 설상가상으로 그는 유부남이었다.

아주 쓸데없는 짓이었다. 정말, 참으로, 쓸데없는 짓.

갑자기 그녀의 휴대전화가 요란하게 울렸다.

올라 쇠데르스트룀이었다.

"어떻게 됐어요?" 그가 말했다.

"되긴 뭐가 돼. 아무것도 모른대."

"기가 막히네요."

"그러게, 누가 아니래!"

미아는 입을 꾹 다물고 엄지와 검지로 윗입술을 꼬집었다.

"그런데 올라." 잠시 후 그녀가 말했다. "생각해봤는데, 혹시 번호들을 뒤집어서도 검색해봤어?"

"아니요. 숫자를 앞으로, 글자를 뒤로 해서는 시도해봤어요."

"한 번 뒤집어보면 어떨까?"

"그러니까 410009 대신 900014를 찾아보라는 거죠?"

"지금 그 조합들을 보고 있지 않아서 모르겠지만 맞는 것 같아."

"잠깐만요……."

올라가 키보드를 두드리는 소리가 들렸다. 왼쪽 차선으로 가볼까 싶어 고개를 뒤로 돌려봤지만, 거기도 차들이 느릿느릿 가기는 마찬가지였다. 그녀가 크게 한숨을 내쉬기가 무섭게 올라의 목소리가 들려왔다.

"찾아낸 거라곤 국제표준 ISO900014에 관한 것뿐이에요. 하버드대학교의 X레이에 관한 연구하고."

"그럼 다른 조합들은?" 미아가 말했다.

"잠시만요, 106130은 031601이 되죠. 아니, 이건 헥스 코드예요. 933028도 마찬가지고요. 하지만 한스 율렌이 웹컬러 코드에 관심을 가졌다고 생각되지는 않는데요."

"응, 나도 그래."

미아는 앞에 차가 몇 대나 서 있는지 보려고 목을 쭉 뻗었다. 줄은 형편없이 길었다.

"교통과에 카메라에 대해 물어본 건 어떻게 됐어?" 그녀가 말했다.

"아직 기다리는 중이에요. 운전자의 과속 여부가 관건이에요. 했다면 사진이 찍혔을 테고 그럼 그 사진을 각종 여권과 운전면허증의 사진들과 비교할 수 있지요. 일치하는 걸 찾으면 신원을 확보하는 거예요. 설사 일치하는 걸 찾지 못해도 밴의 주인 이름을 알 수 있고요. 또 그가 소년이 발견된 곳까지 운전해서 갔던 사람인지 알 수도 있어요." 올라가 말했다.

"하지만 그건 과속 여부에 달려 있잖아." 미아가 말했다.

그녀는 허리를 똑바로 세운 다음 손을 핸들에 올려놓았다. 차들이 움직이기 시작했다.

"그래요. 카메라들은 속도위반에만 반응하고, 교통과는 지금 그 기록을 확인 중이니까요. 정보는 해독된 다음에 우리한테 넘어오겠죠. 만약 정보가 있다면 말이에요."

"맙소사, 이제 어쩌지!"

"뭐가요?"

"차들 말이야! 난 줄서는 게 싫어. 제발 좀 가란 말이야!"

미아는 손으로 핸들을 내리치며 시동을 꺼버린 앞차의 운전자를 향해 과격한 몸짓을 했다.

"오늘 기분 괜찮아요?" 올라가 말했다.

"네가 알 바 아니잖아?"

미아는 즉시 말이 심했다고 후회했다.

"그래요." 올라가 말했다. "내 알 바 아니지만, 국립과학수사연구소의 답변에는 관심 있을 것 같네요."

올라 역시 기분이 별로라는 사실을, 목소리만 들어도 알 수 있었다. 그녀는 아무 말없이 그가 계속하기를 기다렸다.

"소년은 지크자우어(Sig Sauer) 22구경에 맞았어요. 스웨덴에서 일어난 범죄들 중 그 총이 등장한 건 처음이에요. 하지만 소년 곁에서 발견된 글록 권총에서는 소년의 지문만 검출됐어요. 감정인들의 증언에 따르면 한스 율렌을 죽인 권총을 발사한 범인은 바로 그 소년이라는군요."

올라는 전화를 뚝 끊었다.

미아가 그를 화나게 만들었고, 이제는 그녀도 그도 기분을 잡쳤다. 정말 거지 같은 아침이라고 미아는 생각했다.

24장

처음에는 모두 일곱 명이었다. 이제 남은 건 하데스와 소녀뿐이었다. 소녀는 미노스를 총으로 쐈고, 하데스도 지하실에서 자신의 적을 죽였다. 어느 소년은 훈련 도중 갈비뼈 사이를 칼로 깊게 찔려 며칠 뒤 결국 죽고 말았다. 한 소녀는 도망가려다가 붙잡혀 지하실에 갇혔는데 다시 지하실 문을 열었을 때는 이미 굶어죽은 뒤였다.

약해빠진 것, 아빠는 죽은 소녀를 그렇게 불렀다.

그리고 농장에 도착했을 때 사라져버린 에스테르가 있었다. 그러나 그건 에스테르 본인의 잘못이었다. 아빠 말을 듣고 하라는 대로 했으면 분명 지금 그들과 함께 있었을 테니까. 살아서.

소녀는 손으로 자기 머리를 쓰다듬었다. 머리카락은 없었다. 교관들이 다 밀어버렸다. 그렇게 하면 더 강한 정체성을 갖게 될 거라고 어른들은 말했다. 하데스 역시 빡빡 깎은 머리의 정수리 부분을 앞뒤로 문지르고 있었다. 둘은 돌바닥 한가운데에 마주 앉아 서로를 응시했다. 둘 다 아무 말도 하지 않았지만, 소녀와 눈이 마주치자 하데스는 미소를 지어보였다.

계절은 봄으로 바뀌었고 나무판자로 된 벽의 갈라진 틈을 통해 햇살이 내리쬤다. 그들은 새 옷을 한 벌씩 받았지만 소녀는 거기에는 별 관심이 없었다. 지금 그들 앞에 놓여 있는 무기들을 만져보고 싶은 생각뿐이었다. 밖에서 들어오는 눈부신 빛이 날카로운 칼날에 반사되어 가

Marked for Life

끔씩 번쩍였다. 칼 옆에는 권총이 있었는데, 소녀는 이제껏 그렇게 윤이 나는 권총은 본 적이 없었다. 그건 하데스가 잘 닦아놓은 총이었고, 닦는 데 몇 시간은 걸렸을 게 틀림없었다.

하데스는 한때 기술에 푹 빠져 있었다. 쓰레기 더미에서 고장 난 기계들을 잔뜩 찾아가지고는 고쳐보려 애쓰기도 했다. 그는 전화기를 찾을 수 있기를 간절히 바랐지만, 한 번도 발견하지 못했다.

소녀는 그가 쓰레기를 뒤지는 걸 도와주었기 때문에 그런 사실을 잘 알고 있었다.

문이 열리는 바람에 소녀는 정신이 번쩍 들었다. 아빠가 들어왔고, 여자 교관과 처음 보는 남자 한 명이 그 뒤를 따랐다. 아빠는 그들 앞에 멈춰서더니 몸을 숙여 그들의 민머리를 검사했다. 만족스러운 표정으로 일어난 그는 소녀와 소년에게 같은 명령을 내렸다.

"자." 그가 말했다.

"이제 때가 됐다. 스톡홀름 미션을 시작할 때가."

25장

야나 베르셀리우스는 부둣가에 세워둔 차 안에 시동을 켠 채 앉아 있었다. 일을 계획하는 데는 몇 시간이 걸렸다. 여러 가지 방법들을 고려하고 추려서, 현실적인 시나리오들만 남겼던 것이다.

결국 그녀는 자신의 개인수사가 특정 조건들을 충족시켜야 한다는 결론에 도달했다. 우선 그녀와, 그녀 자신이 벌일 일들과의 연관관계를 아무도 찾을 수 없어야 했다. 전화통화와 이메일 사용도 극히 조심해야 했다. 모든 일을 아주 철저하게 하고, 충동적인 행동은 절대 금물이다. 그녀가 경찰 수사와는 별개로 개인 수사를 하고 있다는 게 알려지면 정직은 물론이고, 그녀의 이름(케르)은 다음 수사의 표적이 될 테니까. 그건 곧 그녀의 커리어가 끝난다는 의미였다.

그런데도 일을 진행하기로 마음먹은 그녀는 가장 먼저 소년부터 시작하기로 했다. 소년의 목에 있는 글자는 우연히 새겨진 게 아니었다. 어떤 목적을 가지고 새겨진 것이며, 그녀의 것과 같은 의미(죽음)를 갖고 있다. 하지만 아침에 다시 생각한 끝에 야나는 올라가 한스 율렌의 컴퓨터에서 찾아낸 숫자와 글자 조합들을 먼저 조사하는 편이 낫겠다는 결론을 내렸다. 그 조합이 운반용 컨테이너와 함께 꿈속에 나타났던 게 우연일리 없다는 생각에, 결국 부두까지 온 것이다.

Marked for Life

하지만 최대한 조용히 움직이기란 생각처럼 쉽지 않았다. 지나가는 행인, 혹은 부두 노동자를 비롯해 거기서 일하는 사람들에게 목격될 가능성이 컸기 때문이다. 그러나 누군가와 맞닥뜨리면 한 발 앞서 수사를 진행하려 했다고 둘러대면 될 것이다. 담당 검사로서 일처리를 서두를 권리는 충분하니까.

야나는 운전석에 가만히 앉아 전체적인 진행 상황을 머릿속으로 미리 그려보았다.

그녀는 주머니에서 그 조합들이 적힌 종이를 꺼내어 처음부터 끝까지 훑어본 뒤 그에 관해 어떻게 물어봐야 할지 고민했다. 말을 신중히 하고, 너무 많은 걸 발설해서는 안 된다. 1분쯤 뒤 종이를 접어서 다시 주머니에 집어넣은 후 차에서 내렸다.

부두 사무실 입구는 어두웠고, 문들은 다 잠겨 있었다. 운영시간이 적힌 표지판을 보니 이미 한 시간 전에 영업이 종료되었다.

야나는 문손잡이를 다시 한 번 만져봤지만 역시 열리지 않았다. 그녀는 한 걸음 물러서서 노란색 건물과 대비되어 마치 뻥 뚫린 블랙홀처럼 보이는 창문들을 들여다보았다. 찬바람에 몸을 부르르 떤 그녀는 주머니에 들어 있던 가죽장갑을 꺼내 손에 꼈다.

터미널 쪽으로 걸어가던 그녀는 그곳 역시 운영 중이 아님을 알게 되었다. 검고 살아 있는 듯한 바닷물이 콘크리트 벽에 부딪쳐 부서졌다. 부두에 정박된 화물선 위로 거대한 크레인 두 대가 높이 솟아 있었고, 그보다 좀 더 멀리 또 다른 배 두 척이 보였다. 트럭들은 울타리를 친 구역에 주차되어 있었으며 격납고 벽 옆에는 많은 양의 목재들이 무더기로 쌓여 있었다. 환한 조명등들은 창고와 아스팔트 위로 기다란 그림자를 드리웠다.

야나가 막 차로 돌아가려던 찰나, 부두 끝 쪽에 있는 헛간에서 새어나오는 빛이 보였다. 그녀는 장갑을 꼈지만 여전히 꽁꽁 얼어 있는 손을 트렌치코트 주머니에 집어넣은 채 결연한 모습으로 헛간을 향해 걸어갔다. 구두 굽이 콘크리트 바닥에 부딪쳐 또각또각 소리를 냈다. 그 발소리는 그녀 뒤쪽에 있는 항구 다리를 지나는 차들의 소음과 뒤섞였다. 그녀는 조명등 불빛이 닿지 않는 창고들을 흘긋 쳐다보았다. 부두에는 여전히 그녀 혼자였다.

헛간에 가까워지자 야나는 걸음을 늦추었다. 누군가 안에 있기를 진심으로 바랐다. 누구라도 물어볼 사람이 있었으면. 두 발자국 정도 남았을 때 음악 소리가 들렸다. 문은 살짝 열려 있었고 그 틈으로 한 줄기 빛이 새어나왔다.

야나는 손을 들어 문을 두드렸다. 장갑 때문에 소리가 잘 들리지 않자 다시 한 번 좀 더 세게 두드렸다. 아무도 문을 열지 않았다. 까치발을 하고 창문 안을 들여다봤지만 헛간 안에서는 아무런 움직임도 볼 수 없었다. 그녀는 문을 열고 안을 들여다봤다.

저쪽에 있는 캐비닛 위에서 커피머신이 부글부글 소리를 냈다. 접이식 의자 두 개가 테이블 옆에 놓여 있었다. 바닥에는 낡은 매트가 깔려 있고, 천장에는 눈이 부신 백열전구가 매달려 있었다. 그러나 사람은 보이지 않았다.

그때 큰 소리가 들려와 야나는 깜짝 놀랐다. 뒤로 돌아선 그녀는 어디서 난 소리인지 알아내기 위해 주위를 둘러보았다. 근처 격납고의 커다란 문들이 열려 있는 것이 보였다.

"누구 없어요?" 그녀가 소리쳤다.

대답이 없었다.

Marked for Life

"아무도 없나요?"

야나는 헛간 문을 닫은 뒤 격납고를 향해, 부두의 더욱 외진 구역을 향해 걸어갔다. 그러고는 입구에 멈춰 섰다. 각종 기계들과 소형 크레인들을 세워둔 그 넓은 공간은 지독히도 추웠다. 다양한 크기의 연장들이 바닥에 놓여 있고 벽 선반은 타이어, 트럭 배터리 같은 예비 부품들로 채워져 있었다. 전선들이 천장에서부터 늘어져 있고, 저 끝에는 차량 수리용 리프팅 장치도 보였다. 오른쪽에는 거의 복도 같은 일종의 곁방이 있었는데 거기를 통하면 회색 철문으로 이어졌다.

한 남자가 뒤를 돌아 쭈그리고 앉아 트럭을 손보고 있었다. 야나는 인기척을 내려고 입구 옆 철벽을 손으로 두드렸지만 아무 반응이 없었다.

"실례합니다!" 그녀는 큰 소리로 말했다.

순간 균형을 잃은 남자는 한 손으로 바닥을 짚고 나서야 다시 본래 자세로 돌아올 수 있었다.

"이런 제길, 놀랐잖소!" 남자가 말했다.

"죄송해요. 이곳 담당자 분과 이야기를 좀 하고 싶은데요."

"담당자는 집에 갔소."

홀 안으로 들어간 야나는 주머니에서 손을 빼 악수를 청했다.

"야나 베르셀리우스입니다."

"토마스 뤼드베리(Thomas Rydberg)요. 미안하지만, 저랑 악수는 별로 안 하고 싶으실 텐데." 몸을 일으킨 토마스는 기름이 잔뜩 묻은 손을 그녀에게 보여주었다.

야나는 고개를 절레절레 흔들며 장갑을 다시 끼고는 앞에 있는 남자를 바라보았다. 체격이 좋고, 갈색 눈에 턱이 넓은 남자였다. 니트 소재의 회색 모자를 쓰고 있었고, 재킷 안으로 바지를 고정하고 있는 멜빵이 보였다. 야나는 그가 은퇴할 나이 정도 되었으리라 예상했다. 토마스는 바지 주머니에 꽂혀 있던 지저분한 헝겊에 손에 묻은 걸 닦으려 애썼다.

"혹시 저를 좀 도와주실 수 있나요?" 야나가 말했다.

"어떻게 도와드릴까?"

"살인사건을 수사 중입니다."

"그런 건 경찰이 하는 거 아니오? 경찰 같지는 않은데?"

야나는 한숨을 지었다.

너무 많은 걸 발설하지 않겠다는 그녀의 계획은 이미 틀어졌다. 이제는 계획을 살짝 수정하는 수밖에 없었다.

"한스 율렌의 살인사건 수사를 담당하고 있는 검사입니다."

토마스는 손 닦기를 멈췄다.

야나는 말을 이었다.

"저희는 숫자와 글자의 조합 몇 개를 찾아냈어요. 이게 중요한 건 알겠는데 무슨 의미인지는 아직 모릅니다. 다만 운반용 컨테이너에 사용되는 일종의 코드일 거란 심증이 있어요." 그녀는 이렇게 말하고는 종이를 펼쳐 토마스에게 건넸다.

토마스는 그 종이를 받아들었다.

"이게 대체 무슨……?" 순간 그의 표정이 싹 변했다. 그는 서둘러 종이를 다시 접어 야나에게 돌려주었다.

"…난 모르오."

"정말요?"

"그렇다니까."

토마스는 한 발짝 뒤로 물러섰다. 그리고 또 한 발짝.

"이 조합들이 뭘 의미하는지 알아야만 합니다." 야나가 말했다.

"모른다니까. 난 도와줄 수 없소."

토마스는 철문 쪽으로 눈길을 돌렸다가 다시 야나를 쳐다보았다.

"그럼 누구 도와주실 수 있는 분은 안 계신가요?"

그는 고개를 가로저었다. 그러고는 또 한 걸음 뒤로 물러났다. 두 걸음, 세 걸음…… 야나는 그가 뭘 하려는 건지 알아챘다.

"잠깐만요!" 그녀가 말했지만 토마스는 이미 뒤로 돌아 철문을 향해 도망치기 시작했다.

"저기요! 잠깐만요!" 그녀는 소리치며 그의 뒤를 쫓았다.

쫓아오는 야나를 본 토마스는 가는 길에 놓여 있던 연장들을 집어서 따라오지 말라는 듯 그녀에게 던졌다. 하지만 모두 빗나갔고 야나는 계속 그를 쫓았다. 마침내 문에 다다른 그는 손잡이를 당겼지만 문은 잠겨 있었다. 크게 당황한 그는 손잡이를 더 세게 당겨보고, 몸을 던져 부딪쳐도 봤지만 소용없었다. 그는 밖으로 나갈 수 없었다.

그의 뒤를 쫓아온 야나는 3미터 정도 떨어진 지점에 멈춰 섰다. 이제 그는 가쁜 숨을 몰아쉬며 그 자리에 가만히 서 있었다. 마치 다른 탈출구를 찾으려는 듯 고개를 이리저리 돌리며. 그러나 탈출구는 보이지 않았다.

그때 바닥에 커다란 렌치가 놓여 있는 걸 본 토마스가 재빨리 몸을 숙여 그걸 집어 들었다. 그러고는 휙 돌아서서 야나를 향해 섰다. 야나는 미동도 할 수 없었다.

"난 아무것도 몰라!" 그가 소리쳤다. "여기서 나가라고!"

그는 렌치를 휙 들어 자기 말이 농담이 아님을 보여주려 했다. 경우에 따라서는 그녀를 해칠 수도 있다는 듯. 그것도 아주 심하게.

야나는 그의 말대로 해야 된다는 걸 알았다. 그곳을 떠나야 한다는 걸. 이미 너무 많이 와버렸다. 그녀가 한 걸음 뒤로 물러서자, 그걸 본 토마스가 싱긋 웃었다. 몇 발짝 더 뒤로 물러나던 그녀는 발을 헛디디며 벽에 부딪히고 말았다.

그러자 토마스는 곧장 그쪽으로 와서 그녀 앞에 섰다.

가깝게. 아주 가깝게.

이제 붙잡힌 쪽은 야나였다.

"잠깐만요." 그녀가 말했다.

"너무 늦었어." 그가 말했다. "미안하게 됐군."

순간 야나는 자신이 딴 사람이 된 것 같은 느낌이었다. 마음속에는 평온함이 자리했다. 그녀는 그의 눈을 똑바로 쳐다봤다. 집중. 그리고 오른손 손가락을 쭉 뻗어보았다.

토마스가 갑자기 큰 소리를 내며 손에 든 무거운 연장을 그녀에게 휘둘렀다. 야나는 몸을 숙였고 그는 헛손질을 하고 말았다. 그가 다시 한 번 휘둘렀을 때, 이번에는 야나가 민첩하게 옆으로 점프했다. 그는 렌치를 다시 제대로 잡고는 힘을 꽉 줬다. 바로 그때 앞으로 잽싸게 튀어나간 야나가 손을 들어 그를 때리기 시작했다.

눈, 목, 가랑이.

탁, 탁, 탁.

그리고 발차기. 뒷다리 앞으로, 돌려, 발차기. 세게.

야나는 그의 이마를 정확하게 발로 찼다.

그는 결국 쓰러져 그녀의 발밑에 완전히 뻗고 말았다.

죽은 채로.

그와 동시에 야나는 자기가 무슨 짓을 했는지 깨달았다. 방금 전까지 아드레날린이 치솟았던 게 일순간에 공포로 바뀌고 말았다. 그녀는 두 손으로 입을 막은 채 한 발짝 뒤로 물러났다. 내가 무슨 짓을 한 거지? 입에서 뗀 손을 쳐다보니 덜덜 떨리고 있었다. 어떻게 내가…? 그제야 그녀는 주위를 의식했다. 누가 봤으면 어떡하지? 그녀는 안전한지 확인하기 위해 두 번이나 주위를 빙 둘러보았다. 아무도 없었다. 격납고는 텅 비어 있었다. 하지만 이제 어쩌지?

그때 죽은 남자의 옷에서 진동 소리가 들렸다. 그 소리는 곧 벨소리로 바뀌더니 점점 커졌다.

야나는 몸을 숙여 그의 호주머니들 중 하나를 뒤져봤지만 거기에는 아무것도 없었다. 그의 몸을 밀어 젖힌 그녀는 다른 주머니를 뒤져 휴대전화를 찾아냈다. 화면에는 '부재중 전화'라고 쓰여 있었다. 발신번호는 표시되지 않았다.

야나는 그 전화기를 가져가기로 마음먹었다. 죽은 남자를 흘긋 쳐다본 그녀는 장갑을 벗고는 뒤로 돌아 걸어 나갔다.

차를 세워둔 곳으로 걸어가는 길, 어두운 그림자가 내내 그녀를 숨겨주었다. 부두는 아까와 마찬가지로 적막했다.

야나는 차에 타자마자 토마스 뤼드베리의 휴대전화를 열어 수신전화 목록을 확인했다. 번호가 표시되지 않은 전화 몇 건. 전체

번호가 표시된 게 두 건 있었고, 야나는 재빨리 그걸 주차 티켓에 옮겨 적었다. 발신전화 목록에는 이름이 저장된 번호들이 있어서 이들 역시 메모했다. 이상하거나 특이한 점은 전혀 없어보였다.

발신된 문자 메시지 목록을 보기 전까지는. 하나가 이상했다. 'Del.Tues.1.' 이게 전부였다.

짧은 메시지를 바라보던 야나는 그 내용을 발신된 날짜와 함께 적어두었다. 전화기가 켜져 있으면 쉽게 추적될 수 있기 때문에 얼른 SIM카드를 빼고 전화기는 조수석 사물함에 집어넣었다.

심호흡을 하며 머리를 뒤로 기대니 다시 평온해졌다.

이게 아니잖아, 그녀는 생각했다. 저항하고, 소리 지르고, 울고, 벌벌 떨어야 정상이지. 내가 사람을 죽이다니!

하지만 그녀는 아무 감정도 느낄 수 없었다.

바로 그 사실 때문에 극도로 불안했다.

4월 21일, 토요일

아이들은 보통 6시면 잠에서 깨어났고 그건 토요일인 오늘도 마찬가지였다.

헨리크 레빈은 기지개를 켜며 크게 하품을 했다. 옆을 보니 엠마는 아직 잠들어 있었다. 아이들이 위층에서 소란을 피워대는 바람에 헨리크는 일어나기로 결심했다. 휴대전화를 확인했지만 밤사이 온 메시지는 없었다.

위층 아이들 방을 향해 계단을 오르는 동안 파자마에서 기분 좋은 온기가 느껴졌다. 상자에 든 레고를 바닥에 전부 쏟아버린 펠릭스는 방안에 들어선 아빠를 본 순간 행복한 미소를 지었다. 빌마(Vilma)는 침대에 앉아 아직 잠에서 덜 깬 눈을 비비고 있었다.

"자, 이제 뭘 하지? 아침 먹을까?"

펠릭스와 빌마는 환성을 지르며 계단을 뛰어 내려가 부엌으로 갔고, 헨리크가 뒤를 따랐다. 그는 소리가 밖으로 새어 나가지 않도록 부엌문을 닫은 뒤 빵, 버터, 슬라이스 햄, 주스, 우유와 요거트를 식탁에 올려놓았다. 빌마는 찬장을 열더니 손을 뻗어 시리얼 상자를 꺼냈다.

평소와는 다르게 헨리크는 자기가 먹을 달걀 두 개를 삶았다. 그동안 아이들이 먹을 빵에 버터를 바르고 각자의 요청에 따라 스프레드를 바르거나 햄을 얹어주었다. 펠릭스가 시리얼 상자를 뒤집어버리는 바람에 알록달록한 프루트링들이 테이블 위에 사방으로 흩어졌다.

헨리크는 한숨을 내쉬었다. 진공청소기를 꺼내올 수는 없었다. 그랬다가는 엠마가 깰 텐데, 그녀도 때로는 늦잠을 잘 권리가 있으니까. 하지만 그렇다고 엉망이 된 부엌을 그대로 놔둘 수도 없는 노릇이었다.

헨리크는 팬의 끓는 물을 따라낸 뒤 찬 수돗물을 틀어 달걀을 식혔다. 그러고는 쭈그려 앉아 시리얼을 하나하나 줍기 시작했다. 식탁 밑에 떨어진 몇 알은 발로 밟아버렸고, 그러자 부스러기가 돗자리 틈새로 들어갔다. 그는 부스러기가 싫었다. 부스러기가 떨어진 식탁을 그대로 놔두는 걸 큰 죄로 여길 만큼. 부스러기는 반드시 치워야 했다. 빈틈없이 닦는 건 기본이요, 될 수 있으면 반짝반짝해질 정도로.

헨리크는 창밖을 내다보았다. 오늘은 시간을 내서 달리기를 해볼 생각이었다. 그가 아이들 아침을 먹이고 옷을 입히고 이를 닦이면 30분 정도는 운동할 수 있도록 허락해주겠지. 게다가 그는 그녀가 늦잠을 잘 수 있도록 해주었으니, 호감을 사기에는 충분했다.

펠릭스는 시리얼 몇 알을 식탁 가장자리로 밀었다. 빌마가 재미있다는 듯 웃자 같은 행동을 반복했다. 초록색 링, 주황색 링. 검지로 한 알을 튕기자 화분 속에 떨어졌다. 빌마는 깔깔대며 웃었고 펠릭스는 두 번째, 세 번째 알을 튕겼다.

"이제 됐어, 그만해." 헨리크가 말했다.

Marked for Life

"알겠어요." 빌마가 말했다.

"알겠어요." 펠릭스가 말했다.

"따라하지 마." 빌마가 말했다.

"따라하지 마." 펠릭스가 말했다.

"오빠 바보야."

"바보는 바보야."

"당장 그만해." 헨리크가 말했다.

"오빠가 먼저 했어요." 빌마가 말했다.

"빌마가 먼저 했어요." 펠릭스가 말했다.

"이제 그만해."

"너나 그만해."

"됐어, 이제 다들 그만."

헨리크가 찬물에 담긴 달걀을 막 꺼내려던 찰나, 휴대전화가 울렸다.

"좋은 아침! 너무 이른 시간에 전화해서 미안하네."

군나르 외른이 또렷한 목소리로 말했다.

"괜찮습니다." 헨리크는 거짓말을 했다.

"한스 율렌이 사망하기 며칠 전에 그를 봤다는 사람이 전화했어. 확인을 해야 하는데 올 수 있나?"

"미아가 가면 안 될까요?"

"연락이 안 돼. 전화를 안 받아."

헨리크는 펠릭스와 빌마를 쳐다보았다.

한숨.

"제가 가겠습니다."

빵 덩어리에는 곰팡이가 피어 있었다. 미아는 빵의 단면에 실처럼 자라난 초록색 곰팡이를 바라보다가 결국 봉지 채로 쓰레기통에 던져 넣고는 아침으로 뭘 먹을지 고민했다. 휴대전화가 울리는 소리를 들었지만 굳이 찾으려 하지 않았다. 지금은 아무와도 이야기하고 싶지 않았으니까. 당장 뭘 좀 먹고 싶었다. 냉장고에는 먹을 게 별로 없었다. 찬장이 텅 비어버린 지는 이미 오래였고, 그 안에 있는 것 중 먹을 수 있는 거라고는 푸실리 한 통뿐이었다. 소스 팬을 꺼낸 미아는 물 1리터와 배배 꼬인 모양의 파스타 두 줌을 집어넣었다. 통에는 12분간 삶으라고 적혀 있었다. *너무 길어*, 미아는 타이머로 10분을 맞췄다.

그녀는 거실로 가서 소파에 털썩 앉아서는 리모컨을 손에 들고 지난주 방송된 프로그램의 재방송이 한창인 채널들을 이리저리 돌려보았다. '수요 정원(Garden Wednesday)', '야생의 1년(Wilderness Year)', '이야기 도시(Spin City)', '국경경비대(Border Guards)'.

지루한 쇼들.

미아는 한숨을 내쉬며 리모컨을 소파 옆에 던져버렸다. 지금 그녀에게 필요한 건 좋은 영화를 방영하는 채널이었다. 하지만 그걸 제대로 보려면 우선 새 TV가 필요했다. 화면이 아주 선명한 TV. 3D 기능을 갖춘 플라즈마나 LCD 같은. 헨리크는 얼마 전 50인치 모델을 새로 샀는데 미아는 부러워 죽을 지경이었다. 그녀의 친구 한 명도 대형 평면TV를 구입했다. 모두들 그런 TV 하나쯤은 갖고 있다. 그녀만 빼고.

창밖의 날씨는 잿빛으로 흐려서 동이 튼 지 몇 시간이 지난 지금도 낮 같지 않았다. 새벽 4시가 되어서야 집에 돌아온 미아는 옷도 안 벗고 그대로 잠이 들었다. 잠에서 깨어났을 때는 손에 쥐고 있던 휴대전화의 배터리가 나가 있었다.

달리 말하면 그녀는 어제 오랜만에 기분 좋은 저녁시간을 보냈다. 어느 서글서글하고 멋진 남자와 대화도 나누었다. 하지만 그녀는 자기 집에 함께 가자는 그의 초대를 거절했고, 지금에 와서야 후회하고 있다. 그의 집에 갔다면 틀림없이 갓 짜낸 주스를 곁들인 제대로 된 아침식사를 대접받았을 텐데. 그러고는 그의 대형 TV 앞에서 둘이 꼭 붙어 누워 있었을 텐데. 왠지 그는 대형 TV를 가지고 있을 것만 같았다. 어쨌든 이렇게 혼자 앉아서 낡은 TV나 보는 것보다야 훨씬 나았을 텐데.

미아는 잉엘스타 쇼핑몰에 가서 새 TV의 가격이나 알아볼까 생각했다.

그녀의 계좌에는 2크로나가 남아 있으니, 적어도 마이너스는 아니다. 사실 TV를 꼭 오늘 살 필요는 없었다. 그냥 가서 어떤 것들이 있는지 보기만 해도 될 터였다.

부엌에서 타이머가 울렸다. 미아는 파스타를 불에서 내렸다. 그냥 보러 가는 거야, 그녀는 생각했다.

그냥 보는 거야.

사지는 말고.

야나 베르셀리우스는 평소보다 오래 샤워를 했다. 뜨거운 물을 맞으니 지난밤부터 지속된 긴장이 다소 풀리는 기분이었다. 잠은 거의 못 잤지만 새벽부터 일어나 15킬로미터를 달렸다. 아주 멀리, 아주 빠르게. 마치 어제 일어난 일로부터 도망치려는 것처럼.

하지만 그럴 수는 없었다. 죽은 남자의 모습이 자꾸만 그녀를 쫓아왔다. 마지막 1킬로미터를 뛰는 동안 너무 빨리 달린 나머지 코피가 나기 시작했다. 바람막이 점퍼 위로 피가 떨어졌지만 그녀는 마지막 수백 미터를 전력 질주했다. 집으로 돌아오니 이상하게도 강해진 기분이 들었고, 결국 턱걸이를 스물세 개나 했다. 전에는 한 번도 성공하지 못한 개수였다.

이제 그녀는 샤워실 안에 서서 토마스 뤼드베리를 떠올렸다. 그는 왜 그 조합을 보고 경악했을까? 무엇 때문에 그렇게 도망치려 했을까? 분명히 뭔가가 그를 공포에 떨게 만들었다.

곧이어 야나는 토마스를 향한 자신의 순간적인 공격을 떠올렸다. 어떻게 그리 냉정하고 본능적으로 반응할 수 있었는지 당황스러울 따름이었다. 그녀의 공격은 아주 적시적소였다. 그녀의 내면으로부터, 마치 연습한 듯. 게다가 때리는 족족 명중했고, 더욱 주목할 점은 그러한 폭력에 그녀의 기분이 좋았다는 사실이었다.

난 누구지? 그녀는 생각했다.

칼 베르셀리우스는 전화기를 손에 든 채 서재 창가에 서 있었다. 화면은 이미 오래 전에 꺼졌다. 상대방의 목소리도 들리지 않았다. 그는 목까지 채워진 흰색 셔츠를 단정하게 다려진 바지 속에 집어넣고 있었고 잿빛의 굵은 머리카락은 깔끔히 빗질되어 있었다.

창밖으로 햇살이 두꺼운 구름층을 뚫고 내리쬐고 있었다. 마치 무대 위 스포트라이트처럼 모든 빛이 한 점에, 새순이 돋은 나무 한 그루에 모여 있었다.

하지만 칼은 해를 못 보았다. 나무도 못 봤다. 그는 눈을 감고 있었다. 천천히 다시 눈을 떴을 때는 빛이 이미 사라지고 없었다. 남은 건 회색뿐이었다.

그는 몸을 움직이려 했지만 그럴 수 없었다. 바닥이 얼음이고 발이 거기에 얼어붙어 버린 것만 같았다. 생각 속에 갇힌 죄수가 된 듯했다. 그는 방금 전 토르스텐 그라나트 검사장과 나눈 대화를 생각하는 중이었다.

"어려운 수사입니다." 토르스텐이 말했고, 그의 차 엔진 소리가 함께 들렸다.

"알고 있네." 칼이 대답했다.

"야나는 해낼 거예요."

"못할 건 뭔가?"

"상황이 변했거든요."

"그래서?"

"그 소년이……."

"그래, 나도 그 애 소식은 읽었네. 그런데?"

"야나가 소년에 관해 말하던가요?"

"걘 나한테 아무 말도 안 해, 알잖나."

"그렇죠."

토르스텐은 그 소년의 시신이 어디서 발견됐는지 상세하게 말했다. 팔의 이상한 각도, 권총, 그 밖에 경찰 보고서에 나와 있는 내용 전부를 설명했다. 그는 30초가량 쉬었다가 걱정스러운 목소리로 말을 이었다. 토르스텐 주위의 소음이 심해진 탓에 칼은 그의 목소리를 듣기 위해 귀를 쫑긋 세웠다.

"이상한 점은 모든 게 그 아이를 가리키고 있다는 겁니다."

칼은 이마를 긁적이며 전화기를 귀에 바짝 갖다 댔다.

"마치 그 애가 총을 쏜 것 같아요. 한스 율렌을 죽인 것도 그 애 같고요."

"자네 생각은 어떤가?"

"저는 아무 생각 없습니다. 그런데 그 소년한테 더욱 주목할 점 은 목에 뭔가 새겨져 있다는 거예요. 이름인데, 무슨 신의 이름이 에요, 죽음의 신."

칼의 심장이 쿵쾅대기 시작했다. 숨 쉬기가 힘들었고, 땅이 흔 들렸다. 토르스텐의 말이 마치 적막한 터널 속의 외침처럼 윙윙거 렸다.

이름.

그것도 목에.

그는 입을 열었지만 자기 목소리를 알아들을 수 없었다. 너무 생경하고, 멀고, 차갑게 들렸기 때문이다.

"목에⋯⋯."

그는 더 이상 말을 하지 않았다. 토르스텐이 뭐라 말하기도 전 에 전화를 끊어버렸다. 이전에는 한 번도 통화 중에 끊은 일이 없 었다. 하지만 이토록 숨 막히는 기분을 느낀 적도 처음이었다.

숨을 쉬어야 해, 그는 생각하며 셔츠 맨 위 단추를 풀었다. 두 번 째 단추를 풀던 그는 마치 셔츠가 몸에 달라붙는 느낌을 받았다. 그가 힘을 너무 세게 준 나머지 단추 하나가 풀려 바닥에 떨어졌 다. 마치 한참 숨을 참고 있던 사람처럼 그제야 숨을 깊이 들이쉬 었다.

그의 머릿속에서 생각들이 요동쳤다. 어떤 목에 대한 기억이 떠올랐다. 밝은 색 피부와 검은 머리카락 사이의 목. 글자들도 보였다. 분홍빛을 띠는 붉은색의 변형된 글자들. 그러나 그건 소년에 대한 기억이 아니었다.

그는 지금 한 소녀에 대한 기억을 떠올리고 있었다.

바로 그의 딸에 대한 기억을.

당시 아홉 살이었던 그 아이는 그를 이만저만 성가시게 하지 않았다. 밤이면 잠을 못 이루고 아침식사 시간이 되면 자신의 꿈(순전히 거짓말에다 병적인 상상의 결과물인 게 틀림없는)에 관해 이야기했다. 딸의 그런 말도 안 되는 상상에 전혀 관여하고 싶지 않았던 칼은 어느 날 인내심의 한계에 도달했다. 그는 딸의 가녀린 양팔을 붙들고는 조용히 하라고 말했다. 딸은 그의 말에 따랐지만, 그런데도 그는 딸의 목덜미를 붙잡고 방안으로 밀어 넣었다. 바로 그때 그의 손에 그 울퉁불퉁한 피부가 만져졌다. 그가 딸의 머리카락을 옆으로 넘기자 글자 세 개가 드러났고, 그는 시간이 지난 지금도 그 광경을 결코 잊을 수 없었다. 그는 침을 꿀꺽 삼켰다. 속이 메스꺼웠다.

바로 지금 이 순간 그렇듯이.

칼은 두 눈을 꼭 감았다.

그는 딸의 흉터를 없애야 한다고 고집했다. 여러 군데의 피부과들과 심지어는 문신 시술소까지 찾아갔지만 다들 없애기 힘들다고만 했다. 다들 어느 정도의 처치가 필요한지 미리 말해줄 수는 없다며 먼저 흉터를 보기를 원했다. 칼은 차마 피부에 이름이 새겨져 있다는 말을 할 수 없었다. 딸의 목을 다른 사람에게 보이기는 더더욱 힘들었다. 사람들이 뭐라고 생각하겠는가?

칼은 다시 눈을 떴다.

그는 결국 그 글자들을 그냥 놔두기로 마음먹었다. 그는 모진 말로 딸에게 그 흉터를 아무에게도 보여주지 말라고 말했고, 마르가레타에게 밴드에이드와 폴로 스웨터를 사오도록 시켰다. 딸의 머리는 늘 길게 유지해야 하고, 올려 묶어서는 안 되었다. 그 이후 그들은 다시는 그 일에 관해 말하지 않았다. 다 끝난 일이었다. 처리된 일. 그게 다였다.

그런데 이제 와서 목에 이름이 새겨진 어떤 소년이 발견되었다.

야나에게 말해야 할까? 한다면 무슨 말을? 그들에게 그 이슈는 이미 수년 전에 처리되었는데. 이미 정리된, 더 이야기할 것도 없는 일. 이제 그건 그녀의 개인적인 일일 뿐 그와는 아무 상관없었다.

칼의 심장이 빠르게 고동쳤다.

손에 든 전화기가 진동했고 토르스텐의 이름이 다시 화면에 떴다. 칼은 받지 않았다.

그냥 전화기를 꼭 쥔 채 벨이 울리도록 내버려뒀다.

닐스 스토르헤드(Nils Storhed)는 작은 개를 품에 안은 채 항구 다리 위 보도에 서 있었다. 그에게 다가가던 헨리크는 타탄체크 베레모와 끈으로 묶는 신발, 짙은 녹색 코트 차림의 닐슨이 꼭 스코틀랜드인 같다고 생각했다.

"꼭 스코틀랜드 사람 같군." 헨리크 옆에서 걸어가던 군나르가 말했다.

"누가 아니래요." 헨리크는 빙긋 웃었다.

항구 다리는 융프루가탄(Jungfrugatan)과 외스트라 프로메나덴(Östra Promenaden)을 물 위로 이어주는 대형 콘크리트 건축물이었다. 다리 위 큰 도로에는 항상 차가 많았는데, 오늘은 토요일을 맞아 나들이 나온 차들이 줄줄이 이어졌다. 자동차 소음과 갈매기 울음소리가 뒤섞여 들렸다.

닐스 스토르헤드는 난간에 기대어 도시의 소란을 뒤로한 채 요트 클럽의 광경을 구경하고 있었다. 그의 앞에는 부두가 있었고, 왼쪽에는 화력발전소가 잿빛 하늘로 높이 솟아 있었다.

그의 품에 안겨 숨을 헐떡이는 작은 개는 한창 털갈이 중이었다. 덕분에 닐스의 코트에는 흰색 털들이 잔뜩 붙어 있었다.

"개가 힘들어서 그럽니까?" 군나르는 소개를 마친 뒤 말했다.

"아니요, 추워서 그럽니다. 발이 차가워지는 걸 싫어하거든요." 닐스가 말했다.

헨리크와 군나르가 뭐라고 대꾸하기도 전에 그는 다시 입을 열었다. "미안하게 됐습니다. 좀 더 일찍 전화했어야 하는데."

"아, 네……." 군나르가 말했다.

"지금이야 알지만 난 그렇게 중요한 일이라고는 생각도 못했소. 그랬지, 아내는 일주일 내내 날더러 전화하라고 잔소리를 해댔는데, 모임에 저녁약속에, 여기저기 다니다보니 오늘 아침에 와서야 정신이 들었지 뭐요. 더 이상은 잔소리를 듣고 싶지 않기도 했고요, 내 말이 무슨 말인지 아시려나." 닐스는 이렇게 말하고는 눈을 찡긋해 보였다.

"네, 그럼……." 군나르가 말했다.

"네, 그래서 전화로 말씀드린 겁니다."

"한스 율렌을 보셨다고요?" 군나르가 말했다.

"봤지요."

"어디서 보셨습니까?" 헨리크가 말했다.

"저기서요."

닐스는 부두를 가리켰다.

"부두에서요? 한스 율렌이 저기 있는 걸 보셨다고요?"

"네, 지난 목요일에 봤으니까 일주일도 더 됐군요."

"그가 확실합니까?" 군나르가 말했다.

"아 그럼요, 확실합니다. 내가 그 부모를 알거든. 그 애 아버지랑 동창이라 만날 그 시절 얘기를 하지요."

"그렇군요. 그럼 목격하신 정확한 장소를 알려주실 수 있을까요?" 군나르가 말했다.

"물론이오. 따라오세요, 제군들."

닐스는 개를 땅에 내려놓고는 코트의 털들을 손으로 털어냈다. 군나르와 헨리크는 닐스를 따라 다리를 건너 부두 주차장을 향해 걸어갔다.

"그 애가 죽었다는 게 믿기지가 않아요. 대체 누가 그런 극악무도한 짓을 할 수 있답니까?" 닐스가 말했다.

"저희도 알아내려고 노력 중입니다." 군나르가 말했다.

"좋습니다. 그래, 나도 조금이나마 도움이 된다면 좋겠구려."

닐스는 느린 걸음으로 주차장을 가로질러 노란색 주건물 앞으로 그들을 인도했다. 건물의 문들은 다 잠겨 있었다.

"한스는 여기서 서성거리고 있었어요. 혼자서 말입니다. 화난 것처럼 보였고요."

"화가 났다?"

"네. 아주 화난 표정이었소. 하지만 이유 없이 서성대는 게 아니라 확실히 어디로 갈지 알고 행동하는 것 같았다오."

군나르와 헨리크는 서로 마주보았다.

"근처에 다른 사람은 없었습니까?"

"네."

"어떤 목소리나 그밖에 다른 소리도 못 들으셨고요?"

"네, 그런 기억은 없소."

"그가 손에 뭘 들고 있지는 않았나요?"

"아뇨, 안 들고 있었을 거요. 아닙니다."

헨리크는 그 주건물을, 불 꺼진 창문들을 올려다보았다.

"몇 시 경이었나요?" 그가 말했다.

"음, 오후 3시 정도였을 거요. 그때 주로 요것을 산책시키니까."

닐스는 자신의 개를 쳐다보며 미소를 지었다.

"그랬어, 안 그랬어, 요 나이든 것? 오 그렇고말고, 우린 그 시간에 산책을 하지, 그치?"

군나르는 양손을 호주머니에 찔러 넣었다.

"그가 차를 여기 주차했었나요?"

"그건 모르겠소."

"사무실 직원을 만나봐야겠어요."

헨리크는 경찰통신센터에 전화를 걸어 당장 노르셰핑 부두의 책임자에게 연락해줄 것을 요청했다.

"그 사이에 한 번 둘러볼까." 군나르는 큰 소리로 중얼거리고는 그들이 서 있는 곳에서 조금 떨어져 있는 대형 창고들을 향해 고갯짓을 했다.

헨리크는 대답 대신 고개를 끄덕였고, 군나르는 닐스에게 협조와 정보제공에 대한 감사 인사를 전했다.

닐스는 모자를 들어보였다.

"도움이 되었다니 기쁘군요. 내가 형사님들을 좀 따라다녀도 별이의 없으시겠죠? 난 이 항구에 관해 아는 게 많다오."

닐스는 말이 끝나기 무섭게 항구의 역사와 과거 부두의 모습에 관해 이야기했다. 걸어가는 동안 그는 표면재, 비바람으로부터 물건들을 보호하는 창고들, 크레인의 신축성 등에 대해 장광설을 늘어놓았다. 그가 철도차량과 그것들이 어떻게 간선과 연결되는지를 막 이야기하기 시작했을 때, 군나르는 정중한 감사 인사로 그의 말을 끊었다.

"한스 율렌이 여기서 걸어왔다고 하셨죠?"

"네, 여기부터 걸어왔소."

닐스는 그들 바로 앞에 있는 건물 안의 넓은 공간을 가리켰다.

"그럼 사무실 건물에 있었던 게 아닐 수도 있군요?"

"모르겠소. 말했다시피 나는 한스를 밖에서 봤지, 저 안에서 본 건 아니니까 말이오."

헨리크의 휴대전화가 울렸다. 경찰통신센터였다. 부두 책임자와 연락이 닿지 않으니 대신 당직에게 연락을 취할지 물었고, 헨리크는 그렇게 해달라고 말했다.

앞장서서 아스팔트가 깔린 구역을 건너가던 군나르는 옆에 있는 창고들을 호기심 어린 눈으로 쳐다보았다.

군나르보다 조금 뒤에 헨리크가 쫓아왔고, 그 뒤로는 닐스가 팽팽히 늘여진 줄에 묶인 채 숨을 헐떡이는 개를 끌고 따라왔다.

군나르는 앞에 있는 헛간을 보고 그쪽으로 걸어가 문을 열고 안을 들여다보았다. 탁자, 접이식 의자들, 커피머신, 찬장들, 바닥에는 낡은 매트가 깔려 있었다. 천장 등은 켜져 있었고 라디오에서 뉴스가 흘러나왔다.

아직 부두에 서 있던 헨리크는 주위를 둘러보았다. 저 멀리, 두 대의 높다란 갠트리 크레인(컨테이너를 선박에 싣고 내리는 작업을 하는 대형 크레인-옮긴이) 옆으로 컨테이너 장치장에 정렬된 컨테이너들이 보였다.

"저렇게 철로 된 것들이 세계 곳곳으로 운송된다니, 믿어져요?" 그새 헨리크를 따라잡은 닐스가 말했다.

"당신이 원하는 건 무엇이든 운반해 준다오. 철, 자갈, 쓰레기, 장난감……."

헛간 문을 닫은 군나르는 창고로 통하는 슬라이딩 문이 열려 있는 걸 보았다. 헨리크의 주의를 끌려고 손짓했지만 헨리크는 닐스에게 집중하느라 그를 쳐다보지 않았다. 닐스는 아직도 컨테이너의 내용물에 관해 읊고 있었다. "기계, 목재, 자동차, 의류……."

군나르는 문을 열고 안으로 들어가 넓은 공간을 훑어보았다. 천장에는 형광등이 달려 있었고, 벽들은 마치 갑옷을 입은 듯 철제 수납용 선반들로 뒤덮여 있었으며, 뒷벽에는 벽장이 쭉 늘어서 있었다. 한쪽에는 지게차와 트럭들이 서 있는 모습이 보였고, 바닥에는… 한 남자가 쓰러져 있었다.

헨리크는 도무지 말을 그칠 줄 모르는 닐스와 함께 여전히 부두에 서 있었다.

때마침 기도가 응답을 받듯 헨리크의 전화가 울리기 시작했다. 비상 전화번호를 알아냈으니 전화를 연결하겠다는 통신센터의 전화였다. 누군가 전화를 받기를 기다리는 동안, 헨리크는 닐스에게 양해를 구한 뒤 군나르가 조금 전 서 있던 곳으로 걸어갔다.

먼저 헛간 안을 들여다봤지만 군나르는 거기 없었다. 그런데 갑자기 그의 고함 소리가 들렸다. "헨리크! 이리 와!"

헨리크는 군나르의 목소리가 들려오는 창고를 향해 달려갔다. 군나르는 어느 남자의 몸을 굽어보고 있었다.

죽은 몸을.

"과학수사대에 연락해!"

헨리크는 당장 통신센터 번호를 눌렀다.

야나 베르셀리우스는 다시 깨끗해진 기분이 들었다.

커피 한 잔을 타고, 오트밀을 섞고, 오렌지를 짜서 주스를 만들었다. 아침을 먹는 데 15분이 걸렸다. 조간신문을 별 관심 없이 넘겨보고는 서재로 들어간 그녀는 컴퓨터 전원을 켠 뒤 비밀 창고의 문을 열었다. 토마스 뤼드베리의 전화기와 SIM카드는 상자에 숨겨둔 상태였다. 둘 다 당장 없애야 한다는 사실은 알고 있었다. 그 상자 안에는 토마스의 휴대전화에서 찾은 전화번호를 전부 적어둔 티켓도 들어 있었다. 그녀는 그 티켓을 꺼내와 컴퓨터 앞에 앉았다.

야나는 재빠른 손놀림으로 검색 사이트에 첫 번째 번호를 입력했다. 예비 부품을 판매하는 업체의 전화번호였다.

두 번째 번호를 검색하니 어떤 음식점 정보가 나왔다. 그 다음 두 개는 어느 개인의 번호와, 노르셰핑 부두의 조사관 번호였다. 야나는 토마스가 전화를 걸었던 번호들을 전부 확인해봤지만 눈에 띄는 점은 없었다.

그녀는 주차 티켓을 만지작거리며 'Del.Tues.1.'이라는 발신 메시지가 무엇의 줄임말인지 고민해보았다.

뭔가 숨기고 싶은 게 있을 때 사람들은 그렇게 알아보기 힘들게 쓰고는 한다.

그 메시지는 4월 4일에 보낸 것이었고 아마도 '화요일 배달 1(Delivery Tuesday 1)'을 의미할 테지. 그럼 1은 뭘까? 수량? 아니면 날짜?

야나는 컴퓨터 화면의 오른쪽 아래를 흘긋 내려다보았다. 오늘은 4월 21일이었다. 5월 1일까지 열흘이 남은 시점. 그 메시지를 수신한 전화번호를 검색 사이트에 입력했다. 그러자 1초도 안 되어 답을 얻을 수 있었고 그녀는 그 결과에 놀라고 말았다. 이게 정말 사실이란 말인가?

그녀는 그 이름을 다시 한 번 읽었다.

이민국.

27장

　그들은 밴 뒷좌석에 조용히 앉아 있었다. 차는 마구 흔들렸고 비좁은 공간은 매우 소란스러웠다. 소녀는 갑작스러운 흔들림에 대비해 정신을 바짝 차리고 있었다.

　하데스는 결연한 표정을 한 채 소녀 옆에 앉아 있었다. 정면의 한 점을 뚫어져라 쳐다보며. 마침내 밴이 멈춰 섰을 때, 소녀는 잠들어 있었다. 운전수가 그들에게 서두르라고 말했다. 시간을 허비하지 말고 미션만 성공하면 바로 돌아오라고.

　여자는 그들 맞은편에 앉아 목걸이를 만지작거리고 있었다. 얇은 금줄에 걸린 자그마한 펜던트에는 글씨가 새겨져 있었다. 소녀는 그 목걸이에서 눈을 뗄 수 없었다. 여자는 반짝이는 펜던트를 손가락 사이에서 빙글빙글 돌리고, 쓰다듬고, 계속 만지작거렸다. 소녀는 거기 새겨진 글자를 읽어보려 했지만 여자의 손가락 때문에 잘 보이지 않았다. M…A…M…

　밴이 덜컹이며 완전히 멈춰 섰다. 바로 그 순간 마지막 글자를 읽게 된 소녀는 머릿속으로 읽은 글자들을 조합해보았다. Mama(엄마).

　여자는 화난 표정으로 소녀를 쳐다보았다. 여자는 아무 말도 하지 않지만 소녀는 이제 시간이 되었음을 알고 있었다.

　이제 그들은 밴을 떠나야 했다.

　미션을 수행하기 위해.

　　　　　　　　　　　　　　　　　　　Marked for Life

경찰이 현장에 쳐놓은 테이프가 바람에 흔들렸다. 부두 출입이 통제되었고, 테이프 안쪽에서 무슨 일인지 궁금해 하는 사람들이 여럿 모여 있었다.

아넬리 린드그렌은 쌀쌀한 홀 안에서 꼼꼼하게 일을 해나갔다. 군나르 외른은 그녀 말고도 과학수사 전문가 두 명을 더 불렀는데 (그중 한 명은 린셰핑에서 왔다), 그들은 지금 죽은 남자 곁에 앉아 있다. 벌써 두 시간째 시신에만 집중하고 있었다.

군나르와 헨리크는 밖에서 오들오들 떨고 있었다. 목격자와 잠시 만날 거라서 모자 하나 쓰지 않고 나왔기 때문이다. 하지만 죽은 남자를 발견하는 바람에 부두에서의 임무는 완전히 바뀌고 말았다.

"다 됐어요!" 아넬리가 큰 소리로 말하며 들어오라고 손짓했다. "이 남자는 여기서 죽은 것 같아요. 목과 머리를 세게 맞았어요. 여기부터는 비외른 알만 선생님께 맡기죠."

그녀는 장갑을 벗으며 군나르를 똑바로 쳐다보았다.

"세 번째네요." 그녀가 말했다.

"알아, 안다고. 그 셋이 무슨 연관이 있는 것 같아? 유사점이라도 있어?" 그가 말했다.

"연관 있을 수도 있겠지만 사망의 종류로 보면 유사점은 없어요. 한스 율렌과 소년은 둘 다 총에 맞았지만 각기 다른 총이었고, 이 남자는 맞아 죽었어요. 머리를 아주 세게 맞았죠. 목 주위에 멍 자국도 있어요."

"그건 소년도 마찬가지였잖아."

"맞아요, 하지만 그 밖에는 유사점이 전혀 없어요. 안타깝지만." 아넬리는 카메라를 꺼냈다.

"난 이 주변 사진을 좀 찍어야겠어요." 그녀가 말했다.

헨리크는 고개를 끄덕이며 바닥에 누워 있는 남자를 바라보았다.

"예순 살쯤 되어 보이네요." 그가 군나르에게 말했다.

"책임자한테 와서 신원을 확인해달라고 했어." 군나르가 말했다.

"지금요?" 헨리크가 말했다.

"4시에. 그 이후에는 브리핑을 할 거고. 올라한테 먼저 연락해야겠군. 미아에게도. 미아는 도통 연락이 안 돼."

헨리크의 어깨가 축 쳐졌다.

남은 토요일도 엉망이 되어버렸다.

가격은 1만2천9백90크로나였다. 무이자할부. 처음 6개월은 공짜. 완벽했다.

미아 볼란데르는 영수증을 접으며 점원에게 미소를 지어보이고는, 자신의 50인치 3D TV를 조심스럽게 들고 나왔다. TV 가격에는 디지털TV 패키지까지 포함되어 있었다. 그것만 해도 한 달에 99크로나인데, 계약기간인 24개월 동안 무료였다. 살 수밖에 없

Marked for Life

는 조건 아닌가! 이제 마침내 그녀도 최신식 평면 화면과 많은 영화채널을 갖게 되었다. TV 상자는 그녀의 와인색 피아트 푼토의 트렁크에 겨우 들어갔고, 문은 열어두어야 했다. 집으로 가는 길에 그녀는 TV를 산 기념으로 저녁에 친구나 몇 명 부를까 생각했다. 장소를 제공해주면 술과 음식은 사오라고 해도 되지 않을까 싶었다. 그녀는 휴대전화를 찾아 주머니를 더듬거렸지만 주머니는 비어 있었다. 다른 쪽도 마찬가지였다.

집에 돌아온 그녀는 침대 위 베개 밑에서 배터리가 다 된 휴대전화를 발견해 충전기를 꽂았다. 그런데 친구에게 전화를 걸기도 전에 그녀의 손에서 전화기가 진동했다.

군나르 외른이었다.

"미아도 곧 올 겁니다." 군나르는 회의실 탁자에 둘러앉은 몇 안되는 사람들에게 말했다.

헨리크는 심각한 표정이었다. 또 다른 살인에 충격을 받은 게 분명했다. 아넬리 린드그렌 역시 그 일로 피곤해보였다.

그러나 올라 쇠데르스트룀의 눈동자는 초롱초롱했고, 탁자를 박자에 맞춰 두드릴 정도로 상기된 모습이었다.

오직 야나 베르셀리우스만 평소와 다름없는 태도였다. 메모장과 펜을 준비해 놓고 앉은 그녀의 긴 머리는 여느 때처럼 단정하게 드라이되어 있었다.

군나르는 우선 인사한 뒤 토요일 늦은 호출을 사과했다.

"미아가 오고 있지만 우리끼리 우선 시작합시다. 오늘 모인 이유는 오늘 아침 8시 30분에 부두에서 살해당한 채 발견된 토마스 뤼드베리 때문입니다."

그는 잠시 말을 멈췄다. 질문은 없었다.

"이번 주에만 세 번째 사망자가 나왔습니다."

군나르는 피해자 세 명의 사진이 붙어 있는 화이트보드로 걸어가 그중 하나를 가리켰다.

"여기 한스 율렌은 4월 15일 일요일 저녁 자기 집에서 총을 맞았습니다. 침입 흔적도, 목격자도 없죠. 하지만 감시 카메라에서 우리는 이 소년을 찾았습니다."

군나르는 감시 카메라 영상을 캡처, 확대한 사진으로 손가락을 옮겼다.

"…소년은 4월 18일 수요일 아침 비드비켄에서 죽은 채로 발견되었습니다. 역시 총에 맞았지만 이번에는 다른 총입니다. 그런데 모든 상황이 소년을 한스 율렌을 쏜 범인으로 몰아가고 있습니다. 왜일까요? 그 이유는 아직 모릅니다."

군나르는 세 번째 사진을 손으로 가리켰다. "그리고 오늘 토마스 뤼드베리의 시신을 발견했습니다. 부두 직원이 신원을 확인해줬어요. 61세, 기혼, 이미 독립한 두 자녀가 있습니다. 평생 부두에서 일했고 스베르팅에(Svärtinge)에 거주했습니다. 젊을 때는 꽤나 다혈질이었는지, 폭행 및 협박으로 유죄 선고를 받은 적이 있습니다. 지난 몇 년간은 멀쩡하게 지냈고요. 과학수사팀은 그가 구타당해 사망했으며 시신이 그 창고에 있은 지 얼마 안 됐다고 했습니다. 그러니까 어제 오후나 밤쯤 살해당한 걸로 보입니다."

"그렇지만 이번 살인이 다른 두 건과 연관 있다는 건 어떻게 압니까?" 올라가 큰 소리로 물었다.

"아직 몰라." 군나르가 말했다. "지금 우리가 아는 건 거의 없네. 하지만 이 사건도 우리한테 떨어졌잖아. 게다가 한스 율렌도 살해 당하기 며칠 전 부두에 갔었다는 사실이 하나의 연결고리로 작용할 수 있겠지."

군나르는 심각한 표정으로 팀원들을 쳐다보았다.

"좋게 말하면, 우린 할 일이 아주 많습니다. 소년의 신원은 아직도 밝혀지지 않았고 아무도 그 아이의 실종 신고를 하지 않았소. 이민국에 망명 신청자들의 거처와 학교들을 확인해달라고 요청했지만 아무도 그 아이를 모른다 하고, 실종된 사람도 없고요. 이제는 인터폴에 연락하는 수밖에 없습니다."

아넬리는 천천히 고개를 끄덕이며 입을 열었다.

"군나르 과장 말대로 현재로는 이 세 건의 살인 간에 유사점은 없습니다. 사망의 원인이나 종류도 모두 다르고요." 그녀가 말했다.

"그럼 범인이 한 명이 아니라는 겁니까?" 헨리크가 말했다.

"네."

"한스 율렌을 살해한 게 그 소년이 맞다 해도, 아직 한 명 이상의 범인을 더 잡아야 합니다. 서둘러야 해요." 군나르가 말했다.

야나는 침을 삼키며 눈을 내리깔았다.

"하지만 문제는 한스 율렌이 살해당한 이유는 그 협박편지와, 유세프 아브람이 알려준 정보와 관계있다는 점입니다." 군나르가 말했다. "유세프와 그 타나토스라는 이름을 몸에 새기고 있는 소년과 아는 사이라면 어떤 관계일까요?"

"그 소년이 유세프의 명령에 따라 살인을 저질렀을 수도 있다는 말입니까?" 헨리크가 말했다.

"하나의 가설이지. 그렇지만 소년과 피해자인 토마스 뤼드베리가 마약 조직에 가담했을 수도 있잖아. 마약과 관련된 관계는 약하긴 하지만, 어쨌든 관계가 있긴 하니까."

"부두에서 정말 마약을 찾아내긴 했어요. 수납장 아래 선반에 흰색 가루 다섯 봉지가 있었어요." 아넬리가 말했다. "전부 마약거래와 관련 있을 가능성은 충분합니다."

"헤로인인가요?" 올라가 말했다.

"예상으로는 그래. 분석을 맡겨뒀네." 군나르가 말했다.

"그 소년도 헤로인에 중독되어 있었잖아요?" 올라가 말했다.

"그럼 한스 율렌은 이 일에서 어떤 역할이었을까요? 그도 마약을 팔았을까요?" 아넬리가 말했다.

팀원들이 웅성거렸다.

"자, 좋아요." 군나르가 끼어들었다. "여기 모인 사람들 중 대다수가 요 며칠 길고 힘든 날들을 보냈겠지만, 할 일은 아직 많이 남아 있어요. 난 수년간 여러분과 함께 일해 왔고 여러분의 역량을 잘 압니다. 여러분이 피해자들 간의 관계를 알아냈으면 합니다. 일례로 한스 율렌과 토마스 뤼드베리는 무슨 사이였을까요? 동향? 학교 선후배 사이? 친척, 친구, 그 밖의 모든 걸 비교 확인하세요."

군나르는 화이트보드에 '관계'라고 적었다.

"또 시내의 모든 헤로인 중독자들을 조사해봐야 합니다. 아는 사람들에게 전부 연락하세요. 거물급이건 아니건 간에 딜러, 정보원, 중독자들 전부."

그는 다시 '헤로인'이라고 적었다.

"올라, 토마스 뤼드베리의 휴대전화 번호야."

군나르는 종이 한 장을 올라에게 내밀었다.

"송수신된 통화목록을 볼 수 있게 해줘. 그가 컴퓨터를 가지고 있었는지도 알아보고, 있다면 그것도 가져와서 확인해."

군나르는 화이트보드에 '통화목록'이라고 적은 뒤 밑줄을 그었다. 순간 야나는 얼어붙었다. 집에 놔둔 토마스의 휴대전화가 생각난 것이다. "현장에서 뭐 찾은 건 없나요?" 야나는 애써 활기차게 말했다.

"헤로인 말고는 없어요." 아넬리가 대답했다.

"그 밖에 다른 건요?"

"없어요. 바퀴 자국이나 지문도 없었습니다."

"감시 카메라는요?"

"하나도 없었어요."

야나는 남몰래 안도의 한숨을 내쉬었다.

"마약수사과에서 그 헤로인을 분석하면 판매자가 누구인지 추적할 수 있을 겁니다. 헨리크, 자네가 맡아주겠나?" 군나르가 말했다.

"그럼요." 헨리크가 말했다.

"좋아."

30분 동안 계속된 미팅이 끝나자, 야나는 다이어리를 꺼내 사람들이 회의실을 나갈 때까지 그걸 넘겨보는 척했다. 마침내 혼자 남은 그녀는 화이트보드로 걸어가 피해자들의 사진을 유심히 들여다보았다. 그녀의 눈빛이 소년의 사진에 고정되었다. 소년의 목은 푸르스름했다. 심한 폭행의 흔적이었다.

야나는 본능적으로 자신의 목에 손을 갖다 댔다. 마치 그곳에 강한 압박이 느껴지는 것처럼… 그 흉터에 대해 잘 알고 있기라도 한 것처럼.

"뭣 좀 알아냈어요?"

올라 쇠데르스트룀의 목소리에 야나는 화들짝 놀랐다.

열려 있던 문으로 들어온 그는 탁자 쪽으로 걸어왔다.

"공책을 깜빡해서요." 그는 탁자 가운데에 놓여 있던 종이 뭉치로 손을 뻗었다. 그는 곧 야나의 곁으로 다가왔다.

"갑자기 공황상태가 된 느낌이에요."

그는 사진들을 가리켰다. "아직 진전이 거의 없다는 게 말이에요. 마약 쪽으로 몰고 가는 게 꼭 지푸라기 잡는 것 같기도 하고."

야나는 고개를 끄덕였다.

올라는 공책을 내려다보았다.

"게다가 이 글자와 숫자들은" 그가 말했다. "제 머리로는 도저히 알 수 없어요!"

야나는 아무 대답도 하지 않았다. 그저 마른 침만 삼킬 뿐.

"검사님은 이것들이 뭘 의미하는지 짚이는 거 있나요?"

그는 조합들이 적힌 공책을 야나 앞에 내밀었다.

야나는 그것을 힐끗 쳐다보다가 눈을 가늘게 뜨고 생각하는 척했다. "아니요." 그녀는 거짓말을 했다.

"하지만 분명 무슨 의미가 있을 거예요." 올라가 말했다.

"내 생각도 그래요."

"용도가 있을 거라고요."

"그래요."

Marked for Life

"하지만 저는 도통 모르겠어요."

"나도요."

"아니면 제가 잘못 해석하는 걸 수도 있고요."

"어쩌면요."

"답답하네요."

"정말 그러네요."

야나는 탁자로 걸어가 서류가방과 다이어리를 집어 들고는 문 쪽으로 몇 발짝 걸어갔다.

"검사라서 좋으시겠어요. 이런 수수께끼도 피해갈 수 있고." 올라가 말했다.

"또 봐요." 그녀는 얼른 회의실을 빠져나왔다.

복도로 나온 그녀는 거의 뛰다시피 했다. 최대한 빨리 경찰청 건물에서 벗어나고 싶었다. 올라에게 한 거짓말 때문에 마음이 너무 불편했지만 어쩔 수 없었다.

엘리베이터를 타고 주차장으로 내려온 야나는 콘크리트 바닥을 재빨리 가로질러 주차된 곳으로 갔다. 막 운전석에 앉았을 때 전화 벨이 울렸다. 부모님 집 전화번호가 뜬 걸 보고는 그냥 무시하려 했지만, 여섯 번째 벨이 울렸을 때 결국 전화기를 귀에 갖다 댔다.

"저예요." 그녀가 대답했다.

"야나, 어떻게 지내니?"

마르가레타 베르셀리우스의 목소리는 약간 불편하게 들렸다.

"잘 지내요, 엄마."

야나는 시동을 켰다.

"다음 주 저녁식사 때 올 거지?"

"네."

"7시야."

"알아요."

야나는 사이드미러를 보며 후진으로 차를 빼기 시작했다.

"구이 요리를 할 거야."

"맛있겠네요."

"아버지가 좋아하시잖니."

"네."

"아버지가 할 얘기가 있다고 하시는구나."

야나는 깜짝 놀랐다. 흔치 않은 일이었다. 차를 멈춘 그녀는 수화기 맞은편에서 아버지가 목을 가다듬는 소리를 들었다.

"그래, 진전은 있고?" 아버지가 말했다. 깊고 어두운 목소리.

"포괄적인 수사라서요." 야나가 말했다.

아버지는 말없이 가만히 있었다.

야나 역시 아무 말도 하지 않았다. 불안한 마음에 두 눈이 동그래졌다. 이 사건의 어떤 점이 아버지의 주의를 끌었을까.

"그래, 그럼." 아버지가 마침내 말했다.

"그래요, 그럼." 야나는 천천히 그의 말을 되풀이했다.

통화를 마친 야나는 턱으로 전화기를 누르고는 아버지가 무슨 말을 하려던 건지 생각해보았다. 그녀가 일을 제대로 못하고 있다고? 영리하지 못하다고? 그러다간 실패할 거라고?

야나는 한숨을 내쉬며 전화기를 조수석에 내려놓았다. 그녀는 작은 와인색 차가 주차장으로 들어와 그녀의 차 뒤에 선 것을 보지 못한 채 후진했고, 이내 끽 하는 타이어 소리와 경적을 길게 누르는 소리가 들렸다. 차문에 달린 버튼을 눌러 창문을 내리고 뒤를 보니, 미아 볼란데르가 자신의 피아트 운전석에 앉아 있었다.

미아는 식식대며 손잡이를 돌려 창문을 내렸다.

"그런 차 안에 앉아 있으면 눈에 뵈는 게 없나보죠?" 그녀는 여전히 식식대며 말했다.

"웬걸요, 아주 잘 보이는데요." 야나가 말했다.

"그런데 날 못 봤어요?"

"봤는데요." 야나는 거짓말을 하고는 혼자 웃었다.

미아의 얼굴이 어두워졌다.

"좀 더 속도를 내지 그랬어요? 그럼 내 차에 콱 박았을 텐데?"

야나는 아무 대답도 하지 않았다.

"꽤나 좋은 차를 타시네요. 업무용 차량인가 봐요?"

"아니요. 내 차예요."

"돈을 엄청 버나 봐요?"

"다른 검사들만큼은."

"분명 많이 벌겠네요."

"차는 내 봉급과는 상관없어요. 선물 받은 걸 수도 있잖아요?"

미아는 큰 소리로 웃었다. "아 네, 어련하시겠어요?"

"그건 그렇고" 야나가 말했다. "너무 늦었네요? 미팅은 벌써 끝났는데."

미아는 이를 악물었다. 그러고는 큰 소리로 욕설을 내뱉으며 가속페달을 세게 밟았고, 그녀의 차는 다시 끽 소리를 내며 빠른 속도로 주차장을 벗어났다.

29장

그들이 창문을 넘어 들어갔을 때 남자는 누워서 자고 있었다. 하데스가 앞장섰고 소녀는 그 뒤를 따랐다. 그들의 움직임은 민첩하면서도 조용했다. 마치 그림자처럼. 그간 배운 그대로였다. 그들은 각자 널찍한 침대 양쪽으로 가서 그 위로 기어올랐다. 무슨 소리가 들리지는 않는지 귀를 기울였지만, 한밤중의 적막만 감돌았다.

소녀는 등 뒤에 묶어둔 칼을 조심스럽게 풀어 손에 꼭 쥐었다. 떨리지도, 망설이지도 않았다. 소녀는 하데스를 쳐다보았다. 그의 동공이 커지고 콧구멍도 넓어졌다. 준비가 끝난 것이다. 하데스의 신호를 확인한 소녀는 재빨리 앞으로 걸어가 침대 위로 올라가서는 남자의 목을 완벽하게 그어버렸다. 남자는 움찔하더니 무슨 소리를 냈고, 숨이 막히는 듯 연신 헐떡였다.

하데스는 가만히 서서 남자의 경련을 지켜보았다. 남자가 산 채로 두려움과 공포를 잠시 느끼도록 놔두었다. 남자는 소리를 지르려는 듯 입을 벌렸고 눈을 동그랗게 떴다. 도움을 구하는 필사적인 시도로 한 손을 뻗기도 했다.

그러나 하데스는 히죽거릴 뿐이었다. 그러더니 총을 들어 탄창에 있는 총알이 다 없어질 때까지 남자에게 쏘아댔다. 그래선 안 되었다. 그런 명령은 없었으니까. 그는 그저 망을 보고, 소녀를 보호하기만 해야 했다. 하지만 총을 쏜 이상 이미 엎질러진 물이었다.

Marked for Life

소녀는 자신과 하데스 사이에 죽은 채 누워 있는 남자를 쳐다보았다. 핏자국이 흰색 시트 위로 점점 번져나갔다. 그의 목 위 베인 곳에서, 가슴과 배와 이마에 난 구멍에서 피가 나고 있었다.

하데스는 음침한 눈빛으로 숨을 힘겹게 몰아쉬었다.

소녀는 그의 행동이 잘못되었음을, 그가 규칙을 어겼음을 알았지만 그래도 그를 향해 미소를 지어보였다. 기분이 좋았기 때문이다. 어둑어둑한 침실에 서서 서로를 바라보고 있는 이 순간, 그들은 뭔가 큰일에 가담했다는 쾌감에 도취되었다. 이제 그들은 그토록 오랫동안 훈련받은 대로, 도구의 역할을 해낸 터였다.

마침내.

함께 창문을 넘어 침실을 빠져나온 그들은 밴으로 돌아갔다. 여자가 기다리고 있었다. 그녀의 얼굴은 여전히 무표정했고, 전혀 자랑스러워하지도 않았다. 그녀는 난폭하게 그들을 밴 뒤쪽의 빈 공간으로 밀어넣었고, 소녀는 곧장 바닥에 털썩 주저앉았다. 하데스도 마찬가지였다. 그는 소녀 바로 맞은편에 다리를 쭉 뻗고 앉아 천장을 응시했다.

여자는 문을 닫은 뒤 운전석의 남자에게 당장 출발하라고 명령했다.

소녀는 몸을 앞으로 숙이고는 등 뒤의 칼집에서 피 묻은 칼을 꺼냈다. 다리를 턱으로 끌어당긴 뒤 칼날을 자세히 들여다보았다. 검지로 그 반짝이는 칼날에 묻은 빨간 얼룩을 문질러보았다. 소녀는 결국 해냈다. 첫 임무를 완수해낸 것이다. 이제 그들은 돌아갈 터였다. 집으로.

그리고 흰색 가루를 상으로 받을 것이다.

30장

헨리크 레빈과 미아 볼란데르는 저녁을 간단히 때우려고 피자 가게 앞에 차를 댔다. 야근이 불가피하다는 건 둘 다 이미 알고 있었다. 헨리크는 샐러드를, 미아는 칼조네를 주문했다.

"그럼 그게 앙갚음일 수도 있다고요?" 미아가 말했다.

"그래." 헨리크가 말했다. "어쨌든 작년에만 해도 클링아(Klinga) 지역에서 있었던 패싸움에서 두 명이 총상을 입었어. 어느 모로 보나 시내의 마약 독점을 둘러싼 싸움이었지."

"하지만 한스 율렌이 그거랑 무슨 상관이죠? 그가 무슨 폭력조직의 우두머리라도 되는 것처럼 보여요?" 미아가 말했다. 그녀는 헨리크가 대답할 시간도 주지 않은 채 말을 이었다. "내 생각에는 오히려 청부 살인에 가까워요. 율렌을 없애고 싶어 했던 누군가가 그 소년을 시켜서 살인을 저지른 거라고요."

미아는 칼조네를 크게 한 입 베어 물었다.

"난 아직도 율렌이 그 어린 소년한테 살해당했다는 게 납득이 안 돼." 헨리크가 말했다.

"그럼 뭐가 납득이 되는데요? 모든 게 그 아이가 율렌을 죽였다고 말하고 있어요. 하나도 빠짐없이 전부 다요." 미아가 말했다. "어떤 점에서는 폭력배들이 앙갚음을 위해 시킨 거라고 설명할 수 있겠지만, 아무튼 살인을 직접 저지른 건 그 아이에요."

그녀는 헨리크를 쳐다보았다.

"넌 머리가 어떻게 된 게 분명해. 아이가 살인을 하다니… 그건 정말……." 헨리크는 말을 잇지 못했다.

미아는 그를 쳐다보았다. "하지만 실제로 일어나는 일인걸요. 괜찮다면 내 칼조네를 마저 먹을게요."

헨리크는 식탁 위로 몸을 숙였다. "내 말은, 어떻게 어린아이가 사람을 죽일 수 있다는 생각을 할 수 있냐고? 대체 누가 아이들을 살인자로 내몰아?"

"좋은 질문이네요." 미아가 말했다.

그들은 잠시 말없이 먹기만 했다.

"어쩌면 다 그냥 우연인지도 몰라. 이 사건들은 아무 관련이 없을 수도 있어." 헨리크는 이렇게 말한 뒤 냅킨으로 입을 닦았다.

"그만둬요, 알았죠?" 미아는 고개를 절레절레 흔들고는 마지막 남은 칼조네를 입에 넣은 뒤 접시를 한쪽으로 밀었다. "갈까요?" 그녀가 말했다.

"응. 계산하고."

"아 맞다, 제길. 깜빡하고 지갑을 집에 놓고 왔지 뭐예요. 내 것도 좀 내줄 수 있죠?" 미아는 환심을 사려는 듯 과장된 미소를 지으며 말했다.

"그럼." 헨리크는 대답하고는 자리에서 일어났다.

토요일 밤 10시, 군나르는 기력이 모두 소진된 상태였다. 사무실에 앉아 있던 그는 그 살인사건들을, 그 망할 수사를 생각했다. 여러 동기들을 아무리 고려해도, 모든 걸 하나로 끼워 맞출 수 없었다. 한스 율렌, 신원미상 소년 그리고 토마스 뤼드베리. 협박 편지, 삭제된 문서들과 숫자, 글자 조합. 헤로인. 소년의 목에 새겨진 글자.

한숨이 절로 나왔다.

부두 인근 집들을 일일이 방문하다가, 금요일 오후 5시경 주차장에서 어두운 색 차 한 대를 봤다는 목격자가 나왔다.

그는 처음에는 그 차가 검은색 BMW 중에서도 큰 모델이었던 것 같다고 말했다. 이에 군나르는 즉시 시내의 BMW X 시리즈 전 모델을 확인하기 시작했다. 그러나 목격자가 갑자기 마음을 바꿔 벤츠나 랜드로버였을 수도 있다고 하는 바람에 군나르는 확인 작업을 멈췄다. 얼마 후 목격자는 차 색깔이 어둡지 않았던 것 같다고 또 말을 바꿨고, 결국 군나르는 그 정보를 완전히 배제시켰다.

이후 군나르는 헨리크에게 전화를 걸었다. 헨리크는 시내의 헤로인 중독자들을 만나봤지만 아무 소득이 없었다는 말뿐이었다. 토마스 뤼드베리의 아내와 나눈 대화에서도 수사에 도움이 될 만한 내용은 없었다.

군나르에게는 아직 회신하지 못한 이메일 42통과 휴대전화 메시지 9개가 와 있었다. 전부 수사에 관해 묻는(그리고 '바로' '지금' 답을 기다리는) 기자들에게 온 것들이다.

그들에게 해줄 말이 없었던 군나르는 오는 연락을 다 무시했다. 사실 그는 집으로 돌아갈 생각이었다. 소파에서 몸을 쭉 뻗고 시원한 맥주나 한잔하고 싶었다. 게다가 누가 함께 있다면 더더욱.

의자에서 일어난 그는 사무실 불을 끄고 엘리베이터로 향했다. 아넬리에게 전화를 해볼까. 1층으로 내려가 엘리베이터 문이 열렸을 때까지 그는 휴대폰을 손에 쥔 채 서 있었다. 아넬리가 오해할 수도 있었다. 그가 둘의 관계를 다시 시작하고 싶어 한다고. 안 돼, 안 돼, 안 돼. 전화하지 않을 것이다.

군나르는 휴대전화를 주머니에 집어넣고 3층 버튼을 눌러 사무실로 되돌아갔다. 집에 가봤자 뾰족한 수가 있는 것도 아니고, 그냥 계속 일해도 나쁠 건 없었다.

복도를 걸어 사무실로 들어온 그는 불을 켜고 앉아 도움을 청하는 편지를 쓰기 시작했다.

수신자는 유로폴(Europol, 유럽 형사 경찰 기구―옮긴이)이었다.

31장

4월 22일, 일요일

야나 베르셀리우스는 오른손을 꽉 쥐고 똑바로 누운 채 잠에서 깨어났다. 그녀는 쥐었던 손을 펴며 두 눈을 감고 긴장을 풀려고 애썼다. 지난밤 꿈은 뭔가 달랐다. 전에는 한 번도 본 적 없는 장면이 있었기 때문이다. 그러나 그게 무엇이었는지 딱 꼬집어 말할 수 없었다.

야나는 힘겹게 침대에서 나와 화장실로 향했다. 일어서자마자 온몸이 떨리는 느낌이 들었다.

밖에서는 요란한 바람소리와 창문을 때리는 빗소리가 들렸다. 야나는 지금이 몇 시인지 궁금했다. 날이 어두워서 아직 밤인지 아니면 이른 아침인지 구분할 수 없다.

침실로 돌아온 야나는 침대에 걸터앉았다. 여느 때와 마찬가지로 이불은 바닥에 아무렇게나 쌓여 있었다. 그녀는 이불을 주우려 몸을 굽히며, 꿈속에 새롭게 나타난 게 뭐였는지 기억하려 애썼다.

누워서 눈을 감으니 곧 그 장면들이 다시 떠올랐다. 그 얼굴, 흉터 난 얼굴과 그녀에게 고함치는 목소리. 그 남자는 그녀를 꽉 붙들더니 때리고, 발로 차고, 또다시 소리를 질렀다. 그가 그녀의 목을 꽉 쥐는 바람에 그녀는 숨을 쉴 수 없었다. 그의 손아귀에서 벗

Marked for Life

어나려고, 숨을 쉬려고 발버둥 쳤다. 살기 위해. 그러나 그는 비웃을 뿐이었다. 그녀는 포기하지 않았다. 단 하나만 생각했다. 포기하지 말자. 눈앞이 깜깜해지려던 찰나, 전에는 없었던 뭔가를 보았다.

목걸이.

반짝반짝 빛나는 목걸이가 그녀 옆에 놓여 있었다. 그녀는 손을 뻗어 그것을 잡았다. 뭔가 적혀 있었다. 'Mama(엄마).' 다음 순간 모든 게 까매졌다.

야나는 일어나 앉아서 곧장 협탁 선반에 있는 공책들을 꺼냈다. 그것을 침대 위에 쫙 펼쳐놓고 한 권씩 넘기며 목걸이에 관한 글이나 그림을 찾아보았지만 아무것도 찾을 수 없었다. 결국 그녀는 한참동안 하지 않았던 일을 해야 했다.

빈 페이지를 찾아 공책을 넘긴 그녀는 펜을 들어 그림을 그리기 시작했다.

헨리크 레빈은 밤 시간의 대부분을 자지 않고 누워서 수사를 생각하는 데 보냈다. 6시가 되자 그는 일어나서 커피를 내리고 바나나 슬라이스를 넣은 요거트를 먹었다. 싱크대의 식기 건조대와 식탁을 두 번씩 닦은 뒤, 이를 닦고 엠마를 깨워 오늘도 일하러 나가야 한다고 말했다. 대문을 열었을 때 아이들이 깨는 소리가 들렸다. 아이들이 실망하는 표정을 보기 싫어 서둘러 밖으로 나왔다.

그가 추적하고 있는 단서인 동시에 지난밤 잠도 안 자고 골몰했던 것은 바로 과학수사팀이 부두에서 찾아낸 마약 관련 문제였다. 그는 부두를 중심으로 더 넓은 지역을 수색해야 하며, 직원들도 당장 만나야 한다고 생각했다.

맨손으로 차가운 핸들을 잡은 순간 헨리크는 오늘이 얼마나 추운지 새삼 느꼈다. 시동을 걸자마자 음량을 최대로 높여둔 CD플레이어가 작동하기 시작했다. 마르쿨리오(Markoolio)의 목소리는 푸켓과, 일 년 내내 여름인 날씨에 관해 흥겹게 노래했다. "타이, 타이, 타이(Thai)". 헨리크는 즉시 노래를 끄고 CD를 빼버렸다.

그는 조용히 어젯밤 일을 생각했다. 피자를 먹고 나서 퇴근하기 전에 그와 미아는 겨우 또 다른 두 명의 헤로인 중독자와 대화할 기회를 마련했다. 그중 한 남자는 심지어 과거 마약 관련 수사 때 미성년자 딜러를 붙잡을 수 있도록 중요한 정보를 넘겨준 사람이었다. 헨리크는 이번에도 그가 뭔가 쓸 만한 얘기를 해주기를 바랐지만 다른 중독자들과 마찬가지로 그 역시 극도로 과묵했다.

"아는 게 있으면 순순히 부는 게 좋을 걸." 미아는 남자의 얼굴에 자기 얼굴을 바짝 갖다 대고는 수사에 도움이 되는 정보를 주지 않았을 때 발생할 여러 가지 끔찍한 결과를 읊어대며 그를 협박했다.

헨리크에게 팔을 붙들려 의자에 앉고 나서야 미아는 겨우 마음을 진정시켰다. 그들이 가장 원하는 건 이름이었다. 하지만 암흑가에서 앞잡이 짓은 결국 자기 사망신고서에 직접 서명하는 거나 마찬가지였다.

빨간불에 멈춘 헨리크는 이번 수사에서 언급된 총들, 글록과 지크자우어 22구경에 좀 더 주안점을 둬야겠다고 생각했다. 또한 교통과에 전화해 소년의 시신이 발견된 지역 도로에서 과속 단속 카메라에 찍힌 차량이 없는지 알아보는 일을 서둘러야 했다.

Marked for Life

힘이 솟는 기분이었다. 헨리크는 오늘은 부디 생산적인 날이 되기를 바랐다.

경찰청 주차장에 내렸을 때는 7시 반이었다. 군나르의 사무실에 불이 켜져 있는 걸 보았고, 곧 군나르가 컴퓨터 앞에 앉아 열심히 키보드를 두드리는 모습을 목격했다.

"선배도 못 잤어요?" 헨리크가 말했다.

"아, 아니야. 여기 사무실 소파에 누워보려 했는데 아무래도 좀 이상해서." 군나르는 화면에서 눈을 떼지 않은 채 대답했다.

헨리크는 미소 지었다. "사건 파일들 좀 다시 훑어보려고요. 이번 살인 건들은 도무지 가늠할 수 없어서." 그가 말했다.

군나르는 의자를 빙글 돌려 헨리크를 쳐다봤다.

"그럼 가서 봐. 난 호기심 많은 기자들이 보낸 이메일을 홍보 담당자한테 넘기고 있던 중이야. 이제 스물두 건 남았네."

군나르는 다시 의자를 돌려 계속 키보드를 두드렸다.

헨리크는 회의실로 들어가 불을 켜고 창밖으로 텅 빈 교차로를 내려다보았다. 노르셰핑은 아직 깨어나지 않았다. 그는 커다란 탁자 위에 한스 율렌 사건, 신원미상 소년(목에 새겨진 이름 때문에 타나토스라 불리는) 사건, 토마스 뤼드베리 사건 파일을 펼쳐놓고는 의자에 앉아 훑어보았다.

토마스 뤼드베리 사건 파일은 아넬리가 전날 현장에서 찍었던 30여 장의 사진들로 구성되어 있었다. 그중 마지막 네 장은 밖에서 부두 쪽을 찍은 것들이었다. 별 생각 없이 그것들을 쳐다보던 헨리크는 피로가 몰려오는 걸 느꼈다. 고리를 끼워둔 파일을 탁소리가 나게 덮은 그는 주방으로 가서 물을 한 잔 들이켰다. 바로 그 순간 그는 아까 사진들에서 뭔가 본 것 같다는 생각이 불쑥 들었다.

거칠게 잔을 내려놓은 그는 서둘러 회의실로 돌아가 뤼드베리 사건 파일을 다시 펼쳤다. 사진들을 다시 한 번 훑어보았다. 한 장, 한 장씩. 막 포기하려던 찰나, 맨 마지막 사진에서 그는 찾던 것을 발견하고 말았다. 범행 현장 전체를 찍은 사진인데, 아넬리는 아마 이 사진을 찍을 때 무릎을 꿇었던 모양이었다. 그 광각 사진 속에서 과학수사팀은 열심히 일하고 있었다. 그 뒤로는 홀의 열린 문을 통해 컨테이너 장치장이 보였다. 서로 다른 색상의 컨테이너 여러 개가 거기 놓여 있었다.

헨리크는 그 컨테이너들에 적힌 뭔가를 읽어보려 했지만 너무 작아서 보이지 않았다. 결국 그는 벌떡 일어나 복도를 달려 군나르 방으로 갔다.

"돋보기 있어요?"

"아니, 아넬리 방에 가봐."

완벽하게 정돈된 아넬리의 사무실에는 모든 물건이 제자리에 놓여 있었다. 헨리크는 책상 서랍을 하나씩 열어보았다. 아래 서랍에서 돋보기를 발견한 그는 서둘러 회의실로 돌아왔다. 이제 그는 사진 속에서 그가 필요로 했던 것을 읽을 수 있었다. 확신하기에는 사진이 너무 멀리서 찍히기는 했지만, 컨테이너에 적혀 있는 건 다름 아닌 글자와 숫자들이었다.

헨리크는 당장 율렌의 파일을 열어 열 개의 조합 목록을 찾아냈다. 그것들을 서로 비교해보던 그는 순간 멈칫했다. 글자 네 자리, 숫자 네 자리로 조합의 구성이 같았다!

11시 15분 전 헨리크 레빈과 군나르 외른은 부두로 가고 있었다. 부두 책임자를 만나 컨테이너 장치장을 둘러보기로 했기 때문이다.

주차장에 들어선 그들은 키가 작고 붉은색 머리에 검은색 안경을 낀 남자를 발견했다. 파란색 체크 셔츠와 밝은 색 청바지 차림이었다. 그는 친절한 미소를 지으며 자신을 총책임자인 라이너 구스타브손(Rainer Gustavsson)이라고 소개했다. 그는 커피를 권했지만 헨리크는 공손히 사양하며 곧장 컨테이너로 데려다달라고 했다. 라이너가 앞장섰다.

마침 대형 선박에 적재 작업이 한창이라 부두의 크레인이 컨테이너들을 하나씩 들어 올리고 있었다. 쇠가 서로 부딪쳤고 크레인들은 계속 움직였으며 트럭들이 끝없이 줄지어 서 있었다. 회사 로고가 적힌 파란색 멜빵바지를 입은 부두 노동자 몇 명이 갑판 위에 서 있었다. 모두 안전모를 쓴 모습이었다. 그중 두 명은 모든 물건이 안전하게 실리고 고정됐는지 확인 중이었다. 강선(steel wires)을 두드려보고, 어쩌다가 한 명이 스패너를 꺼내 더 조이기도 했다. 헨리크는 선체에 컨테이너가 5층으로 쌓여 있는 걸 올려다보았다.

"선적 작업은 한참 걸리지만 최대한 빨리 끝내야 합니다. 문제가 생겨서 배가 지연되면 그때부터는 초 단위로 돈이 나가게 되니까요. 화물운송업에서는 효율성이 전부입니다." 라이너가 말했다.

"배 한 척에 컨테이너를 몇 개 정도 실을 수 있습니까?" 헨리크가 물었다.

"우리 부두에 들어오는 가장 큰 배에는 컨테이너 6,600개가 실립니다. 하지만 세상에는 18,000개 넘게 싣는 배도 있어요. 컨테이너 한 개당 1분만 지연돼도 다 합치면 3백 시간 이상 지연되지요. 그래서 선적이 매우 중요하고, 최근 몇 년간 저희 부두에 물류 개선을 위한 광범위한 투자가 이루어진 것도 그 때문입니다. 현재는 통지부터 반입, 검열, 견적, 수리와 반출까지의 모든 과정이 완벽히 체계화되어 있습니다. 배와 부두 간의 선적 및 하역을 담당하는 갠트리 크레인 두 대를 새로 들인 덕분에 더 큰 컨테이너선들도 다룰 수 있게 되었지요." 라이너가 말했다.

"어떤 물건들을 다루십니까?" 군나르가 말했다.

"온갖 종류가 다 있습니다." 라이너는 이렇게 말하며 등을 똑바로 세웠다.

"내용물은 어떻게 확인하십니까?" 군나르가 말했다.

"세관에서 알아서 하지만 때로는 화물에 대한 책임 소재를 정하기 어려울 때가 있습니다."

라이너는 잠시 말을 끊고는 두 형사를 쳐다보았다.

"지난 수년 간 이곳에서는 상당수의 조사가 이루어졌습니다. 환경보호국은 물론 지방의회에서도 와서 내용물이 꽉 찬 컨테이너의 안을 들여다보고, 뭐가 들어 있는지 알아내려 한 적도 있었어요."

그는 숨을 깊이 들이쉬고는 목소리를 살짝 낮췄다. "얼마 전에는 나이지리아 사람 셋이 낡은 차에서 나온 고철들로 가득 찬 컨테이너를 가지고 왔습니다. 나이지리아에서는 고철이 귀하다며 컨테이너를 그리로 보내려고요. 여기서는 고철일 뿐이지만 거기서는 유용하다나요. 하지만 그들은 서류작업에 대해서는 아무것

Marked for Life

도 몰랐지요. 결국에는 의회가 그 사건을 맡아 컨테이너를 싹 다 비우고 내용물을 평가하게 되었습니다. 일부 차 부품들은 유해 폐기물로 분류되어 압수당했습니다. 이후에 그 컨테이너가 어떻게 됐는지는 저도 모르겠네요."

라이너는 다시 걷기 시작했다.

헨리크와 군나르는 각각 그의 양쪽에 섰다.

"그런 일이 얼마나 자주 있습니까? 그렇게 컨테이너를 비우는 일이?" 헨리크가 말했다.

"자주는 아닙니다. 화물운송은 세관 측 절차에 따라 다뤄지니까요. 판매자는 수출할 상품을 신고할 의무를 지고 구매자는 수입신고를 해야 하죠. 해상운송에는 각종 규제가 적용됩니다. 어떤 때에는 계약 당사자들이 상대 국가의 인도 조건조차 모르는 경우도 있어요. 그러면 일이 틀어질 수 있습니다."

"어떻게요?" 군나르가 말했다.

"혼란이 일어나죠. 보험금은 누가 부담할 것인지, 판매자로부터 구매자로의 위험 이전이 언제 이루어지는지 하는 문제들이요. 국제 규정이 있긴 하지만 법적 책임 논의가 불거질 수 있습니다." 라이너는 이렇게 말하고는 양손을 앞으로 내밀었다. "다 왔습니다!"

컨테이너들이 쌓여 있는 모습은 마치 거대한 철제 장난감 블록 같았다. 오른쪽에는 주황색 컨테이너 세 개가 차곡차곡 쌓여 있었고, 그 뒤로는 또 다른 컨테이너 세 개가 같은 방식으로 쌓여 있었다. 그 녹슨 회색 컨테이너들의 옆면에는 '하파크로이트(Hapag-Lloyd, 독일의 해운회사—옮긴이)'라고 적혀 있었다. 그로부터 50미터 더 떨어진 곳에는 마흔여섯 개의 컨테이너가 더 있었다. 파란색,

갈색, 회색 등 색상들도 다양했다.

바람이 컨테이너들 사이의 좁은 틈을 통과하며 힘없이 우우 소리를 냈다. 땅은 축축했고 하늘은 금방이라도 비를 퍼부을 듯 먹구름이 잔뜩 끼어 있었다.

"물건들은 보통 어디서 옵니까?" 헨리크가 말했다.

"주로 스톡홀름과 멜라르달(Mälardal) 지역에서요. 핀란드, 노르웨이와 발트3국에서도 옵니다. 물론 함부르크에서도요. 수입품들은 대부분 함부르크에서 재선적된 다음 이리로 옵니다." 라이너가 말했다.

"우리는 토마스 뤼드베리 씨가 살해된 곳에서 마약을 발견했습니다. 그와 관련해서 아시는 바가 있나요?"

"전혀요."

"그럼 부두에서 마약거래가 이루어지는지의 여부는 모른다는 말입니까?"

"네." 라이너는 재빨리 대답한 뒤 발밑을 내려다보며 바닥을 쿵쿵 찼다. "물론 그런 일이 아예 없다고 단언할 수는 없습니다. 하지만 그런 불법 거래가 대규모로 이루어졌다면 제가 벌써 알아챘겠죠."

"다른 불법 거래는 있었나요? 주류 같은?"

"이제는 없어요. 여기 오는 배들 중 다수는 선상 음주도 금지하는 걸요."

"전에는?"

라이너는 잠시 머뭇거렸다.

"발트3국에서 오는 배들과 문제가 있긴 했습니다. 그들은 밀주를 판 데다, 그 배에서 보드카를 사던 미성년자를 붙잡은 일도 있었거든요."

"그럼 이제는 여기서 이루어지는 거래를 다 아나요?"

"아니요. 하지만 그걸 막는 일은 결코 쉽지 않습니다. 그러려면 6천 미터나 되는 부두를 항상 지켜봐야 하는데, 순찰만 하고 있을 직원이 없어요. 인력이 없습니다."

"그 말은 마약거래의 가능성도 있다는 거네요?"

"네, 절대 없다고 단정 지을 수는 없죠."

헨리크는 어느 파란색 컨테이너로 다가가서는 옆면을 쭉 살펴보았다. 골이 파인 모양의 철판 위로 물방울들이 흘러내리고 있었다. 모서리를 돌아 문 쪽으로 가니 거기에는 아연도금 자물쇠 네 개가 위부터 아래까지 죽 달려 있었고, 가운데에는 상자로 감싸인 견고한 맹꽁이자물쇠가 걸려 있었다. 오른쪽 문 위에는 숫자와 글자들이 적혀 있었다.

헨리크는 즉시 그 조합을 알아보았다.

"이민국 망명과 과장이던 한스 율렌이 여기 왔었다는 사실이 확인되었습니다." 군나르가 말했다.

"아 그래요?" 라이너가 말했다.

"그가 무엇 때문에 여기 왔을지 혹시 아시나요?"

"아뇨, 모르겠는데요."

"그가 누구를 만났는지 혹시 아십니까?"

"연인 관계 같은 거 말입니까?"

"아니요, 그런 의미가 아닙니다. 그저 그가 여기서 뭘 했는지 알아내려는 겁니다. 그가 여기 직원들 중 누군가와 알고 지냈는지 여부는 모른다고요?"

"네, 하지만 그럴 가능성은 충분히 있겠죠."

"저희는 한스 율렌 씨의 컴퓨터에서 숫자와 글자들로 구성된 열 개의 서로 다른 조합들을 찾아냈습니다. 대충 이런 거요." 헨리크는 컨테이너 문을 손으로 가리킨 뒤 주머니에 들어 있던 종이를 꺼냈다. "이것들이 뭘 의미하는지 말씀해주실 수 있나요?"

라이너는 종이를 받아들고는 안경을 콧등으로 밀어 올렸다.

"네, 컨테이너 번호들이네요. 이걸로 컨테이너를 식별합니다."

야나 베르셀리우스는 토마스 뤼드베리의 휴대전화를 천과 탈지제로 잘 닦은 다음 3리터짜리 냉동용 팩에 집어넣어 탁자 위에 올려놓았다. 전화기를 어떻게 버려야 할지 고민했다. 처음 떠오른 생각은 소각이었다. 하지만 어디서? 아파트에서 태웠다가는 화재 경보가 울릴 것이고, 경보기의 배터리를 빼놓는다고 해도 연기 냄새, 플라스틱 타는 냄새가 복도와 계단통에 진동할 터였다. 또 다른 아이디어는 모탈라 강(Motala Ström)에 던져서 강바닥에 가라앉혀버리는 것이었다. 그게 가장 나은 방법이야, 그녀는 생각했다. 아무도 안 보는 곳에서 던지는 게 관건이었다. 강과 맞닿은 여러 장소들을 생각해봤지만 그 일을 감행하기에 알맞은 외진 곳은 한 군데도 없었다.

결국 야나는 나가서 강가에 은밀한 장소가 있는지 직접 확인하기로 했다.

휴대전화가 든 팩을 가방에 넣은 그녀는 집을 나섰다.

군나르 외른과 헨리크 레빈은 부두 사무실에 앉아 라이너 구스타브손이 컴퓨터 키보드를 두드리는 모습을 뚫어져라 쳐다보았다. 그들은 컨테이너 장치장에서 사무실로 서둘러 자리를 옮겼다.

"됐습니다, 말씀하세요!" 라이너가 말했다. 그의 불그스름한 눈썹은 안경 위로 치켜 올라갔고 이마에는 주름이 졌다.

헨리크는 종이를 펼쳐놓고 첫 번째부터 소리 내어 읽었다.

"VPXO."

"그리고요?"

"410009."

라이너는 키보드를 세게 두드렸다.

컴퓨터가 선적 컨테이너 국제등록부를 검색하는 동안 작게 웅웅대는 소리가 들렸다. 헨리크는 1분도 채 걸리지 않은 그 시간이 마치 영원처럼 느껴졌다.

"이 컨테이너는 더 이상 시스템에 존재하지 않습니다. 폐기되었을 겁니다. 다음 걸 확인할까요?" 라이너가 말했다.

헨리크는 의자에 앉은 채 몸을 꿈틀댔다.

"CPCU106130." 그가 큰 소리로 읽었다.

라이너는 그 번호를 입력했다.

"그것도 없습니다. 다음은요?"

"BXCU820339." 헨리크가 읽었다.

"역시 시스템에는 사용되지 않는 것이라고 나오네요. 전부 폐기된 것들 같습니다."

헨리크는 통렬한 실망감을 느꼈다. 좀 전까지만 해도 결정적인 단서를 손에 넣었다고 생각했는데, 다시 원점으로 돌아가 버렸다.

군나르는 눈에 띄게 짜증을 내며 코를 문질렀다.

"이 컨테이너들이 어디서 온 건지 알 수 있나요?" 그가 물었다.

"여기 보이네요. 칠레에서 온 겁니다. 다른 두 개도 나와 있을 텐데…… 네, 다 칠레에서 온 거네요." 라이너가 말했다.

"누가 폐기합니까?" 군나르가 말했다.

"컨테이너 소유한 회사지요. 이 경우에는 '시앤에어 로지스틱스(Sea and Air Logistics)', SAL이네요."

"다른 컨테이너들도 어디서 왔는지 확인해 주시겠습니까? 어느 회사 소유인지도."

헨리크는 목록이 적힌 종이를 탁자에 내려놓았다. 라이너는 네 번째 조합을 입력한 뒤 메모를 했다. 다섯 번째도, 여섯 번째도 똑같이 해나갔다.

마지막 열 번째 조합까지 확인하니 모든 것이 분명해졌다.

그 컨테이너들은 전부 칠레에서 온 것들이었다.

"차 세워!" 여자가 외쳤다.

"지금?" 운전을 하던 남자가 물었다.

"그래, 지금! 세우라고!" 여자는 다시 소리쳤다.

"우린 갈 길이 멀고. 근데 여기는……." 남자가 말했다.

"입 닥쳐!" 여자가 남자의 말을 끊어버렸다. "그 일은 내가 하고 장소
는 내가 정해. 너도, 그도 아닌 나야!"

남자는 브레이크를 밟았다. 밴이 멈춰 섰다.

소녀는 즉시 뭔가 잘못되었음을 알아차렸다. 하데스 역시 그 상황에
반응하여 등을 똑바로 세웠다.

여자가 소녀를 노려보았다.

"칼 내놔!"

소녀는 당장 여자에게 칼을 넘겨주었다.

"총도 이리 내!"

하데스는 총을 건네며 여자를 쳐다보았다. 그의 손에서 총을 빼앗은
여자는 탄창을 확인했다.

탄창은 비어 있었다.

"총은 쏘지 말랬잖아." 여자는 냉정한 목소리로 말했다.

하데스는 고개를 숙였다.

여자는 운전석 구석에 있는 상자를 열어 꽉 찬 탄창을 꺼내 총에 끼

웠다. 그러고는 격발장치를 있는 힘껏 당겼다 푼 뒤 소녀에게 총을 겨눴다.

"나가." 여자가 말했다.

그들은 차에서 내려 숲속으로 걸어갔다. 정적이 모든 것을 뒤덮고 있었다. 밤은 이제 막 낮으로 바뀌기 시작했고, 그날의 첫 햇살이 전나무 사이로 모습을 드러냈다. 여자는 소녀의 등을 총 끝으로 밀며 걸어갔다. 하데스가 맨 앞이었다. 그는 잘못을 저질러 창피한 듯 고개를 푹 숙이고 있었다.

그들이 걸어가는 길은 좁았다. 소녀는 이따금씩 부드러운 땅 위로 튀어나온 나무뿌리에 걸려 비틀거렸다. 나뭇가지들이 소녀의 팔을 긁어대고 얇은 면 스웨터를 적셨다. 숲속으로 더 깊숙이 들어갈수록 밴의 전조등 불빛은 약해져갔다.

152걸음. 소녀는 속으로 수를 셌고 땅이 움푹 파인 곳에 다다랐을 때까지도 계속 세고 있었다.

그들 앞에는 빽빽한 나무숲이 펼쳐져 있었다.

"계속 가!" 여자는 소녀의 어깨 사이를 총으로 세게 밀었다. "가라고!"

그들은 양손으로 두꺼운 나뭇가지들을 밀어내며 그 움푹 파인 곳으로 향했다.

"거기 서!" 여자는 소녀의 팔을 꽉 붙들며 말했다.

소녀를 하데스 쪽으로 밀어버린 여자는 둘을 나란히 세웠다. 그녀는 둘을 마지막으로 흘긋 쳐다본 뒤 그들 뒤로 가서 섰다.

"니들은 영원히 안 죽을 것 같지?"

여자는 식식대며 말을 이었다.

"그렇게 생각했다면 큰 오산이야. 잘 알겠지만 너들은 아무것도 아니야. 아무짝에도 쓸모없는, 아무도 원하지 않는 쪼그만 벌레들일 뿐이지! 너들이랑 엮이고 싶어 하는 사람은 아무도 없다고! 알아들어? 아빠도 너들한테 신경 안 써. 사람 죽이는 일에 너들이 필요한 거지, 다른 이유는 없다고! 그것도 몰랐어?"

소녀는 하데스를 바라봤고, 그의 눈과 소녀의 공포에 질린 눈이 마주쳤다.

제발 웃어봐, 소녀는 생각했다. 웃으면서 이건 그냥 꿈이라고 말해 줘. 네 볼에 있는 그 작은 보조개가 더 깊이 들어가도록. 웃어봐. 웃어보라고!

하지만 하데스는 웃지 않았다. 대신 눈을 깜빡였다.

하나, 둘, 셋, 그는 눈으로 신호를 보내고 있었다. 하나, 둘, 셋.

그의 의도를 이해한 소녀도 알았다는 듯 눈을 깜빡였다.

"당연히 알 리가 없지. 너들 뇌는 다 죽어버렸으니까. 프로그래밍됐다고. 하지만 이제 그것도 다 끝났어."

여자는 말을 내뱉다시피 했다.

"이제 다 끝났다고. 이 망할 괴물들아!"

하데스는 다시 눈을 깜빡였다. 이번에는 더 세게. 하나, 둘, 셋. 그리고 또다시. 마지막으로. 하나. 둘. 셋!

그들은 뒤로 휙 몸을 던졌다. 하데스는 여자의 팔을 꽉 붙잡아 돌려 여자가 가진 총을 떨어트리려 했다. 불시에 잡힌 여자는 자기도 모르게 방아쇠를 당겼고, 총이 발사되었다. 그 소리가 나무들 사이로 울려 퍼졌다.

하지만 여자는 하데스의 힘에 더는 버티지 못했고, 그가 그녀의 팔을 등 뒤로 돌리자 고통에 절규했다.

총을 집어 든 소녀는 당장 여자에게 겨눴다. 그런데 그때 하데스가 풀밭 위로 주저앉는 모습이 보였다. 여자에게 맞았던 것이다.

"총 이리 내." 여자가 으르렁거렸다.

소녀의 손이 덜덜 떨렸다. 풀밭에 뻗어 있는 하데스를 쳐다보았다. 그는 목을 뒤로 젖힌 채 힘겹게 숨을 쉬고 있었다.

"하데스!"

그는 소녀를 향해 고개를 돌렸다. 그들의 눈이 서로 마주쳤다.

"도망쳐." 그가 속삭였다.

"어서, 총 이리 내!" 여자가 소리쳤다.

"도망쳐, 케르." 하데스는 다시 속삭이더니 쿨럭 기침을 해댔다.

"도망쳐!"

소녀는 주춤거리며 뒤로 물러섰다.

"하데스……"

소녀는 이해할 수 없었다. 도무지 발이 떨어지지 않았다. 그를 놔두고서는.

"도망쳐!"

그때 소녀는 보고 말았다.

그의 미소.

그는 환하게 미소 짓고 있었다. 바로 그 순간 소녀는 이해하고야 말았다. 그의 말대로 해야 한다는 것을.

그래서 소녀는 뒤를 돌아 그곳에서 도망쳤다.

33장

야나 베르셀리우스는 모탈라 강을 따라 30분도 넘게 달렸지만 적당한 장소를 한 군데도 찾지 못했다. 웬만한 곳에는 다 사람이 있어서 그녀가 물가로 걸어가 전화기를 강물에 던졌다가는 다들 이상하게 볼 게 뻔했다.

그녀는 레오나르스베리스베겐(Leonardsbergsvägen)에 있는 주차장으로 차를 몰고 들어가 시동을 껐다. 머릿속에는 전화기를 어떻게 버릴까 하는 생각뿐이었다. 속에서 스멀스멀 올라오던 좌절감이 이내 일어 넘쳤다. 그녀는 핸들을 탁 쳤다. 또 한 번. 두 손으로. 세게.

더 세게.

머리를 뒤로 기댄 야나는 잠시 숨을 돌렸다. 팔꿈치를 문에 기댄 채 오른손 주먹을 입에 갖다 댔다. 그녀는 한동안 그 자세로 앉아 창밖의 황량한 경관을 바라보았다. 모든 게 잿빛이었다. 우울했다. 나무들은 잎을 모두 잃었고 땅은 녹은 지 얼마 안 된 지저분한 눈 때문에 갈색 빛을 띠었다. 하늘도 도로의 아스팔트처럼 어두운 회색이었다.

그때 야나의 머릿속에서 아이디어가 떠올랐다. 그녀는 곧장 가방을 열어 휴대전화가 든 비닐백을 꺼냈다. 왜 진작 이 생각을 못 했을까!

그녀는 자세를 바로하고는 전화기를 가방 옆에 내려놓았다. 그 전화기는 이민국 번호로 문자메시지를 보냈다. 거기까지는 분명했다. 그러나 그 번호로 전화를 걸어볼 생각을 못하고 있었던 것이다. 지금까지는.

전화를 걸어봐야겠다고 결심한 그녀는 차에 시동을 걸었다. 하지만 우선 선불카드를 사야 했다. 야나는 서둘러 주차장을 벗어나 가장 가까운 주유소로 향했다.

미아는 헨리크의 사무실에서 의자를 흔들거리며 앉아 컨테이너 번호 목록을 읽으며 손톱을 물어뜯었다. 군나르는 사무실 한가운데에 서 있었고, 헨리크는 자기 책상 앞에 앉아 있었다.

"SAL은 중국 상하이에서 컨테이너를 제조하는군요." 헨리크는 이렇게 말한 뒤 책상용 깔개를 책상 모서리와 평행이 되도록 매만졌다.

"율렌의 목록 중 처음 세 개의 컨테이너는 SAL의 소유인데, 아니 소유였는데, 전부 폐기됐어." 군나르가 말했다.

"다른 것들은요?" 미아가 말했다.

"남은 것들 중 네 개는 'SPL화물' 소유이고 나머지는 '온보덱스 (Onboardex)' 거야. 이상한 점은 그것들 전부 다 폐기됐다는 거지. 그러니까 그 컨테이너들 안에 뭐가 있었는지 알아내야 해. 헨리크 자네가 SAL을 맡고, 미아는 SPL을 맡아. 내가 온보덱스를 맡지. 일요일이지만 일하는 사람들이 있을 거야. 율렌이 왜 폐기된 컨테이너 번호를 컴퓨터에 저장해뒀는지 반드시 알아내야 해."

군나르는 단호한 걸음으로 헨리크의 사무실에서 성큼성큼 걸어

Marked for Life

나갔다.

미아도 미적거리며 일어나 마지못해 방을 빠져나갔다. 헨리크는 서두르라고 말하고 싶은 마음을 억누르며 한숨만 지었다.

헨리크는 사무실 전화기를 들고 SAL의 스톡홀름 지사 번호를 눌렀다. 그러자 전화는 해외 교환국으로 자동 연결되었고, 예상 대기시간이 5분이라는 영어 자동응답 메시지가 흘러나왔다. 그리고 얼마 후, 남자 상담원이 독일어 억양이 느껴지는 영어로 전화를 받았다.

헨리크는 서툰 영어로 원하는 바를 설명하고 나서야 스톡홀름 지사의 관리자와 통화할 수 있었다.

헨리크는 간단하게 자기소개를 한 뒤 본론으로 들어갔다.

"예전에 SAL사가 소유했던 운송용 컨테이너 몇 개를 좀 확인해보고 싶은데요."

"고유번호를 갖고 계신가요?"

헨리크가 천천히 번호를 부르자, 여자가 키보드로 그 글자와 숫자들을 입력하는 소리가 들렸다.

곧 침묵이 이어졌다.

"여보세요?"

"네."

"전화가 끊어진 줄 알았어요."

"아뇨, 결과가 나오기를 기다리고 있어요."

"이미 폐기하신 줄은 알지만 그래도 안에 어떤 물건이 실렸는지 알고 싶습니다."

"음, 제가 보고 있는 결과로는 폐기되지 않았는데요?"

"폐기된 게 아니라고요?"

"네, 아예 시스템 상에서 찾아볼 수가 없어요."

"그게 무슨 뜻입니까?"

"분실됐다고요."

"세 개 다요?"

"네, 세 개 다 없어졌어요."

헨리크는 벌떡 일어나 맞은편 벽지를 응시했다.

온갖 생각들이 머릿속을 빙빙 돌았다.

더듬거리는 목소리로 알려줘서 고맙다고 인사한 그는 사무실을 나와 다섯 걸음 만에 미아의 방에 도착했다.

미아도 막 수화기를 내려놓은 참이었다.

"이상하네요." 그녀가 말했다. "SPL측에서는 그런 컨테이너를 받은 적이 없대요. 흔적도 없이 사라졌다나요."

즉시 군나르의 방으로 향하던 헨리크는 문간에서 군나르과 부딪칠 뻔했다.

"있잖아." 군나르가 입을 열었다.

"아무 말 마세요." 헨리크가 말했다. "컨테이너가 분실됐죠?"

"맞아. 어떻게 알았어?"

선불 SIM카드는 50크로나였다. 야나는 딱 50크로나를 지불하고는 영수증이 필요하냐는 점원의 말에 괜찮다고 대답했다. 야나는 사탕과 껌이 즐비하게 진열된 선반에 부딪치지 않도록 옆으로 걸어서 작은 매점을 빠져나왔다.

거기는 그녀가 심사숙고 끝에 고른 곳이었다. 처음에는 주유소로 갈까도 생각했지만, 마음을 바꿨다. 주유소에는 감시 카메라가 많아서 그녀의 모습이 녹화될 위험이 있었기 때문이다.

차로 돌아온 야나는 장갑을 벗은 뒤 SIM카드의 포장을 벗겨 토마스 뤼드베리의 휴대전화에 집어넣었다. 전화기 전원을 켜고 잠시 손에 쥔 채 기다렸다가 문자메시지가 발신된 번호를 눌렀다. 그녀는 통화가 되는지 기다렸다. 상대방이 받지 않을 거라고 생각했다. 전화기가 꺼져 있거나, 없는 번호라는 메시지가 나오겠지.

첫 신호음이 들은 야나는 진심으로 놀랐다. 심장이 빠르게 뛰기 시작했다. 그녀는 한 손으로 핸들을 꽉 붙들었다. 바로 그때 누군가가 이름을 밝히며 전화를 받았다.

그 이름을 들은 야나는 경악하고 말았다.

헨리크의 사무실 온도가 2도는 더 올라 있었다. 군나르는 앞에 종이 한 장을 놓고 앉아 있었다. 미아는 벽에 기대어 서 있었고, 헨리크는 의자에 앉아 다리를 꼰 모습이었다.

"그럼 컨테이너를 받은 회사는 한 군데도 없네요. 다 없어졌다고요?" 미아가 말했다.

"그래." 헨리크가 말했다. "하지만 그건 그리 드문 일이 아니야. 화물운송용 컨테이너는 파도가 거칠 때 바다에 빠질 수 있으니까. 컨테이너를 제대로 고정시키지 않거나 잘못 실을 경우 그럴 위험은 더욱 커진대."

"매년 수많은 컨테이너들이 없어진다는군. 정확한 수치는 알기 힘들지만 2천에서 1만 개 사이라는군." 군나르가 말했다.

"정말 많네요." 미아가 말했다.

"그렇지." 헨리크가 말했다.

"그런데 회사들은 그런 일에 별로 신경 쓰지 않나 보네." 군나르가 말했다.

"네, 꽤나 자주 있는 일인가 봐요." 헨리크가 말했다.

"보험을 잘 들어놨나 보죠." 미아가 말했다.

방안에는 잠시 침묵이 흘렀다.

"좋아요, 우리가 찾던 컨테이너들이 바다 속 어딘가에 있다고 해도 별로 이상할 건 없어요. 정말 이상한 건 왜 한스 율렌이 그 번호들을 컴퓨터에 저장해뒀느냐는 거예요." 헨리크가 말했다.

"뭘 싣고 있었을까요? 뭔가 실려 있었을 거 아니에요?" 미아가 말했다.

"그것 역시 아는 사람이 없어. 다들 그 컨테이너들이 칠레에서 왔고 함부르크를 거쳐 노르셰핑에 도착했다가 재선적되어 다시 칠레로 돌아갈 예정이었다는 것만 알아. 그런데 그게 다시 오지 않은 거야. 대서양 어딘가에서 사라져버린 거지." 헨리크가 말했다.

"그럼 바다 속에 값나가는 물건들이 많이 가라앉아 있다는 말이네요? 잠수부나 해야겠어요." 미아가 말했다.

"목록의 맨 첫 번째 컨테이너는 1989년에 없어졌다고 되어 있어요." 헨리크가 말했다. "다음 두 개는 각각 1990년, 1992년에 없어졌고요. 마지막 거는 1년 전에 사라졌어요. 다른 것들은 그 사이에 없어졌죠. 대체 한스 율렌은 전부 사라진 이 열 개의 컨테이너 번호를 왜 컴퓨터에 갖고 있었을까요?"

그는 다리를 반대로 꼬며 조용히 한숨지었다.

미아는 전혀 모르겠다는 듯 어깨를 으쓱해보였다.

군나르가 머리를 긁적이고 있을 때 올라가 문간에 나타났다. 방 안으로 들어온 그는 유령 그림이 붙어 있는 벽에 기대어 섰다. 그 러자 그림이 바닥에 떨어졌고, 올라는 "죄송해요"라고 말했다.

"괜찮아." 헨리크는 그림을 주워 준 올라에게 말했다.

"멋진 유령이네요." 올라가 말했다.

"내 아들놈이 힘든 시기를 보내고 있지. 전부 다 유령이야."

헨리크는 자기 책상에 그림을 올려놓은 뒤 다시 생각에 잠겼다.

"유령이요?" 미아가 말했다.

"그래, 유령 꿈, 유령 그림에, 영화도 유령이 나오는 것만 본다 니까." 헨리크가 말했다.

"아니, 내 말은… 유령이요! 유세프 아브람을 신문했을 때 그가 유령 컨테이너에 관해 말했잖아요, 그렇죠?" 미아가 말했다.

"응." 헨리크가 말했다.

"불법 난민들이 밀입국 도중에 죽는다고요. 어떤 때는 전부 다."

"하지만 이 컨테이너들은 스웨덴에서 출발하는 거였어, 여기 도 착하는 게 아니라."

"선배 말이 맞네요." 미아가 말했다.

"그런데 그 안에는 뭐가 들어 있었을까요?" 올라가 말했다.

"그와 관련된 정보를 얻기란 거의 불가능해." 헨리크가 말했다.

"어쩌면 비어 있었을 수도 있잖아요?" 올라가 말했다.

"그래 보이지는 않아. 그랬다면 왜 율렌이 그 번호들을 갖고 있 었겠어? 대부분이 수년 전에 없어졌는데."

헨리크는 의자에서 일어나 말을 이었다. "그 자료가 일요일 저 녁 삭제됐다고 했지? 맞아, 올라?"

"네, 6시 35분에요." 올라가 말했다.

"잠깐만… 율렌이 피자를 픽업한 게 몇 시였지?"

"제 기억이 맞다면 6시 40분이요." 올라가 말했다.

"이민국에서 그 피자 가게까지 얼마나 멀어?"

미아는 휴대전화를 꺼내 지도앱에 주소를 입력했다.

"차로 8분 거리예요."

"그럼 이미 차에 타고 있었다는 건데?"

"그렇죠……."

"율렌이 사무실에서 나와서, 차에 타고, 피자 가게까지 운전해 가는 데 단 5분밖에 안 걸렸을 리는 없잖아?"

"맞아요."

"그러니까 사무실의 다른 누군가가 그 자료를 지운 게 틀림없어." 헨리크가 말했다.

"어떻게 이런 걸 놓쳤는지 모르겠습니다만, 한스 율렌이 컴퓨터의 자료를 직접 삭제했을 리 없다는 게 분명해졌어요." 헨리크가 전화기에 대고 말했다.

야나는 그의 전화를 받은 걸 후회했다. 그는 도무지 말을 끊을 줄을 몰랐다.

"그는 저녁 7시에서 8시 사이에 사망했습니다. 자료는 6시 35분에 삭제됐고요. 그러니까 다른 누군가가 그걸 지운 거예요."

"네."

"그게 누군지 알아내야만 합니다."

"네."

Marked for Life

야나는 잠시 가만히 있다가 입을 열었다. "일요일에 이민국에서 일했던 그 젊은 경비원 있잖아요? 그 사람한테 다시 전화해보시죠. 그 시간에 건물 안에 다른 누가 있지는 않았는지 물어보세요. 그럼 저는 이만 실례할게요. 바빠서요."

"알겠습니다." 헨리크가 말했다. "그냥 알려드리고 싶었어요."

야나는 통화를 마친 뒤 차에서 내렸다. 좀 외진 곳에 차를 댄 그녀는 저 멀리 자신이 찾던 연립주택을 발견했다.

그녀는 빠른 걸음으로 길을 건넜고 최대한 가로등에서 멀리 떨어지려 애썼다. 또 이따금씩 뒤를 돌아보며 자기를 쳐다보는 사람이 없는지 확인했다.

창문을 확인했지만 커튼에서는 어떤 움직임도 보이지 않았다. 흰색으로 칠한 울타리를 통과해 대문으로 올라가며 그녀는 주위가 어두운 데 대해 감사했다. 집밖의 우편함에는 숫자 21이 적혀 있었다. 그리고 이름도. 레나 비크스트룀.

미아는 직원용 주방에 있는 과일 그릇에 들어 있던 배를 츄릅 소리와 함께 베어 물었다.

그녀는 헨리크에게 당장 이민국 순찰을 담당하는 경비업체에 전화하라는 지시를 받았다. 그녀는 번호를 누르며 배를 또 한 입 크게 베어 물었다. 신호가 가자마자 상대편 접수원이 전화를 받았다.

"노르셰핑 경찰청 형사 미아 볼란데르라고 합니다."

그러나 그녀의 말은 입 안에 들어 있는 배 때문에 알아듣기 힘들었다. 미아는 배를 삼킨 뒤 다시 말했다.

"안녕하세요, 미아 볼란데르 형사라고 합니다. 저……"

그녀는 메모장으로 손을 뻗어 거기 적힌 아무렇게나 휘갈겨 쓴 이름을 읽었다.

"…옌스 카베니우스 씨와 통화하고 싶습니다. 급한 일이에요."

"잠시만 기다리세요."

미아는 30초 정도 기다리는 동안 남은 배를 얼른 먹어버렸다.

"안타깝지만 옌스 카베니우스 씨는 오늘 쉬는 날이신데요." 접수원이 말했다.

"당장 그분과 통화해야합니다. 저한테 전화 달라고 전해주세요. 안 그러면 제가 직접 그분 번호를 알아낼 수밖에 없습니다. 아시겠어요?" 미아가 말했다.

"그러죠."

미아는 접수원에게 자신의 전화번호를 남긴 뒤 고맙다고 말했다.

5분도 채 지나지 않아 옌스 카베니우스에게서 전화가 왔다.

미아는 곧장 본론으로 들어갔다.

"일요일에 목격한 것에 관해 알아야 할 게 있으니 잘 생각해봐요. 정말 한스 율렌을 봤나요?"

"그분 사무실을 지나갔어요."

"알아요. 근데 그를 직접 봤냐고요."

"아니요, 사실 본 건 아닌데요, 사무실 불은 켜져 있었어요."

"그리고요?"

"컴퓨터 키보드 소리가 들렸어요."

"하지만 율렌 씨를 보지는 못했고요?"

"네… 저는……."

"그럼 그 안에 다른 사람이 있었을 수도 있겠네요?"

"하지만⋯⋯."

"잘 좀 생각해봐요, 사무실에서 다른 누군가를 보지는 않았는지. 더 세부적인 것, 이를테면 옷이나 뭐 그런 걸 목격하진 않았는지."

"지금 생각하는 중이에요."

"그럼 좀 더 빨리 머리를 굴려 봐요."

"문틈으로 팔을 본 것 같아요. 라일락 색 팔이요."

"좀 더 생각해보면, 사무실에서 그런 색 옷을 입을 만한 사람이 누가 있을까요?"

"글쎄요, 어쩌면⋯⋯."

"네?"

"⋯어쩌면 율렌 씨의 비서인 레나 씨였을 수도 있겠네요."

레나 비크스트룀은 불안해 견딜 수 없었다. 그녀는 금목걸이를 만지작거리며 입술을 깨물었다. 토마스 뤼드베리가 더 이상 없다는, 살해당했다는 사실을 생각하자 속이 메스꺼웠다. 그는 부두에서 죽었다. 대체 누가 죽였을까?

아직 침대 위에 놓여 있는 자신의 휴대전화를 쳐다보자 더욱 속이 뒤집혔다. 서랍장 위에 놓인 전등 두 개는 불이 들어와 있었고, 불빛은 그 사이에 놓인 세 개의 액자를 비춰주고 있었다. 한여름 꽃으로 만든 화환을 쓴 행복한 아이들의 얼굴, 작년 여름의 추억. 흰색 에나멜로 된 천장 등에는 작은 모조 크리스털들이 달려 있었다.

누가 전화한 걸까?

그녀는 목걸이를 놓고 옷장 문 하나를 열더니 여행 가방을 꺼내 침대 위 전화기 옆에 내려놓았다.

전에는 한 번도 그 번호로 전화가 온 적이 없었다. 먼저 연락하는 건 항상 그녀였으니까. 다른 사람은 안 된다. 그게 약속이었다. 다른 사람들은 문자 메시지만 보낼 수 있었는데, 수신자는 그 메시지를 외운 다음 완전히 지워버려야 했다. 전화를 거는 사람은 아무도 없었다. 그게 방식이었다. 그런데 지금 그 규칙이 깨져버렸다.

누가 그랬지?

레나는 그 번호를 알지 못했다. 이제는 감히 전화기를 만질 용기도 없었다. 그저 침대 위에 놓아둘 뿐.

레나는 여행가방의 지퍼를 열었다. 본능이 당장 도망치라고 말하고 있었다. 물론 잘못 걸려온 전화일 가능성도 있었다. 실수로. 하지만 확신하기는 힘들었다. 발각된다는 데 대한 걱정이 너무나 커서 그 전화를 그냥 넘길 수 없었다.

그녀는 다른 옷장 문을 열고 카디건 세 벌, 블라우스 한 벌과 상의 네 벌을 꺼냈다. 속옷까지 챙길 생각은 하지도 않고 맨 윗서랍에 들어 있는 것들만 쌌다.

어디로 가든 필요하면 새 옷을 사 입으면 된다. 언젠가는 이런 날이 올 것이라고 여러 번 생각했다. 아니, 알고 있었다. 그런데도 그녀는 어디로 가야 할지 알 수 없었다. 어디로 도망쳐야 하지?

그때 갑자기 초인종이 울렸다.

레나의 손이 여행가방 위에서 멈췄다. 집에 올 사람은 없었다.

레나는 대문이 보이는 침실 창문을 통해 밖을 내다보았지만 아무도 보이지 않았다.

불안은 더욱 커졌다. 그녀는 발꿈치를 든 채 침실에서 걸어 나와 거실, 화장실을 지나 현관으로 갔다. 문에 난 작은 구멍을 통해 밖을 내다봤지만 보이는 거라고는 어둠뿐이었다.

그녀는 잠긴 문과 두 개의 잠금장치를 열고는, 좁은 문틈으로 밖을 내다보았다.

거기에는 한 여자가 서 있었다.

"안녕하세요, 레나 씨." 여자는 이렇게 말하고는 문틈으로 발을 밀어 넣었다.

"레나라는 여자에 대해 알아낸 게 뭐야?" 군나르 외른이 말했다.

그들은 회의실 탁자에 빙 둘러 서 있었다. 방 안에 감도는 긴장감이 생생했다.

"나이는 58세, 장성한 자녀가 둘, 아들은 셰브데(Skövde)에, 딸은 스톡홀름에 살고 있습니다. 전과는 없고요." 올라가 자료를 읽었다.

"그럼 이제 어쩌죠?" 미아가 말했다.

"불러서 신문해야지." 헨리크가 말했다.

"하지만 우리가 가진 거라고는 일요일에 율렌 사무실에서 그 여자를 본 것 같다는 덜렁이 십대의 말이 전부예요." 미아가 말했다.

"알아, 그래도 현재로서는 그게 우리가 가진 가장 중요한 단서야." 헨리크가 말했다.

"헨리크 말이 맞아. 그 단서를 따라가야 해. 그것도 당장!"

군나르는 심각해보였다. 그는 손가락을 들어 자기를 가리켰다.

"내가 가보겠네. 헨리크와 미아는 나랑 같이 가자고."

그는 헨리크와 미아를 바로 뒤에 거느리고 방을 나섰다.

남은 사람은 올라뿐이었다.

그는 탁자 위를 톡톡 두드리며 드디어 수사에 탄력이 붙겠구나 생각하다가, 이내 사무실로 가서 컴퓨터를 켰다. 그러고는 도시락을 들고 직원용 주방에 가서 냉장고에 집어넣었다.

돌아오는 길에 군나르의 미결 서류함에 든 종이 뭉치를 우연히 본 올라는 그것을 들여다보았다. 통신사에서 보내온 대화 기록이었고, 번호는 토마스 뤼드베리의 것이었다.

올라는 목록을 슥 훑어보았다. 발신 문자 메시지들이 적힌 장을 본 순간 그는 화들짝 놀라고 말았다. 올라는 갑자기 서둘러 뛰어가서는 동료들이 탄 엘리베이터 버튼을 미친 듯 눌러댔다.

레나 비크스트룀이 채 반응하기도 전에 야나 베르셀리우스는 집 안으로 밀고 들어와 문을 닫았다. 현관은 그다지 밝지 않았지만 야나는 장식장 위에 놓인 도자기 인형들과 수가 놓인 천들을 보았다. 틀이 화려하게 장식된 거울. 천장 등에 씌워진 반투명한 갓.

야나는 현관 매트 위에 미동 없이 서 있었다. 앞에 서 있는 여자에게서 뭔가 익숙한 느낌이 났다. 왜인지는 알 수 없었다.

"누구시죠?" 레나는 야나를 빤히 쳐다보며 말했다.

"야나 베르셀리우스입니다. 한스 율렌 사건을 수사하고 있죠."

"그래요? 그런데 이 시간에 내 집에서 지금 뭘 하는 거죠?"

"대답을 들어야 할 게 있어서요."

Marked for Life

레나는 이해가 안 된다는 눈빛으로 하이힐을 신고 어두운 색 트렌치코트를 입은 야나를 응시했다.

"난 도와줄 수 없어요."

"천만에요, 도와줄 수 있고말고요." 야나는 이렇게 말하고는 부엌을 향해 직진했다.

"이렇게 막무가내로 들어오시면 안 돼요." 레나가 말했다.

"아니요, 됩니다. 만일 거절한다면 수색영장을 발부하겠어요. 그럼 어차피 들어올 수 있지요."

레나는 한숨을 내쉬었다.

"좋아요, 뭘 알고 싶은데요?"

"한스 율렌은 자기 집에서 숨졌습니다." 야나가 말했다.

"그건 질문이 아니잖아요."

"맞아요."

레나는 대문으로 걸어가 문을 잠갔다. 그러고는 조용히 어느 서랍을 연 뒤 그 안에 든 총을 천천히 꺼내 바지 허리띠 안에 꽂았다. 스웨터로 덮으니 튀어나온 부분이 감쪽같이 숨겨졌다. 그녀는 부엌으로 가서 억지 미소를 지어보였다.

"그래, 질문이 뭐죠?" 레나가 말했다.

"한스 율렌은 저녁 7시 경에 살해당했습니다. 경찰은 그의 컴퓨터에서 운송용 컨테이너의 고유번호 몇 개를 찾아냈어요. 그 번호들은 저녁 6시 반에 컴퓨터에서 삭제되었던 것들입니다. 즉 한스 율렌이 직접 삭제할 수는 없었겠죠. 당신이 지웠나요?"

레나는 당황하여 할 말을 잃었다. 갑자기 가슴이 답답해졌다.

야나는 말을 이었다. "그 컨테이너들에 뭐가 들어 있었는지 알아내야만 하는 중요한 이유가 있어요."

"미안하지만, 이만 가주셔야겠어요."

"꼭 알아야만 합니다."

"내 집에서 나가주세요."

야나가 식탁 옆에 가만히 서 있는 사이, 레나는 손을 천천히 등 뒤에 있는 권총으로 가져갔다.

"대답을 들을 때까지 여기 있겠어요." 야나가 말했다. 레나의 손이 등 뒤에서 움직이고 있음을 포착한 그녀는 다음에 일어날 일에 대해 마음의 준비를 했다.

레나가 허리띠에서 권총을 뽑아 든 순간, 야나는 몸을 앞으로 확 던져 손날로 레나의 콩팥을 때리고, 무릎을 구부려 그녀의 배를 쳤다. 레나는 손에 든 권총을 놓쳤고 극심한 고통과 충격에 신음했다.

야나는 총을 확인했다. 장전되어 있었다. 그녀는 공이치기를 당기고는 레나 앞에 쭈그려 앉았다. 레나의 목에서 뭔가 반짝거렸다.

금빛을 띠는 뭔가가.

그걸 본 순간 야나는 바닥이 진동하는 기분이었다. 모든 게 그녀의 눈앞에 둥둥 떠다니기 시작했고, 귀에서는 웅웅대는 소리가 들렸다. 관자놀이가 지끈거렸고 맥박이 너무 빨리 뛰어서 아플 지경이었다.

그것은 목걸이였다.

글자가 적힌.

Mama.

Marked for Life

엘리베이터는 너무나 느리게 내려갔다. 적어도 그렇게 느껴졌다.

올라 쇠데르스트룀은 엘리베이터 전광판에 숫자가 바뀌는 걸 뚫어져라 쳐다보았다. 엘리베이터가 멈추고 문이 열리자, 있는 힘껏 주차장으로 달려가 동료들을 찾았다. 차 문이 쾅 닫히는 소리가 들리자 그는 소리가 난 쪽으로 빠르게 걸어갔다. 문이 닫히는 소리가 또 들리자 그는 주차된 차들 위로 목을 쭉 빼고는 두리번거렸다.

잠시 후 그는 군나르의 형체가 차에 타는 걸 보았고, 이내 문 닫는 소리가 주차장에 다시 한 번 울려 퍼졌다.

"잠깐만요!" 올라가 소리쳤다.

빨간색 브레이크 등이 그의 앞쪽에서 켜졌다.

군나르는 문을 열고 고개를 내밀었다.

"무슨 일이야?"

차가 있는 곳까지 달려간 올라는 한 손으로 문을 붙들고 숨을 고르려 애썼다.

"그 통화… 통화 기록을… 받았어요." 그가 말했다.

그는 군나르에게 그 목록을 넘겼다.

미아와 헨리크는 서로 마주보았다.

"토마스 뤼드베리의… 휴대전화요. 8쪽을 보세요. 그의… 문자들이요."

올라가 차 문에 기대 세 번 심호흡하는 동안 군나르는 그 페이지를 찾았다. 두 번째 줄에 이상한 글이 있었다. 'Del.Tues.1.'

"토마스가 이걸 보냈다고?" 그가 말했다.

올라는 고개만 끄덕였다.

"누구한테?"

"번호가 이민국이에요."

"한스 율렌?"

"아니면 비서인 레나이거나." 올라가 말했다.

군나르는 천천히 고개를 끄덕이고는 차 문을 닫고 서둘러 주차장을 빠져나갔다.

34장

레나 비크스트룀은 아직도 아픈 모양이었다. 그녀는 오른손으로 콩팥 부위를 누르며 장전된 총을 든 채 앞에 서 있는 야나를 노려보았다. 야나는 아까부터 거기 서서 그녀를 빤히 쳐다보고만 있었다.

"그 목걸이……." 야나가 속삭였다.

순간 엄청난 기억이 떠오른 야나는 한 대 얻어맞은 기분이었다. 소녀, 소년 그리고 여자. 여자는 총을 들고 있었고 소녀와 소년은 뒤로 홱 몸을 던졌다. 소년은 여자의 팔을 꽉 붙잡아 돌려 여자가 가진 총을 떨어트리려 했다. 총이 발사되었다. 그 소리가 나무들 사이로 울려 퍼졌다.

소년이 여자의 팔을 등 뒤로 돌리자 여자는 고통에 절규했다.

총을 집어 든 소녀는 당장 여자에게 겨눴다. 그런데 그때 소년이 풀밭 위로 주저앉는 모습이 보였다. 여자에게 맞았던 것이다.

그리고 그 소녀는… 나였어.

그게 나였다고!

순간 어지러워 야나는 넘어지지 않기 위해 부엌 식탁을 꽉 붙들어야 했다.

"하데스." 그녀가 느리게 말했다.

레나는 숨을 헐떡였다.

"당신! 당신이 하데스를 죽였어!" 야나가 말했다. "내가 봤다고. 당신이 바로 내 눈 앞에서 하데스를 죽이는 걸!"

레나는 침착했다. 그녀는 눈을 가늘게 뜨고는 야나를 위아래로 찬찬히 뜯어보았다.

"넌 누구야?" 잠시 후 레나가 말했다.

야나의 두 손이 떨리기 시작했다. 권총도 함께. 그녀는 총구가 레나에게서 벗어나지 않도록 양손에 힘을 꽉 줬다.

"넌 누구야?" 레나가 다시 말했다. "내가 생각하는 그 애일 리가 없는데."

"내가 누구라고 생각해?"

"케르?"

야나는 고개를 끄덕였다.

"그럴 리가……" 레나가 말했다. "…그럴 리 없어."

"당신이 하데스를 죽였어!"

"하데스는 죽지 않았어. 죽었다고 누가 그래?"

"하지만 내가 봤는데……?"

"보는 걸 전부 믿지는 마." 레나가 그녀의 말을 끊었다.

"당신은 그 컨테이너들에 뭐가 있었는지 알아, 안 그래?"

야나는 천천히 말했다.

"그래. 너도 잘 알 텐데." 레나가 말했다.

"말해!" 야나가 말했다.

"너는 몰라? 기억이 안 나나?"

"그 안에 뭐가 들어 있었는지 말하라고!" 야나는 강요했다.

레나는 겨우 바닥에서 몸을 일으키더니 힘겹게 한숨을 쉬고는 부엌 찬장에 등을 기대고 앉았다.

"대단한 건 없었어……."

레나는 통증에 움찔하더니 스웨터를 올려 야나의 주먹이 남긴 빨간 자국을 바라보았다.

"계속해!" 야나가 말했다.

"뭘 말이야?"

"그 안에 뭐가 있었냐고! 마약?"

"마약?" 레나는 놀란 얼굴로 야나를 쳐다보더니 씩 웃었다.

"그래, 맞아." 그녀는 고개를 끄덕이며 말했다. "맞아, 마약. 우리는……."

"우리가 누구야? 말해!"

"…휴, 말해줄 게 별로 없어. 처음에는 우연히 시작되었다고 할 수 있지, 그러다 점차… 조직화되었고."

"내 목에 왜 이름이 새겨져 있는지 당신은 알아?"

레나는 대답하지 않았다.

"말해!"

야나는 레나의 머리에 총을 겨눴다. 레나는 아무렇지 않은 척하며 어깨를 으쓱했다. "그건 내가 아니라 그의 생각이었어. 난 아무 상관없다고. 난 그저… 조금 도와줬을 뿐이야."

"그가 누구야? 말해!" 야나는 소리쳤다.

"절대 안 해." 레나가 말했다.

"말하라고!"

"안 해! 절대, 절대, 절대!"

야나는 총을 다시 움켜잡았다. "그리고 토마스 뤼드베리, 그 사람은 뭘 했던 거야?" 그녀가 말했다.

"그는 컨테이너가 언제 출발하는지 알았고, 그걸 나한테 알려주었지. 처음에는 전화로 했는데 나중에는 메시지를 보내더군. 바보같아, 정말."

레나는 숨을 깊이 들이쉬었다.

"하지만 그가 돈은 후하게 줬지." 그녀가 말했다.

"누가? 토마스? 누가 돈을 후하게 줬다는 거야?"

바로 그때 야나는 차 한 대가 끽 멈춰서는 소리를 들었다.

"누가 오기로 했어?"

레나는 고개를 가로저었다.

"일어나, 어서! 일어나라고!" 차 문이 쾅 닫히는 소리를 들은 야나는 레나에게 명령했다. 그녀는 레나의 뒤통수에 총을 겨눈 채 창가 쪽으로 밀었다.

"누구야?"

"경찰!"

"경찰?" 야나는 생각했다. *경찰이 여기서 뭐하는 거지? 뭘 알고 있는 거야?*

야나는 입술을 깨물었다. 그들은 당장 그 집을 떠나야만 했다. 하지만 레나와 뭘 한단 말인가? 야나는 끓어오르는 복수심 때문에 그녀를 죽이고 싶었지만 간신히 참고 있었다. 레나를 죽인다는 건 말도 안 되는 일이었다. 중요한 정보원일 뿐만 아니라 지금으로서는 그 모든 일에 대한 책임이 누구한테 있는지, 왜 그런 일이 일어났는지 말해줄 수 있는 유일한 사람이었으니까. 하지만 야나는 뭘 해야 할까? 레나를 묶어놓기? 내버려두기? 의식을 잃

Marked for Life

도록 때리기?

야나는 속으로 욕설을 내뱉고는 주머니에 손을 넣어 토마스 뤼드베리의 전화기를 꺼내 레나 앞에 내려놓았다.

"요즘 같은 때에 문자 메시지를 쓴다고 절대 바보 같은 게 아냐." 그녀는 말했다. "사실 그건 아주 잘하는 거지. 이게 뭔지 알아? 토마스 뤼드베리의 휴대전화야."

"그걸 왜 네가 갖고 있지?"

"그건 중요하지 않아. 이제야 이걸 어떻게 해야 할지 알겠군."

야나는 레나에게 고개를 끄덕여보였다.

"가!"

문밖에서 발자국 소리가 들렸다.

야나는 다시 레나의 뒤통수에 총을 겨누고 그녀를 침실 쪽으로 밀었다.

침대 위에 놓인 열려 있는 여행 가방을 본 야나는 레나를 그 옆에 앉도록 했다. 그러고는 휴대전화를 잘 닦은 뒤 그 위에 레나의 지문을 찍었다.

"지금 뭘 하는 거야? 도대체 무슨 짓을 하는 거냐고!?"

야나는 휴대전화를 여행 가방 속에 집어넣었다.

"경찰이 왔어. 모든 걸 다 자백해. 한스 율렌과 토마스 뤼드베리가 살해된 배후에 당신이 있었다고."

"미쳤어? 그럴 수 없어!"

"보아하니 자녀가 있는 것 같은데? 손자들도 있고. 당신이 자백할 때까지 매일 한 명씩 죽이겠어."

"그럴 수는 없어!"

"천만에, 난 할 수 있어. 당신도 잘 알 텐데?"

"이 일은 여기서 끝나지 않아. 절대 끝날 수 없는 일이야. 절대!"

"아니, 끝날 거야."

"넌 붙잡히게 될 거야! 내가 꼭 그렇게 만들 거야, 야나, 그렇게만 알고 있어!"

"그거 알아? 검사를 의심할 사람은 없다는 거. 그리고 당신과 나는 법정에서 만나게 될 거야. 2주쯤 뒤에 난 당신을 살인죄로 기소할 거거든. 스웨덴에서 살인은 최고 형량을 받게 되어 있어. 그러니까 내가 말했듯이, 이 일은 여기서 끝날 거야. 이제 당신은 끝났어, 레나."

초인종이 울렸을 때, 야나는 침실에서 나왔다.

그녀는 뒷문으로 빠져나와 조용히 문을 닫았다. 정원을 감싸고 있던 어둠이 그녀마저 에워쌌다.

35장

입에서 피 맛이 났다. 소녀는 완전히 탈진 상태였다.

소녀는 바닥에 엎드려 바위로 기어 올라갔다. 솔잎들이 바지를 뚫고 살을 찔러대는 바람에 여기저기 작은 핏자국들이 났다. 다리에는 도망치는 동안 나뭇가지에 찢기고 긁힌 자국들이 계속 생겨났다.

소녀는 숨을 참고 무슨 소리가 들리지는 않는지 귀를 기울이려 했다. 하지만 숨이 턱까지 차오르는 상황에서 쉽지 않은 일이었다. 소녀의 노력과는 반대로 심장은 여전히 쿵쾅댔고 혈관의 맥동으로 인해 머리가 지끈거렸다.

소녀는 땀에 젖은 이마에 붙어 있던 머리카락을 쓸어 넘겼다. 권총을 꽉 움켜쥐고 있던 손가락들을 펴보았다. 탄창에는 일곱 발의 총알이 남아 있었다. 소녀는 권총을 무릎 위에다 내려놓았다.

소녀는 두 시간 동안 그곳에 앉아 있었다. 바위에 기댄 채.

그런 다음 다시 달리기 시작했다.

4월 23일, 월요일

레나 비크스트룀은 토마스 뤼드베리 살해 혐의로 체포되었다. 야나는 법원에 그녀의 구금을 요청했고, 오늘 오후 심문 예정이었다. 군나르는 레나가 조사를 받는 순간을 무척 기대하고 있었다.

그는 계단통에 서서 기다리며 휘파람을 불었다. 엘리베이터는 사용 중이었고 위로 향하는 화살표 버튼에 불이 들어와 있었다. 그는 이미 켜진 버튼을 두세 번 더 눌러댔다. 그러면 엘리베이터가 더 빨리 오기라도 할 것처럼.

그는 행복을 느꼈고 수사에 돌파구를 찾았다는 데에 다소 안심했다. 레나 비크스트룀의 집을 찾아간 건 통상적인 일일 뿐이었는데, 뜻밖에도 토마스 뤼드베리 살해 용의자를 붙잡게 된 것이다. 레나는 어떤 식으로든 그 살인과 연관 있었다. 그녀의 집에서 뤼드베리의 휴대전화가 발견된 점도 무시할 수 없는 정황이었다.

그 휴대전화 관련 소식은 오전 중 언론에 유출되었고, 군나르는 오후 2시 15분 전쯤에야 기자회견장을 빠져나올 수 있었다.

기자회견에서 경찰청 홍보담당자는 레나 비크스트룀에 관한 일반적인 질문들에는 짧은 대답만을 고수하고, 다른 두 건의 살인(한스 율렌과 신원미상의 소년)과 레나의 연관성에 관한 질문은 철저히 무시하려 애썼다. 군나르는 성명을 통해, 수사는 진척을 보

Marked for Life

이고 있으며 레나의 체포로 마련된 돌파구 덕분에 사건의 조속한 해결이 기대된다는 인상을 주고 싶었다. 그러나 홍보담당인 사라 아르비드손이 짧은 발표를 마치자 너도 나도 손을 들며 질문 공세를 이어갔다. "그 여자가 한스 율렌을 살해한 겁니까?" "그 소년도 그 여자가 죽였나요?" "그 여자가 마약을 판매한 사실이 확인됐습니까?" 아르비드손은 최대한 모호하게 답한 뒤, 수사가 현재 민감한 단계임을 언급하고는 감사하다는 말을 마지막으로 자리를 떠났다.

엘리베이터를 타고 경찰 본부로 올라간 군나르는 카페에서 간단히 요기를 했다. 레나의 신문이 시작되기까지는 아직 시간이 남아 있었다. 여전히 배가 고팠던 그는 곧장 자동판매기로 걸어가 초콜릿 바를 사서는 그 자리에서 다 먹어치웠다. 페테르 람스테트가 광택 나는 정장과 주황색 셔츠, 점무늬 넥타이 차림으로 엘리베이터에서 내려 걸어왔다. 뒤로 빗어 넘긴 그의 머리는 눈에 띄는 금발이었다. 레나의 변호도 맡았나보군, 군나르는 생각했다.

"군나르 과장님, 혼자 뭘 그리 먹어요? 아넬리 씨는 같이 안 왔나요?"

"네." 군나르가 말했다.

"아직 둘이 사귀는 거예요, 뭐예요? 하도 소문이 많아서."

"소문은 믿을 게 못됩니다."

페테르는 히죽대며 웃었다.

"그럼 그럼요, 물론 그렇죠." 그는 이렇게 말하고는 재킷 소매를 올려 시간을 확인했다. "10분 후에 시작이에요. 검사는 누구죠?"

바로 그때 엘리베이터 문이 열리더니 야나 베르셀리우스가 걸어 나왔다. 무릎 길이의 하이웨이스트 치마와 흰색 블라우스를 입고, 색깔이 있는 필찌를 차고 있었다. 머리카락은 곧게 뻗어 있었고 입술은 연분홍색이었다.

"호랑이도 제 말하면 온다더니." 페테르 람스테트가 다 들리는 소리로 말했다. "가실까요?"

군나르는 앞장서서 복도를 걸어갔다.

페테르 람스테트는 야나와 나란히 걸었다.

그는 그녀를 흘긋 쳐다보았다.

"음, 알아내신 게 별로 없더군요." 그가 말했다.

"그런가요?"

"감정인 증언도 없고요."

"휴대전화를 찾았잖아요."

"그것만으로는 내 고객을 그 범죄와 연관 지을 수 없죠."

"천만에요, 충분히 연관 지을 수 있어요."

"레나 씨는 자백하지 않을 겁니다."

"아뇨, 할 거예요." 야나는 이렇게 말하고는 신문실로 들어갔다. "내 말 믿어요."

미아 볼란데르는 다리를 벌린 채 팔짱을 끼고 서 있었다. 거울 창 뒤에서는 신문실 안이 아주 잘 보였다.

레나 비크스트룀은 몸을 잔뜩 웅크리고 앉아 있었다. 두 눈으로 탁자 위를 응시하고, 두 손을 포개 무릎에 올린 채. 변호사가 자리에 앉아 뭐라고 속삭이자, 그녀는 그를 쳐다보지도 않고 고개만 끄덕였다.

Marked for Life

그들 맞은편에는 헨리크가 앉아 있었다. 미아는 그가 야나에게 인사하는 모습을 지켜보았다. 야나는 서류가방을 바닥에 내려놓고는 의자를 꺼내 앉았다. 언제나처럼 똑 부러지는 모습이었다. 우아하고 우월한. 젠장.

미아 뒤에서 문이 열리더니 군나르 외른이 들어왔다. 그는 기술 장비가 다 잘 작동하는지 확인했다. 스위치 몇 개만 누르면 동시에 여러 개의 서로 다른 매체에 기록되는 시스템이었다. 두 대의 카메라를 함께 녹화하는 기능도 있어서, 미아와 군나르는 레나와 헨리크를 한 화면 안에서 볼 수 있었다.

군나르는 거울 창 앞으로 가서 섰다.

2시 정각이 되자, 헨리크는 녹음기를 켜고 레나의 신문을 시작했다. 헨리크가 첫 질문을 했을 때에도 그녀의 눈은 탁자 위를 떠날 줄을 모르고 그저 대답만 중얼거렸다.

"당신은 4월 15일 일요일, 한스 율렌의 컴퓨터에서 숫자와 글자의 조합 목록을 삭제했습니다. 왜 그랬죠?" 헨리크가 말했다.

"그러라는 지시를 받았어요." 레나가 말했다.

"누구에게요?"

"말할 수 없어요."

"토마스 뤼드베리라는 사람과 아는 사이였나요?"

"아니요."

"이상하군요. 그는 당신한테 문자 메시지를 보냈습니다."

"그런가요?"

"모르는 척하지 말아요. 우리가 다 확인했으니까."

"뭐, 그럼, 보냈나보죠."

"좋아요, 그럼 이제 'Tues. 1'이 무슨 의미인지 설명할 수 있겠군요?"

"아니요."

"모르는 건가요, 아니면 말하지 않겠다는 건가요?"

레나는 대답하지 않았다.

헨리크는 안달이 났다.

"어쨌든 그 조합이 적힌 파일을 삭제한 건 인정했습니다." 그가 말했다.

"네."

"그 조합들이 뭘 의미하는지 압니까?"

"아니요."

"아실 것 같은데요."

"모릅니다."

"우리가 아는 정보에 따르면 당신이 삭제한 건 고유번호들이었어요. 컨테이너에 쓰이는 번호요."

레나는 살짝 더 움츠러들었다.

"그 컨테이너들을 찾으려면 당신 도움이 필요합니다." 헨리크가 말했다.

레나는 가만히 있었다.

"그 컨테이너들이 어디 있는지 꼭 말씀해주셔야 해요."

"그것들을 찾는 건 불가능해요."

"왜죠? 왜 불가능하다는……."

"그냥 안 돼요." 그녀는 딱 잘라 말했다. "왜냐하면 난 그것들이 어디 있는지 모르니까요."

"난 당신의 말이 진실이 아니라고 확신합니다."

"내 고객은 아는 대로만 말씀하시는 걸 겁니다, 정말로요." 페테르 람스테트가 말했다.

"난 그렇게 생각하지 않습니다." 헨리크가 말했다.

나도 그래, 미아는 거울 창 뒤에서 생각했다. 검지로 코밑을 긁적이던 그녀는 다시 팔짱을 꼈다.

"컨테이너들이 어디 있는지 말할 때까지 우리는 여기서 나가지 않을 겁니다." 헨리크가 말했다. "그러니 어서 말씀하시죠."

"할 수 없어요."

"왜죠?"

"당신들은 몰라요."

"뭘 모른다는 겁니까?"

"이건 그리 단순한 일이 아니에요."

"들을 시간은 충분합니다. 이제 말해⋯⋯."

"안 돼요." 그녀는 또다시 헨리크의 말을 끊었다. "말한다고 해도 찾아낼 수 없어요."

방안은 침묵에 휩싸였다.

미아는 레나를 뚫어져라 쳐다보고 있는 야나를 보았다.

헨리크는 의자에 기대며 한숨을 내쉬었다.

"좋습니다, 그럼 일단 다른 얘기를 해보죠, 당신에 관해서요." 그가 말했다. "실례지만⋯⋯."

이번에는 야나가 그의 말을 끊고 나섰다. 그녀는 몸을 살짝 앞으로 기울였다. 짙은 색 눈으로 비협조적인 레나를 똑바로 응시했다.

"자녀가 몇이죠?" 야나는 느린 말투로 말했다.

오 그래, 이제 질문까지 하시겠다? 미아는 생각했다. 찌증이 밀려왔다. 그녀는 옆에 서 있는 군나르를 쳐다보았다. 그는 신문에 너무 몰두하고 있어서 그녀가 쳐다보는 것도 눈치 채지 못했다.

"둘이요." 레나는 속삭이며 테이블을 내려다보았다. 침을 꿀꺽 삼키며.

"그럼 손자는요? 손자는 몇 명이죠?"

"잠깐……." 페테르 람스테트의 목소리가 들렸다.

"대답하게 두세요." 야나가 말했다.

미아는 눈알을 굴리며 툴툴댔다. 다시 군나르를 쳐다봤지만, 그는 그녀가 대놓고 불만을 표출하는데도 아무것도 모르고 있었다. 야나를 바라보고만 있을 뿐. 물론 그는 야나의 긴 검은색 머리와 다른 모든 걸 예쁘다고 생각하는 건지도 몰랐다. *검은 머리를 예쁘다고 할 수 있을까?* 미아는 생각했다. *사실 하나도 안 예쁜데. 저렇게 검은 머리는 정말 끔찍해. 게다가 치렁치렁 길기만 하고.*

미아는 자신의 금발을 만지작거리며, 레나의 대답을 기다리고 있는 야나를 쳐다보았다.

"검사님이 손자가 몇이냐고 물으시잖아요." 헨리크가 말했다.

그런데 도대체 뭐지? 미아는 이렇게 생각하며 거울 창에서 한 걸음 뒤로 물러섰다. 이건 마치… 그래, 이건 마치 저 여자가…….

레나의 입술이 떨렸다. 긴장한 듯 양손을 꽉 마주잡고는 고개를 들어 야나와 헨리크를 차례로 쳐다본 뒤 다시 야나를 보았다.

눈물방울이 그녀의 볼을 타고 천천히 흘러내렸다.

"컨테이너들은 브란되 섬(Brandö Island)에 있어요." 그녀는 천천히 말했다.

두 시간 후, 군나르과 헨리크는 주(州) 경찰국장인 카린 라들러(Carin Radler)에게 수사 진행상황을 설명하는 자리에서 길고 열띤 토론을 벌였다. 카린은 두 형사가 레나 비크스트룀 신문 내용에 관해 재차 이야기하는 동안 참을성 있게 듣고 있었다.

"그 컨테이너들을 인양하는 게 최우선과제입니다." 군나르가 말했다.

"그 여자가 연루되었다는 사실을 아는 사람이 몇이나 되지?" 카린이 말했다.

"아직은 저희 팀밖에 몰라요. 언론이 알아내기 전에 빨리 움직여야 합니다."

"인양 작업은 어떻게 설명할 건데?"

"그건 저희가 알아서 할게요."

"엉뚱한 짓을 하는 건 아닌지 몰라. 자네가 말하는 컨테이너들이 없을 수도 있잖아."

"있으리라 믿습니다. 그 안에 뭐가 들었는지 반드시 알아내야만 하고요."

"그렇지만 이 사안을 결정하는 건 바로 나야."

"알고 있습니다."

"그 작업에 필요한 자원을 대려면 돈이 무척 많이 들 텐데."

"하지만 꼭 필요한 작업입니다." 군나르가 말했다. "두 남자와 한 소년이 살해됐어요. 그 이유를 밝혀내야만 합니다."

카린은 잠시 생각했다.

"국장님이 원하시는 게 뭡니까?" 군나르가 물었다.

"해결책을 원해."

"저희도 마찬가지입니다."

카린은 고개를 짧게 끄덕였다.

"좋아. 자네의 판단을 믿어보지. 인양 작업은 내일부터 시작하도록. 부두에 연락해."

37장

소녀가 스톡홀름에 다시 돌아왔을 때는 이른 아침이었다.

소녀는 한 손으로 건물들의 거친 벽을 짚어가며 비틀비틀 자갈길 위를 걸었다. 상점 유리창에 자신의 모습이 비쳤지만, 신경 쓰지 않았다. 소녀는 그 작은 손으로 가는 길에 있는 잠겨 있는 문들을 만져보았다. 숨을 곳이 필요했다. 쉴 수 있는 곳. 권총이 배에 닿아 불편했다. 권총이 허리띠에서 자꾸만 떨어지려는 걸 막으려고 다른 손으로 권총을 꽉 잡고 있었기 때문이다.

보행자용 터널이 소녀 앞에 나타났다. 비틀거리며 계단을 내려간 소녀는 어느 노부부와 마주쳤다. 그들은 걸음을 멈추고 소녀를 쳐다보았지만 소녀는 그냥 계속 걷기만 했다.

소녀는 어지러웠다. 갑자기 두 다리에 힘이 풀린 소녀는 딱딱한 콘크리트 바닥에 넘어지는 순간 손을 뻗어 낙법을 썼다. 그러고는 다시 일어났다. 한 번에 한 걸음씩, 한 손으로 타일이 깔린 벽을 짚어가며 걸었다. 앞을 똑바로 보고 걸음을 옮길 때마다 수를 세었다. 집중해야만 했다. 터널 끝에는 장벽이 가로막고 있었다. 소녀는 그걸 통과하려 했지만 문들은 꼼짝하지 않았다. 결국 소녀는 바닥에 납작 엎드려 기어갔다. 그때 뒤에서 어떤 여자의 목소리가 들렸다.

"어이 거기! 돈 내고 가야지!"

하지만 소녀는 듣지 않았다. 계속 걷기만 할 뿐.

목소리는 아까보다 더 커졌다.

"어이 거기! 여길 지나가려면 돈을 내라고!"

제자리에 멈춰 선 소녀는 뒤를 돌아 바지에 꽂혀 있던 권총을 홱 꺼냈다. 소녀의 뒤에 있던 제복을 입은 여자는 즉시 양손을 번쩍 들고 뒤로 물러섰다. 소녀는 손에 든 권총의 무게를 가늠해보았다. 끔찍이도 무거웠다. 들고 있기 힘들 만큼.

여자는 엄청나게 놀란 모습이었다. 지나가던 다른 사람들도 마찬가지였다. 전부 제자리에 멈춰서 미동도 없이 서 있었다.

소녀는 권총을 흔들어 보이며 계단을 향해 뒷걸음질 쳤다. 드디어 계단 맨 위 칸에 다다른 소녀는 뒤를 돌아 최대한 빨리 달려 내려갔다. 팔이 덜덜 떨렸다. 더 이상은 권총을 들고 있을 수 없었다. 앞으로 직진하며 32걸음까지 세던 소녀는 마지막 걸음에서 발을 헛디디고 말았다. 소녀는 넘어지면서 발목을 삐었고 강렬한 고통을 느꼈다. 그러나 여전히 아무런 감정도 드러내지 않았다.

소녀는 다시 일어나 다리를 절뚝거리며 쓰레기통을 향해 걸어갔다. 권총을 던지자 철컹 쇳소리를 내며 바닥에 떨어졌다. 더 이상 무거운 권총을 들고 다니지 않아도 되어 안도했다. 계속 발을 질질 끌며 걸었다. 이제는 기분이 괜찮았다. 잠만 좀 잘 수 있다면 기분이 훨씬 더 좋아질 텐데. 아주 잠깐이라도 잘 수 있다면.

탈진한 소녀는 어느 벤치 뒤에 있는 작은 공간에 숨어 들어가 콘크리트 벽에 등을 기댄 채 털썩 주저앉았다. 딱딱한 벽이 척추를 누르는 것 같았다. 발목이 욱신거렸지만 신경 쓰지 않았다. 이미 비몽사몽인 상태였기에.

곧 소녀는 잠에 빠져들었다. 지하철역 안에 앉은 채로.

38장

4월 24일, 화요일

헨리크 레빈은 추위에 팔로 몸을 감싸 안았다. 다운재킷도 별 도움이 되지 못했다. 인정사정없는 발트해의 바람은 코트 지퍼를 뚫고 들어올 기세였다. 이 혹독한 추위 속에서 세 시간을 서 있으니 신경 써서 껴입은 옷도 무용지물이었다. 추위를 피할 만한 곳을 찾아 주위를 두리번거렸다. 그의 앞에는 망망대해가 펼쳐져 있었고, 파도는 미끄러운 바위에 부딪쳐 부서져 내렸다.

브란되 섬은 아르셰순드에서도 바다 쪽으로 한참 나간 곳에 있었다. 여름이면 관광객들을 태운 보트들이 그 목가적인 섬을 따라 정박하고, 바로 옆에는 군도 항로가 나 있었다. 하지만 지금은 그런 여름이 멀게만 느껴졌다.

목도리가 바람에 펄럭이자 헨리크는 찬바람이 들지 않도록 다시 목에 둘렀다. 차에 가서 앉아 있을까 고민하며 출입금지를 알리는 테이프가 둘러진 곳을 바라보았다. 경찰차 열다섯 대가 서 있었다.

출입금지구역은 다 해서 5백 평방미터 정도였고, 항구 직원들은 곧 시작될 인양 작업을 위해 조직적으로 일하고 있었다.

컨테이너의 위치를 찾는 데는 오랜 시간이 걸렸다. 음향측심법을 이용해 여러 번 반복해서 특정 지역의 해저 지도를 만들어야 했다. 모든 반응에 대해서는 잠수부들을 투입해 확인했다. 이런 작업에 시간이 많이 소요되다 보니 다른 일들이 두 시간 이상 지연되었다.

그들은 해당 지역 주변에 안전구역을 확보한 뒤 다른 배들이 그 안으로 들어오지 못하게 막았다. 컨테이너를 실을 바지선과 해상 크레인도 마련해놓았다.

헨리크는 시계를 보았다. 직원들은 10분만 더 있으면 된다고 말했다. 그러면 인양 작업이 시작될 거라고.

야나 베르셀리우스는 라디오를 듣고 있었다. 복잡한 작전을 펼칠 때면 항상 누군가가 필요 이상으로 많은 걸 외부에 발설한다. 누가 그랬을까? 인양 작업은 엄청난 주목을 받으며 아침 내내 모든 뉴스 채널에서 가장 뜨거운 소식이었다.

야나는 볼륨을 줄인 뒤 앞 유리를 통해 밖을 바라보았다. 차에서 내려 경찰 저지선 옆에서 오들오들 떨고 있는 경관들과 함께 서 있고 싶은 생각은 추호도 없었다.

저 멀리 있는 헨리크 레빈 역시 추위에 떨고 있는 모습이었다. 어깨는 잔뜩 움츠러들었고 목도리는 목에 단단히 감겨 있었다. 그는 몸을 보온하려는 듯 이따금씩 팔로 몸을 감싸 안았다.

야나는 차 안의 온도를 23도로 높이고는 휴대전화를 꺼내 최근 받은 이메일들을 불러왔다. 여덟 통이었는데, 대부분 사건 추가 자료였다. 증인 보호에 관한 질문도 있었고, 5월 2일에 열릴 재판 관련 내용도 있었다. 죄목은 방화였으며, 피해자인 젊은 여성은 다행히 목숨은 건졌지만 얼굴에 심한 화상을 입는 고통을 당했다.

휴대전화를 무릎에 내려놓고 얼마 후 진동이 울렸다. 부모님 집 번호가 화면에 떴다. 야나는 부모님이 왜 전화했는지 의아했다. 오늘만 벌써 두 번이다. 일주일 남짓 되는 시간 동안 세 번이나 통화한 건 흔치 않은 일이었다.

바로 그때 누군가가 차 앞 유리를 똑똑 두드렸다.

미아 볼란데르가 느릿느릿 손을 흔들었다. 살을 에는 듯한 바람에 코와 양 볼이 빨개져 있었다.

"이제 시작된대요." 미아는 유리창을 통해 입만 벙긋거리고는 곧장 헨리크에게 가버렸다.

야나는 고개를 끄덕이며 휴대전화 진동이 더는 울리지 않게 했다.

부두 노동자들이 움직이기 시작했다. 한 명이 팔을 흔들자 다른 한 명이 바위 쪽으로 달려갔다. 턱수염을 기른 남자는 무전기에다 대고 뭐라고 말하며 손으로 바다를 가리켰다.

야나는 앞좌석에 앉은 채 목을 위로 쭉 뻗어 무슨 일이 벌어지고 있는지 보려 했지만 도저히 보이지가 않았다. 이제 차에서 내려야만 했다. 휴대전화를 주머니에 집어넣은 그녀는 파카의 맨 위 단추를 풀고 옷깃을 세운 뒤 차에서 내렸다. 그녀가 출입금지구역으로 성큼성큼 걸어가는 동안 체크무늬 모자와 거기 어울리는 스카프가 찬바람으로부터 그녀를 보호해주었다.

헨리크는 야나가 자기 옆에 와서 서는 걸 보았다.

턱수염을 기른 남자가 받은 무전에 대답했다.

"이제 해도 돼." 그는 이렇게 말한 뒤 헨리크와 군나르를 쳐다보았다. "첫 번째 것이 올라옵니다."

야나는 저 멀리 바다와 안전구역을 바라보았다. 해상 크레인의 움직임을 지켜볼 때는 눈이 찌푸려졌다. 천천히, 천천히, 강철 케이블이 윈치로 감겨 올라왔다. 파도가 바지선에 부딪혀 부서져 내렸고, 바람소리는 요란했다. 그때 짙은 회색 물체가 수면 위로 올라오더니 컨테이너 한 대가 모습을 드러냈다. 공중에 뜬 컨테이너에서는 물이 마구 쏟아져 내렸다. 컨테이너는 반 바퀴 돌아서 조심스럽게 바지선 위에 내려앉았다.

두 번째로 인양된 컨테이너는 파란색이었다. 그것이 수면을 뚫고 나왔을 때, 야나는 그 자리에 굳고 말았다. 자기가 아는 고유번호가 보였기 때문이다. 그녀는 마비된 듯 서서 컨테이너가 흔들거리며 바지선에 내리는 모습을 지켜보았다. 세 번째 컨테이너가 올라왔을 때는 더 이상 참을 수 없었다. 컨테이너들 안에 뭐가 있는지 보고 싶었다. 당장!

인양 작업은 한 시간 반이 걸렸다. 컨테이너들은 하나씩 바지선에서 육지로 옮겨졌다.

짝다리를 짚고 서 있던 야나는 반대쪽 다리로 무게중심을 옮겼다. 미아는 제자리에서 펄쩍펄쩍 뛰고, 양팔을 큰 원 모양으로 돌렸다. 아넬리와 군나르는 올라 옆에서 잡담을 하고 있었다.

헨리크는 컨테이너 열 개가 모두 인양될 때까지 크레인 기사에게 지시하는 일을 도왔다.

"이것부터 시작합시다." 군나르는 네 번째로 올라온 주황색 컨테이너를 가리키며 소리쳤다.

그들은 모두 달 모양의 강철 문 앞으로 모였다. 턱수염을 기른 부두 노동자가 그들 가운데, 잠금장치 앞에 섰다.

"문을 열 때는 아주 조심해야 합니다. 안전거리를 두고 물러나 계세요. 컨테이너 안에는 물이 잔뜩 차 있을 테니까." 그가 말했다.

"방수가 되는 줄 알았는데요." 헨리크가 말했다.

"오 천만에요! 제 말을 믿으십쇼. 전혀 그렇지 않습니다."

헨리크는 힘이 쭉 빠지고 말았다. 뭔가 중요한 걸 찾을 수 있으리라는 희망이 꺾여버리는 순간이었다. 물은 중요한 증거를 없애버릴 수 있는(그것도 아주 빨리) 최대의 적이기 때문이다.

"뒤로 물러서요!" 그 부두 노동자는 소리쳤다.

야나는 몇 발짝 뒤로 걸어갔다.

군나르는 마치 아넬리를 보호하려는 것처럼 그녀의 팔을 잡아당겼다. 헨리크와 미아 역시 그들을 따라갔다. 컨테이너로부터 20미터쯤 떨어진 지점까지 갔을 때 헨리크는 이 정도면 됐냐는 표정을 지어보였다.

"더 뒤로 가요!" 턱수염을 기른 남자가 외쳤다.

그들은 50미터쯤 떨어진 곳에 멈춰 섰다. 그 부두 노동자는 엄지를 들어 보인 뒤 컨테이너 문을 자세히 들여다보았다. 빗장 역할을 하는 쇠막대를 만져보는 등 잠금장치들을 확인하고는 어느 육중한 도구를 이용해 자물쇠를 풀어 땅에 내려놓았다. 그는 어떻게 하면 컨테이너 안에 든 물에 휩쓸리는 걸 피할 수 있을지 잠시 고민하다가, 균형을 잡고 서서 쇠로 된 손잡이를 잡아당겼다. 그런데 그의 손이 미끄러지고 말았다. 마치 비누 덩어리를 잡은 느낌이었다. 그는 다시 시도했다. 양손으로 손잡이를 꽉 잡고 힘을 줘서 최대한 세게 잡아당겼다. 결국 문이 열리고, 물이 엄청난 힘으로 쏟아져 나왔다. 부두 노동자는 물살에 휩쓸려 나동그라지면서 등을 땅에 세게 부딪혔다. 물에 홀딱 젖은 그는 침을 뱉으며 식식댔다. 축축한 재킷으로 얼굴을 닦아봤지만 별 도움이 되지 않자, 그는 힘겹게 상체를 일으켰다.

그런데 물만 쏟아져 나온 것이 아니었다.

그는 옆에 놓인 게 뭔지 보려고 다시 눈을 비볐다. 둥그스름한 뭔가가 해초에 싸여 있었다. 손가락으로 살짝 찌르자 끈끈한 것이 손에 묻어났다. 그는 그것을 다시 한 번 찔러본 뒤 옆으로 굴려보았다. 순간 끔찍한 광경을 목격하고 만 그는 뒤로 나가떨어졌다.

그것은 부패된 사람의 머리였다.

야나는 꼼짝하지 않고 서 있었다. 젖은 땅을 바라보는 그녀의 얼굴에는 아무 표정이 없었다. 신체 부분들이 사방에 흩어져 있었다. 부패한 팔과 다리들. 머리카락 뭉치들. 지독한 악취가 풍겼다.

헨리크는 위가 뒤틀리는 기분을 느끼며 코를 감싸 쥐었다. 구토가 나오려는 걸 간신히 억누르며.

아넬리는 그 머리에 대해 기록할 때 극도로 조심했다. 얼굴은 다 녹아버렸고, 눈구멍은 넓어진 듯 보였으며, 눈의 남은 조직들이 튀어나와 있었다.

"1년." 아넬리는 이렇게 말하며 일어섰다. 시신들이 물 속에 있은 지 대략 1년 정도라고 추정한 것이다. "스웨덴의 추운 날씨 덕분에 그나마 잘 보존된 편이에요."

헨리크는 고개를 끄덕였다. 그는 메스꺼움을 없애려 몇 번이나 침을 삼켰다.

미아는 얼굴이 하얗게 질려버렸다. 이미 1년 치 욕설을 다 내뱉고 난 뒤였다.

야나는 여전히 처음 물러나 있던 자리에 그대로 서 있었다. 미동도 없이.

아넬리는 조심스럽게 부패한 뼈들이 놓인 곳으로 가서 몸을 숙이고 사진을 찍었다. 뼈에 붙어 있던 피부는 마치 물주머니들처럼 늘어져 있었다. 그녀가 손으로 만지자 피부가 떨어져 나와 그녀의 라텍스 장갑에 붙었다. 피부 여러 군데에 뼈가 관통한 자국이 보였다. 아넬리는 그 모든 걸 다 기록하기 위해 카메라를 들이댔다.

"다음 것도 열어볼까요?"

헨리크는 고개를 끄덕였지만 결국 참지 못하고 속에 있는 걸 게워내고 말았다.

다음 컨테이너를 열기까지는 꽤 오랜 시간이 걸렸다. 처음 것에서 그런 섬뜩한 내용물을 발견했으니, 더 철저한 안전 예방책을 세워야 했다. 아넬리는 부두 총책임자인 라이너 구스타브손과 다른 방법을 논의했다. 마침내 그들은 컨테이너 문을 열기 전에 먼저 안에 든 물을 빼기로 결정했다. 하지만 내용물까지 같이 빨려 나오지 않게 하려면 기계식 필터를 비롯한 장비들이 필요했는데, 그건 린셰핑에만 있었다. 그것들을 가져오느라 작업은 더 지연되었다. 기술자 세 명이 특수 펌프를 가지고 오는 데 두 시간이 걸렸던 것이다. 필터 장치를 설치하고 필터를 끼운 다음 물의 흐름을 조절하는 커다란 밸브도 끼워 넣었다.

헨리크는 전문가들이 알아서 모두 작업하도록 놔두었다. 오후가 되면서 기온은 더 떨어졌지만 더는 추위도 느껴지지 않았다.

그저 한 번 더 토하고 싶을 뿐이었다. 이미 세 번이나 게워냈는데도. 그뿐만 아니라 미아도 구토를 참지 못했다. 그녀는 이제 창백한 얼굴로 헨리크 옆에 서 있었다.

"이제 물을 빼겠습니다." 한 기술자가 말했다.

컨테이너에 들어 있던 물이 대형 탱크로 옮겨졌다. 작업은 침묵 속에서 이루어졌다. 부패한 시신들은 모두에게 큰 충격을 안겨주었던 것이다. 헨리크는 기자들이 저 멀리 출입금지구역 바깥에 서 있는 데 대해 신께 감사할 지경이었다. 아넬리는 증원을 요청했고, 이제 경찰관 다섯 명이 그녀의 지시에 따라 신체부분들을 모아 법의학연구소로 보낼 준비를 했다. 헨리크는 조금 떨어진 곳에서 녹슨 컨테이너의 파란색 철판을 보고 있었다.

야나는 헨리크 뒤에 서 있었다. 그녀는 녹 대신 숫자들 그리고 글자들을 보았다. 그 조합을.

꿈에서 보았던 것과 똑같았다.

"저 안에 더 많은 시신이 들어 있을 것 같은데요." 미아가 말했다.

"그렇게 생각해?" 헨리크가 말했다.

"네, 전부 시체가 실려 있는 게 틀림없어요, 빌어먹을." 미아가 말했다.

"아니길 바라야지." 헨리크는 맥없이 말했다.

"다 됐습니다!" 한 기술자가 소리쳤다.

"문은 누가 엽니까?" 헨리크도 큰 소리로 말했다.

"우리는 안 엽니다. 아까 그 친구도 위에 찬 물을 빼러 병원에 갔어요. 물도 물이지만, 다른 것들도 삼켜서요. 형사님이 여시죠."

"내가요?" 헨리크는 깜짝 놀라며 말했다.

"네. 어서 여세요."

헨리크는 앞으로 다가가 문을 만져보았다. 미끈거렸다. 쇠막대 하나를 끌어당겼지만 꿈쩍하지 않았다. 그는 숨을 깊이 들이마셨다. 다리를 넓게 벌리고는 자기 몸을 지렛대 삼아 쇠막대를 더 꽉 붙잡고는 단숨에 끌어당겼다. 그러자 문이 삐걱 소리를 내며 서서히 열렸다.

컨테이너 안은 어두웠다. 완전히 암흑이라 안이 전혀 보이지 않았다. 위에서 떨어진 물이 딱딱한 바닥에 부딪쳐 똑똑 소리를 냈다. 그밖에는 아무런 소리도 들리지 않았다.

"불!" 그가 말했다.

미아는 서둘러 차로 달려가 트렁크에서 커다란 손전등을 꺼내고는 허겁지겁 헨리크에게로 갔다.

"누가 불 좀 더 켤 수 있게 해주세요!" 그녀가 외쳤다. "안을 볼 수 있게!"

헨리크는 그 큰 손전등을 받아들고 불을 켰다. 불빛이 어두운 바닥 위로 내리쬤다. 그는 머뭇거리며 한 발짝, 또 한 발짝 앞으로 나갔다. 바닥 위를 왔다 갔다 비추던 불빛은 천장으로 올라가 위를 한 번 훑고는 다시 바닥으로 내려와 뒤쪽 구석을 비췄다.

헨리크는 거기서 뭔가를 발견했다. 그는 최대한 흔들림 없이 손전등을 들고자 애쓰며 손으로 그곳을 가리켰다. 곧이어 다른 구석도 가리켰다. 거기에도 뭐가 쌓여 있었다. 그는 두 발짝 더 전진하여 컨테이너 안으로 들어갔다. 뭐라도 밟을까 싶어 아주 조금씩 천천히 앞으로 나아갔다. 그는 손전등으로 계속 발 앞의 바닥을 비추며 앞에 아무것도 없는지 확인했다. 다시 천장과 구석들을 비춰보았다. 이제 그는 컨테이너 중간쯤 들어와 있었다. 그리고 쌓여 있는 것을 보았다.

수많은 해골들.

바로 그 순간 자동차 전조등 불빛이 컨테이너 안을 밝게 비췄다. 헨리크는 강한 빛에 눈을 깜빡이며 미아를 바라봤고, 그녀는 그에게 엄지를 들어 보였다. 그러나 그는 엄지를 아래로 내렸다.

"네 말이 맞았어, 미아. 여기 더 있어."

미아는 재빨리 문 앞으로 달려와 안을 들여다보았다.

야나도 미아 뒤를 바짝 따라왔다. 그들은 나란히 서서 헨리크가 손으로 가리키는 구석을 쳐다보았다.

"여기." 그가 말했다.

"그런데 저건 뭐죠?" 미아는 고갯짓으로 컨테이너 안쪽을 가리키며 말했다. 가운데쯤에 분홍색 틀이 있는 녹슨 물체가 있었다.

"거울이에요." 야나가 느릿느릿 말했다.

그녀는 그걸 알아보았다. 익숙한 것. 마치 전에 그와 같은 걸 가졌던 것처럼. 사실이었다. 그녀는 그런 적이 있었다. 금이 간 거울. 바로 저것처럼. 하지만… 저게 내 거라면, 왜 이 안에 있지?

야나는 숨이 턱 막혔다. 목에 털들이 곤두섰다. 팔에도. 그녀는 천천히 눈을 들어 양쪽 구석에 있는 쌓여 있는 뼈들을 쳐다보았다. 이제야 그녀는 그것들이 무엇인지 알 수 있었다.

한때 그녀가 알던 사람들의 유골이었다.

"제기랄, 좋아, 지금부터 부두를 24시간 감시한다!"

군나르는 주먹으로 플라스틱 탁자를 쾅 내리쳤다. 그는 벌겋게

Marked for Life

달아오른 얼굴로 축 늘어진 채 둘러앉은 사람들을 쳐다보았다.

헨리크는 눈 밑이 거뭇했다.

미아는 눈빛이 멍했고 올라는 크게 하품을 했다.

브리핑에 참석하지 않은 유일한 사람은 아넬리였다. 그녀는 아직도 첫 번째 컨테이너에서 나온 시신의 유해를 기록하는 중이었다. 린셰핑과 스톡홀름에서 온 과학수사요원 다섯 명이 그녀의 일을 도왔고, 외레브로(Örebro)에서도 한 팀이 오는 중이었다.

이미 시신의 부패가 상당히 진행된 상태라 일의 진행이 더뎠다. 신체부분들은 손으로 드는 게 불가능할 정도였다. 그들은 특수한 인양 장비와 딱딱하지 않은 받침을 이용해 운반 중에 피부가 떨어져나가지 않도록 조심했다. 개봉된 컨테이너 열 개에서 모두 사람 유해가 발견되었다. 바다 속에 가라앉은 지 1년 정도 밖에 안 된 첫 번째 컨테이너를 제외한 나머지 것들에서는 뼈밖에 나오지 않았다.

이제 밤 9시였다. 팀원들이 브란되 섬에 온 지 열한 시간째였다. 애초에는 기술을 요하는 단순한 인양 작업으로 시작됐던 일이, 수많은 경찰관, 연수생, 과학수사요원 등이 참여하는 열띤 작업으로 변모했다. 작업은 밤새 계속될 터였다. 아마 며칠 동안은.

군나르는 그 생각에 얼굴이 더 시뻘게졌다.

"그 어떤 컨테이너도 우리 감독 없이 비워져서는 안 돼. 알겠어? 부두에 들어오는 모든 것들을 확인해야만 하고. 하나도 빠짐없이 말이야."

모두가 고개를 끄덕였다.

탁자 위에는 알루미늄 접시에 잘 싸인 포장 음식이 놓여 있었지만 손대는 사람은 아무도 없었다. 부패한 신체 부위에서 나는 악취가 아직도 공기 중에 떠다니는 탓에 다들 식욕을 전혀 느끼지 못했다.

"컨테이너에 적힌 고유번호들이 율렌의 컴퓨터에서 발견된 것들과 일치합니다." 올라가 말했다.

"레나 비크스트룀이 지운 것들 말이지." 미아가 말했다.

"그걸 왜 지웠을까요?" 올라가 말했다.

"누군가로부터 명령을 받았겠지." 헨리크가 말했다.

"그게 누군지 알아내야 해. 그 여자가 입을 열도록 해야 한다고." 군나르가 말했다.

"여기에는 시체가 산더미예요, 꼭 거대한 무덤 열 개 같아요." 미아가 말했다. "이들은 누굴까요? 아니, 누구였을까요?"

"한스 율렌은 알고 있었겠지." 헨리크가 말했다.

"레나 비크스트룀 역시 그가 이 일에서 어떤 역할을 했는지 알고 있을 거야. 같은 부서에서 일했으니까."

다들 또 한 번 고개를 끄덕였다.

"컨테이너들 간에 공통점이라도 있나?" 군나르가 말했다.

"전부 칠레에서 왔다는 점이요." 헨리크가 말했다.

"그래, 하지만 그것 말고. 어느 도시에서 선적되었을까? 누가 선적했을까?" 군나르가 말했다.

"알아보겠습니다." 헨리크가 말했다.

"토마스 뤼드베리의 휴대전화 통화기록에 따르면 또 다른 선적 건이 있었던 것 같아. 그가 레나한테 보낸 문자에 'Del. Tues.1' 이라고 적혀 있었거든." 군나르가 말했다.

"레나는 그게 뭘 의미하는지 말하지 않았지만, 제 추측으로는 1일 화요일에 배송된다는 것 같아요. 다음 주 화요일이 5월 1일이니 노르셰핑에 정박하는 모든 화물선 위를 구석구석 살펴봐야죠." 헨리크가 말했다.

"그렇지만 그 메시지는 1번지 집으로 배달된다는 뜻일 수도 있고, 한 사람에게 배달된다는 뜻일 수도 있고, 아니면 배 번호가 1번일 수도 있고, 또……." 미아가 말했다.

"무슨 말인지 알겠어." 군나르가 말했다.

"좀 더 넓은 시각으로 접근해야 할 것 같다는 말이에요." 미아가 말했다.

"맞아!"

"다른 문자는 없었어? 그거랑 비슷한 걸로." 헨리크가 말했다.

"아니요, 뤼드베리가 쓴 건 없어요, 다른 사람이 쓴 것도 없고요." 올라가 말했다.

"자 그럼." 군나르가 말했다. "레나를 다시 한 번 조사하도록. 입을 열게 만들어. 이민국이 이 일과 어떤 식으로 관계되어 있는지. 직원들도 전부 조사하고."

그는 얼굴을 문지르며 말을 이었다. "그리고 레나의 휴대전화를 확인해봐. 문자, 전화통화, 전부 다! 또 그 여자와 연락했던 사람들도 전부 알아보고. 동창, 남자친구, 삼촌, 숙모 등 빠짐없이 다." 군나르가 말했다. "그리고 라이너 씨한테 말해서 그 부두로 올 예정인 배들을 전부 기록하도록. 선장들한테는 컨테이너들을 배 위에서 열어보도록 지시하고."

"컨테이너를 배 위에서 여는 건 불가능합니다. 배 한 척당 6천

개 이상의 컨테이너가 실려 있는 걸요." 헨리크가 말했다.

"게다가 먼 바다에서는 바람이 세고 폭풍을 만날 수도 있고요." 미아가 말했다.

군나르는 또다시 손으로 얼굴을 문질렀다.

"뭐 그럼, 배가 항구에 닿고 나서야 열어볼 수 있겠군. 아무튼 가장 중요한 건 그런 짓을 한 놈들을 잡는 거야. 그리고 그 악질들을 잡을 때까지는 아무도, 아. 무. 도. 해이해져서는 안 돼!"

39장

포보스(Phobos)는 허리께에 꽂힌 권총을 뽑았다. 권총은 그의 손 안에 정확히 쥐어져 있었다. 항상 그렇듯이. 그는 능숙한 손놀림 으로 권총을 다시 허리띠에 꽂은 뒤 재킷으로 덮었다. 그러고는 또 한 번 권총을 뽑았다. 그리고 또 한 번.

평상체제에서 비상체제로 신속히 전환하는 것이 중요했다. 특 히 그가 보초를 설 때에는. 별의별 일이 다 생길 수 있다는 걸 경 험상 잘 알고 있었다. 그리고 문제는 검게 차려입은 남자들만이 아니었다. 가벼운 옷차림의 여성도 큰 문제를 일으킬 수 있다.

그가 서 있는 지붕 위에서는 뒷길이 잘 보였다. 2층에 혼자 있던 그는 옆 건물의 콘크리트 벽에 기대어 섰다.

그가 서 있는 건물은 잠겨 있었고, 쇠로 된 벽 뒤에 숨어 있었다. 수직 광고판의 깜빡이는 불빛이 자갈길 위를 비췄다. 찢어진 차양 이 바람에 나부꼈다. 빈 깡통 하나가 자갈길 가장자리를 따라 굴 러갔다. 포보스는 철문을 똑바로 응시했다. 문 옆 창문에는 창살 이 달려 있었다. 그 안에서 거래가 이루어지고 있다는 건 누구도 상상하지 못할 것이다. 하지만 사실이었다. 그것도 네 시간 동안 이나. 포보스도 그동안 쭉 거기 서 있었다. 어둠 속에서.

일이 끝나면 그가 보호하고 있던 그 무언가가 안전하게 전달되 었음을 확인할 수 있을 것이다. 하지만 그때까지는 적어도 한 시간은 더 기다려야 했다. 그는 부디 일이 그보다 빨리 끝나기를 바랐다.

진심으로.

날이 너무 추웠기 때문이다.

그는 몸을 덥히기 위해 다시 권총을 뽑았다.

그는 하루 종일 그녀를 생각했다.

칼 베르셀리우스는 한숨을 내쉬며 텔레비전을 끄고는 창가로 걸어갔다. 정원을 내다보려 했지만, 정원은 깊은 우물 속처럼 어두웠다.

칼은 중간 문설주가 있는 창문에 비친 자신의 모습을 보았다. 그는 침울한 기분으로 왜 그녀가 전화를 안 받았는지 궁금해 했다.

집 안은 고요했다. 마르가레타는 일찍 잠자리에 들었다. 저녁식사 시간에 칼은 그녀에게 조용히 하라고 말했다. 그 역시 말이 안 나왔고 심지어 음식도 거의 먹지 못했다. 마르가레타는 깜짝 놀라 그를 쳐다보았다. 그녀의 작고 다부진 몸이 꿈틀거렸다. 그녀는 안경을 만지작거렸고 음식을 조금씩 먹었다.

마르가레타가 알아야 할 건 아무것도 없어, 전혀 없다고. 칼은 속으로 생각했다.

그는 자신의 손을 내려다보며 깊은 후회를 느꼈다.

왜 그 새겨진 글자를 즉시 처리하지 않았을까? 왜 아이의 목에 그런 게 남아 있도록 그냥 두었을까? 그는 이유를 알고 있었다. 왜 그런 게 몸에 새겨져 있는지, 그녀가 어디서 왔는지 그녀에게 설명하기가 너무나 어려웠기 때문이다. 만약 목의 살 위에 글자가 새겨

Marked for Life

져 있다는 사실이 알려지면 괴물이라는 소리를 들을 게 뻔했다. 소문도 생겨날 것이다. "베르셀리우스가 괴물을 입양했다"고. 그녀는 아마도 자해하는 사람으로 분류되었을 것이다. 어쩌면 파괴적 행동을 보이는 사람들을 위한 기관에 보내보라는 말도 나왔을 테고.

칼은 자신의 고뇌가 분노로 바뀌는 걸 느꼈다. 역사는 되풀이된다는 말처럼, 그녀는 또다시 그의 명성뿐만 아니라 그녀 자신의 명성까지도 위험에 빠뜨리려 하고 있었다. 저주받은 아이야, 그는 생각했다. 전부 그 아이 탓이라고!

그는 불현듯 그녀가 전화를 안 받은 것이 오히려 고마울 지경이었다. 더는 그녀와 이야기하고 싶지 않았다. 앞으로 다시는 그녀와 연락을 취하려 노력하지 않을 것이다.

그러한 숙명적 결정에 만족한 그는 천천히 고개를 끄덕였다.

그러고도 그는 한동안 창가에 머물러 있었다. 잠시 후 그는 거실 테이블 전등을 끈 뒤 침실로 들어가 마르가레타 옆에 누워 잠을 청했다. 그러나 한 시간이 지난 뒤에도 여전히 그는 깨어 있었다. 결국 그는 침대에서 일어나 남색 가운을 입고 큼직한 슬리퍼를 신었다. 발을 질질 끌며 소파로 걸어간 그는 힘겹게 앉아서 다시 TV를 켰다.

자그마한 와인 냉장고에는 열두 병의 와인이 들어갔다.

야나 베르셀리우스는 그중 한 병을 꺼내 전기 와인오프너로 뚜껑을 연 뒤 크리스털 잔에 가득 따랐다. 한 모금 들이켜자 밝은 노란색 액체가 목 뒤로 넘어가는 느낌이 났다.

그녀는 인양 작업장을 떠날 수밖에 없었다. 잠시 서서 컨테이너 안을 들여다보던 그는 헨리크에게 가봐야 한다고 말했다. 재빨리 거기서 걸어 나와 차를 타고 집으로 돌아왔다.

그녀는 가만히 서 있을 수 없어서 뭐라도 해야 했다. 그래서 큰 냉장고를 열어 토마토 한 송이를 꺼냈다. 칼을 들고 토마토를 자르기 시작했다. 천천히 얇은 껍질을 통과해 자른 뒤 그 조각들을 볼에 담고는 와인을 또 한 모금 마셨다. 오이도 꺼내 씻은 다음 칼 아래 내려놓았다. 그녀는 컨테이너에 대해 생각했다. 마음속 깊은 곳에서 컨테이너의 내용물이 그녀에게 중요한 것이었다고 알려주는 듯했다. 꿈에서는 그 숫자와 글자의 조합이 나왔다. 그녀는 그것을 보았기에 알고 있었다. 하지만 그 거울을 거기서 찾을 줄은 몰랐다. 그녀는 오이를 계속 썰었다. *어떻게 그게 내 거울인지 알 수 있었지?* 오이를 자르는 칼질이 빨라졌다. *내가 그 안에 있었나? 그 안에 있었던 게 틀림없어.* 칼질은 점점 더 빨라졌다. *그 안에 있었다고!* 이제는 오이를 거의 난도질하디시피 했다. 그러더니 칼을 들어 도마에다 휙 내리꽂았다. 칼날은 나무 깊숙이 박혔다.

야나는 다른 각도에서 생각했다. 생각은 그녀의 목에 새겨진 이름에서부터 시작되었다. 왜 그런 곳에 이름이 새겨져 있는 걸까? *왜 그런 방식으로?* 그녀는 이 모든 질문의 답을 알고 싶어 미칠 지경이었다. 하지만 물어볼 사람이 아무도 없었다. 레나 말고는. 야나는 구금 센터에 있는 레나를 찾아가볼까 하는 생각을 재빨리 지워버렸다. 누군가 그녀가 물어보는 걸 들을 위험이 있었으니까. 그랬다가는 아마 의심하기 시작하거나, 그녀가 독자적으로 별도 수사를 진행하고 있다는 걸 알아챌 수도 있었다. 불필요한 위험을

Marked for Life

감수하고 싶지는 않았다. 그녀는 숨을 깊이 들이마셨다. 의지할 사람은 정말 아무도 없었다. 단 한 명도. 아니면… 야나는 고개를 들어 도마에 수직으로 박힌 칼을 쳐다보았다. 아니, 아무도 없어. 혹시 있을까? 음, 어쩌면 한 사람 있을지도. 단 한 사람. 하지만 그는 살아 있지 않았다. 그가 살아 있다면 분명 그녀에게 모든 걸 말해줄 수 있을 텐데. 하지만 그는 살아 있지 않았다. *살아 있을까? 그가 정말? 아니야… 설마?*

야나는 와인 잔을 들고 컴퓨터로 갔다. 단숨에 잔을 비운 그녀는 국내의 모든 회사나 사람을 검색할 수 있는 사이트에 접속했다. 그녀는 잠시 머뭇거리다 곧 '하데스(Hades)'라고 입력한 뒤 엔터키를 눌렀다.

수많은 회사명들이 화면에 떴지만 사람은 한 명도 없었다. 그녀는 다른 검색 엔진을 열어 같은 이름을 입력했다. 검색 결과는 3,100만 개나 되었다.

야나는 한숨을 지었다. 가망 없는 일이었다. 그가 아직 살아 있을 리 없다. 그럴 수는, 그건… 불가능한 일이었다. 그런데 레나는 왜 그가 살아 있는 것처럼 말했을까?

야나는 검색어를 '하데스라는 이름'으로 바꿔봤지만 이번에도 역시 결과는 수십 페이지에 달했다. 그녀는 어떻게든 단서를 찾기 위해 그 이름이 포함된 모든 가능한 조합으로 시도했다.

막 포기하려던 찰나, 문득 어떤 생각이 들었다. 정말 누군가를 찾고 싶다면 경찰 컴퓨터로 검색해봐야 했다.

경찰 데이터베이스에 접속해야 한다.

그것도 남의 눈에 띄지 않고.

40장

프레데릭 '프레디' 올슨(Frederic 'Freddy' Olsson)은 쓰레기 수거용 카트를 손으로 두드렸다. 이어폰에서는 쿵쾅대는 음악이 흘러나왔다. 시끄럽게 들리는 거친 목소리.

빌리 아이돌(Billy Idol, 1980년대 펑크록의 아이콘이었던 영국 출신 가수—옮긴이).

"Hey little sister, what have you done?(어이 동생, 너 무슨 짓을 한 거야?)"

프레디는 박자에 맞춰 고개를 까딱거리며 노래를 따라 불렀다.

"Hey little sister, who's your only one?(어이 동생, 그 사람이 누군데?)"

시간은 자정이 다 되어갔고, 승강장에는 아무도 없었다.

프레디는 언제나처럼 쓰레기통 앞에 카트를 세워놓고 뚜껑을 열어 안에 든 봉투를 꺼냈다. 봉투가 무거워 힘을 좀 써야 했다.

제길, 뭔 쓰레기가 이리 많아, 그는 속으로 투덜거리며 봉투를 묶은 뒤 카트 위 다른 봉투들 옆에 실었다.

새 봉투를 꺼낸 그는 워크맨의 볼륨을 더 높이며 노래를 불렀다. "It's a nice day to start again.(다시 시작하기 좋은 날이야.)"

갑자기 멈춰 선 그는 카트를 두드리다가 큰 소리로 다시 노래했다. "It's a nice day for a white wedding.(순백의 결혼식을 올리기 좋은 날이야.)"

그는 혼자 씩 웃고는 새 봉투를 쓰레기통 안에 집어넣고 뚜껑을 딱 소리 나게 닫았다.

　다음 쓰레기통으로 카트를 밀고 가던 길에, 그는 벤치 뒤의 좁은 공간에서 다리 하나가 삐죽 나와 있는 걸 보았다. 다가가보니 어린 여자아이가 벽에 기대어 앉아 있었다. 거의 잠든 채로.

　프레디는 부모가 없나 하고 주위를 둘러보았지만 승강장은 텅 비어 있었다. 천천히 이어폰을 뺀 그는 소녀에게 다가가 쿡 찔렀다.

　"어이." 그가 말했다. "어이, 너!"

　소녀는 움직이지 않았다.

　"어이 꼬마야, 일어나!"

　그는 손가락으로 소녀의 볼을 쿡 찔렀다. 다시 한 번, 좀 더 세게. 소녀의 까만 눈이 그를 똑바로 쳐다보는가 싶더니, 1초도 안 걸려 벌떡 일어섰다. 소녀는 고함을 치고 팔을 휘두르며 황급히 그에게서 떨어지려 했다.

　"진정해." 프레디가 말했다.

　하지만 소녀는 듣지 않았다. 뒷걸음질만 쳤다.

　"어이, 거기 멈춰." 그는 소녀의 뒤를 보고는 말했다.

　"멈춰! 오 맙소사! 조심해!"

　소녀는 계속 그에게서 멀어져갔다.

　"멈춰! 조심하라고!" 그는 소리치며 소녀를 붙잡기 위해 몸을 던졌다.

　하지만 너무 늦었다. 소녀의 발은 이미 승강장 끝부분을 넘어 선로 위에 떠 있었다. 소녀가 마지막으로 본 건 프레디의 겁에 질린 표정이었다.

　그리고 모든 것이 암흑으로 변했다.

41장

　아넬리 린드그렌은 장갑을 벗었다. 당장이라도 쓰러질 것만 같았다. 오늘 하루는 무척 힘들었고 일하는 내내 아무것도 못 먹었다. 당장 집에 가서 자고 싶을 뿐이었다. 하지만 그 전에 친정에 맡겨둔 아들을 데려와야 했다.

　아넬리가 인양 현장과 컨테이너 안에서 마지막 기록을 끝마쳤을 때는 밤 11시였다. 카메라에는 1천 장이 넘는 사진이 들어 있었고 배터리는 거의 다 닳아 있었다. 현장에 있던 팀원들은 대부분 떠나고, 제복 경찰 몇 명과 군나르 외른만 남아 있었다.

　군나르는 아넬리에게 다가왔다.

　"대충 끝났어?" 군나르가 말했다.

　"네."

　"태워다줄까?"

　아넬리는 의심의 눈초리로 그를 쳐다보았다.

　"피곤해 보이네." 군나르가 말했다.

　"고맙네요."

　"아니, 그런 뜻으로 한 말이 아니라……."

　"알아요. 정말 피곤해서 집에 가고 싶지만 그 전에 사무실에 들러 카메라랑 다른 물건들을 놓고 가야 해요."

　"그럼 같이 들렀다 가면 되지."

"정말요?"

"물론. 가자고."

야나 베르셀리우스는 서류가방을 손에 들고 벽에 붙어서 개방형 사무실 안을 바라보고 있었다. 한 여자가 책상에 앉아서 컴퓨터 화면에 시선을 고정한 채 키보드를 두드리고 있었고, 그 밖에는 사무실에 아무도 없었다. 밤 11시였고 나머지 야간근무자들은 아마도 전화를 받고 나간 모양이었다. 아니면 인양 현장에 나가 있거나.

완벽해, 야나는 생각했다.

그녀는 유치장에 갈 일이 있다는 거짓말로 쉽게 경찰청 건물 안에 들어갈 수 있었다. 그녀가 단호한 걸음으로 다가가자, 발소리를 들은 여직원이 고개를 들어 그녀를 쳐다보았다. 여직원은 20대 정도로밖에 안 보였다. 파란 눈, 진주 귀걸이.

"안녕하세요, 야나 베르셀리우스 검사입니다."

"안녕하세요, 마틸다(Matilda)예요."

"군나르 과장님과 함께 일하고 있어서 여기서 종종 만난답니다." 야나는 회의실을 가리키며 말했다.

"아, 그러세요?"

"그런데 마틸다의 도움이 필요해요. 지난 번 미팅 때 회의실에다 공책을 놔두고 왔는데 혹시 문 좀 열어줄 수 있을까요?"

마틸다는 시계와 야나를 번갈아 쳐다보며 머뭇거렸다.

"유치장에 가던 길이에요." 야나가 설명했다. "오늘밤 체포된 사람이 있으면 그와 관련해서 공책에 기록할 게 있거든요."

마틸다는 야나의 거짓말을 사실로 믿고 미소를 지으며 의자에서 일어났다.

"당연히 열어드려야죠."

야나는 마틸다의 컴퓨터 화면을 흘긋 쳐다봤다. 마침 경찰용 인명부가 열려 있었다. 즉, 마틸다 아이디로 로그인되어 있다는 뜻이었다.

야나는 마틸다를 따라 복도를 통해 회의실로 향했다. 마틸다는 키 카드로 문을 열어주었다.

"들어가 보세요."

"고마워요." 야나가 말했다. "이제 제가 알아서 할게요."

"공책을 찾고 나오실 때 문만 닫아주세요."

"네, 그럼요. 여기 어디 있을 텐데." 야나는 이렇게 말하며 방 안으로 들어섰다.

마틸다가 자기 책상으로 돌아가는 소리를 들은 야나는 공책을 찾는 척하며 회의실 탁자 주변을 빙 돌았다. 그러고는 서류가방에 들어 있던 공책을 꺼내들고는 회의실 문을 닫고 나왔다.

"여기 있네요." 그녀는 마틸다 곁을 지나며 말했다. "도와줘서 고마워요."

"별 말씀을요. 어려운 일도 아닌데요." 마틸다는 대답하고는 사무실을 나서는 검사에게 건성으로 손을 흔들었다.

마틸다의 주위는 다시 조용해졌고, 하드 디스크와 천장 환풍기가 웅웅대는 소리가 더 크게 들렸다.

마틸다는 혼자 일하는 걸 좋아했다. 특히 동료들의 질문이나 하

Marked for Life

루 종일 울려대는 전화 때문에 방해 받을 일이 없는 이런 밤 시간이 가장 좋았다.

그녀는 엘리베이터의 땡 하는 소리와 문이 다시 닫히는 소리를 들었다.

휴대전화로 남자친구에게 막 전화하려던 찰나, 또 무슨 소리가 들렸다. 주방 쪽에서 쇳소리 같은 게 났던 것이다. 그녀는 또 들리나 보려고 귀를 쫑긋 세웠다. 착각이었나? 소리는 또다시 들렸다.

그녀는 무슨 소리인지 알아보려고 자리에서 일어났다. 휴대전화를 들고 주방으로 걸어가서 불을 켜고 싱크대와 테이블을 훑어보았다. 썰렁한 주방 공기 때문에 그녀는 팔로 몸을 감싸며 부르르 떨었다. 그때 소리가 또 들렸다. 고개를 돌려보니 창문 하나가 열려 있었다. 그제야 마음을 놓은 그녀는 다가가서 창문을 닫았다. 그런데 바로 그 순간 뒤에서 시끄러운 소리가 들렸다. 그녀는 깜짝 놀라 몸을 움찔했다. 주방문이 쾅 닫혀버린 것이다.

"아, 바람에 문이 닫혔구나." 그녀는 심장이 마구 뛰는 걸 느끼며 혼자 중얼거렸다.

그녀는 창문 손잡이를 돌려 잠가버렸다. 찬장 위에 과일이 가득 든 바구니를 흘긋 보고는 그보다는 뭔가 단 걸 먹고 싶다고 생각했다. 어느 줄무늬 깡통 안에서 원하는 걸 찾은 그녀는 곧장 동그란 비스킷을 입 안에 집어넣었다. 그러고는 하나를 더 집은 뒤 뚜껑을 닫고 다시 자리로 돌아가려 했다. 주방 문 손잡이를 잡았는데… 문은 꿈쩍도 하지 않았다. 문이 잠겨버렸어! 제길!

그녀는 다시 한 번 손잡이를 잡아보았다. 어떻게 저절로 문이 잠길 수 있지? 도무지 이해되지 않았다. 그녀는 문을 살짝 두드리다가 이내 시간낭비라는 걸 깨닫고 말았다.

사무실에는 그녀밖에 없었으니까.

야나가 황급히 마틸다의 의자에 앉아 키보드를 앞으로 끌어당겼을 때 문을 두드리는 소리가 들렸다.

빨리 일을 끝내야만 했다.

군나르는 크게 하품하는 아넬리를 위해 문을 열어주었다. 그녀는 인양 현장에서 경찰청으로 오는 내내 졸고 있었다.

"벌써 왔어요?" 그녀가 말했다.

"응. 내가 올려다 줄까?"

"아니에요. 같이 가요."

군나르는 트렁크를 열어 크고 무거운 가방을 들고, 카메라 가방은 아넬리에게 건넸다.

아넬리는 가방을 어깨에 메고 다시 늘어져라 하품했다. 그들은 3층으로 가기 위해 나란히 엘리베이터로 걸어가 버튼을 누르고 기다렸다.

마틸다는 뭘 어떻게 해야 할지 몰랐다. 그저 문을 마구 두드렸다. 다시 손잡이를 잡아보고, 있는 힘껏 문을 밀어보기도 했지만 소용없었다. 한 번, 두 번, 세 번, 그녀는 문을 쾅쾅 쳤다.

"여기요!" 그녀가 소리쳤다. "여기요!"

이내 그녀는 사무실에 자기 혼자뿐이라는 사실을 다시금 떠올렸다. 그녀는 문득 주머니 속에 휴대전화가 있다는 걸 깨달았다.

Marked for Life

하지만 누구한테 전화한단 말인가? 처음 생각난 사람은 남자친구였다. 그러나 그는 경찰청 건물 안으로 들어올 자격도 없다. 그녀는 자신의 바보 같은 생각을 비웃었다. 접수처? 거기라면 정비사나 다른 누군가를 올려 보내줄 것이다. 하지만 그녀가 손에 들고 있는 전화는 개인용이었다. 거기에는 각 부서의 직통 혹은 내선 번호가 하나도 저장되어 있지 않았다.

"오 맙소사, 바보 같긴." 그녀는 소리 내어 말하고는 발로 문을 걷어찼다.

야나는 엘리베이터가 움직이는 소리를 들었다. 마틸다가 문을 두드리는 소리도. 두드리는 것보다는 발로 차는 소리에 가까웠다.

야나는 하데스로 검색을 시도했지만 아무 결과도 나타나지 않았다. 무엇으로 검색해야 할까? 그녀는 머리를 쥐어짰다. 뭐라도 생각해내란 말이야! 생각해! 생각해! 생각해!

엘리베이터가 멈췄다. 아래층인 듯했지만 그녀가 안도의 한숨을 내쉬기가 무섭게 엘리베이터는 또다시 움직이기 시작했다. 위로.

야나는 여전히 생각 중이었다. 그를 하데스 말고 뭐라 부를 수 있을까? 뭐지? 그녀는 입술을 깨물었고, 생각은 제자리에서 빙빙 돌고 있었다. 그때 기억 속에서 나온 어떤 이름 하나가 떠올랐다. '댄Dan'으로 시작하는 이름이었는데…….

그녀가 'Dan'이라고 치자 수많은 동명인들이 검색되었다. 하지만 뭔가 잘못된 기분이었다. Dano, Daniel, Danilo… Danilo(다닐로)! 그녀는 당장 그 이름을 쳐보았다.

엘리베이터가 가까워오고 있었다.

어서! 결과를 내놔!

야나는 화면을 위에서 아래로 재빨리 훑어보았다. 곧 결과가 나왔다. 동명인이 여럿 있었지만 그녀의 눈을 사로잡은 이름은 'Danilo Peña(다닐로 페냐)' 였다. 쇠데르텔리에(Södertälje)에 사는.

야나는 휴대전화로 화면을 촬영한 뒤 곧바로 인명부에서 로그아웃했다. 소지품들을 챙기고는 급히 신발을 벗어 손에 들고 스타킹 신은 발로 엘리베이터까지 뛰어갔다. 버튼을 누르자 바로 문이 열렸다. 그녀는 직원용 주방으로 살금살금 다가가 조심스럽게 문손잡이 아래 괴어져 있던 의자를 빼내고는, 다시 열려 있는 엘리베이터로 황급히 달려가 주차장 층의 버튼을 눌렀다.

야나가 탄 엘리베이터의 문이 서서히 닫힘과 동시에 옆 엘리베이터 문이 땡 하고 열리며 누군가 걸어 나오는 소리가 들렸다.

무거운 가방이 허리께를 문질러대는 통에 군나르는 엘리베이터에 올라타며 가방을 바꿔 멨다. 아넬리는 그의 뒤를 따랐다.

부서 사무실은 밤 시간이면 보통 그렇듯 아무도 없이 조용했다. 아넬리의 방으로 들어간 그들은 불을 켜고 가방을 내려놓았다.

"여기요!" 마틸다가 소리쳤다. "누구 없어요? 여기요!"

그녀는 문을 쾅 치고 손잡이를 돌렸는데 웬일로 쉽게 열리는 것이 아닌가! 그녀는 문을 밀다가 깜짝 놀란 군나르와 부딪칠 뻔했다.

"오, 이런!" 마틸다가 말했다. "과장님이 계셔서 정말 다행이에요. 이 안에 갇혀 있었어요!"

"무슨 얘기를 하는 거야? 갇혔다고?" 이제 막 자기 방에서 나온 아넬리가 말했다.

"네, 주방 안에요! 문이 저절로 잠겼다니까요. 나올 수가 없었어요."

군나르는 문손잡이를 위아래로 만져보았다. 아무 문제가 없었다.

"이상하군. 이 문은 저절로 잠길 수 없는데. 아예 잠금 기능이 없어." 그가 말했다.

"하지만, 저는 나올 수 없었는걸요." 마틸다가 말했다.

"음, 지금은 어떻게 열었지?"

"그게, 제가… 열었는데……."

"그럼 안 잠겨 있었다는 거잖아?"

"아니에요, 잠겨 있었어요. 열 수 없었다니까요."

"그런데 지금은 열었고?"

"네."

마틸다는 바보가 된 기분이었다. 이 일을 어떻게 그들에게 설명할까? 분명 갇혔었는데! 그러나 이제 와서 자초지종을 설명할 방법은 없었다.

"정말 나올 수 없었는데……." 그녀는 혼자 중얼거리고는 언짢은 표정을 지으며 자리로 돌아갔다.

4월 25일, 수요일

헨리크 레빈은 잠에서 깨어났다. 처음엔 자기가 어디 있는지도 몰랐지만 곧 거실 소파에서 잠이 들었다는 걸 깨달았다. 거실은 칠흑같이 어두웠다. 휴대전화를 들어보니 화면에 02:30이라고 적혀 있었다. 그러니까 한두 시간 정도밖에 못 잔 것이다. 화면이 꺼지자 주위는 다시 암흑으로 변했다.

7시 정각에 그는 짜증나는 벨소리를 듣고 깨어났다. 자는 도중에 전화기를 떨어트렸는지 보이지 않아 바닥 여기저기를 찾아보았다. 전화기는 소파 밑에 들어가 있었고, 손을 뻗어 전화기를 주운 그는 알람을 꺼버리고는 기지개를 켜며 지독한 수면 부족을 느꼈다.

그는 가족들과 대충 아침을 먹은 뒤 경찰청으로 갔다. 군나르 외른과 가장 먼저 마주쳤고, 두 사람은 함께 회의실로 향했다.

"컨테이너에 있던 사람들은 전부 총에 맞은 것 같아. 해골에 난 자국들로 볼 때 그렇다네." 군나르가 말했다.

"그럼 살해당한 뒤 바다에 버려진 거네요." 헨리크가 말했다.

"그렇지."

"그럼 살해당한 이유가 뭘까요? 돈? 아니면 마약? 돈 없는 난민들이었을까요? 누군가에게 배신당한 걸까요? 아니면 밀수업자?"

Marked for Life

"잘 모르지만 자네와 비슷한 생각이 들긴 해. 무엇보다 한스 율렌이 어떤 역할을 했는지 정말 모르겠어. 그는 왜 살해당했을까?"

"그의 아내를 불러서 다시 조사해야 할까요?"

"아마도. 하지만 레나라는 여자한테서 알아낼 게 더 있을 거 같아. 헨리크, 솔직히 말하면……."

군나르는 걸음을 멈추고 주위를 둘러보고는 한숨을 쉬며 헨리크를 보았다.

"자꾸만 일이 터지는 바람에 사건이 엄청 복잡해졌어. 이제 뭐에 집중해야 할지도 모르겠어. 첫 번째로 한스 율렌 그리고 그 소년, 최근에는 토마스 뤼드베리. 게다가 바다에서 발견된 공동묘지까지, 소화해내기 힘들 정도야. 대중에게 알릴 내용도 거의 없고. 근데 카린은 나무에 붙은 족제비처럼 나를 감시하고 있어."

"기자회견을 열고 싶대요?"

"응."

"하지만 아직 기자들에게 내줄 만한 구체적인 뭔가가 없잖아요."

"내 말이. 조용히 있어도 모자랄 판에. 이 사건은 이미 우리가 해결하기에는 너무 버거운 일이 된 것 같아. 어쩌면 국가범죄수사대(National Crime Squad)에 도움을 요청해야 할지도 모르는데, 내가 그놈들을 어떻게 생각하는지는 자네도 알 거야."

군나르의 얼굴에 그림자가 드리웠다.

헨리크는 잠시 곰곰이 생각했다.

"레나를 추가 신문할 때까지만 기다려보시죠." 그가 말했다.

군나르는 헨리크가 말하는 내내 그를 쳐다보았다. 그의 눈은 충혈되었지만 초롱초롱했다. 결국 군나르는 손을 휘휘 내저었다.

"좋아. 더 알아낼 때까지 기다리지."

7시 15분 전, 야나 베르셀리우스는 미끄러운 도로를 달려 스톡홀름 방면 E4 고속도로를 탔다.

이미 떠오른 해는 동쪽에서 눈부시게 빛났다. 라디오에서 흘러나오던 음악이 멈추더니 뉴스와 일기예보가 이어졌고, 기상학자들은 도로 위의 빙판을 조심하라고 경고했다.

뉘셰핑(Nyköping)을 지나자 차들은 점점 더 많아졌고 해는 모습을 감추었다. 하늘은 어두운 회색빛으로 바뀌었고 기온은 영하로 떨어졌다. 거센 빗줄기가 아스팔트에 부딪쳤다. 야나는 눈앞에 놓인 젖은 도로 위를 똑바로 쳐다보았다. 차 안의 소음에 귀를 기울이며. 양옆으로 숲이 휙휙 지나갔고, 주위의 울타리는 지우개로 지우듯 형체가 사라졌다. 후미등 불빛은 빨간 선들로 바뀌었다.

예르나(Järna)에서부터 차들이 늘어서기 시작했다. 야나는 차들이 다시 움직이기를 기다리는 동안 휴대전화 앱을 열어 다닐로 페냐의 주소를 입력했다. 자동차 GPS를 쓸 수는 없었다. 그랬다가는 누구나 마음만 먹으면 그녀의 행적을 쉽게 알아낼 수 있어서 아주 위험했다.

앱은 정확한 경로를 알려주었고, 야나는 목적지까지 10분밖에 안 걸린다는 걸 알 수 있었다. 비는 그쳤지만 짙은 먹구름은 계속 남아 있었다. 야나는 고속도로를 빠져나와 도심 쪽으로 차를 몰았다. 우회전을 하자 론나(Ronna)가 나왔다. 초록, 파랑, 밝은 노랑 등 알록달록한 발코니가 딸린 아파트들이 서 있었다. 길가에는 스웨덴어가 아닌 다른 언어의 네온사인들이 즐비했다.

버스 정류장에는 다섯 명의 청소년이 무리지어 앉아 있었고, 거기서 조금 떨어진 곳에는 한 나이든 부인이 갈색 지팡이에 몸을 의지한 채 서 있었다. 타이어에 구멍이 난 차, 앞바퀴가 빠진 자전거, 넘쳐나는 쓰레기통도 보였다.

야나는 스메드배겐(Smedvägen)을 따라 한참 내려간 곳에서 자신이 찾던 36번지를 발견할 수 있었다. 길가에 차를 세우고 주차료징수기에 돈을 넣으려 했지만, 낙서로 뒤덮인 징수기는 고장이었다. 높이 솟은 건물로 걸어가던 길에 그녀는 차 몇 대를 지나쳤는데, 전부 리어 뷰 미러에 십자가나 다른 상징물이 걸려 있었다. 그녀는 종종걸음을 걸으며 땅 위에 고인 물들을 밟지 않으려 애썼다.

입구 홀에는 숄을 두른 여자 셋이 수다를 떨고 있었다. 야나가 문을 열고 들어오자 그들은 대놓고 못마땅한 표정을 지으며 그녀를 쳐다보았다. 어린아이의 고함 소리, 시끄러운 목소리들과 문을 쾅쾅 닫는 소리가 계단통에 울려 퍼졌다. 건물 안은 춥고 눅눅했다. 음식 냄새도 났다.

거주자 목록을 보고 8층으로 가야 한다는 걸 알게 된 야나는 엘리베이터를 탔다. 다시 문이 열리자 그녀는 조심스럽게 밖을 내다보았다. 계단과 가장 가까운 문 위에 'D. 페냐'라고 적혀 있었다.

엘리베이터에서 내려 노크하려고 손을 들어 올린 순간, 문이 제대로 닫혀 있지 않은 것을 발견했다. 살짝 밀어보니 문이 열렸다.

"안녕하세요?" 그녀는 큰 소리로 말하며 현관으로 들어섰다.

가구는 전혀 없었고, 눈에 들어오는 거라고는 바닥의 낡은 매트와 누르스름한 갈색 벽지뿐이었다.

다시 소리쳤지만 대답 대신 그녀의 목소리만 울려 퍼졌다.

그녀는 잠시 머뭇거리다가 결국 용기를 내어 거실로 들어갔다. 뜯어진 소파와 작은 테이블, 텔레비전, 커버도 안 씌워진 매트리스, 베개와 체크무늬 담요. 창문의 갈라진 틈새로 바람이 휘익 소리를 내며 통과했다.

야나는 거실을 지나 주방으로 향했다. 거기 멈춰 선 그녀는 숨을 참고 무슨 소리가 들리지는 않는지 귀를 기울여보았다.

잠시 그렇게 서 있던 야나는 출입구를 통해 주방 안으로 들어갔다. 바로 그 순간 눈앞에 주먹이 날아드는 걸 보았고, 한 대 맞은 그녀는 바닥에 쓰러지고 말았다. 다시 주먹이 날아들자 그녀는 잽싸게 팔을 들어 방어 자세를 취했다. 다른 쪽 팔도 들어 올리려는데 이번에는 손목을 강타 당했고 강렬한 고통이 밀려왔다.

일어나, 그녀는 생각했다.

일어나야 해!

야나는 몸을 왼쪽으로 비튼 다음 재빨리 오른손을 가슴 아래 집어넣고 밀어 몸을 일으켰다.

그녀는 한 남자와, 그의 손에 들린 것을 보았다.

"움직이지 마." 그가 말했다. "살고 싶으면."

43장

소녀는 침을 삼키려 했지만 혀가 마비된 느낌이었다. 눈을 뜨려 했지만 떠지지 않았다. 마치 터널 안에 있는 것처럼, 누군가 소녀에게 말을 걸고 있었지만 알아들을 수 없었다. 누군가 소녀를 만졌고, 소녀는 그 손을 쳐서 뿌리치려 했다.

"진정해." 그 목소리가 말했다.

소녀가 다시 손을 휘두르려던 순간, 머리에 강렬한 통증이 느껴져 움직일 수 없었다. 마침내 눈을 떴을 때 앞에 보인 건 눈부신 불빛이었다.

소녀가 눈을 깜빡거리는데 어느 낯선 사람이 앞에 나타났다. 흰색 옷을 입은 그 남자는 소녀가 누워 있는 침대 위로 몸을 숙였다.

"이름이 뭐니?" 그가 말했다.

소녀는 대답하지 않았다.

소녀는 불빛에 익숙해지기 위해 눈에 힘을 주며 치켜떴다. 남자의 금발머리와 안경, 턱수염이 보였다.

"나는 미카엘 안데르손(Mikael Andersson) 의사란다. 너는 사고를 당해서 지금 병원에 있어. 네 이름이 뭔지 아니?"

소녀는 다시 침을 삼키며 대답하기 위해 기억을 더듬어보았다.

"무슨 일이 있었는지 기억나니?"

소녀는 고개를 돌려 의사를 쳐다보았다. 붕대를 감은 머리가 욱신거렸다. 소녀는 잠시 눈을 감았다가, 천천히 다시 떴다. 어떻게 대답해야 할지 알 수 없었다. 기억나는 게 없었으니까.

소녀는 아무것도 기억할 수 없었다.

44장

포보스는 권총을 만지작거렸다. 그는 자신이 더할 나위 없이 훌륭하게 임무를 완수했다는 걸 알고 있었다. 제때 돈을 내지 않은 남자를 쏘는 건 아주 간단하고 당연한 일이었다.

한 방이면 족했다. 남자의 뒤통수에. 구멍 하나. 바닥에 흐른 피.

목표물 뒤로 몰래 다가가 쏘는 편이 더 나았는데, 그러면 상대방에게 반응할 시간을 허락하지 않음으로써 대치 위험을 줄일 수 있기 때문이다. 그들은 그냥 앞으로 고꾸라졌다. 대부분은 즉사했고, 나머지는 몸을 부르르 떨었다. 소란을 피우며.

밀려온 파도가 보트에 부딪쳐 부서져 내렸고, 보트는 심하게 흔들렸다. 그런데도 그는 편안하고 만족스러운 기분이었다. 이제 보상을 받으리란 걸 알았으니까.

마침내 그는 성과에 해당하는 분량을 받을 것이다.

권총은 야나의 볼에서 불과 2센티미터 정도 떨어져 있었다.

그녀 앞에 선 남자는 재빨리 입가에 묻은 침을 닦았다. 긴 검은 머리에 갈색 눈, 여윈 얼굴이었다.

누구일까? 하데스?

"너 누구야?" 남자는 권총을 야나의 볼에 더 가까이 들이대며 말했다.

"난 검사예요." 야나는 이렇게 말하고는 어디로 도망칠지 바삐 고민했다.

그들은 부엌에 서 있었다. 그녀 뒤에는 거실, 앞에는 현관이 있었다. 즉, 탈출 가능한 경로는 두 개였는데 그중 하나는 시간이 좀 더 걸릴 터였다. 그녀는 남자를 쓰러뜨릴 자신이 있었지만 아무래도 권총을 가진 그가 유리한 상황이었다.

야나는 식탁을 쳐다보았다. 칼은 보이지 않았다.

"허튼 수작 부리지 마." 남자가 말했다. "검사 나리께서 내 집에서 뭘 하고 있는지나 말해보시지."

"당신 도움이 필요해요."

남자는 웃음을 터뜨렸다.

"아 정말? 그럴 리가. 흥미롭군. 내가 뭘 도와줄 수 있지?"

"내가 뭔가를 알아내는 데 당신이 도와줄 수 있어요."

"뭔가? 그 뭔가가 뭔데?"

"내 과거요."

"네 과거? 네가 누군지도 모르는데 내가 그걸 어떻게 도와줘?"

"하지만 난 당신이 누군지 알아요."

"정말? 그래, 내가 누군데?"

"다닐로잖아요."

"대단하군. 그걸 혼자 알아내셨나, 아니면 혹시 문 앞에 적힌 걸 읽으셨나?"

"당신은 다른 사람이기도 한가요?"

"내가 정신분열증 환자라도 된다는 거야?"

"목을 볼 수 있을까요?"

순간 남자는 조용해졌다.

"거기 다른 이름이 있잖아요." 야나가 말했다. "난 그 이름이 뭔지 알아요. 내 추측이 맞는다면 어떻게 그 이름을 갖게 되었는지 말해줘요. 내 추측이 틀렸다면 날 그냥 보내줘요."

"합의 내용을 좀 바꾸지. 네 추측이 맞으면 나도 말해주지. 그래, 그건 아무 문제없어. 하지만 네 추측이 틀리면, 혹은 내 목에 이름이 없다면, 난 널 쏠 거야."

그는 바로 총을 쏠 수 있도록 권총의 공이치기를 뒤로 젖힌 다음 두 발짝 뒤로 물러나 다리를 벌리고 섰다.

"난 당신을 살인 미수로 신고할 수 있어요." 야나가 말했다.

"난 널 무단침입으로 신고할 수 있어. 이제 말해보시지!"

야나는 침을 꿀꺽 삼켰다.

그녀는 그가 맞다고 거의 확신하고 있었다.

하지만 감히 그 이름을 말할 수 있을까?

그녀는 눈을 질끈 감았다.

"하데스." 그녀가 속삭였고, 총이 발사되는 소리가 들렸다.

소녀는 여자 앞에 놓인 딱딱한 의자에 앉아 바닥을 내려다보고 있었다. 어깨를 웅크리고 양 손은 허벅지 사이에 끼운 채로.

소녀는 그냥 그렇게 앉아 있었다.

말없이.

복지 담당 공무원인 베아트리세 알름(Beatrice Alm)은 돋보기 너머로 앞을 보며 책상 위에 놓인 파일을 조심스럽게 덮었다.

"자, 됐다." 그녀는 두 손을 모으고 몸을 앞으로 숙이며 말했다.

"넌 운이 좋은 아이야. 이제 너에게 엄마, 아빠가 생겼단다."

46장

야나는 눈을 떴다.

남자는 총을 든 손을 내린 채 아직도 그녀 앞에 서 있었다. 야나는 총에 맞았나 싶어 재빨리 몸을 살폈지만 그런 느낌은 없었다. 총알은 그녀의 오른쪽으로 날아가 뒤쪽 벽에 구멍을 남겼다.

야나는 남자를 똑바로 쳐다보았다. 그는 숨을 힘겹게 몰아쉬고 있었다.

"어떻게 알았지?" 그는 이를 악물며 물었다. "대체 어떻게 알았냐고? 말해!"

그는 야나에게로 걸어가 그녀의 얼굴에 자기 얼굴을 바짝 대고 섰다.

"어떻게 알았어? 당장 말하라고!"

그는 그녀의 머리채를 잡고 뒤로 홱 당겼다. 난폭하게. 그러더니 권총으로 그녀의 이마를 때리고 관자놀이를 눌렀다.

"다시 쏠 거야. 이번에는 곧장 여기에 총알을 박아주지. 그러니까 말해, 말하라고!"

야나는 얼굴을 찌푸렸다.

"나도 이름이 있어요." 그녀는 대강 말했다.

그는 곧장 그녀의 머리를 한쪽으로 밀었다. 머리카락을 잡아당기고, 피부를 긁어댔다. 목이 노출된 걸 느낀 야나는 겁에 질렸고,

잽싸게 그의 손아귀에서 벗어났다. 그녀는 뒷걸음질 치며 그를 쳐다보았다.

그는 고개를 절레절레 흔들었다.

"그럴 리 없어, 그럴 리 없어. 너일 리가 없어."

"아니, 나 맞아요. 그러니 이제 내가 누군지 설명해줘요."

야나 베르셀리우스가 그간 살아온 이야기를 요약해서 들려주는 데에는 10분이 걸렸다. 그녀는 텅 빈 거실에 놓인 얇은 매트리스 위에 다닐로와 나란히 앉아 있었다. 둘 다 무릎을 세우고 머리를 숙인 모습이었다.

"입양됐다고?" 그가 말했다.

"그래. 이제 내 이름은 야나, 성은 베르셀리우스야. 아버지는 검찰총장을 지내고 지금은 은퇴하셨어. 자기 뒤를 이을 아들을 그토록 원하셨는데. 내가 그걸 대신하게 된 거야."

그들은 서로를 쳐다보았다. 어떻게 반응해야 할지 모른 채.

"사고 이후로 아무것도 기억나지 않아. 지하철 선로에 떨어지면서 머리를 세게 부딪치는 바람에 기억을 잃었대. 내가 어떻게 거기 떨어지게 되었는지, 또 내가 누군지 말해주는 사람은 아무도 없었어. 난 혼자였지. 나에 대해 물어볼 사람도 없었고, 나를 찾는 사람도 없었으니까."

야나는 말을 멈췄다.

"그럼 아무것도 기억이 안 난다고?" 다닐로가 말했다.

"꿈에서는 단편적인 장면들이 떠오르기도 하지만 그게 실제 기억인지, 환상일 뿐인지는 나도 모르겠어."

"친부모님은 기억나?"

"계시긴 했어?"

다닐로는 대답하지 않았다.

창문 틈으로 스며드는 바람 소리가 요란했다. 순간 집안이 추워진 느낌이었다. 야나는 양팔로 무릎을 감쌌다.

"넌 어떻게 살았는지 말해줄래?" 그녀가 말했다.

"얘기할 만한 것도 없어."

"난 네가 살해당하는 꿈을 꿨어."

다닐로는 불편한 듯 몸을 꼼지락댔다.

"난 도망쳤어. 됐어? 어깨에 총알이 박혔지." 그는 이렇게 말하고는 스웨터를 내려 오른쪽 어깨에 난 큼직한 흉터를 보여주었다. "네가 도망치고 나서 나는 거기 그냥 가만히 누워서 죽은 척했어. 엄마가 널 쫓아간 뒤에야 나도 일어나서 도망쳤고. 그래서 지금 여기 있는 거지. 그게 다야."

"그 사람들이 널 찾진 않았어?"

"응."

야나는 곰곰이 생각했다.

"그 여자를 그렇게 불렀어?"

"누구?"

"그 여자를 '엄마' 라고 불렀냐고?"

"응."

"나도 그랬고?"

"그래."

다닐로의 어깨는 조금 처진 듯 보였다.

"여긴 왜 온 거야? 왜 과거를 캐고 다니느냐고?"

"난 내가 누군지 알고 싶어." 야나는 입술을 깨물었다. "널 믿어도 돼?"

"무슨 뜻이야?"

"너를 믿고 비밀을 얘기해도 되느냐고?"

"잠깐만. 누가 널 보냈지?"

"아무도 아니야. 전적으로 내 의지로, 순전히 사적인 이유 때문에 온 거야."

"나한테 원하는 게 뭔데?"

"그간 궁금했던 것들에 대한 답을 듣고 싶어. 경찰 모르게 알아내고 싶은 것들도 있고."

"하지만 넌 검사잖아. 그런 건 경찰한테 말해야 하는 거 아냐?"

"아니."

"좋아, 좋아. 우선 얘기를 들어본 다음에 널 도울지 말지를 결정할게."

야나는 머뭇거렸다.

"네 이야기는 하나도 발설하지 않겠다고 약속할게."

그의 말은 진심으로 들렸고, 야나로서는 달리 도움을 청할 사람도 없었다. 그를 믿을 수밖에 없었다.

결국 그녀는 그에게 다 털어놓았다.

얽히고설킨 수사의 세부사항을 다 설명하는 데에는 한 시간 이상이 걸렸다. 야나는 한스 율렌과, 비드비켄의 해안가에서 숨진 채 발견된 목에 이름이 새겨진 소년에 관해 말했다. 토마스 뤼드베리에 대해서도 언급했지만 자신이 그를 죽였다는 사실까지는 말하지 않았다.

그녀가 컨테이너 인양에 관한 이야기를 꺼내자 다닐로의 얼굴이 하얗게 질렸다.

"오, 젠장." 그가 말했다.

"그 컨테이너들 중 하나에서 거울 한 개를 찾았어. 그게 내 거울인 것 같아. 이제 말해줘. 내가 그 안에 있었어?"

"나도 몰라."

"제발, 그렇다면 그렇다고 말해줘."

"아니, 넌 거기 없었어. 됐어?"

"난 그저 내가 누군지 알고 싶을 뿐이야. 날 도와줄 수 있는 사람은 너밖에 없어. 내가 누군지 말해줘!"

다닐로는 벌떡 일어섰다. 그의 얼굴은 어두워졌다.

"싫어."

"싫다고?"

"과거를 캐려면 너나 캐. 난 그러기 싫으니까."

"내가 평소에 부탁을 잘 하는 성격은 아니지만, 제발 도와줘."

"싫어. 싫다고!"

다닐로는 창밖을 내다보았다.

"제발!"

"싫어!" 다닐로는 고개를 홱 돌려 야나를 쳐다보았다. "난 절대로 말 안 할 거야. 여기서 당장 나가!"

그는 매트리스에 앉아 있던 그녀를 억지로 일으켰고, 그녀는 그의 손을 뿌리쳤다.

"만지지 마!"

"다시는 여기 오지 마!"

"안 와. 약속할게."

"좋아. 어서 나가!"

야나는 그 자리에 그대로 서 있었다. 그리고 그 집을 나서기 전에 마지막으로 다닐로를 한 번 더 쳐다보았다. 그에게 모든 걸 다 터놓고 말해버린 자신을 저주했다. 절대 그러지 말았어야 했는데.

절대로.

헨리크 레빈은 시계를 보았다. 오후 3시 55분. 레나 비크스트룀과의 면담이 시작되기 5분전이었다.

야나 베르셀리우스가 웬일로 아직 안 오고 있었다. 한 번도 늦은 적 없던 그녀가.

헨리크는 그녀 없이 어떻게 심문을 진행할까 고민하며 머리를 긁적였다.

미아 볼란데르는 그의 걱정을 눈치 챘다.

"그 여자는 틀림없이 나타날 거예요." 그녀가 말했다.

바로 그때 페테르 람스테트가 들어왔다.

"오 이런." 그가 말했다. "검사님이 제 시간에 면담에 참석하고 싶지 않으신가 봐요? 이거 꽤나 큰 문제네요."

그는 큰 소리로 웃었다.

헨리크는 한숨을 내쉬며 다시 시계를 보았다. 1분 전. 그가 그 작은 방으로 통하는 문을 막 닫으려는 찰나, 복도에서 누군가 서둘러 걸어오는 소리가 들렸다.

야나 베르셀리우스가 돌바닥 위를 달려왔다. 이마에는 큼직한 반창고가 붙어 있었다.

"늦으셨네요." 미아는 그들이 있는 곳으로 달려온 야나에게 의기양양하게 말했다.

"아뇨, 그런 것 같지 않은데요. 아직 시작도 안 했는데 늦었다고 할 수는 없죠." 야나는 이렇게 말한 뒤 미아의 코앞에서 문을 쾅 닫아버렸다.

면담은 두 시간 동안 계속되었다.

헨리크 레빈은 군나르 외른의 사무실 문을 조용히 두드렸다.

"없어요, 없어." 그가 말했다.

"없어?" 군나르가 그의 말을 따라했다.

"컨테이너 고유번호가 적힌 파일을 삭제하라는 지시를 누가 내렸는지, 토마스 뤼드베리로부터 받은 메시지가 뭘 의미하는지 물어봐도 대답을 거부해요."

"컨테이너들에 대해서는 뭐래?"

"그것도 자기는 모르는 일이래요."

"그건 사실이 아니잖아. 컨테이너가 어디 있는지도 알았으면서."

"제 말이요."

"그럼 알아낸 게 뭐야?"

"아무것도 자백하려 들지 않아서 사실상 증명할 수 있는 게 없는 상황입니다."

군나르는 크게 한숨을 내쉬고는 코로 숨을 들이마셨다.

"집에 갈 시간인데." 군나르가 말했다.

"가야죠. 과장님은요?"

"나도 곧 나가야지."

"저녁에 할 일이라도 있으세요?"

"만날 사람이 있지. 여자."

헨리크는 휘파람을 불었다.

"아니, 그런 게 아냐. 아넬리가 무슨 물건이 든 상자를 가져가기로 한 것뿐이라고. 자네는?"

"저녁거리나 좀 사가서 엠마랑 애들을 깜짝 놀라게 해주려고요."

"신나겠네."

"맥도날드가 그리 신날 정도인지는 잘 모르겠네요."

군나르는 피식 웃었다.

"내일 뵙겠습니다." 헨리크는 이렇게 말하고는 가벼운 발걸음으로 엘리베이터로 향했다.

동네 레스토랑 '더 콜랜더'의 2인용 탁자에 앉은 야나는 동료인 페르 오스트룀 때문에 짜증이 날 대로 나 있었다. 그는 20분도 넘게 쉬지 않고 지난주 테니스 시합에서 자신이 어떤 성적을 거뒀는지 주절거리고 있었다. 전에는 한 번도 그와 함께 있는 게 싫은 적이 없었는데, 지금 야나는 페르에게 입 좀 다물라고 말하고 싶은 걸 간신히 참고 있었다.

야나 스스로 사회적 관계를 불편하게 느낀다는 것을 깨닫고 은 둔자와 같은 삶을 추구한 지는 꽤 오래되었다. 그녀는 그런 삶에 만족했다. 물론 그녀가 하는 일은 수많은 사람들과의 사회적 상호 작용을 요구했지만 언제나 피상적인 관계에 머물렀기에 그녀에게는 완벽하게 잘 맞았다. 다른 사람에 대해 알아간다는 것은 고되고도 시간과 감정 소모가 심한 일이었다. 그녀는 사람들이 사생활을 꼬치꼬치 캐묻거나, 대답하기 싫은 질문을 하는 것도 싫었다. 페르 오스트룀은 종종 그런 질문들로 그녀의 신경을 건드렸지만, 웬일인지 그는 그녀가 자기를 좀 가만히 놔두라고 대놓고 말했을 때도 다른 사람들처럼 포기하지 않았다. 오히려 그는 그녀의 그런 냉정한 태도를 좋아했고 지난 수년간 그녀의 미묘한 표정을 해석하는 법까지 익혔다.

페르는 자신의 와인 잔을 만지작거렸다.

"뭐가 문제야?"

"무슨 뜻이야?"

"문제가 뭐냐고. 뭔 일 있다고 얼굴에 다 쓰여 있어."

"아무것도 아니야."

"무슨 일이 생겼지?"

"아니."

"정말이야?"

"그래, 난 괜찮아."

야나는 그와 눈이 마주쳤다. 그에게 거짓말을 하니 기분이 이상했다. 그녀는 달리 대화할 상대도 없었거니와, 그에게 모든 걸 이야기하는 걸 아주 좋아했다. 하지만 만약 그녀가 토마스 뤼드베리를 죽인 게 자기라고 말한다면 그는 어떤 반응을 보일까? 죽었다고 생각했던 예전 친구를 찾아보니 멀쩡하게 살아 있더라고 말하면 뭐라고 할까? 그녀가 자신의 과거를, 숨겨진 과거를 알아내기 위해서라면 뭐든 할 거라고 말하면 그가 이해할 수나 있을까? 말해봐야 소용없는 일이었다. 상대가 누구든.

"도움이 필요한 일이야?"

야나는 뭐라고 말해야 좋을지 몰랐다. 결국 그녀는 자리에서 일어나 작별인사도 없이 레스토랑을 나왔다.

야나는 크바른가탄(Kvarngatan)을 따라 걸어가다가 홀멘 광장(Holmen Square)과 크네핑스보리(Knäppingsborg)의 마켓 광장을 가로질러 갔다. 집에 들어온 그녀는 코트와 하이힐 부츠를 벗은 뒤 침실로 가서 곧바로 바지를 벗었다. 스웨터를 머리에서 빼내고 있을 때 휴대전화가 울렸다. 그녀는 실크 잠옷만 입은 채 현관으로 걸어가 전화기 화면을 보았다.

발신번호 표시 제한.

페르가 틀림없었다. 고객들이 그의 개인 번호로 전화하는 걸 막기 위해 항상 번호를 숨기고 전화했으니까.

그녀는 전화를 받았다.

"음식이 얼마나 맛있었는지는 별로 알고 싶지 않아."

수화기 반대편에서는 아무 말도 들리지 않았다.

"여보세요?"

야나가 막 전화를 끊으려던 찰나, 어떤 목소리가 들렸다.

"내가 도와줄게."

그녀의 목에 난 털들이 곤두섰다.

그녀는 그게 누구 목소리인지 알아챘다.

다닐로였다.

"내일 노르셰핑 공원에서 만나. 2시에." 그가 말했다.

군나르 외른은 아넬리 린드그렌의 팔에서 빠져나왔다.

그들은 각자 와인 잔을 손에 들고 거실의 어두운 갈색 가죽 소파에 앉아 있었다. 거실 구석에 놓인 3단 전등이 은은한 빛을 발하고 있었다. 한쪽 벽에는 책장과 술 진열장이 있었고, 아직 걸리지 않은 그림들이 다른 쪽 벽에 기대어 세워져 있었다. 유리 테이블 위에는 와인 두 병이 놓여 있었다. 둘 다 속이 빈 채로.

"이건 좋은 생각이 아니야." 군나르가 말했다.

"뭐가요?" 아넬리가 말했다.

"당신이 하려는 거 말이야."

"집에 들르라고 한 건 당신이에요."

"상자를 가져가라고 했지. 내가 언제……."

"뭐가요?"

아넬리는 한 손을 군나르의 다리 위에 올렸다.

"이러지 마."

아넬리는 그에게 가까이 다가가 목에 가볍게 키스했다.

"이제 좀 낫군."

아넬리는 천천히 블라우스 단추를 풀기 시작했다.

"그거 꽤 괜찮은데."

"그럼 이건요?"

그녀는 옷을 벗은 다음 다리를 벌리고 그의 위에 올라탔다.

"끝내주는군."

군나르는 아넬리를 품 안으로 확 끌어당겼다.

4월 26일, 목요일

야나 베르셀리우스는 지시대로 넓은 자갈길을 건넜다. 길 양쪽에는 연보라색 크로커스와 수선화가 피어 있었다. 젖은 땅과 흙의 냄새가 났다. 커다란 바위 옆으로 방향을 틀어 자갈길을 따라 1백 미터쯤 걸었다. 작은 핫도그 가판대를 본 그녀는 속도를 줄이며 시계를 보았다. 그녀는 늦지 않게 도착해 있었다.

가판대에서 핫도그 한 개를 주문한 야나는 20크로나를 지불한 뒤 자갈길을 따라 계속 걸어서 양쪽으로 앉을 수 있는 초록색 공원 벤치에 도착했다. 그녀는 벤치 오른쪽, 무정부주의자의 상징이 새겨진 자리 옆에 앉았다.

야나는 핫도그를 한 입 베어 물며 공원 쪽을 바라보았다. 조금 떨어진 곳에 있는 벤치 두 개를, 캔 맥주가 든 봉투를 든 껄렁한 동네 백수 넷이 점령하고 있었다. 놀이터로 가려고 그곳을 지나가는 가족 앞에서 시끄럽게 환호성을 질러대는 그들의 모습은 아무 걱정도 없어 보였다. 여자아이 둘이서 누가 더 그네를 높이 타는지 시합 중이었고, 한 남자아이는 미끄럼틀 꼭대기에 앉아 내려갈지 말지 주저하고 있었다.

야나가 핫도그를 또 한 입 베어 무는 순간, 뒤에서 누군가의 목소리가 들렸다.

Marked for Life

"뒤돌아보지 마. 전화기를 들어."

야나는 그의 존재를 느꼈다.

그의 등은 그녀의 등과 맞닿아 있었다.

그녀는 휴대전화를 귀에 갖다 댔다.

"통화 중인 것처럼 계속 전화기를 들고 있어."

"왜 노르셰핑에서 만나자고 한 거야?" 야나가 말했다.

"여기 볼 일이 좀 있어서."

"왜 마음을 바꾼 거지? 나를 돕고 싶어진 이유가 뭐야?"

"그건 중요하지 않아. 아직도 이 일을 하고 싶어?"

"응."

"혼자서 힘든 일을 감당해야 할 텐데?"

"괜찮아."

"모든 걸 다 알려줄 수는 없어."

"그럼 알려줄 수 있는 건 뭐야?"

"그 남자의 이름은 안데르스 파울손(Anders Paulsson)이야. 욘스베리(Jonsberg)에 가면 찾을 수 있어. 그 운송에 대해 물어봐."

"무슨 운송?"

"내가 말해줄 수 있는 건 그게 다야."

"하지만 어떤 종류의 운송을 말하는 거야?"

"그에게 물어봐."

"그 남자가 이 모든 일의 배후인물이야?"

"아니. 하지만 꽤 중요한 인물이지."

"그걸 어떻게 알아?"

"그냥 알아. 날 믿어. 그럼 이만."

"그렇지만……."

야나는 뒤를 돌아보았다.

다닐로는 이미 없었다.

다닐로는 서둘러 공원을 빠져나왔다. 야나는 안데르스 파울손을 찾아갈 것이다. 그는 혼자 씨익 웃었다. 야나가 곧장 안데르스에게로 가리라는 걸, 또 그게 그녀 삶의 마지막 행동이 되리라는 걸, 그는 알고 있었다.

그는 전화기를 들어 메시지를 작성했다. '누가 찾아갈 겁니다.'

샤워를 마친 군나르 외른은 서둘러 걸어 나와 허리에 수건을 둘렀다. 침실에서는 이제 막 속옷을 입은 아넬리가 보모와 통화 중이었다. 통화를 마친 그녀는 전화기를 침대 위로 툭 던졌다.

군나르는 시계를 보았다. 오후 1시에 시작될 기자회견에 늦을 판이었다.

"뭐라고 변명해야 하지?" 그는 아넬리에게 말했다.

"호출을 받고 나가 있었다고 해요. 당신 경찰이잖아."

군나르는 침대 위로 털썩 쓰러지더니 팔꿈치로 몸을 받친 채 아넬리 쪽으로 기어갔다.

"얼마 전에 헤어졌는데 이렇게 같이 자면 안 되지. 게다가 한 달밖에 안 된 시점에 말이야."

"맞는 말이에요."

"습관처럼 되어서는 안 돼."

"그럼요."

아넬리는 일어나서 청바지와 블라우스를 입은 뒤 블라우스 단추를 채웠다.

군나르는 그녀를 따라 현관으로 나갔다. 그는 대문 옆에 놓여 있던 커다란 종이 상자를 들어올렸다.

"잊지 말고 가져가." 그가 말했다. "차에 실어줄까?"

"오늘 밤에 와서 가져갈게요." 아넬리는 이렇게 대답한 뒤 문을 닫고 나갔다.

군나르는 박스를 손에 든 채로 혼자 덩그러니 서 있었다.

그의 입가에 미소가 번졌다.

안데르스 파울손은 규정 속도보다 훨씬 더 빨리 달려 집으로 가고 있었다. 그는 규칙 따위는 무시한 채 반대 차선까지 침범하며 길 한가운데로 밴을 몰았다.

욘스베리의 어느 작은 동네에 도착한 그가 209번 도로에서 벗어나자, 길가에 검은색 BMW 한 대가 세워져 있는 것이 보였다. 그는 클러치를 꽉 밟으며 기어를 3단으로 바꾸려 애썼다.

그는 4백 미터쯤 더 가다가 급브레이크를 밟아 그의 빨간색 집 앞에 미끄러지듯 멈췄다. 창문 블라인드는 전부 내려져 있었다. 밖에서 사람들이 쳐다볼까 봐서가 아니라(가장 가까운 이웃집이라고 해도 꽤 멀리 떨어져 있었다), 그가 햇볕을 별로 좋아하지 않기 때문이다. 집안은 온통 쓰레기투성이였다. 높이 쌓인 종이 상자들. 오래된 신문들, 음식찌꺼기가 묻은 오래된 일회용 접시들, 병들, 맥주 캔들, 각종 패스트푸드점의 포장 상자들. 썩는 냄새가 진동했지만 안데르스는 아랑곳하지 않았다. 그는 어떤 일에도 별 관심을 기울이지 않았다. 집에도, 자신에게도. 한때는 한 여자에게 관심을 쏟은 적도 있었지만 그녀는 오래전 암으로 세상을 떠나고 말았다. 그 일이 있은 후 그는 집을 돌볼 여력이 없었다. 세월이 흐를수록 뭔가를 한다는 게 점점 버거워져만 갔다. 포기하는 편이 더 편했다. 아무것도 신경 안 쓰는 편이.

안데르스는 문을 잠근 뒤 신발도 벗지 않고 곧장 부엌으로 향했다. 그가 키우는 고양이들 중 한 마리가 일주일도 더 전에 싸놓은, 그새 딱딱해진 똥을 밟지 않으려 조심하며. 그는 똥을 치우는 대신 엄청 화를 내며, 저지레를 한 고양이를 처리해버려야겠다고 마음먹었다. 어느 고양이가 그랬는지 몰랐던 그는 모두에게 벌을 주었다. 그 '저주 받을 것들'은 저항하며 그를 할퀴고, 쉭쉭 소리를 내며 침을 뱉었지만, 결국 그는 지하실의 대형 냉장고에 고양이들을 가두는 데 성공했다.

이제 그는 멈춰 선 채 의아한 표정으로 칼꽂이를 쳐다보고 있었다. 칼이 하나도 보이지 않았다. 이상했다. 그는 서랍을 열어보았다. 거기에도 칼은 없었다. 불안감이 엄습했다. 그는 찬장을 열고 맨 위 선반을 손으로 더듬어보았다.

아무것도 없다니!

그는 재빨리 손을 허리께로 내려 허리띠 안에 끼워진 작은 칼집을 만져보았다. 이거라도 있으니 다행이군, 그는 생각했다.

"뭘 찾고 있지?"

안데르스는 뒤에서 나는 갑작스러운 목소리에 화들짝 놀라 눈이 휘둥그레진 채 그 자리에서 얼어붙었다.

야나 베르셀리우스는 문간에 서 있었다. 권총을 손에 들고.

Marked for Life

"이걸 찾는 건가?" 그녀는 권총의 안전장치를 푼 뒤 장갑을 낀 손으로 꽉 붙들었다.

"돌아보지 마!"

안데르스는 웃음을 터뜨렸다. 공허하고도 가식적인 웃음. 그는 여전히 손을 허리에 댄 채 고개를 절레절레 흔들며 부엌 조리대를 내려다보았다.

"그게 어디 있는지 어떻게 알았지?" 그가 말했다.

"네가 오기 전에 집안을 좀 둘러볼 시간이 있었거든."

"어떻게 들어왔어?"

"난 창문을 좋아해."

"너 정체가 뭐야?"

"질문은 싫어."

"그럼 왜 왔는지는 물어볼 수도 없겠구먼."

"컨테이너 운송에 관해 물어보려고 왔어." 야나가 말했다.

"무슨 컨테이너 운송? 무슨 말인지 잘 모르겠는데."

"잘 알 텐데."

안데르스는 한숨을 내쉬며 소나무판을 댄 천장을 올려다보다가 다시 고개를 숙였다.

"대답해보시지?" 야나는 다시 말했다.

안데르스는 등을 꼿꼿이 세웠다.

야나가 그의 팔 근육에 서서히 힘이 들어가는 걸 보고는 고개를 갸우뚱하던 찰나, 날카로운 칼날이 휙 지나가는 게 느껴졌다. 빛처럼 빠른 속도로 그가 홱 뒤로 돌았고, 칼은 그녀 뒤 바로 옆 벽에 꽂혀 있었다.

야나는 그에게 총을 겨눴다.

"빗나갔네." 그녀가 말했다.

안데르스는 자기를 방어할 물건을 찾느라 주위를 둘러보았고, 그 와중에 검은색 토스터기를 흘긋거렸다.

"제발. 살려줘."

"다시 묻지. 뭘 운반하는 거야?"

그는 다시 토스터기를 흘긋거리더니 순식간에 집어서 야나에게 던졌고, 그 바람에 야나는 권총을 손에서 놓치고 말았다. 총은 땅에 떨어졌다.

그녀는 안데르스를 쳐다보았다.

그도 그녀를 쳐다보았다.

둘은 같은 생각이었다.

권총!

그들은 동시에 바닥에 몸을 던졌고, 간발의 차로 야나의 손이 먼저 탄창 위에 닿았다. 안데르스는 그녀의 손에서 권총을 빼내려 안간힘을 썼다. 그가 팔꿈치로 옆구리를 찌르는 바람에 야나는 잠시 손에 힘이 풀렸지만, 권총을 쥔 손은 절대 벌리지 않고 있었다. 그는 또 한 번 그녀를 때렸고, 이를 악물고 버틴 그녀는 온 힘을 다해 일격을 준비했다. 등과 어깨 근육들을 바짝 긴장시킨 채 최대한 세게 반격했다. 그녀의 손이 그의 갈비뼈 사이에 닿는 순간, 그는 무릎으로 털썩 주저앉아 숨을 헐떡였다.

야나는 그를 향해 총을 겨눴다. 그는 바닥을 내려다보고 있었다. 그의 숨이 점점 차오르더니 이내 흐느낌으로 바뀌었다. 그리고 잠시 후 그녀는 그가 울고 있다는 걸 알았다.

Marked for Life

"날 죽이지 마." 그가 말했다. "날 죽이지 마. 아무도 몰랐는데… 그런 일은 절대 해서는 안 되는 거였는데."

그는 그녀를 올려다보았다.

"그런 일은 절대 해선 안 됐어." 그는 다시 고개를 숙이고 큰 소리로 훌쩍였다.

"제발, 날 죽이지 마. 그놈들을 해친 건 내가 아니야. 난 그냥 목적지까지 운전만 해줬을 뿐이라고. 일상적인 운반이었어. 그놈들은 임무를 수행하러 간 거야."

야나는 이마를 찌푸렸다.

"뭘 운반했는데?"

"아이들."

안데르스는 양손에 얼굴을 파묻고는 큰 소리로 흐느꼈다.

야나는 총을 내렸다. "무슨 아이들?"

"그 아이들… 난 걔들을 데려오는 일을 했어. 아이들이 준비되면… 그리고 걔들이 임무를 완수하고 나면 다시 데려다 주고… 그때 그 무덤을 보고 말았어. 난 봤다고… 아이들이 거기 서 있는 걸……."

야나는 자신의 귀를 의심하며 그를 응시했다.

"난 아무 짓도 안 했어. 그저 걔들을 목적지까지 운반해줬을 뿐이야. 훈련장으로, 또다시 본래 있던 곳으로. 하지만 걔들을 죽인 건 내가 아니야."

야나는 할 말을 잃고 말았다. 그녀 앞에 무릎을 꿇고 앉아 있는 남자를 쳐다보기만 했다. 두 사람의 눈이 마주쳤다. 그의 눈은 빨개져 있었다. 그의 입가에서 떨어진 침이 색이 바랜 스웨터 위로 떨어졌다.

"난 아이들을 죽이지 않았어. 난 아니라고. 내가 아니었어, 난 아무 짓도 안 했다니까. 정말이야, 난 밴을 운전했을 뿐이라고. 아무 일 없었어. 운전만 했지, 아이들도 아무것도 몰랐고."

"이해가 안 돼." 야나가 말했다.

"걔들은 죽었을 거야. 전부 다. 그 남자애도……."

"누구? 누굴 말하는……?"

"다들 각자 이름이 있었지… 타나토스……" 안데르스는 속삭였다. "그놈은 아주 특별했어. 정말이지……"

그는 몸을 떨기 시작했다.

"…그럴 의도는 아니었는데. 난 몰랐어. 걔가 도망치더라고."

"당신이 그 아이를 죽인 거야? 당신이 타나토스를 죽였냐고?"

"다른 방법이 없었어. 보트에서 탈출하려고 했으니까."

"보트?"

안데르스는 입을 다물었다.

그는 눈앞의 한 점을 쳐다보고 있었다. 눈을 깜빡거리며.

"그 보트……."

"무슨 보트?"

"그 보트! 그놈이 탈출하려고 했어! 난 그놈을 막아야만 했다고. 섬으로 돌려보내야 했는데 도망치려 했으니."

"그 섬 이름이 뭔데?"

"그놈은 죽기 싫어했어."

"섬 이름을 말해!"

"이름 같은 건 없어."

"위치가 어딘데? 어디 있는지 말하라고!"

안데르스는 불현듯 자신이 처한 상황을 의식한 듯 조용해졌다.

"그렌쇠(Gränsö) 섬 근처야."

"지금도 거기 아이들이 있어?"

그는 천천히 고개를 가로저었다.

"당신 누구 밑에서 일하는 거야?"

그는 다시 야나를 올려다보았다.

"내가 너무 많은 걸 말해버렸군." 그가 말했다.

"누구 밑에서 일하냐고? 이름을 대!"

안데르스는 눈을 크게 떴다.

그러고는 몸을 긴장시켰다.

다음 순간 그는 야나에게 달려들었다. 그는 그녀의 손에 들린 권총을 떨어트리려 애썼다.

야나는 불시에 습격을 당했지만 총을 놓치지는 않았다.

그는 체중을 전부 그녀의 팔에 실은 채 권총을 붙잡고 세게 잡아당기며 큰 소리로 끙끙댔다.

그 바람에 야나의 검지가 방아쇠울에 세게 눌렸다. 고통은 강렬했다. 그녀는 총을 놓치면 안 된다는 생각에 온 힘을 집중했다. 팔이 덜덜 떨리고 아드레날린이 솟구쳤다. 그녀는 최선을 다해 버티고 있었지만 그렇게 계속 있을 수는 없었다. 손가락이 빠지지 않았다. 당장이라도 부러질 것만 같았다.

안데르스가 또 한 번 힘을 줘서 미는 바람에 그녀의 검지는 U자 모양으로 구부러졌다.

손을 놓아야만 했다.

결국 뼈가 부러지고 나서야 그녀는 손을 놓고 말았다.

권총을 집어 든 안데르스는 곧장 그녀를 향해 겨눴다. 그는 살짝 뒤로 물러섰다. "이제 다 끝났어. 난 알아."

그는 땀을 흘렸고, 손을 떨었으며, 눈은 초조한 듯 이리저리 움직였다.

"난 이미 죽은 몸이야. 이제 끝났어. 그가 올 거야. 분명히. 이제 끝이라고!"

안데르스는 총을 들어올렸다.

야나는 이제 무슨 일이 벌어질지 알 수 있었다.

"아직 안 끝났어. 기다려!" 그녀가 말했다.

"다 끝났어. 차라리 다행이야." 안데르스는 이렇게 말한 뒤 총신을 입 안에 집어넣고는 방아쇠를 당겼다.

토르스텐 그라나트는 검찰청 내 자기 사무실 밖에 있는 가죽 소파에 누워 있었다. 야나 베르셀리우스가 복도를 지나가는 소리를 들은 그는 그쪽을 쳐다보았다.

"무슨 일이야?" 그는 그녀의 이마에 붙은 반창고를 향해 고개를 까닥이며 말했다.

"별 거 아니에요. 그냥 살짝 까졌어요. 달리기하다 넘어졌거든요." 야나는 거짓말을 했다.

"손가락도 다쳤어?"

야나는 고개를 끄덕이며 검지를 쳐다보았다. 별로 아프진 않았지만 많이 부어 있었다.

"아직 얼어 있는 곳이 많더라고." 토르스텐은 한숨을 내쉬며 큰

대자로 기지개를 켰다.

"맞아요."

"빙판은 좋지 않아. 항상 고관절을 조심해야 해. 내 나이 정도
되면 더더욱. 난 신발 바닥에 붙이는 징을 사려고 생각 중이라니
까. 자네도 사야겠는걸. 달리기하러 나갈 때를 위해서 말이야."

"괜찮아요."

"하긴, 좀 우스꽝스러워 보이긴 하지."

"왜 여기 누워 계세요?"

"자네도 알다시피 등 때문에. 늙으면 이런 게 문제라니까. 쉬어
야 할 때가 된 것 같아."

"항상 그렇게 말씀만 하시잖아요."

"그러게."

토르스텐은 몸을 일으켜 소파에 앉았다. 그는 심각한 표정으로
야나를 쳐다보았다.

"수사는 어떻게 되어가나? 자네한테 그걸 맡긴 게 잘못이었다
는 느낌이 드네만." 그가 말했다.

"잘 되어가고 있어요." 야나는 짤막하게 말했다.

"누구 기소한 사람은 있고?"

"네. 토마스 뤼드베리 사망 건으로요. 하지만 범인인 레나 비크
스트룀의 혐의를 뒷받침할 수 있는 근거는 아직 추측과 소수의
목격자 진술뿐이에요. 그 여자가 아직 자백을 안 했거든요. 담당
검사로는 과연 기소가 성사될지, 뭐라도 증명할 수 있을지 걱정
되네요."

"게다가 율렌과 그 소년 그리고 컨테이너 건도 있잖아. 대체 살

인이 몇 건이나 되는 거야?"

"아직 모릅니다. 다 세어보지 못했어요. 시신의 부패 상태가 심해서 진행이 아주 더뎌지고 있거든요."

"그 말은 어쩌면 끔찍한 통계가 나올 수도 있다는 거군?"

"네."

"이런, 이런. 아직 풀리지 않은 대규모 살인사건이라. 수많은 피해자를 낳은, 어쩌면 국내 최대 규모의 사건이 될지도⋯⋯."

토르스텐은 자리에서 일어나 어깨를 빙빙 돌려 뭉친 근육을 풀었다.

"군나르 외른 과장은 레나 비크스트룀에 관한 한 자네가 뭔가 잘못 짚은 것 같다고 확신하고 있던데?"

"그래요?"

"응, 그 여자가 뭔가 중요한 정보를 숨기고 있는 건 맞지만 그 끔찍한 일을 저지른 배후 인물은 아니라고 생각하나봐."

"과장님이 그렇게 말했어요?"

토르스텐은 고개를 끄덕였다.

"그리고 자네가 수사검사치고는 너무 잠자코 있는 것 같다고도 하더군." 그가 말했다.

"아, 그래요?"

"그래, 좀 더 앞에 나서도 괜찮을 것 같은데."

야나는 이를 악물었다. "그러죠."

"너무 기분 나쁘게 받아들이지는 말고."

"네, 괜찮습니다."

"좋아."

토르스텐은 야나의 어깨를 툭툭 두드리고는 뻣뻣한 걸음으로 사무실로 향했다.

야나는 즉시 자기 사무실로 들어가 문을 닫았다. 군나르와 이야기를 나눠봐야겠어!

기자회견을 마치고 온 군나르 외른은 사무실 의자에 기대 앉아 눈을 비볐다. 기자들은 인양 작업에 관해 엄청난 양의 질문을 쏟아냈지만, 홍보 담당인 사라 아르비드손은 상세한 설명은 할 수 없다는 말로 일축했다. 언론이 이번 사건의 규모를 눈치 채고, 컨테이너들에서 발견된 시신들의 사진을 입수하는 건 시간문제였다. 그렇게 되면 모호한 대답은 더 이상 불가능할 것이다. 군나르는 누군가 쳐다보고 있는 듯한 이상한 기분에 의자에 앉은 채 빙글 돌아보았다.

야나 베르셀리우스가 문간에 서 있었다.

"앗, 깜짝 놀랐잖아요." 그가 말했다.

"제가 수사검사라고 하기에는 약하다고 생각하신다는 말 들었어요." 그녀가 말했다.

"나는……."

야나는 손을 들어 그를 저지시켰다.

"그런 건설적인 비판은 저한테 직접 해주시는 편이 나을 것 같은데요. 제 상사한테 말씀하시는 것보다는." 그녀가 말했다.

"검사장님과 난, 우린 오랜 동료라서요."

"알아요. 하지만 저에 관한 일은 우선 저와 말씀하셔야죠. 검사장님이 아니라요. 그러니까 제가 이 수사에서 검사 역할을 제대로 못하고 있다는 건가요?"

"아니에요, 그게 아닙니다. 난 그저 검사님이 좀 더 활동적이어
야 하지 않나 생각했을 뿐이에요. 검사님은 뭔가 멍해 보이고…
왠지 모르게 수사에 전념하지 못하는 것 같아요."

"의견 감사합니다. 그게 다인가요?"

"네."

"그렇다면 제가 온 진짜 이유를 말씀드려야겠네요."

"뭔데요?"

"어떤 섬을 조사해보고 싶어요."

"왜요?"

"그 섬에서 이번 수사와 관련된 어떤 일이 일어나고 있다는 제
보를 받았거든요."

"무슨 일이요?"

"그건 우리가 알아봐야죠."

"섬 이름이 뭔가요?"

"이름까지는 모르지만 그렌쇠 섬 주변 어딘가에 있대요."

"거기서 무슨 일이 일어난다는 건 어떻게 아시죠?"

"제보를 받았다니까요."

"잠깐만요. 이름도 모르는 섬에 관한 제보를 받으셨다고요. 누
구한테서?"

"익명의 제보자요."

"그러니까 어떤 섬에 관한 익명의 제보를 받았다고요?"

"맞아요."

"언제요?"

"한 시간 전에요."

"어떻게요?"

야나는 마른 침을 삼켰다.

"그건 중요치 않아요, 제보를 받은 게 중요하지."

그녀가 재빨리 말했다.

"이마도 그때 그렇게 된 건가요?"

"아니요, 이건 조깅하러 나갔다가 다친 거예요." 그녀는 이렇게 말하며 욱신거리는 검지를 등 뒤로 숨겼다.

"그 정보의 출처가 어딘지도 모르고요?"

"네, 말씀드렸다시피 이름을 밝히지 않았다니까요."

군나르는 잠시 침묵하다가 야나를 쳐다보았다.

"정보를 준 사람이 남자였나요, 여자였나요?"

"목소리가 저음이었던 걸로 봐서는, 남자 같아요."

"그런데 그는 왜 경찰한테 직접 연락하지 않고 검사님한테 했을까요? 검사님이 이 사건을 맡고 있는 건 어떻게 알았고, 또 번호는 어떻게 알아냈죠?"

"몰라요, 제가 아는 건 그 섬을 확인해야 한다는 것뿐이에요."

"그렇지만 난 이유를 알고 싶어요. 그 섬에서 뭘 기대할 수 있을까요? 만약 함정이면요? 수사를 방해하려는 범죄조직의 소행이라면? 우린 뭔가 아주 추잡한 일을 추적하고 있다고요, 검사님."

"있잖아요, 과장님." 야나가 말했다. "제가 익명의 제보를 받은 건 이번이 처음이고, 저는 그걸 아주 심각하게 받아들이고 있어요. 과장님도 그래주셔야만 하고요."

군나르는 천천히 고개를 끄덕이며 한숨지었다.

"좋아요." 그가 말했다. "헨리크와 미아를 그리로 보내죠."

"저도 같이 갈게요. 그래야 활동적인 검사라는 말을 들을 수 있을 테니까."

야나는 이렇게 말하고는 곧장 나가버렸다.

48장

4월 27일, 금요일

헨리크, 미아와 야나는 말없이 그 군도를 향해 달렸다. 야나는 그 황량한 광경을 바라보았다. 해안에 가까워질수록 창밖으로 더 넓은 암석 지대가 펼쳐졌다. 목적지에 도착해 차에서 내리자 상쾌한 바닷바람이 콧속으로 밀려들었다.

아르셰순드는 보트뿐만 아니라 차로 오는 관광객들에게도 인기가 많은 작은 해안가 마을이었다. 서비스센터, 잡화점, 주유소와 여러 개의 보트 제작 업체가 있었다. 최근에 문을 연 호텔도 있고, 술집 및 음식점도 두어 군데 있어서 취사선택이 가능했다. 마을 게시판에는 오는 5월 1일에 마을 축제가 열린다는 공지가 붙어 있었다. 모닥불은 물론 보트 관광객들을 위해 항구에서부터 횃불을 들고 행진하는 전통적인 행사도 예정되어 있었고, 불꽃놀이와 연설(지역 정치인이 할 게 뻔한)로 축제는 막을 내릴 터였다. 게시판에는 또한 어느 음악가의 사진과, 그의 마을 야외극장에서의 공연 일정이 적힌 포스터도 걸려 있었다. 바람이 불자 깃대에 달린 끈들이 부딪치며 딱딱 소리를 냈다. 아직 완연한 보트 시즌은 아니었지만 선착장에는 플라스틱 보트 세 대가 세워져 있었다.

정박지를 둘러보던 야나는 어느 자그마한 남자가 모자가 날아가는 걸 막기 위해 한 손으로 잡고 걸어오는 걸 보았다. 남자는 자기 이름이 오베 룬드그렌(Ove Lundgren)이며 항만장이라고 말했다. 이곳에 계류하는 모든 배를 감독하며 작은 정박지 네 곳의 정기적인 관리를 맡고 있다고 했다. 고무부츠와 바람막이 점퍼 차림의 그는 얼굴이 까무잡잡하고 거칠었다. 그는 오늘을 위해 빌린 님부스(Nimbus, 스웨덴의 보트 브랜드-옮긴이) 보트에 세 사람이 올라타는 걸 도와주었다. 그리고 높은 파도 사이로 보트를 몰며 군도의 보트 항로에 관해 친절하게 설명했다.

"여기에는 섬이 아주 많습니다. 확실하진 않지만 여러분이 찾으시는 그렌쇠 섬은 코파르홀름(Kopparholm) 섬에서 2해리쯤 떨어져 있을 겁니다. 코파르홀름 섬은 50년간 출입금지 구역이었기 때문에 군인 외에는 들어갈 수 없었던 곳이죠. 우리는 그보다 더 멀리 갈 거지만요."

"정말요?" 미아는 끽 소리를 내며 파도가 일렁일 때마다 몸이 앞뒤로 움직이는 걸 막기 위해 난간을 꽉 붙들었다.

그들이 탄 보트는 꽤 빠른 속도로 여러 개의 섬들을 지나쳤고, 그중 일부에는 사업가들 혹은 재산을 상속받은 사람들의 으리으리한 여름별장이 세워져 있었다. 오베는 소유주들의 이름을 전부 다 알고 있었다.

바다 멀리 나갈수록 섬들은 넓게 퍼져 있었고, 웅장한 별장들은 이제 보이지 않았다.

미아는 뱃멀미 때문에 헛구역질이 올라오는 걸 참느라 안간힘을 쓰고 있었다. 피부가 창백하고 축축해졌다. 그녀는 바닷바람을 들이마시며 난간 너머 저 멀리 수평선을 바라보았다.

그들은 크고 작은 섬들 몇 개를 더 지났다. 어떤 섬들은 인적이

Marked for Life

없이 황량한 반면, 어떤 섬들은 사람도 살고 새들로 가득했다.

미아는 계속 헛구역질이 나는 걸 간신히 억눌렀다. 잠시 눈을 감았다 떠보니 맞은편에 야나가 보였다. 저 재수 없는 여자는 이런 거친 바다에서도 잘도 버티는군. 미아는 속으로 투덜거리며 고개를 돌려버렸다. 자신의 불편해하는 모습을 야나에게 보일 수는 없으니까. 절대로.

해도를 따라 두 시간가량 항해한 끝에 외해에 도달했다. 나무로 뒤덮인 비교적 큰 섬이 눈앞에 나타나자 오베는 그림쇠(Grimsö) 섬이라고 하며 그쪽으로 보트를 몰았다. 섬에 가까워지자 그는 속도를 늦추었다.

미아는 섬을 좀 더 잘 보려고 고개를 들었지만 수많은 식물들, 특히 전나무들 때문에 건물 같은 게 있는지 알 수 없었다.

오베는 돌로 된 선착장을 보고는 이렇게 멀리 떨어진 군도에 그런 걸 지어놨다는 데에 놀라움을 표시했다. 보트를 선착장에 댄 그는 헨리크와 야나, 미아가 내리는 걸 도와주었다.

그때까지 한 손으로 입을 틀어막고 있던 미아는 보트에서 내리자마자 토하고 말았다.

"가지." 헨리크가 말했다. 미아는 먼저 가라고 손짓했다.

"먼저 가세요, 저분은 제가 돌보겠습니다." 오베가 말했다.

"가실까요?" 헨리크가 말하자 야나가 고개를 끄덕였다. 그들은 암석을 올라갔다.

"제보를 받으셨다고요?" 얼마 후 헨리크가 야나에게 말했다.

"네." 야나가 말했다.

"이름은 전혀 밝히지 않았고요?"

"네."

"이상하군요."

"음."

"누군지 짐작도 안 가세요?"

"전혀요."

헨리크는 앞장서서 좁은 길을 걸었고, 그들은 말없이 수많은 나무와 말라 죽은 두꺼운 나뭇가지들을 지나쳤다. 길이 살짝 넓어지나 싶더니 이내 두 갈래로 갈라졌다. 더 잘 다져진 길을 선택하기로 한 그들은 오른쪽 길로 접어들었다.

헨리크는 권총집에 손을 올린 채 몇 번이나 주위를 돌아보며 무슨 소리가 들리지는 않는지 귀를 기울여보았다. 길을 걸어감에 따라 나무들이 점차 듬성듬성해지더니 커다란 암석을 돌아가자 집 한 채가 나타났다.

걸음을 멈춘 야나는 곧장 뒤로 주춤했다. 그녀는 겁에 질렸다.

헨리크도 깜짝 놀란 얼굴로 멈춰 섰다. 그는 야나와 집을 번갈아 쳐다본 뒤 다시 야나를 보았다.

"무슨 일이에요?" 그가 말했다.

"아무것도 아니에요." 야나의 표정은 즉시 본래대로 돌아갔다.

그녀는 성큼성큼 걸어서 헨리크를 지나쳤다. 그녀는 헨리크가 눈썹을 치켜뜨는 걸 보았고, 그 집으로 걸어가는 자신을 지켜보고 있는 걸 느꼈다.

이상한 기분이었다. 마치 두꺼운 유리 뒤에 갇힌 채 가만히 서서, 그 집으로 향하는 자갈길을 걸어가는 자기 자신을 지켜보는 듯한 기분… 마치 몸은 반응하는데 마음은 안 그런 것 같은 기분.

그녀의 다리는 그녀를 집 쪽으로 이끌고 있었다.

무의식적으로.

그런데 갑자기 그녀는 앞으로 달려가 문을 홱 열고 싶은 충동이 일었다. 그 집은 뭔가 그녀에게 익숙했다. 왜지?

야나는 제자리에 멈춰 섰다.

헨리크도 역시 그녀 바로 뒤에 멈췄다.

그 집을 쳐다보던 야나는 이번에는 뒤를 돌아 다시 보트로 도망치고 싶은 충동이 일었다. 하지만 그럴 수는 없었다. 마음을 다잡아야만 했다. 자갈길을 내려다본 그녀는 자갈 몇 개를 손으로 집었다. 기억 속에서 몇 가지 희미한 장면들이 떠올랐고, 그녀는 이제 어렸을 적 작은 발로 그 자갈을 밟고 싸웠던 것을 기억해냈다. 또 그 위로 넘어지면 얼마나 아팠는지도 기억해냈다. 그녀는 손바닥 위에 얹어놓은 자갈을 내려다보다가 손을 꽉 쥐었다. 너무 세게 쥐어서 관절이 하얗게 보일 정도였다.

헨리크는 헛기침을 했다.

"제가 먼저 들어가죠." 그는 이렇게 말하고는 그녀를 지나쳐갔다. "여기 계세요. 우선 안전한지 확인하고요."

재빨리 풀밭을 건너간 그는 집 앞 계단에서 몇 미터 안 떨어진 지점에 멈춰 섰다. 집안에서는 아무런 움직임도 포착되지 않았다. 그는 천천히 썩은 나무 계단을 올라가 총을 꺼내고는 칠이 벗겨진 대문을 두드렸다. 잠시 기다렸지만 아무 대답도 없었다.

집 옆쪽으로 가보니 구부러지고 녹이 슨 배수관에서 떨어진 빗물이 통 한 가득 차고 넘치고 있었다.

헨리크는 집을 한 바퀴 빙 돌며 창문을 하나하나 들여다봤지만 인기척은 느껴지지 않았다. 그런데 그때 집과 조금 떨어져 있는 헛간이 그의 눈에 들어왔다.

그는 야나에게 신호를 보낸 뒤 모퉁이를 돌아 빨간색 헛간 쪽으로 사라졌다.

야나는 자갈을 손에 든 채 잠시 그대로 서 있었다. 주위는 고요했다. 근육이 이완되고 손에 다시 피가 도는가 싶더니 자갈이 땅에 떨어졌다. 그녀는 천천히 집을 향해 걸어가 계단 앞에서 멈췄다. 계단 옆쪽, 갈라진 나무판자로 덮인 벽까지 다가간 그녀는 땅에 웅크리고 앉아 더럽고 작은 지하실 창문을 들여다보았다. 작은 방이 보였다. 천장은 낮았다. 방 한쪽에는 작업대가 길게 놓여 있었고, 선반 두 개와 종이 박스, 신문도 보였다. 계단 몇 개, 계단 난간과 작은 의자도.

압력파가 작용하듯 또 다른 기억이 그녀의 머릿속으로 밀려들었다. 순간 그녀는 자신이 그 작은 방 안에 들어간 적이 있음을 깨달았다. 그 어둠 속에. 그리고 누군가가 그녀와 함께 있었다.

누구였지?

미노스…

"뭐라도 찾으셨나요?"

미아 볼란데르는 힘겹게 자갈길을 걸어왔다. 아까만 해도 창백했던 그녀의 얼굴이 홍조를 띠고 있었다. 헨리크와 야나를 따라잡으려 달려온 게 분명했다.

야나는 자리에서 일어섰다.

"헨리크 선배는 어디 있죠? 이 부근은 다 확인했대요? 집 안에 있나요?' 미아가 말했다.

야나는 미아와 대화하고 싶은 마음이 전혀 없었다. 그리고 이 부근을 미아 혹은 다른 누군가와 함께 조사하고 싶은 마음도 없었다. 속에서 또 다른 불안이 솟구쳤다. 왠지 설명할 수는 없지만 이 곳을 지키겠다는 엄청난 욕구가 샘솟았다. 미아와 헨리크를 따돌려야겠다는. 그들은 여기 있을 자격이 없었다. 여기는 그녀의 집이었으니까. 아무도 그 안에 들어갈 수 없다. 아무도 그곳을 들쑤실 수 없다. 아무도. 그런 건 오직 그녀에게만 허락된 일이다.

미아가 다가왔다.

야나는 근육을 긴장시킨 채 고개를 숙이고 방어태세를 갖추었다.

결투라도 할 듯.

그때 헨리크가 달려왔다. 그의 눈은 겁에 질려 휘둥그레졌고, 입은 반쯤 벌어져 있었다.

마침 미아를 본 그가 할 수 있는 한 크게 외쳤다.

"지원 요청해! 다들 이리 오라고 해! 전부 다!"

포보스는 아홉 살도 채 되지 않았지만 이미 능숙했다.

그는 비누와 물로 팔꿈치 안쪽을 닦고는 중력을 이용해 피를 한 곳으로 모았다. 팔을 흔든 다음 주먹을 꽉 쥐고 바닥에 앉아 붕대를 세게 묶었다.

바늘은 뾰족한 끝이 위로 향한 채로 그의 정맥을 찔렀다. 같은 정맥, 같은 순서, 같은 건물, 같은 방. 늘 하던 대로. 모든 건 늘 하던 대로였다.

그가 주사기 손잡이를 잡아당기자 검붉은 색의 찐득한 피가 주사기 안으로 밀려들었다. 그는 즉시 팔을 묶고 있던 붕대를 풀고 천천히 나머지 약을 주입했다.

주사기에 약이 1단위밖에 안 남았을 때, 드디어 느낌이 왔다. 하지만 같은 느낌이 아니었다. 그는 재빨리 팔에서 바늘을 빼냈다. 피 두 방울이 바지에 떨어졌다.

그가 마지막으로 기억하는 것은 알아들을 수 없는 목소리로 소리를 지른 것이었다. 가슴이 마구 뛰었고 머리가 핑핑 돌았다. 갑자기 그는 볼 수도, 들을 수도, 느낄 수도 없게 되었다. 엄청난 힘이 가슴을 내리누르는 것만 같았다. 그는 숨을 헐떡였다. 정신을 잃지 않으려 필사적으로 노력하며.

서서히, 서서히 그는 본래 상태로 돌아왔다.

다시 볼 수 있게 되었을 때, 그는 아빠가 앞에 서 있는 걸 보았다.

"너 대체 뭐하는 거야?" 아빠는 이렇게 말하고는 그의 뺨을 세게 때렸다.

"저는……"

"뭐?"

또 한 대.

"…저는 그냥 자고 싶었을 뿐이에요." 포보스가 중얼거렸다. "죄송해요… 아빠."

그 무덤은 직사각형 형태로 마치 도랑 같았다. 아이들은 짐승마냥 그곳에 내던져져 있었다. 겹겹이 누워 있는 아이들은 서로 꼭 붙은 채 그들의 옷으로 추정되는 뭔가로 덮여 있었다.

Marked for Life

"해골만 서른 개는 돼요." 아넬리가 말했다. "1년 전 쯤 묻힌 시신들도 있고요."

도랑 밑에 서 있는 그녀는 과학수사 전문가라기보다는 고고학자처럼 보였다. 그녀는 지금 섬에 와 있는 대부분의 경찰관 및 과학수사요원들과 마찬가지로 헬리콥터를 타고 왔다.

그들은 그 집을 속속들이 조사하는 중이었다.

"이제 어쩌지?" 도랑 끝에 서 있던 군나르가 체념한 듯 말했다.

"이 해골들은 하나씩 들어올려서 검사하고, 사진 찍고, 무게 재고, 기록해야 해요." 아넬리가 말했다. "시신들은 법의학 센터로 보내야 하고요."

"그걸 다 하는 데 얼마나 걸리는데?"

"최소 나흘이요."

"하루 줄게."

"그렇지만 그건 불가능······."

"여러 말 말고. 필요하면 도움을 받아서 반드시 해내도록 해. 시간이 없어."

"과장님! 이리 와 보시겠어요?"

헛간에서 나온 헨리크가 군나르를 향해 양손을 흔들었다.

"비외른 알만 선생한테 당장 전화해. 지금 바로 센터 준비해두라고 말야!" 군나르는 헛간 입구로 걸어가던 길에 아넬리를 돌아다보며 말했다.

헛간 안은 눅눅했고 그의 눈이 어둠에 적응하는 데는 잠시 시간이 걸렸다. 그는 눈을 몇 번 깜빡이고는 주위를 둘러보았다.

눈앞에 펼쳐진 광경에 한없이 당혹스러웠다.

그곳은 체육관이었다. 1백 평방미터쯤 되는.

군나르는 내부를 쭉 훑어보았다. 바닥에 깔린 고무 매트, 한쪽 벽을 따라 설치된 난간, 천장에 매달린 샌드백. 한쪽 구석에는 10 킬로그램짜리 아령들이 쌓여 있었고, 그 옆에는 굵은 밧줄이 놓여 있었다. 왼쪽에는 낡은 가구가 놓인 허름한 창고가, 그 옆에는 화장실로 이어지는 듯한 문이 보였다. 맞은편 끝에는 잠금장치가 달린 또 다른 문이 있었다. 바닥 여기저기에는 천장에서 샌 빗물과 바닥의 먼지가 뒤섞여 갈색 웅덩이가 고여 있었고, 퀴퀴한 냄새도 났다.

"여긴 대체 뭐 하는 데야?" 그가 말했다.

야나 베르셀리우스는 집안에 있는 계단 앞에 와 있었다. 그녀는 거기에서 잠시 서 있었다. 머리가 어지럽고, 불안했다. 계단을 올라가봐야 하나, 말아야 하나?

"아무것도 만지지 마십쇼." 입구에 서 있던 가브리엘 멜크비스트 경관이 말했다.

그는 야나의 행동을 수상하게 여기는 듯한 얼굴 표정을 하고 있었지만, 야나는 모르는 척 했다.

집안에는 아직 사람이 없었지만 곧 과학수사팀이 와서 조사를 벌일 예정이었다. 야나는 그 사실을 알고 있었다. 그녀가 이렇게 집안에 들어와서는 안 된다는 것도. 하지만 그녀는 재빨리 계단을 올라갔다. 난간에 먼지나 거미줄이 거의 없는 것을 보아하니 최근에 누군가가 이 집에 들어왔던 모양이었다. 계단 꼭대기에 오른 그녀는 몸에 전율이 흐르는 걸 느끼며 왼쪽으로 돌아 어느 큰 방

Marked for Life

으로 들어갔다. 나무 바닥의 널빤지들은 물기를 먹어 휘어져 있었다. 철제 프레임으로 된 싱글침대 네 개가 다닥다닥 붙어 있는 게 보였다. 매트리스는 구멍이 뚫려 안에 든 솜이 다 삐져나와 있는데다 여기저기 쥐똥이 널려 있었다. 깨진 전등이 천장에 매달려 있었으며, 벽은 우울한 회색이었다.

야나는 한 침대 옆에 있는 서랍장을 뚫어져라 쳐다보았다. 그녀는 그리로 걸어가 맨 위 서랍을 열어보았다. 비어 있었다. 다른 서랍들도 다 열어봤지만 모두 비어 있었다. 그녀는 양손으로 서랍장을 최대한 조용히 앞으로 끌어당겼다. 몸을 숙여 서랍장에 가려져 있던 벽을 쳐다보았다. 벽지에는 두 개의 얼굴이 새겨져 있었다. 남자와 여자. 엄마와 아빠. 아이의 손으로 새긴.

그녀의 손으로 새긴.

49장

4월 28일, 토요일

이제 그녀는 아주 또렷하게 기억해낼 수 있었다. 잠깐씩 눈을 감을 때마다 모든 기억이 눈앞에 펼쳐졌다. 마치 누군가가 그녀를 마구 흔들어놓은 것만 같았다. 컨테이너도 기억났다. 거기서 끌려 나왔던 것, 밴으로 끌려갔던 것, 혹독한 훈련을 받고 그 모든 것으로부터 도망쳤던 것.

아빠로부터.

동시에 그녀는 자신이 공책에 기록해 둔 모든 것들, 모든 글과 그림이 현실이었음을 깨달았다. 그러니까 그건 꿈이 아니라 기억이었던 것이다. 아무도 그녀를 믿지 않았다. 아버지와 어머니는 약물과 의사를 통해 그녀를 조용히 시키려 했을 뿐이었다.

차안에 앉아 있던 야나는 손으로 핸들을 쳤다.

두 눈을 질끈 감고 크게 고함을 쳤다. 이내 그녀는 조용해졌다. 심호흡을 하며. 그리고 불현 듯, 꼭 감은 두 눈 뒤로, 그녀는 아빠를 보았다.

그는 그녀를 옆에서 지켜보고 있었다. 그녀가 잔뜩 긴장한 모습을. 그녀의 두 눈에는 점점 더 큰 공포가 서린 반면, 그의 눈에는 증오가 이글거렸다.

Marked for Life

그가 칼을 건넸을 때, 그녀는 자신이 뭘 해야 하는지 깨달았다. 죽임을 당하지 않으려면 죽여야만 했다. 결국 그녀는 뒤를 돌아서 손에 든 칼을 자기 옆에 누워 있는 소년의 갈비뼈 사이로 서서히 찔러 넣었다.

그 소년 역시 입에는 테이프가 붙어 있고 눈에는 공포가 서려 있었다.

그건 끔찍하리만치 무섭게 아름다웠다.

다시 눈을 떴을 때, 잠깐 동안 야나는 아빠를 위해 임무를 수행해낸 것 같은 기분을 경험했다. 그러나 결국 그녀는 서서히 끔찍한 현실로 되돌아왔다.

야나는 차에 시동을 걸고 고속도로로 접어들었다. 린셰핑에 온 걸 환영한다고 적힌 표지판을 지나칠 때쯤, 가속페달을 밟으며 몸에 아드레날린이 빠르게 퍼지는 기분을 느꼈다. 법의학 센터 앞에서 재킷을 바로 입고 손으로 머리를 쓸어 넘겼다.

다시 검사 역할로 돌아갈 시간이었다.

검시관인 비외른 알만은 부검대 위에 누운 소녀 위로 몸을 구부리고 있었다. 그녀의 시신은 무덤에 누워 있는 사이 부분적으로 부패했으며, 눈구멍은 뻥 뚫려 있었다.

비외른은 소년의 손을 잡고 지문을 떴다. 문간에서 인기척을 느낀 그가 고개를 들자 야나 베르셀리우스가 보였다.

"신원을 알아낼 수 있나요?" 그녀가 말했다.

"그러길 바라죠. 부모를 위해서라도." 비외른이 말했다.

"살아 있지 않은 걸요." 야나는 짤막하게 말했다.

"부모가요?" 비외른이 말했다.

"네, 부모도 죽었어요." 야나가 말했다.

"그걸 어떻게 아십니까?"

"추측이에요."

"추측은 짐작일 뿐입니다. 검사라면 확신이 있어야죠."

"그래요."

"확신하신다고요?"

"네, 이 아이들의 부모들이 인양된 컨테이너 안에 있던 사람들이라고 믿어요."

"믿는 것도 짐작입니다."

"그 사람들 DNA를 아이들 것과 비교해보면 아실 거예요."

"그러려면 일이 아주 많아질 텐데요."

"네, 하지만 아이들의 신원을 밝혀낼 수는 있겠죠."

비외른 알만이 막 입을 열려던 찰나, 헨리크와 미아가 들어왔다. 미아는 부검대 위의 시신을 보고는 이마를 찌푸리며 몇 미터 떨어진 곳에 멈춰 섰다.

"어린아이군요, 그렇죠?"

"여덟 살 정도밖에 안 됐어요." 비외른이 말했다.

"알아낸 게 뭔가요?" 헨리크가 말했다.

"총에 맞았어요." 비외른이 말했다. "다들 총에 맞았어요."

"전부 다요?" 헨리크가 말했다.

"그래요, 사입구는 다르지만." 비외른이 말했다.

"발견된 곳에서 사망한 건가요?" 헨리크가 말했다.

"맞아요, 도랑에서요. 그렇게 보입니다. 벌거벗은 채 도랑가에서 있다가 총에 맞은 걸로 추정됩니다."

"추정된다는 건 짐작일 뿐이에요."

야나는 이렇게 말하며 윙크했다.

비외른은 침을 꿀꺽 삼켰다.

"이 아이들이 컨테이너에서 발견된 사람들의 자녀들이라 믿을 만한 근거가 있습니다." 헨리크가 말했다.

"그래요. 안 그래도 검사님이 DNA를 비교해보자고 하시더군요." 비외른이 말했다.

헨리크는 손가락으로 머리를 쓸어 넘기고는 손으로 목 뒤를 잠시 짚고 있었다.

"좋습니다. 한 번 비교해보죠, 지금 바로." 그가 말했다.

비외른은 대답 대신 고개를 끄덕였다.

"다른 건요?" 헨리크가 말했다.

"네, 이 소녀의 목에서 흥미로운 걸 발견했어요." 비외른이 말했다.

그는 소녀의 머리를 한쪽으로 돌린 뒤 목을 보여주었다.

머리 선 아래 피부에 글자 E, R, I, D, A가 새겨져 있었다. 에리다(Erida).

미아는 당장 주머니에서 휴대전화를 꺼내 인터넷에서 검색했다.

"비드비켄에서 발견된 소년에게 이름을 새긴 놈과 같은 놈일 거야." 헨리크가 말했다.

"맞아요." 미아는 전화기에서 눈을 떼지 않고 말했다.

"범인도 같을 거라고." 헨리크가 말했다.

"증오의 여신." 미아가 말했다. "에리다는 증오의 여신을 의미하고 역시 그리스 신화에 나오는 이름이에요. 타나토스처럼요."

방 안은 침묵에 휩싸였다.

들리는 거라곤 환풍기 소리뿐이었다.

"한 가지 더요." 마침내 비외른이 말했다. "이 소녀의 머리는 밀려 있었는데, 몸에서 긴 머리카락 몇 가닥을 찾았어요. 색도 어둡고 두꺼워서 소녀의 것일 리는 없고요."

"당장 국립과학수사연구소로 보내도록 하죠." 헨리크가 말했다.

"이미 보냈답니다." 비외른이 대답했다.

팀원들은 브리핑이 시작되길 기다리며 회의실에 앉아 기다렸다. 군나르 외른은 서류뭉치를 휙휙 넘겨보고 있었다. 아넬리 린드그렌은 머리카락을 만지작거렸고, 헨리크 레빈은 의자에 등을 기댄 채 팔짱을 낀 모습이었다. 미아 볼란데르 역시 의자 뒷다리에 체중을 실은 채 뒤로 기대어 균형을 잡고 있었다. 야나 베르셀리우스는 공책을 앞에 두고 탁자 위로 몸을 구부리고 있었다.

"일단 비외른 알만 선생과 통화했는데 살해된 아이들 중 몇 명이 인양된 컨테이너에서 발견된 어른 유해와 같은 DNA프로필을 갖고 있답니다. 그러니까 그들은 가족이죠." 군나르가 말했다.

"그럼 그들이 아이들의 부모겠군요." 헨리크가 말했다.

"그런 것 같아." 군나르가 말했다. "따라서 그 아이들이 본래 컨테이너에 타고 있었다가 섬으로 끌려간 것으로 추정할 수 있어요. 부모들은 총에 맞아 바다에 버려졌고요."

"그 컨테이너들 칠레에서 왔댔죠? 인신매매였을 수도 있지 않을까요?" 헨리크가 말했다.

Marked for Life

"그래. 칠레 출신 불법 난민들에 관한 일이라고 짐작하고 있어." 군나르가 말했다.

무거운 침묵이 테이블 전체에 퍼져나갔다.

군나르는 말을 이었다. "검시관님이 부검한 아이들은 전부 목에 이름이 새겨져 있었습니다. 그리스 신화에서 따온 이름이요. 아이들에게 그러한 표시를 하는 건 정체성을 부여하는 것과 같아요. 살에다 칼로 새기는 짓은 아주 야만적인 행동입니다."

"범죄조직에서는 표시가 흔한 일이잖아요. 문신이나 엠블럼 같은 걸 생각해보세요." 미아가 말했다.

"하지만 이번 건은 체계적이었어. 고의적인 유괴라고."

"그냥 미친 거죠." 아넬리가 말했다.

"독성 분석 결과 아이들 두세 명의 혈액에서 마약성분이 검출됐습니다." 군나르가 말했다. "그 소년, 타나토스 역시 마약에 중독된 상태였어요. 이 아이들이 약을 팔았거나 아니면 마약거래에서 운반책으로 이용되었으리라 추측됩니다."

"그럼 마약 딜러를 찾아야겠네요." 헨리크가 말했다.

"한 명이 아니라 여러 명일 수도 있죠, 그리스 신화에 관심 있는 사람들로." 미아가 말했다.

"그래, 하지만 이 모든 걸 다 끼워 맞추는 방법을 찾아보면… 레나는 아직도 그 컨테이너에 관해 어떻게 알았는지, 또 율렌의 컴퓨터에 있던 파일을 지우라는 지시를 누가 내렸는지 말하지 않고 있어. 내가 궁금한 건, 왜 파일을 지웠을까? 숨길 게 있으니 지웠겠지. 그런데 한스 율렌이 직접 지우지 않았다고. 그러니까 뭔가 숨기고 있는 건 레나임이 틀림없어."

"율렌도 컨테이너에 관해 알고 있었잖아요?" 헨리크가 말했다.

"그렇지, 하지만 그가 뭘 알고 있었는지 우리는 몰라. 아마 진실은 몰랐을 수도 있어."

"진실이라는 건, 아이들이 연루된 마약거래를 뜻하나요?"

"맞아."

"그럼 그 컨테이너들 안에는 마약도 들어 있었겠네요?" 헨리크가 말했다.

"그들이 불법 난민이나 마약을 밀수했던 것 같진 않지만, 그런 가설도 생각해볼 수는 있지."

"좋습니다, 하지만 만약 그들이 어른들을 죽였다면 아이들은 왜 살려둔 거죠?"

"형사 미성년자이기 때문이죠." 미아가 의기양양하게 말했다. "어른에 비해 충성도도 높고요."

"그 섬에는 수많은 무기들이 갖춰진 일종의 훈련장이 있었어요." 헨리크가 말했다. "그럼 아이들이 훈련을 받았다는……."

방 안은 다시 조용해졌다. 헨리크는 말을 이었다. "저는 한스 율렌이 이 모든 걸 알게 되었다고 생각합니다. 그래서 부두에서 토마스 뤼드베리를 만났겠죠. 발각될까 봐 무서웠던 토마스 뤼드베리가 레나한테 말했고, 결국 그녀는 컴퓨터에 든 파일을 지웠고요. 그 여자는 또 사람을 시켜 율렌과 뤼드베리를 죽였을 겁니다."

"실제로 수사에 새로이 추가할 흥미로운 인물이 있습니다." 군나르가 말했다. "검시관님이 한 아이의 몸에서 머리카락 몇 가닥을 찾아냈는데, DNA 분석을 해본 결과 그 머리카락은 이 남자의 것이었어요."

Marked for Life

손을 뻗어 리모컨을 집어 든 군나르가 프로젝터를 켜자 어떤 남자 사진이 떴다. 검은 머리, 넓적한 코, 얼굴의 반을 가로지르는 커다란 흉터.

"맙소사, 생긴 것 좀 봐!" 미아가 말했다.

그 순간 야나는 입을 열고 "그 남자야!"라고 소리를 지를 뻔했다. 하지만 입을 꼭 다문 채 불편한 마음으로 의자에 가만히 앉아 있었다.

"가브릴 볼라나키(Gavril Bolanaki). '아빠'라고 불렸다는군. 올라, 이 남자와 토마스 뤼드베리 그리고 레나 비크스트룀의 관계를 조사해봐. 공통된 과거가 있는지. 동료? 동창? 뭐든지." 군나르가 말했다.

"이 남자에 관해 알아낸 게 뭔가요?" 헨리크가 말했다.

"별로 없어. 1953년 그리스 틸로스섬(Tilos)에서 출생. 1960년부터 스웨덴 시민이 되었어. 쇠데르텔리에에서 군복무 마침. 1970년대 중반에 군사 장비 일부가 없어진 적이 있는데 여러 정황상 그가 맨 처음 의심을 받았다네. 하지만 근거가 모호하다는 이유로 무죄가 되었고." 군나르가 말했다.

"어떤 무기들이 사라졌는지 알아냈나요?" 헨리크가 말했다.

"아니." 군나르가 말했다.

"그는 어디 있죠?" 야나는 과장되게 부드러운 목소리로 말했다.

"일단 국내 수배자 명단에 올려놨고 모든 경찰 당국에도 알려놓은 상태니까 속히 잡을 수 있기를 바라 봐야죠." 군나르가 말했다. "이제야 방향을 제대로 잡은 것 같군요."

저도 같은 생각이에요, 야나는 속으로 말했다.

"그 섬을 처음 수사하던 도중 음식을 발견했는데, 이는 최근까지 그곳에 사람이 있었다는 증겁니다. 그게 가브릴인지 다른 사람인지는 아직 알 수 없지만. 경찰견 담당을 부를 예정이에요. 헨리크와 미아 그리고 아넬리는 나와 함께 그 섬에 다시 가보죠. 10분 내로 출발합니다."

미아 볼란데르는 또 뱃멀미를 했다.

해안경비대 보트가 큰 파도 위를 오르락내리락하는 동안 그녀는 저 멀리 한 점만을 바라보려 애썼다. 그녀는 아침을 먹은 지 30분도 채 되지 않아 경찰청에서 출발해야 했다. 아침으로 먹은 샌드위치는 어느 인턴에게 얻어먹은 것이었다.

오늘은 28일. 월급을 받은 지 사흘밖에 안 됐는데 그녀는 또 돈이 하나도 없었다. 다음 월급날까지 거의 한 달이 남았는데. 게다가 오늘은 토요일이라 어딘가 나가야만 했다. 미아는 맥주 한 잔이나 사 마실 수 있을지 의문스러웠다.

한 손으로 입을 틀어막은 그녀는 난간 위로 몸을 숙인 채 토하고 말았다.

수색은 성과가 있었다. 경찰견이 헛간과 꽤 가까운 곳에서 지하 콘크리트 벙커를 발견한 것이다. 벙커 입구는 덤불에 완벽히 가려져 있었다.

군나르가 가장 먼저 들어갔다. 내부는 그리 크지 않았다. 군나르는 3미터쯤 가다 멈춰 섰다. 천장이 낮아서 안을 둘러보는 내내 머리를 숙여야 했다. 바닥에는 빈 가방 두 개가 놓여 있었고 수많은 총들이 벽에 걸려 있었다. 군나르는 AK-47과 지크자우어, 글록을 즉시 알아보았다. 탄약은 여러 개의 플라스틱 통에 종류별로 놓여 있었다. 작은 칼 다섯 자루와 소음기들도 보였다.

군나르는 몸을 돌려 밖으로 나왔다. 헨리크와 미아가 궁금한 듯 그를 쳐다보았다.

"무기고야. 내가 본 것 중에 제일 커." 군나르가 말했다.

"쇠데르텔리에에서 온 걸까요?" 헨리크가 말했다.

"그런 것 같아. 새 것뿐만 아니라 오래된 것들도 있더라고."

"그럼 그 가브릴이란 놈이 쇠데르텔리에에 있는 병영에서 무기를 빼돌려가지고 여기다 무기고를 지었군요." 헨리크가 말했다.

"저 안에 글록 권총도 몇 개 있는데 군대에서 제일 흔하게 쓰이는 총들 중 하나지." 군나르가 말했다.

"그리고 그중 한 개는 한스 율렌을 죽일 때 쓰였을 테고요." 헨리크가 말했다.

가브리엘 멜크비스트가 선착장 감시를 맡은 시간은 이제 한 시간밖에 남지 않았다. 그는 체온을 유지하기 위해 양 발을 번갈아 땅에 굴렀다. 그는 다시금 수평선을 쭉 훑어보았다. 바로 그때 보트 한 대가 섬을 향해 다가오는 게 보였다. 그는 쌍안경을 들고 혹시 동료들이 타고 있는지 살펴보았다.

그 보트는 거의 멈출 듯 속도를 늦추더니, 갑자기 확 방향을 틀어 달아나기 시작했다.

가브리엘은 무전기를 들었다.

꾸물거릴 시간이 없었다.

헨리크 레빈이 막 지하 벙커 안으로 들어가고 있을 때 한나 홀트만 경관이 달려왔다.

"어떤 보트가 목격되었어요. 방향을 틀어 빠른 속도로 달아나는 중입니다."

헨리크는 선착장까지 있는 힘껏 달려가 해안경비대 보트에 올라탔다.

미아도 그의 바로 뒤에 쫓아왔다.

"쫓아가요!" 그가 소리쳤다. "과장님 기다리지 말고. 어서요!"

헨리크가 해안경비대원인 롤프 비크만(Rolf Vikman)에게 손짓하자, 롤프는 재빨리 선착장에 서 있던 보트를 가브리엘이 목격한 보트가 도망친 방향으로 몰았다. 그는 이미 시야에서 사라진 보트를 따라 속력을 높이며 주 통신센터에 무전을 쳤다.

헨리크도 보트가 마지막으로 보인 지점을 바라보았다. 롤프는 속력을 30노트까지 높였고, 보트 주위로 물이 폭포수처럼 쏟아져 내렸다. 어느 작은 섬에 다다른 그들은 속력을 줄였지만, 그들이 찾는 보트는 아무데도 보이지 않았다. 헨리크는 고개를 사방으로 돌려보았다.

미아도 마찬가지였다. 그들은 엔진 소리가 들리지 않는지 귀를 기울였지만 자신들이 타고 있는 보트의 소음 외에는 아무것도 들리지 않았다.

다음 섬에 도착했을 때 롤프는 속력을 조금 줄였고 헨리크는 울퉁불퉁한 바위 위를 눈으로 쭉 훑어보았다. 귓가에 바람소리가 들렸다. 머리 위 높은 곳에 갈매기 두 마리가 새된 소리를 내며 원모양으로 날고 있었다.

미아는 까치발을 하고 난간 너머를 바라보았다. 롤프는 속력을 좀 더 늦춘 다음 뭍으로 밀려가지 않기 위해 파도 사이로 지그재그 모양을 그리며 보트를 몰았다.

"더 가보죠." 헨리크가 말했고, 그들은 섬을 한 바퀴 돌았다. 롤프가 다시 속력을 높이자 헨리크의 재킷이 바람에 나부꼈다. 보트는 전혀 보이지 않았고, 헨리크는 속으로 의구심이 들기 시작했다.

"저기!" 미아가 갑자기 소리치며 열정적으로 손짓을 했다.

"저기요! 저기! 보인다고요!"

롤프는 당장 그녀가 가리킨 방향으로 핸들을 돌렸다.

"샤파렐(Chapparal, 미국 보트 브랜드—옮긴이) 보트예요." 롤프가 소리쳤다. "속력이 빠른 거라 걱정이네요."

해안경비대 보트를 보았는지, 샤파렐은 다시 줄행랑을 쳤다. 헨리크와 미아는 각자 총을 꺼냈다. 롤프는 보트 속력을 높여 서서히 샤파렐에 더 가까이 갔다.

"경찰이다!" 헨리크는 소리치며 총을 들어보였다. "멈춰!"

그의 말은 엔진 소리에 묻혀버렸다.

샤파렐이 전속력으로 달리자 사이는 다시 벌어졌다.

"도망치려는 모양입니다." 롤프는 소리치며 역시 전속력으로 뒤를 쫓았다.

추적은 빠른 속도로 계속되었다. 헨리크의 재킷이 바람을 맞아 세차게 나부꼈다. 추위가 파고들었고, 머리는 뒤로 다 뻗쳤다.

"경찰이다!" 샤파렐에 가까워지자 헨리크는 더 크게 소리쳤다.

겨우 운전사의 모습이 보이려던 찰나, 샤파렐은 그들 바로 앞에서 방향을 홱 틀었다. 검은 머리의 나이 든 남자. 허드레 모자 밑으로 보이는 검은 머리.

"젠장." 롤프는 소리치며 샤파렐을 따라 방향을 틀었다.

그들은 파도를 빠르게 스치며 질주했다. 보트 주위로 쏟아져 내리는 물줄기는 점점 더 거세졌다.

그때 예기치 않게 샤파렐이 속도를 늦추었다.

헨리크는 난간을 붙잡은 손을 놓지 않은 채 권총을 들었다.

"멈춰!" 그는 운전사를 향해 소리쳤다.

그러나 샤파렐은 또다시 방향을 틀어 달아나기 시작했다.

"쫓아가요, 롤프! 쫓아가!"

롤프는 전속력으로 샤파렐 뒤를 바짝 쫓았다. 샤파렐은 다시 속도를 줄였다가, 또 방향을 바꿔 빠른 속도로 달려 나갔다.

야나 베르셀리우스는 자신이 해서는 안 될 행동을 하고 있음을 알고 있었다. 그런데도 그녀는 전화기를 들고 앉아 다닐로에게 보낼 문자 메시지를 작성했다. 최대한 그 의미를 알기 어렵게 쓰려고 노력하며. 전화기도 선불SIM카드도 다 새로 구입한 것이라 추적당할 위험이 전혀 없는데도 완전히 마음을 놓을 수 없었다.

결국 그녀는 이렇게 썼다.

'A가 그곳을 알려줬어. 아빠가 곧 집에 올 거야.'

막 전송 버튼을 누르려던 찰나, 그녀의 주머니에 들어 있던 휴대전화가 울렸다. 전화기를 보니 발신번호는 표시되지 않았다. 발신자가 부디 다닐로이기를 간절히 바라며 즉각 전화를 받았다.

전화를 건 사람은 헨리크였다.

"그놈을 잡았어요." 그는 차분하고 신중한 목소리로 말했다.

야나는 숨을 죽였다.

"한 시간 반 동안의 추적 끝에 잡았습니다." 헨리크가 말했다.

"드디어." 야나는 속삭였다.

"심리가 필요합니다. 당장이요."

"제가 처리할게요. 신문은요?"

"내일 아침에 시작될 겁니다."

야나는 "내일 봬요!"란 인사와 함께 급히 전화를 끊었다. 그녀는 떨고 있었다. 떨리는 손으로 다시 새로 산 전화기를 든 그녀는 문자 메시지의 마지막 부분을 지우고 다시 썼다.

'A가 그곳을 알려줬어. 아빠가 집에 왔어.'

그녀는 전송 버튼을 눌렀다.

다닐로는 자신의 휴대전화를 응시했다.

"젠장!" 그는 목청껏 고함을 질렀다. "빌어먹을!"

그는 주먹으로 있는 힘껏 벽을 쳤다.

"제길, 제길, 제길, 제길!"

그는 분노했다. 완전히 돌아버릴 지경이었다. 일 처리를 어떻게 그렇게 엉망으로 할 수 있지? 안데르스가 그 여자를 죽였어야 했는데! 안데르스는 바보야, 씨발, 뭐 하나 제대로 하는 게 없는 빌어먹을 병신 새끼. 그 남자애를 섬으로 데려갈 때도 실수하더니, 야나 일도 처리를 못하고!

다닐로는 한숨을 내쉬었다. 직접 나설 수밖에 없었다. 언제나처럼. 일 처리는 매번 그의 몫이었다. 그리고 이제는 모든 게 다 엉망이 되어버렸다.

"제기랄!" 그는 또다시 소리쳤다.

그는 야나를 처리할 다른 방법들을 생각해보았다. 영원히 없애버릴 방법을. 아니면 혹시 그녀를 어떤 방식으로든 이용할 수 있을까? 죽이지 않고 이용하는 건 어떨까?

다닐로의 얼굴에 미소가 번졌다.

야나를 이용할 가능성에 관해 생각할수록, 그의 전략은 더 명확해졌다.

10분 뒤 그는 자신이 뭘 할지 분명히 알았다. 야나는 자신을 탓할 수밖에 없다. 그 일을 후벼 파기 시작한 건 바로 그녀였으니, 그에 따른 결과를 받아들여야만 한다.

그 결과가 무엇이든.

Marked for Life

50장

4월 29일, 일요일

군나르 외른은 손에 커피 잔을 든 채 가브릴 볼라나키의 체포 소식을 전하는 TV 뉴스 속보를 보았다.

주 경찰국장은 홍보담당자에게 공식 성명을 낼 것을 지시했고, 그 소식은 체포 한 시간 만에 대중에게 알려졌다.

"기분 괜찮아요?"

아넬리 린드그렌은 벌거벗은 몸을 침대보로 감싼 채 침대 한쪽에 누워 있었다. 그녀 역시 뉴스 속보에 귀를 기울였다.

"응. 놈을 잡아서 기분 좋아. 내일 그를 신문할 거야. 그 전에 그 섬을 다 조사할 수 있겠어?"

아넬리는 똑바로 누워 사지를 쭉 뻗었다.

"네, 오늘 가서 처리할 예정인데 분명 DNA 샘플을 채취할 곳들이 많을 거예요. 적어도 내 바람은 그래요."

"나도 마찬가지야." 군나르는 이렇게 말하고는 커피를 한 모금 더 마셨고, 그때 전화벨이 울렸다.

올라 쇠데르스트룀이었다.

"잘 들어보세요, 드디어 회답을 받았어요." 그가 말했다. "교통 과에서 그 에릭 노르드룬드라는 목격자가 아르셰순드 도로에서 봤다던 밴의 소유주를 알아냈대요. 이름은 안데르스 파울손, 55

세. DHL에서 적하 업무 담당자로 20년간 일하다가 현재는 자기 회사를 운영 중입니다, 역시 운송업계에서요. 가장 흥미로운 점은 아내가 토마스 뤼드베리의 여동생이었다는 거예요. 아내는 10년 전 암으로 죽었고 재혼은 안 한 걸로 보입니다."

"그럼 뤼드베리와 안데르스가 아는 사이였다는 거군." 군나르가 말했다. "어디 사는데?"

"아르셰순드 욘스베리." 올라가 말했다.

"그것 참 흥미롭구먼. 헨리크와 미아를 바로 보내지." 군나르는 전화를 끊었다.

미아 볼란데르는 커피를 마시고 있었다. 그녀는 자동차 거울로 자신의 모습을 확인하며 아직 너무 뜨거운 커피를 천천히 홀짝였다. 밤새 번진 마스카라는 눈 주위에 작은 검은색 점들을 흩뿌려 놓았다.

"이런, 제길!" 그녀는 큰 소리로 거친 말을 내뱉었다.

"밤새 무리했나봐?" 헨리크가 말했다.

"뭐 아는 것처럼 말하네요?"

"파티라면 나도 좀 알지."

"애들 파티 말하는 거예요?"

"아니."

"마지막으로 머리가 터질 때까지 마셔본 게 언제예요?"

"네가 그랬다는 거잖아, 그렇지?"

"네네, 그래요. 남자랑 잠도 잤고요. 끝내주게 좋았네요!"

"음, 고맙군, 하지만 그런 얘기까지는 안 해도 됐는데."

"그럼 물어보지를 말든가요!"

헨리크는 한숨을 내쉬며 자기가 허용속도로 가고 있는지 보려고 속도계를 확인했다.

미아는 다시 눈 주위에 번진 마스카라를 지우려 애썼다.

그들은 안데르스 파울손이 사는 욘스베리로부터 10킬로미터 가량 떨어진 곳에 있었다. 15분 뒤 그들은 빨간색 외관의 단독주택 앞에 도착했다. 마당에는 흰색 오펠 밴이 세워져 있었다. 정원은 너저분했고, 집 안의 블라인드는 전부 내려져 있었다. 한때는 흰색이었을 건물 모퉁이들은 잿빛으로 바래 있었다.

헨리크는 천천히 차를 몰아 그 집에서 조금 떨어진 곳에 주차하고는 시동을 끄고 차에서 내렸다. 미아는 커피를 마지막 한 방울까지 다 마셔버렸다. 좌석 사이의 컵 홀더에 잔을 내려놓으려고 했을 때, 헨리크의 지갑이 놓여 있는 걸 보았다. 빛처럼 빠른 속도로 지갑을 열어본 그녀는 1백 크로나짜리 지폐 한 장을 꺼내 바지 주머니에 쑤셔 넣고는 지갑을 다시 제자리에 놓았다. 그러고는 씩 웃으며 차에서 내렸다.

그새 그 집 앞까지 슬며시 가 있던 헨리크는 주차되어 있는 밴의 뒷바퀴 옆에 쭈그려 앉아 있었다. 미아가 다가갔을 때 그의 두 눈은 열정적으로 빛나고 있었다.

두 사람은 함께 그 집으로 다가가 대문 양쪽에 섰다. 미아는 누군가 문을 열어젖힐 걸 대비해 문에 발을 괴고 있었다.

그런 다음 그들은 초인종을 눌렀다. 집 안에 벨소리가 울려 퍼졌다. 그들은 30초를 기다렸다가 다시 벨을 눌렀다. 여전히 반응이 없었다. 서로 눈빛을 교환한 그들은 또 한 번 벨을 눌렀다. 하지만 계속 아무런 반응이 없었다.

집 옆으로 돌아가 본 미아는 모든 창문의 블라인드가 내려진 걸 확인했다. 아무 소리도 들리지 않았다. 반대쪽으로 가보자 창문 한 개가 열려 있었다. 그녀는 헨리크를 그쪽으로 부른 뒤 창틀을 꽉 붙들고 두 다리를 거의 동시에 들며 펄쩍 뛰어올랐다. 전혀 우아하지 않은 그 점프와 함께 그녀는 집 안으로 쏙 사라졌다.

집 안에 들어서자마자 배설물에서 풍기는 끔찍한 악취가 그녀의 코를 찔렀다. 그녀는 즉시 재킷 안주머니에서 손수건을 꺼내 코를 틀어막았다. 바닥을 보니 똥 무더기와 오줌이 말라붙은 자국이 있었다.

집 안 여기저기에 쓰레기가 널려 있었다. 쌓여 있는 종이 상자들, 오래된 신문 더미들, 곰팡이 핀 음식 찌꺼기가 담긴 종이 접시들, 빈 병들, 맥주 캔들과 패스트푸드 포장 상자들. 소파 위에는 구식 라디에이터가 놓여 있었고, 카펫은 돌돌 말려 있었다. 탁자에는 크게 금이 가 있었으며 벽지는 군데군데 뜯겨져 나간 상태였다.

헨리크는 열린 창문으로 안을 들여다보자마자 시큼한 배설물 냄새에 속이 메스꺼워졌다. 뒤로 물러선 그는 구역질을 했다.

미아는 권총을 손에 든 채 똥 무더기를 비롯한 쓰레기들을 밟지 않으려 조심하며 몇 발짝 앞으로 나아갔다.

"경찰이다!" 그녀는 소리쳤지만, 메스꺼움 때문에 목소리가 생각처럼 잘 나오지 않았다.

복도에 다다른 미아는 부엌으로 향하는 문을 보았다. 복도 역시 엉망이긴 마찬가지였고 벽에 쌓여 있는 그 모든 쓰레기들 때문에 벽지 모양을 알아보기 힘들 정도였다. 부엌에 들어서자 악취는 더욱 심해졌다.

이상한 자세로 누워 있는 남자에게서 나는 냄새였다. 남자는 입을 크게 벌리고 두 눈을 멍하게 뜬 상태였고, 미아는 그가 죽었다는 것을 한눈에 알았다.

51장

4월 30일, 월요일

야나 베르셀리우스는 아침에 예정된 재판을 연기하고 싶었지만 그럴만한 법적인 가능성은 전혀 없었다. 검사로 일하면서 처음으로, 법정에 소환된 당사자들 중 한 명이라도 불출석통지를 해줬으면 하고 바라기까지 했다. 증인들 중 누가 갑자기 병이 났으면, 대중교통에 뭔가 심각한 문제라도 생겼으면, 아니면 그 어떤 예측 불가능한 이유로 법정에 올 수 없어서 재판을 연기할 수밖에 없었으면. 그러나 불행히도 당사자들은 물론 치안판사들과 판사까지 모두 출석했고, 야나는 기가 조금 꺾여버렸다. 재판은 예정된 시간에 시작될 것이다.

야나는 한숨을 내쉬며 법정에서 발표할 증거자료가 담긴 빨간색 파일을 펼쳤다. 죄목은 방화였다. 그녀는 시계를 보았다. 5분 내로 재판이 시작될 터였다. 그리고 5분 내로 경찰청에서는 가브릴 볼라나키에 대한 신문이 시작될 터였다. 그녀는 헨리크 레빈에게 전화를 걸어 자기 없이 신문을 시작하라고 말했다. 부디 재판이 한 시간 안에 끝나서 빨리 경찰청 유치장에 있는 그, 아빠와 대면하게 되기를 바라며.

머리를 매만지던 그녀의 손이 목 위에 머물렀다. 거기 새겨진 글자들이 만져졌다.

Marked for Life

때가 됐어, 그녀는 생각했다.

드디어.

헨리크 레빈은 앞에 앉아 있는 남자를 바라보았다. 소매를 접어 올린 검은색 셔츠. 그의 긴 검은색 머리는 뒤로 빗어 넘긴 모양이었다. 그의 코는 넓적했고 눈은 검었으며, 눈썹은 숱이 많았다. 얼굴의 흉터는 이마에서부터 턱까지 나 있어 도무지 눈을 떼기가 힘들었다. 헨리크는 그의 얼굴 다른 쪽에 시선을 고정한 채 말을 시작했다. "바다에서 뭘 하고 있었습니까?"

침묵.

"왜 우리한테서 도망쳤죠?"

침묵.

"섬에 살고 있나요?"

계속되는 침묵.

"이 소년을 본 적 있습니까?"

헨리크는 그에게 타나토스의 사진을 보여주었다.

그 남자는 거만한 미소 비슷하게 입꼬리를 들어올렸다.

"변호사를 부르겠소." 그가 느릿느릿 말했다.

헨리크는 한숨을 내쉬었다.

그로서는 그의 말에 따르는 수밖에 없었다.

두 시간 뒤, 재판은 반쯤 진행되고 있었다. 야나는 절망했다. 사실규명을 위해 피해자와 피의자 모두 신문을 받았고 쉬는 시간 이후에 증인들과 증거서류가 다뤄질 예정이었다. 야나는 검사석에

서 일어나 법정 밖으로 나갔다. 서둘러 화장실에 들렀다 나온 그녀가 주머니에서 전화기를 꺼내보니 발신번호가 표시되지 않은 부재중 전화가 한 통 와 있었다. 음성메시지를 들어보니 연락을 한 사람은 헨리크였고, 그녀는 당장 그에게 전화를 걸었다.

"어떻게 되어가고 있어요?" 그녀는 전화를 받은 그에게 말했다.

"아직 아무 진척 없어요." 그가 말했다.

"아무것도요?" 야나가 말했다.

"네. 통 입을 열지 않아요. 변호사를 요구하네요."

"그러라고 하세요. 하지만 우선 제가 먼저 만나보고 싶어요."

"헛수고일 겁니다."

"그래도 시도는 해볼래요."

야나는 시계를 보며 말을 이었다. "세 시간 안에 재판이 끝날 거예요. 그때 그를 다시 한 번 신문하죠."

"알았어요. 2시에 다시 신문실에서요." 헨리크가 말했다.

"변호사 없이요."

"그럴 순 없습니다."

"아니, 가능해요. 저는 검사고 그 남자는 제 의뢰인이니 저는 그와 대화하길 원해요."

야나는 그 말을 음미했다. 내 의뢰인.

"제가 뭘 할 수 있는지 한 번 보죠."

"5분이면 됩니다. 그 이상은 바라지도 않아요."

"알겠습니다."

통화가 끝났고, 야나는 전화기를 가슴에 댄 채 잠시 그대로 서 있었다. 왠지 모르게 들뜬 기분이었다.

행복마저 느껴질 정도로.

미아는 팔짱을 끼고 의자에 느긋하게 기대어 앉아 있었다. 헨리크가 야나의 전화를 받느라 서둘러 신문실을 나간 사이 그녀는 거기 앉아 용의자를 감시하고 있었다. 그녀 앞에 앉아 있는 남자는 연신 얼굴에 희미한 미소를 띠고 있었다. 고개를 숙이고 있는 그의 얼굴 흉터 위로 그림자가 드리웠다.

"하나님을 믿나요?" 미아가 말했다.

남자는 대답하지 않았다.

"당신 이름이요. 가브릴. 그 뜻이 하나님은……"

"나의 힘." 그가 미아의 마지막 말을 대신했다. "고맙소, 나도 그 의미는 잘 알아요." 그가 말했다.

"그럼 하나님을 믿는다는 거네요?"

"아니. 내가 하나님이오."

"아, 그래요? 대단하시네요."

그는 그녀를 보며 히죽 웃었다. 미아는 불편한 기분이 들어 몸을 꼼지락거렸다. 그러자 가브릴도 똑같이 했다. 그녀를 따라서.

"하나님은 살인하지 않아요." 미아가 말했다.

"하나님은 주기도 하고 빼앗기도 합니다."

"하지만 어린아이들을 죽이는 법은 없죠."

"웬걸, 그런 경우도 있소."

"그럼 당신은 어린아이들을 죽였나요?"

가브릴은 다시 히죽거렸다.

"대체 왜 그리 히죽대는 거죠?"

미아는 의자에 등을 기댔다. 가브릴도.

"난 아이들을 죽이지 않았소." 그가 말했다. "나에게도 아들이 있는데, 왜 내가 그런 조그만 녀석들을 죽였겠소?"

"하지만 우린 섬에 있는 그 공동묘지나 다름없는 무덤에 누워 있던 어린 소녀에게서 당신 머리카락을 찾아냈다고, 제길! 당신이 가고 있던 바로 그 섬 말이야!"

"그렇다고 해서 내가 죽였다고는 할 수 없소, 안 그래요?"

미아는 가브릴을 노려보았다. 그도 그녀를 노려보았다. 그녀는 그의 눈을 피하지 않았다.

"궁금한 게 있는데." 그는 느리게 말했다. 여전히 그녀를 매섭게 노려보며. "만일 내가 그 아이들을 누가 죽였는지 알고 있고 그걸 말해준다면, 당신들은 나한테 뭘 해주겠소?"

"그래, 뭘 해드릴까요?"

가브릴은 그녀가 빈정대고 있음을 알았다. 그는 이를 악물며 식식댔다.

"내 말이 무슨 뜻인지 잘 모르시는 것 같은데. 누가 그랬는지 말해주면 그 대가로 내가 얻는 게 뭐냐고?"

"지금 우리는 빌어먹을 협상을 하는 게 아니라고요. 당신 정말……."

"똑바로 들어요."

가브릴은 몸을 앞으로 숙여 미아에게 다가갔다. 불쾌할 정도로 가까이. 미아는 눈길을 돌리지 않았다. 그에게 질 수는 없었다.

"나를 잡아넣으려면 내 얼굴을 잘 기억해둬야 할 거야. 내가 나오는 날 또 보게 될 테니까. 알아듣겠어?" 그는 식식댔다.

Marked for Life

그는 이내 다시 차분해져서는 의자에 등을 기대며 말했다.

"나를 잡아넣는다면 큰 실수를 하게 되는 거요. 그래서 이런 제안을 하는 거고. 나는 현재 스웨덴의 마약거래를 주도하고 있는 인물들 몇 명의 이름쯤은 쉽게 댈 수 있소. 그와 관련된 장소와 사람들도 알려줄 수 있고. 하지만 내 생각에 당신들은 이 일에서 아이들이 어떤 역할을 하는지 가장 궁금할 것 같은데. 내 말이 맞지, 안 그렇소?"

미아는 대답을 거부했다.

"그러니 내가 그 모든 걸 다 알려주면 당신들은 날 위해 뭘 해주겠냔 말이오? 나에 관해서는 아무것도 자백하지 않겠지만 다른 사람들에 관한 건 뭐든 알려줄 수 있지. 그런 데 관심이 있다면 말이오. 내 보기에는 그런 것 같은데."

미아는 입술을 깨물었다.

"제안 하나 하지." 가브릴이 말했다. "내가 다 말해주면 나와 내 아들을 보호해주시오. 지금 나를 잡아넣으면 당신들은 그 어떤 것도 알아낼 수 없을 거고 장담하는데, 더 많은 아이들이 죽게 될 거요. 그걸 멈출 수 있는 사람은 나뿐이거든. 난 가장 높은 강도의 보호를 원해요. 최고 수준으로. 그게 아니면 아무 말도 안 할 거요. 자, 어떻게 하겠소?"

미아는 어쩔 줄 몰랐다. 그녀는 그에게서 눈길을 돌렸다. 탁자를 내려다보던 그녀는 고개를 들어 창문 유리를 쳐다보았다. 그녀는 군나르가 그 뒤에 서 있다는 것을, 그 역시 어쩔 줄 몰라 하고 있으리라는 것을 잘 알았다.

이제 대체 어쩐단 말인가?

409

오후 1시 42분이었다. 재판은 끝났고 야나는 서류를 챙겨 서둘러 법정에서 나왔다. 여느 때처럼 비상구로 직행한 그녀는 흰색 방화문을 엉덩이로 밀어 열고는 빠른 걸음으로 계단을 뛰어 내려가 열기가 느껴지는 아래층 주차장으로 갔다. 그녀는 차를 빼며 헨리크에게 전화를 걸었다. 가브리엘의 두 번째 신문을 준비하라고 설득하기 위해서였다. 하지만 그는 통화 중이었다.

빠른 속도로 주차장에서 빠져나오며 그녀는 다시 헨리크에게 전화했고, 이번에는 신호는 갔지만 받지를 않았다. 신호등마다 빨간불에 걸리는 느낌이었다. 사람들이 횡단보도를 건너는 시간이 너무 길게 느껴졌고, 그녀 앞의 다른 운전자들이 유난히 느리게 가는 것만 같았다. 마침내 경찰청에 도착했을 때는 주차장까지 꽉 차 있어서 세 바퀴를 빙빙 돌고 나서야 겨우 좁은 공간에 주차할 수 있었다.

어쩔 수 없이 옆 차에 닿게 문을 연 그녀는 배를 쏙 집어넣고 숨을 참으며 겨우 차에서 내렸다. 거의 뛰다시피 걸어가 계단 옆에 있는 엘리베이터 버튼을 눌렀다. 기다리고 또 기다렸지만 화면에 표시된 숫자를 보니 엘리베이터는 고층에서만 왔다 갔다 거렸다. 결국 그녀는 계단으로 향했다.

숨을 헐떡이며 부서에 도착한 그녀는 애써 마음을 진정시킨 뒤 신문실로 통하는 문을 열었다. 그 안에서는 다들 정신없이 일에 매진하고 있었고 그녀가 처음 마주친 사람은 가브리엘 멜크비스트 경관이었다.

그는 즉시 손을 들어 그녀를 저지했다.

"여긴 금지구역입니다."

"의뢰인과 만나러 왔는데 좀 늦었어요." 야나가 말했다.

"의뢰인 이름이 뭡니까?"

"가브릴 볼라나키."

"죄송하지만 들어가실 수 없습니다."

"왜죠?"

"그 사건은 종결되었어요."

"종결됐다고요? 어떻게 종결될 수 있죠?"

"검사님, 죄송합니다만 이만 가주시죠."

가브리엘은 문밖으로 밀어낸 뒤 그녀가 보는 앞에서 문을 닫아 버렸다. 복도에 덩그러니 서 있게 된 그녀는 놀라고 화가 났다.

그녀는 휴대전화를 꺼내 다시 헨리크에게 전화했지만 받지 않았다. 군나르에게도 했지만 역시 받지 않았다.

그녀는 큰 소리로 욕설을 내뱉으며 계단을 통해 주차장으로 달려 내려갔다.

감방에 앉아 있던 레나 비크스트룀은 콘크리트 벽에 머리를 쾅쾅 박았다. 그 방에서 유일하게 부드러운 물건은 플라스틱 커버와 누렇게 색이 바랜 시트로 덮인 매트리스뿐이었고, 그녀는 양팔로 다리를 감싸 안은 채 매트리스 끄트머리를 향해 쭈그려 앉아 있었다. 벽에는 타원형의 흰색 전등이 달려 있었고, 그 옆에는 누군가가 'Fuck' 대신 'Fukc'이라고 잘못 써놓은 검은색 글씨가 보였다. 창살 사이로 희미한 불빛이 스며들었다. 8평방미터 크기의 감방 안에는 침대 외에 원목 책상과 아주 단단하게 고정된, 역시 원목 붙박이 의자가 있었다.

레나가 유치장에 들어온 지 7일이 지났다. 그녀는 나갈 수 있으리라는 희망을 마음속 깊이 품고 있었기에 별로 대수롭게 생각지 않았다. 그러나 바로 그날 그녀의 희망은 산산조각 나고 말았다. 점심을 먹으려고 줄을 서 있는데 가브릴이 체포되어 그녀와 마찬가지로 유치장에 있다는 뉴스를 들은 것이다. 레나는 접시 위의 음식에 손도 대지 않았다. 서빙된 우유조차 마실 수 없었다. 그녀를 빼내줄 사람이 바로 그였는데. 하지만 이제 그도 그녀의 방에서 멀지 않은 감방에 잡혀 들어와 있었다.

이제 다 끝났어, 그녀는 생각하며 아까보다 더 세게 벽에 머리를 박았다. 이제 모든 게 다 끝났고, 나도 끝이야. 그 사실을 받아들일 수밖에. 더 이상 내가 할 수 있는 일은 없어. 딱 한 가지만 빼고. 그건 바로 여기서 도망치는 거지.

이생으로부터.

야나가 사무실로 불쑥 들이닥쳤을 때, 토르스텐 그라나트는 베이지색 코트 차림으로 책상 옆에 서서 서류가방에 파일을 집어넣고 있었다. 야나는 짝다리를 짚고 팔짱을 낀 채 방 한가운데에 섰다.

"무슨 일이죠?" 그녀가 말했다.

토르스텐은 어리둥절한 얼굴로 그녀를 쳐다보았다.

"집에 가봐야 해. 아내가 전화했는데, 루데한테 문제가 생겼다네. 지난 24시간 동안 자기 배설물을 먹었나봐. 동물병원에 데리고 가봐야 해."

"가브릴 볼라나키 말이에요. 어떻게 된 거냐고요!"

"아 그래, 그거. 자네에게 알려주려던 참이었어."

"왜 끝나버린 거죠? 그는 제 의뢰인이에요."

"사건은 종결되었어. 보안국으로 넘어갔지. 아무도 그와 얘기할 수 없네. 자네도 마찬가지고."

"왜 안 되는데요?"

"그는 정보원이 될 거야."

"그게 무슨 뜻이죠? 정보원이라니요?"

"경찰이 스웨덴 내의 마약거래 정보를 수집하는 데 도움을 줄 거라고. 그가 위협을 받는 상황을 대비해 그와 그의 아들은 이제 보안국의 보호를 받게 되었고, 그는 내일 아침 9시에 유치장에서 이송될 거야."

"그에게 아들이 있었어요?"

"듣자하니 그렇다더군."

"그를 어디로 데려간대요?"

"그건 기밀사항이야, 야나. 잘 알면서 그러나?"

"하지만……."

"이제 그만해."

"하지만 우리가 그를 잡았는데!"

"검사라면 유죄 선고가 아니라 진실규명에 신경 써야지."

"저도 알아요."

"이제 경찰은 마약거래에 관해 가장 속속들이 알아낼 방법을 찾은 거야. 그게 이 일에서 얻은 유일한 소득이고."

아니, 그렇지 않아, 야나는 생각하며 홱 돌아서 뛰쳐나갔다.

야나 베르셀리우스는 단호했다. 그녀는 눈을 가늘게 떴다. 누군가를 죽이고 싶은 기분이 들었다. 특히 가브릴 볼라나키가 보호받을 수 있도록 결정한 사람을. 가브릴이 경찰을 조종했음을 알고 있었다. 그는 경찰이 자신을 그저 일의 진행상황에 대해 잘 아는 부차적 인물일 뿐이라고 믿게끔 만들었다. 이제 그는 심리, 재판, 판결 등 모든 것을 피해서 도망칠 게 분명했다!

야나는 핸들을 꽉 붙들고 속도를 줄이며 창문을 열었다. 재빨리 주차 카드를 센서에 갖다 댄 뒤 끽 하는 바퀴 소리와 함께 주차장에 들어섰다. 그녀는 지정된 자리에 차를 세운 다음 차에서 내려 문을 쾅 닫았다. 계단에 이르러서는 한 번에 두 칸씩 올라 집에 도착했다. 그녀는 열쇠를 꽉 붙잡아 손잡이에 꽂아 넣은 다음, 문을 열고 현관으로 들어섰다. 막 문을 닫으려는데 밖에서 손 하나가 문을 꽉 붙들었다. 그녀가 어떤 반응을 할 시간도 없이, 어둡게 차려입은 어떤 사람이 문을 밀고 집안으로 들어왔다.

그의 얼굴은 커다란 모자로 잘 가려져 있었다. 그는 손에 아무 것도 없다는 걸 보여주려는 듯 양손을 들어올렸다.

"덤비지 마, 야나." 남자가 말했고, 야나는 즉시 누구의 목소리인지 알아챘다.

다닐로의 목소리였다. 그는 모자를 벗어 얼굴을 드러냈다.

"좀 더 조심성 있게 행동했어야지." 그가 말했다.

야나는 콧방귀를 뀌며 천장 등을 켰다.

"문자를 보내는 건 영리하지 못한 행동이라고." 다닐로는 말을 이었다.

"왜 안 되는데? 들키면 안 되는 사람이라도 있어?" 야나가 말했다.

"아니, 하지만 넌 있잖아."

"경찰도 선불SIM카드는 추적 못해."

"그건 모르는 거야."

그들은 아무 말 없이 서로를 위에서 아래로 훑어보았다. 몇 분 뒤 다닐로가 침묵을 깨고 말했다.

"그럼 그는 잡힌 거야?"

"응. 아니, 어쩌면……"

"무슨 말이야?"

"안에 들어가서 말해줄게."

52장

헨리크 레빈은 화들짝 놀라며 깨어났다. 잠깐 잠이 든 모양이었다. 그리 놀랄 일이 아니었다. 오늘 있었던 일들은 고도의 집중력을 요구했던 터라, 정신적으로도 지쳤을 뿐 아니라 몸도 피곤에 찌들어 욱신거렸다.

헨리크는 베개에 누운 채 주위를 둘러보았다. 그의 배 위에는 테디베어에 관한 책이 놓여 있었다. 빌마는 그의 팔을 베고 누워 있었는데, 그 자그마한 몸이 아주 조용했다. 반대쪽에는 펠릭스가 가까이 누워 있었다. 새근새근 숨을 쉬며. 헨리크는 최대한 조심스럽게 팔을 빌마의 머리 밑에서 빼보려 했지만, 빌마는 뒤척이며 그의 품에 더 가까이 파고들었다. 헨리크는 딸의 자는 얼굴을 바라보았다. 그러고는 자기 코를 딸의 코에다 꾹 누르며 팔을 빼냈다. 그는 펠릭스의 몸에 눌려 있던 다른 쪽 팔도 뺐는데, 펠릭스는 미동도 없었다. 펠릭스는 잘 때 마치 둥지 안의 아기 새처럼 입을 헤 벌리고 있었다. 헨리크는 펠릭스의 볼을 쓰다듬었다. 그런 다음 좁은 침대에서 빠져나오기 위해 섬세하게 움직이기 시작했는데, 몇 번의 시도 끝에 결국 그는 프레임의 높은 끝부분으로 기어 올라가야 했다. 아이들의 몸에서 나는 열기로 헨리크는 땀에 젖었다. 피부에 쩍 달라붙은 셔츠를 떼어내며 오늘 밤에는 두 아이를 그냥 같은 침대에서 재워야겠다고 마음먹었다.

Marked for Life

그는 달 모양의 수면등을 끈 뒤 조용히 펠릭스의 방문을 닫았다.

이를 닦고, 치실질을 하고, 정확한 권장량의 양치액으로 입을 헹구기까지는 15분이 걸렸다. 거울에 비친 자신의 얼굴을 들여다 보던 그는 관자놀이 부근에 흰 머리 몇 가닥이 더 생긴 것을 발견했지만 그것을 뽑지 않았다. 피곤해서 그럴 힘도 없었다. 화장실에서 나온 그는 침실로 들어갔다.

TV는 꺼져 있었다. 엠마는 분홍색 티셔츠를 입은 채 침대에 누워 허리까지 이불을 덮고 독서에 심취해 있었다. 헨리크는 옷을 벗어서 갠 다음 침대 옆에 놓인 의자 위에 올려놓았다. 그는 하품을 하며 머리를 베개에 내려놓은 뒤, 한쪽 팔을 머리 아래에 받치고 천장을 바라보았다. 그러고는 이불 밑에 있던 다른 쪽 손을 팬티 속에 넣어 자신의 성기를 쥐었다. 마치 그것을 편안하게 해주려는 듯이.

엠마가 책을 내려놓고 그를 쳐다보았다. 그는 그녀의 시선을 느꼈다. 꼭 전기충격봉처럼 그를 쿡 찌르는 시선을.

"왜 그래?" 그가 말했다.

그녀는 대답이 없었다.

그는 팬티에 집어넣고 있던 손을 빼서 그녀 쪽 옆구리 옆에 내려놓았다.

"음, 우리 요즘……." 그녀가 입을 열었다.

"우리 요즘 뭐?"

"섹스를 자주 못했잖아."

"그렇지."

"당신 때문이 아니야."

417

"그래?"

"나 때문이지."

"그게 무슨 상관이야." 헨리크는 이렇게 말하자마자 자기가 대체 왜 그런 소릴 했을까 의아해졌다. 당연히 상관이 있었다. 그것도 아주 많이. 사실 그건 그에게 모든 것이나 마찬가지였다.

엠마는 몸을 앞으로 숙여 그에게 길게 키스했다. 그도 똑같이 화답했다. 그리고 그들은 또다시 키스를 나누었다. 다소 뻔한 진행. 그의 한손으로 그녀의 가슴을 만졌고, 그녀는 양손으로 그의 등을 안았다. 그녀는 그를 살짝 할퀴었다. 그 다음에는 더 세게. 헨리크는 그것이 일종의 초대장이라는 느낌을 받았다. 드디어, 그는 생각하며 엠마를 품으로 끌어당겼다. 그런데 그때 그는 그녀가 불과 몇 분 전에 내뱉었던 말이 생각났다. 그녀가 전처럼 자주 관계를 갖고 싶지 않았던 이유가 있다는 말. 그는 슬쩍 그녀를 밀어냈다. 그녀는 커다란 파란 눈으로 그를 쳐다보았다. 엠마의 눈은 욕망으로 가득 차 있었다.

"그 이유가 궁금해서." 헨리크가 말했다. "당신 때문이라니?"

엠마가 미소를 짓자 그녀의 눈가에 주름이 확 나타났다. 헨리크는 그 주름 하나하나가 사랑스러웠다.

그녀는 여전히 미소를 띤 채 입술을 깨물었다. 장난기 가득한 표정으로. 그녀는 손가락을 이불 위에서 움직이더니 하트 모양을 그렸다.

나중에 생각하니 그는 그 순간을 멈추게 하고 싶었다. 시간을 멈출 수만 있다면, 바로 그곳, 그때에 머물 수만 있다면 뭐든 내줄 수 있을 것만 같았다. 엠마가 너무나 행복해보였기 때문이다.

Marked for Life

엠마가 말했다.

"나 임신했어."

헨리크는 그 말을 듣자마자 물어본 걸 후회했다. 왜 그냥 욕망에 몸을 맡긴 채 하던 대로 계속하지 않았을까? 왜 바보같이 질문을 했을까?

엠마는 그의 위에 올라탔다.

"정말 좋지 않아?"

"좋지."

"정말이야, 안 그래?"

"응, 정말."

"당신 기뻐?"

"음, 응. 기쁘지."

"그동안은 말하고 싶지 않았어. 당신 일이 너무 바빠서 적당한 때를 잡을 수 없었으니까. 이제까지는."

헨리크는 움직이지 않았다. 마치 돌이 된 듯 엠마 아래에 누워 있을 뿐이었다. 그녀는 천천히 움직이며 자기 몸을 그의 몸에 비볐다. 그는 여러 생각들로 머릿속이 빙빙 돌았다. 임신? 임신! 이제 더 이상 섹스는 없을 것이다. 아홉 달 동안은. 펠릭스와 빌마를 임신했을 때와 마찬가지였다. 그가 전혀 원치 않았으니까. 뱃속에 아기를 품고 있는 엠마와 섹스를 한다는 건 옳지 않은 일 같았다. 그렇게 그녀가 또 임신을 한 것이다.

아기.

그녀의 뱃속에.

그는 또다시 그녀를 밀어냈다.

"왜 그래?" 그녀가 말했다. "하기 싫어?"

"응." 그는 퉁명스럽게 대답한 뒤 팔을 들어 그녀를 막았다. "자, 여기 누워."

그녀는 놀란 얼굴로 그를 쳐다보았다.

"어서." 그가 말했다. "잠깐 안고 있고 싶어서 그래."

엠마는 그의 가슴에 머리를 기댔다. 그는 팔을 내려 그녀의 어깨를 감쌌다.

"당신이 임신했다니." 그는 천장을 바라보았다. "잘됐어. 정말 잘됐어."

엠마는 아무 대답도 하지 않았다.

헨리크는 그녀가 섹스를 거부당해 실망한 것을 알고 있었다. 지금 엠마는 아마도 그가 그녀에게 거절당했을 때 느꼈던 기분을 똑같이 느낄 것이다. 이제 역할이 바뀌었군, 그는 생각하며 눈을 감았다. 잠들지 못하리란 걸 그는 알고 있었다. 그리고 그의 생각은 틀리지 않았다.

그는 밤새 한숨도 못 잤다.

"그럼 그가 내일 이송된다고." 다닐로가 야나의 말을 되풀이했다. 그는 팔짱을 낀 채 야나의 집 거실 한가운데에 서서 창밖 저 멀리의 한 점을 응시하고 있었다.

야나는 물이 든 컵을 손에 들고 소파에 앉아 있었다. 그녀가 다닐로에게 자초지종을 설명하는 데에는 20분이 걸렸다. 그동안 그는 계속 같은 자세였다.

"어디로 이송된대?" 그가 말했다. "알아?"

"아니, 몰라." 야나가 말했다.

다닐로는 바닥 위를 왔다 갔다 했다.

"엉망진창이군." 그가 말했다.

"어떻게 해야 하지?"

다닐로는 말없이 아까보다 더 빨리 왔다 갔다 했다. 그러더니 갑자기 멈춰 서서 야나를 쳐다보았다.

"그럼 경찰이 그를 어디로 데려갈지 너도 모른다는 거네?" 그가 말했다.

"응, 아까 말했잖아. 그건 기밀사항이야." 야나가 말했다.

"그렇다면 알아낼 수 있는 방법은 하나뿐이야."

"그게 뭔데?"

"추적 장치."

"대단한 계획이네. 정말로."

"장난이 아니야. GPS 추적이 유일한 방법이라고."

"아니면 그냥 경찰차를 따라갈 수도 있잖아? 그건 어떻게 생각해? 좀 더 간단하지 않아?"

"그러다 발각되기라도 하면? 그 방법은 안 될 것 같아. 추적 장치를 달면 멀리서도 그들을 쫓아갈 수 있어."

"하지만 그래도 발각될 위험은 있어."

"우리가 일을 정확히 하면 안 그래."

"추적 장치는 어떻게 구하지?"

"내가 준비할게."

"어떻게?"

"날 믿어봐."

"하지만 중요한 사실을 잊은 거 아냐? 가브릴이 유치장에 갇혀 있다는 사실을. 어떻게 네가 추적 장치를 그의 몸에 달 수 있겠어?"

다닐로는 야나 옆에 앉았다.

"내가 안 해." 그가 말했다.

"네가 안 한다고?"

"그걸 그의 몸에 달 수 있는 사람은 딱 명뿐이야. 언제든 유치장 안에 들어갈 수 있는 사람. 경찰이 절대로 의심하지 않을 사람."

"그게 누군데?"

"너."

53장

5월 1일, 화요일

복도는 끝없이 이어지는 것만 같았다. 구두 굽 소리가 사방에 울려 퍼졌다. 그녀는 집중력을 유지하기 위해 걸음을 셌다. 유치장이 있는 층의 엘리베이터에서 내렸을 때부터 세기 시작해, 57걸음 째였다. 그녀는 자신의 롤렉스 시계를 쳐다보았다.

8시 40분

그녀는 문에서 눈을 떼지 않은 채 서류가방 손잡이를 꽉 움켜쥐었다. 다 해서 72걸음이네, 그녀는 가방을 바닥에 내려놓으며 생각했다. 그녀가 안으로 들어가려고 벨을 누르자, 벽에 붙은 마이크에 대고 이름을 얘기하라는 목소리가 들렸다.

"야나 베르셀리우스, 검찰청 소속입니다. 제 의뢰인 레나 비크스트룀과 할 얘기가 있어요." 그녀가 말했다.

문이 열리자 야나는 가방을 들고 안으로 들어갔다. '벵트 단손(Bengt Dansson)'이라고 적힌 이름표를 단 교도관은 목이 거의 보이지 않고 귓불은 날개처럼 컸다. 그녀가 다가가자 얼굴을 알아본 그는 바보같이 히죽거렸다.

벵트는 그녀의 신분증을 확인하고 돌려주면서 더 활짝 웃었고, 그러자 그의 턱이 옷깃 위로 쏟아져 내리는 것만 같았다.

"잠깐 수색도 좀 하겠습니다." 그가 말했다.

양팔을 쭉 뻗은 야나는 벵트의 손이 그녀의 겨드랑이에서부터 갈비뼈, 엉덩이 부근까지 내려가는 걸 느꼈다.

그는 그녀 앞에 쭈그려 앉으며 숨을 헐떡였다. 그가 엉덩이부터 다리까지 수색을 계속하자 야나는 짜증이 나서 눈알을 굴렸다.

"어느 쪽이 좋으세요? 금속탐지기? 아니면 몸 수색?" 그는 잔뜩 기대하는 눈빛으로 그녀를 쳐다보며 말했다.

"무슨 말이죠?" 야나가 말했다.

"고르실 수 있다고요. 금속탐지기나 옷 벗기 중에서요."

"지금 장난하는 거죠?"

"보안에 관한 한 아무리 조심해도 지나치지 않으니까요."

야나는 할 말을 잃고 말았다.

벵트는 시끄러울 만큼 큰 소리로 웃음을 터뜨리는 바람에 양 볼이 위아래로 씰룩였다. 그는 한 손으로 무릎을 짚고 몸을 일으키면서도 웃음을 멈추지 못했다.

"하하하하! 검사님 표정을 직접 보셨어야 했는데!"

"아주 재밌군요." 야나는 가방을 움켜잡으며 말했다.

"방금 검사님은… 으아아……." 그는 이렇게 말하며 사팔뜨기 바다표범 같은 표정을 지어보였다.

야나는 그의 얼굴을 제대로 한 대 쳐주고 싶은 생각이 간절했지만, 유치장은 폭력을 행사하기에 적절치 않은 장소임을 상기했다.

벵트는 눈물을 닦았다. 그는 머리를 절레절레 흔들며 또 한 번 껄껄 웃었다.

"죄송하지만, 제가 좀 바빠서요. 보시다시피 할 일이 있거든요. 바보 같은 장난은 그만두죠." 그녀가 말했다.

벵트는 차분해진 모습으로 마른 침을 삼키고는 그녀에게 문을 열어주었다.

"들어오시죠." 그가 말했다.

야나는 유치장 복도에 들어서며 경비실 안에 있는 교도관에게 목례했다. 그 역시 야나에게 목례한 뒤 앞에 놓인 컴퓨터 화면 세 개 중 하나를 쳐다보았다. 경비실 옆에서는 다른 두 교도관이 낮은 목소리로 대화중이었다. 야나는 그들이 가브릴을 감방에서 데리고 나오는 일을 맡은 사람들인지 궁금했다. 그녀는 다시 시계를 보았다.

8시 45분.

그가 이송되기까지 15분이 남아 있다. 야나의 심장 박동이 빨라지기 시작했다.

문을 잠근 뒤 야나 앞에 선 벵트는 천장의 쨍한 형광등 불빛이 밝혀진 복도를 따라 걸어갔다. 그가 걸음을 옮길 때마다 열쇠 뭉치가 요란하게 짤랑거렸다. 벽은 밝은 살구색으로 칠해져 있었고, 리놀륨 바닥은 엷은 민트그린이었다. 그들은 감방 몇 개를 지나쳤는데, 감방 문들은 아랫부분이 강철 띠로 보강되어 있었으며 전부 번호가 붙어 있었다.

8번방에 다다르자 벵트는 걸음을 멈추고 벨트에 매달린 줄에 걸려 있는 열쇠 뭉치를 집어 들었다. 맞는 열쇠를 찾은 그는 다시 한 번 야나를 쳐다보고는 조용히 웃으며 고개를 저었다. 그는 문을 열어 야나를 들여보내 주었다. 안으로 들어가기 전, 교도관 두 명이 검게 차려입은 경찰 두 명과 악수하는 걸 보고는 이송이 곧 시작되리라는 걸 알았다.

"밖에 계세요." 그녀는 벵트에게 말했다. "오래 안 걸릴 거예요."

그녀가 감방 안으로 들어가자 뒤에서 문 닫히는 소리가 났다.

"여긴 뭐 하러 왔지?"

야나는 레나 비크스트룀의 쉰 목소리를 듣고 움찔했다. 레나는 다리를 턱까지 끌어당긴 채 2단 침대 위에 앉아 있었다. 침대 가장자리로 늘어진 시트는 바닥까지 닿아 있었다. 그녀는 짙은 초록색 바지와 셔츠 차림에 맨발이었다. 두 눈은 피곤해보였고, 눈 밑의 다크서클이 크고 짙었다. 머리는 빗지 않은 모양이었다.

"여긴 뭐 하러 왔냐고?" 그녀는 식식대며 또 한 번 중얼거렸다. "또 날 협박하러 왔어?"

"아니." 야나가 말했다. "그런 거 아냐. 전혀 다른 이유로 온 거고, 당신 도움이 필요해."

"난 아무것도 돕지 않을 거야."

"이미 도와주고 있는 걸. 여기 있는 것 자체로."

레나는 그 말을 이해할 수 없었고 굳이 이해하려 들지도 않았다.

"얼마나 더 오래 걸리지?"

"그게 무슨 뜻이야?"

야나는 서류가방을 바닥에 내려놓았다.

"나를 감옥에 넣을 때까지."

"당신은 이미 갇혀 있다는 사실을 잊었나보군."

"하지만 여기가 진짜는 아니잖아. 도중에 거쳐가는 한 단계일 뿐이지."

"재판까지는 이틀 남았어." 야나는 대답하며 다시 시계를 보았다.

8시 52분.

그녀는 쭈그려 앉아 앞에 놓인 가방을 열고 양손을 그 안에 보이지 않게 집어넣고는 롤렉스를 풀어 케이스 뒤쪽을 열었다. 긴 손톱으로 그 안에 들어 있던 작은 추적 장치를 빼낸 그녀는 다시 케이스를 닫았다. 그리고 재빨리 시계를 손목에 다시 차고 추적 장치를 손에 쥔 채 다른 손으로 가방을 닫았다.

"그럼 이틀 안에 끝나겠네." 레나는 거의 들리지 않는 소리로 말했다.

그 희미한 소리를 들은 야나는 몸을 일으키던 도중 멈칫했다. 레나가 굴복했어, 포기했다고. 그녀는 생각했다.

"그래, 그때는 다 끝날 거야."

레나의 얼굴이 하얗게 질렸다.

"그때는 끝날 거야." 야나는 계속 말했다.

"다 끝나버리면 좋겠어."

레나는 자신의 손을 내려다보며 말했다.

불현듯 그녀는 아주 작고, 의기소침하고, 음울해보였다.

"더 이상 견딜 수 있을지 모르겠어. 여기서 벗어나고 싶다고."

"당신은 여기 있어야 해."

"난 감옥에 갇히기 싫어. 차라리 죽겠어. 제발 날 죽여줘! 넌 할 수 있잖아. 날 죽여 달라고!"

"조용히 해!"

"이렇게 살 수는 없어. 난 도망쳐야 해."

야나는 일어서서 시계를 보았다.

8시 59분.

때가 되었다. 이제 그 일을 해야만 했다. 그녀는 문을 두드리려고 손을 들다가 레나의 목소리를 듣고는 다시 멈칫했다.

"제발." 레나는 우는 소리를 했다. "도와줘……."

야나는 한숨을 내쉬었다. 잠시 생각하던 그녀는 레나가 앉아 있는 곳으로 걸어가 시트를 집어 들어 입으로 물어뜯은 후 구멍을 낸 다음 길게 찢었다. 그녀는 긴 천 조각을 레나의 손에 쥐어주었다.

"당신 스스로 해." 그녀가 말했다.

그녀가 문을 세게 두드리자 벵트가 즉시 문을 열었다. 그녀는 잠시 문간에 그대로 서 있었다. 적당한 기회가 오기를 기다리며.

그녀는 곁눈으로 그들이 다가오는 걸 보았다. 교도관들, 경찰들 그리고 그 사이에 선 가브릴. 그들이 그녀 곁을 지나가던 순간, 그녀는 발을 앞으로 내딛다가 넘어지는 척을 했다. 서류가방을 휙 휘두르며 한쪽 다리로 털썩 넘어져서는 가짜 비명을 질렀던 것이다. 바닥에 넘어지는 도중에 가브릴의 다리를 붙잡은 그녀는 눈 깜짝할 새에 추적 장치를 그의 바지 주머니에 꽉 눌러 붙였다.

벵트는 서둘러 그녀를 일으켜 주었다.

"아, 죄송합니다." 그녀가 중얼거렸다. "하이힐 때문이에요. 새 것이거든요."

교도관들은 놀란 얼굴로 그녀를 쳐다보았다. 경찰관들은 못마땅한 표정이었다. 그리고 가브릴, 그는 웃고 있었다.

야나는 그를 쳐다보지 않을 수 없었다. 아무리 안 보려 노력해도 어쩔 수 없었다. 그녀의 심장이 쿵쾅댔다. 그와 아주 가까이 서 있었지만 여전히 먼 느낌이었다. 매 순간 그녀의 증오는 커져만 갔다. 마음 같아서는 지금 당장 그를 죽여 버리고 싶었다. 마음 같아서는 그의 몸을 칼로 찌르고 싶었다, 몇 번이고 계속해서. 그는 죽어 마땅했다.

죽어.

죽어.

죽어.

"조심해야죠, 아가씨." 그는 히죽대며 말하고는 교도관들과 경찰관들에게 이끌려 복도를 따라 걸어 나갔다.

너도, 야나는 생각했다.

너도 아주, 아주 조심해야 할 거야.

"네가 지금 무슨 일을 저지르는지 알고는 있지?"

조수석에 앉아 있던 다닐로가 말했다. 그의 손에 들린 휴대전화에 뜬 지도에는 가브릴의 위치가 표시되고 있었고, 그의 다리 사이, 차 바닥에는 배낭이 놓여 있었다.

야나의 눈은 도로에 고정되어 있었다. 그녀는 한 손은 핸들에 놓고, 다른 한 손은 문에 달린 받침대에 걸치고 있었다. 좌석은 푹신했고 커버가 씌워져 있었다. 그 검은색 볼보 S60는 다닐로가 친구에게 빌린, 혹은 동네 렌터카 업체에서 급히 렌트한 것이었다. 둘 중 어느 쪽이든 야나는 신경 쓰지 않았다. 중요한 건, 그녀가 직접 차를 구하지 않아도 되었기에 혹시 나중에 수색 작업이 벌어지더라도 추적당할 위험이 없다는 사실이다.

차 안에서는 톡 쏘는 듯한 소독약 냄새가 났다. 그들은 트로사

(Trosa)라는 작은 마을 옆을 지나고 있었다. 차가 별로 많지 않아서 속력을 꽤 낼 수 있었다.

"난 내가 무슨 일을 하고 있는지 아주 잘 알아."

야나는 단호하게 대답했다.

그녀의 삶을 통틀어 지금처럼 어떤 것에 대한 확신을 가진 적은 단 한 번도 없었다. 가브릴을 벽에 밀치고, 그와 대적하고 싶은 열망에 온몸이 뜨거워졌다. 그가 그녀에게 저지른 잘못을 되갚아줄 것이다. 부모님을, 또 다른 부모님과 그들의 아이들을 죽인 걸 복수할 것이다. 그들의 원수를 갚아줄 테다. 설령 그것이 그녀가 마지막으로 하는 일이 될지라도. 그의 악행을 용서하고, 그를 놔둘 생각은 추호도 없었다.

"넌 정말 위험한 상황이야. 만약 잡히면 어떻게 할래?"

야나는 대답하지 않았다. 이 일이 극도로 위험한 것임은 그녀도 질 알았다. 복수하는 데에 그녀의 삶 전체가 걸려 있다. 지금 그녀를 멈출 수 있는 건 아무것도 없었다.

"걱정돼?"

"걱정 같은 건 일곱 살 때 이후로 한 적 없어." 야나는 대답했다.

다닐로는 더 이상 묻지 않았고 침묵이 감돌았다. 들리는 거라고는 아스팔트 위를 달리는 타이어 소리뿐이었다.

그들은 가는 내내 아무 소리도 내지 않고 나란히 앉아 있었다. 추적 장치가 예르나를 거쳐 뉘크바른(Nykvarn)으로 가고 있는 게 보였다. 20분 뒤 다닐로가 상체를 벌떡 세웠다.

"멈췄어." 그가 말했다.

야나는 속도를 줄였다. 사방이 숲이었다.

"여기서 얼마나 멀어?"

"2백에서 3백 미터 정도." 다닐로가 대답했다. "소리가 나니까 남은 거리는 걸어서 가자."

"그를 어디로 데려간 걸까?"

"가보면 알겠지."

자갈길을 따라 50미터쯤 가자 차를 세워두기에 적당한 장소가 나타났다. 야나는 시동을 끈 다음 배낭을 들고 있는 다닐로를 쳐다보았다.

"너한테 고맙다는 말을 하는 게 맞는 것 같아." 그녀가 말했다. "날 도와주고 있으니까."

"그런 말은 나중에 해." 그는 이렇게 대답하며 차에서 내렸다.

높다란 문이 천천히 열렸다.

제복 경찰관 한 명이 손짓을 하자 경찰차는 속도를 줄이며 자갈이 덮인 진입로로 들어섰다. 창문을 선팅한 검은색 미니버스와 또 한 대의 경찰차가 그 뒤를 따랐다.

포보스는 가슴이 벌렁거렸다. 새 집이 생겼다니. 그는 그와 함께 뒷좌석에 앉아 있는 아빠를 흘긋 쳐다보고는, 그들 앞에 우뚝 서 있는 커다란 흰색 집 쪽으로 고개를 돌렸다. 집 주위에는 벽이 둘러쳐져 있었고, 그 벽을 따라 덤불이 나 있었다. 듬성듬성 자란 나무 몇 그루가 서 있었고, 인어 모양 분수에는 연한 색상의 도자기로 된 표면에 물결이 만들어 놓은 갈색 선 형태의 자국들이 나 있었다. 분수는 멈춰 있었고, 그 모습은 흉측했다.

그 집은 창문들이 큼직하게 나 있는 2층 건물로, 여느 시골 대저

택을 연상시켰다. 대문은 빨간색이었고, 그리 밝지 않은 벽 등과 환한 조명등 여러 개가 정면을 비추고 있었다. 기둥들도 보였는데, 거기에는 카메라가 달려 있었다.

와, 멋진데.

포보스는 무릎 위에 올려두었던 갈색 테디베어를 꼭 쥐었다. 그는 테디베어가 마음에 들었다. 아빠가 선물을 준 건 처음이었다. 그러나 아빠는 절대로 기뻐하는 티를 내지 말라고 했다. 웃거나, 다른 바보 같은 행동을 하면 안 된다고. 테디베어에 관해서 얘기도 하지 말고 그냥 안아주라고만 했다. 아껴주라고. 평범한 어린 남자애들이 하듯이.

집에 가까워지자 차는 대문 앞까지 가서 멈춰 섰다. 제복 경찰관 두 명이 오더니 문을 열어주었다. 포보스는 차에서 내렸고 아빠는 그와 반대쪽으로 내렸다.

"아들도 확인해야 돼?" 경찰관 한 명이 아빠의 몸을 수색하느라 바쁜 다른 한 명에게 물었다.

"아니, 어린앤데 뭐." 그가 대답했다.

"이리 오렴." 경찰관이 포보스를 대문으로 데려갔다.

찬 공기가 포보스의 양 볼을 꼬집었다. 그는 경찰관 옆에서 작은 걸음으로 걸어가는 내내 새로 살게 될 집을 기대에 부푼 얼굴로 쳐다보았다.

포보스는 다시 가슴이 벌렁거렸다. 그는 테디베어를 꼭 쥐었고, 비록 테디베어 속은 솜으로 빵빵하게 차 있었지만 그는 그 안에 단단한 금속이 만져지는 걸 느낄 수 있었다.

Marked for Life

야나는 그 집을 빙 둘러 세워진 높은 벽에 등을 기대고 서 있었다. 발밑의 풀은 축축했다. 그녀가 입은 딱 붙는 검은색 스웨터를 통해 추위가 파고들었다. 그녀는 밑에도 검은색의 꼭 맞는 레깅스 차림이었고, 신발은 가벼운 러닝화로 골랐다.

다닐로 역시 큰 모자가 달린 검은색 옷을 입고 있었다. 그는 쭈그리고 앉아 배낭 안 깊숙이 들어 있던 지크자우어를 꺼냈다. 신중하게 확인을 마친 그는 소음기를 꺼내 능숙한 손놀림으로 총신 끝에 돌려 끼웠다.

"실력은 여전하네." 야나가 말했다.

다닐로는 아무 대꾸도 하지 않고 야나에게 총을 건넸다.

"난 권총 필요 없어." 그녀가 말했다.

"그럼 뭘로 그를 죽이게? 손으로?"

"난 칼이 더 좋아."

"장담하는데, 이게 꼭 필요할 거야. 적어도 집 안에 들어가려면."

"이건 어디서 났어?"

"아는 사람한테서." 다닐로는 짤막하게 대답했다.

그는 다시 배낭에 손을 집어넣어 또 다른 권총을 꺼냈다. 이번에도 소음기와 함께. 글록 권총이었다.

자리에서 일어선 그는 머리에 복면을 뒤집어썼다.

"경찰차들이 떠날 때까지 기다려야 해. 그 다음에는 재빠르게 움직여야 하고. 빠르면 빠를수록 좋아. 들어가서, 쏘고, 나오는 거야. 기억하지?" 그는 이렇게 말하며 미소 지었다.

야나가 수년 만에 처음 보는 미소였다.

경찰차들이 시동을 걸고 천천히 자갈길을 지나 대문으로 나갔다. 사복 차림이지만 제대로 무장한 경찰관들이 집 주변에 남아 있었다. 대문이 닫히자마자 그들은 미리 약속된 자리로 움직였다.

"너희 둘은 집 옆으로, 너는 앞에, 난 뒤에." 한 경찰관이 동료들에게 말했다. "알아들었지?"

"네." 그들은 한 목소리로 대답했다.

"좋아, 각자 자기 자리로 가. 정확히 두 시간 뒤에 다시 모인다."

정확히 두 시간 뒤 교도관들은 그녀를 발견했다. 천 조각을 땋아 만든 끈이 그녀의 목둘레를 꽉 죄고 있었고, 기도는 절단되었다. 그녀에게 처음 든 생각은 안도감이었다. 잠시 후 공포가 밀려왔지만 때는 이미 늦었다. 이제 와서 마음을 바꿀 수는 없었다.

그녀는 최종결정을 내렸고 되돌아갈 일은 없었다. 그 올가미에서 빠져나오는 건 불가능했다. 그녀도 알다시피. 그런데도 몸부림을 쳤다. 발로 차고, 헐벗은 발을 쭉 뻗고, 시트로 만든 끈을 손으로 잡아당겼다. 그녀는 마지막 순간까지 몸부림을 쳤다.

감방에 들이닥친 교도관들은 제자리에 멈춰 서서 창살에 매달린 그녀를 바라보았다.

레나 비크스트룀은 아무런 움직임 없이 거기 매달려서 그들을 쳐다보고 있었다. 숨이 끊어진 채로.

54장

"됐어." 다닐로는 이렇게 말하고는 벽에 매달려 있던 손을 놓았다. 차들이 그곳을 떠났던 것이다.

야나 앞에 착지한 그는 배낭을 덤불 아래로 밀어 넣었다.

"너 먼저 가. 자." 그는 양손을 오므렸다. "내가 올려줄게."

야나는 권총을 허리띠 안쪽, 척추 아랫부분 즈음에 끼웠다. 그러고는 오른발을 다닐로의 손에 올린 뒤 그의 어깨를 붙잡았다.

"준비됐어?" 그가 말했다.

야나는 대답 대신 고개를 끄덕였다.

"좋아, 하나, 둘, 셋."

다닐로가 그녀의 발을 밀어 올리자 그녀는 벽 꼭대기를 양손으로 붙잡은 채 휙 뛰어넘었다. 벽이 꽤 높았기에 부드러운 착지는 불가능했다. 그녀는 잎이 거의 없는 덤불 옆에 최대한 눈에 띄지 않도록 몸을 웅크리고는, 곧장 그 안을 살펴보기 시작했다. 무슨 소리가 들리지는 않는지, 어떤 움직임이 보이지는 않는지.

다닐로도 쿵 소리와 함께 착지했다. 그는 재빨리 몸을 숙이고 그녀 옆으로 와서 권총을 꺼냈다.

"카메라 보여?" 그는 입구 맞은편에 있는 기둥 위에 달린 감시 카메라를 가리키며 속삭였다.

"저건 IP카메라라는 건데 아주 먼 거리까지 볼 수 있어. 망원경이랑 비슷하지. 절대로 저 앞에서 얼굴을 보여서는 안 돼. 1백 미터 이상 되는 거리에서도 얼굴 특징 같은 세부적인 정보들을 다기록하거든. 그러니까 항상 카메라 먼저 공격해야 해. 예전에는 저런 건 생각할 필요도 없었는데, 이제 시대가 바뀌었어." 다닐로가 말했다.

다음으로 그는 집 주변에 서 있는 경찰관들을 가리켰다.

"앞에 한 명, 뒤에 한 명, 옆에 두 명이 있어. 저들을 조심해. 걸렸다가는 죽는 거야, 알았지?"

야나는 고개를 끄덕였다.

"내가 카메라를 쏘면 집으로 달려가. 그림자 진 데로만 가야 해."

"어떻게 해야 하는지는 나도 알아."

"그래, 그래."

다닐로는 일어서서 모자를 더 푹 눌러썼다. 숨을 깊게 들이마신 그는 감시 카메라를 향해 총을 겨눈 채 잔디밭으로 곧장 걸어 나가 방아쇠를 당겼다.

총소리를 들은 야나는 재빨리 잔디밭을 달려 집으로 향했다. 숨을 낮게 몰아쉬며 집 정면을 마주보고 선 그녀는 걸음을 몇 발짝 더 옮겨 그림자 속으로 사라졌다. 그때 먹먹한 총성이 한 번, 또 한 번 들리더니 이내 조용해졌다. 잠시 자신의 숨소리에 귀를 기울이던 그녀는 오른쪽, 왼쪽을 번갈아 살폈다. 집의 앞쪽과 뒤쪽을 유심히 쳐다보고, 다시 귀를 기울였다. 웅크린 자세로 몇 발짝 앞으로 걸어간 그녀는 집 모퉁이에 멈춰 서서 주위를 둘러보았다.

바로 그때 경찰관 한 명이 달려오고 있었다. 총성을 들었는지, 권총을 꺼내 들고 집 앞으로 달려왔다. 그가 시야에서 사라졌을

Marked for Life

때, 야나는 또다시 총이 발사되는 소리를 들었다. 그리고 또 한 번. 주위는 다시 고요해졌다.

모퉁이에 숨어 있던 야나가 두 번째로 고개를 내민 순간, 뒤쪽에서 감시 카메라가 돌아가는 게 보였다. 그녀는 머릿속으로, 카메라가 얼마나 오랫동안 그녀가 있는 방향을 향하고 있는지를 헤아려보았다. 한참이 걸렸다. 그곳에서부터 집안으로 들어가기란 불가능할 터였다. 누군가에게 들키지 않고는.

그녀는 권총의 안전장치를 풀어 풀밭에 내려놓았다. 그녀가 막 총을 쏘려던 순간, 다른 누군가가 쏜 총알이 카메라 렌즈를 산산조각 내 버렸다. 총알은 그녀의 뒤쪽에서 날아왔고, 렌즈에 정확히 명중했다. 그녀가 서둘러 무릎을 꿇은 자세로 일어나는 사이, 다닐로가 그녀 곁으로 다가왔다. 꽉 다문 입술, 차가운 눈빛, 모자 밑으로 보이는 그의 표정은 결연했다.

"이제 들킬 위험 없지?" 그가 말했다.

"응." 야나는 대답하며 일어섰다. "경찰들을 죽였어?"

"어쩔 수 없었어."

다닐로는 뒤쪽을 살펴보더니 달리다시피 서둘러 뒷문으로 향했다. 창문을 지날 때마다 몸을 숙이며. 전혀 떨리지 않는 손으로 잠긴 유리문을 붙잡은 그는 그녀에게 손짓했다.

"잘 들어." 그는 다가온 그녀에게 말했다. "신속하게 행동해. 생각하지 말고. 네가 할 일만 하면 된다고. 알겠지?"

"알았어." 야나가 말했다.

"난 여기 있을 거야. 10분 내로 네가 안 나오면 그때 들어갈게."

다닐로는 락픽(lock-pick, 열쇠 없이 자물쇠를 열 수 있는 도구 – 옮긴이)을 꺼내 자물쇠를 억지로 열었다. 10초 뒤 딸깍 하는 소리가 났다.

"지금도 이걸 해야겠다고 확신해?" 그가 말했다.

"응." 야나가 대답했다. "지금만큼 확신이 선 적은 없었어."

그녀는 권총을 얼굴 앞까지 들어 올려 한 손으로 꽉 쥐고는 심호흡을 한 번 한 뒤 문을 열었다.

이제 그녀는 집 안에 있었다.

방의 크기는 5미터 곱하기 10미터 정도 되는 듯했다. 소파와 안락의자, 유리 테이블까지 놓여 있어 넓은 거실을 방불케 했다. 벽에는 자연경관을 그린 그림이 걸려 있었고, 한쪽에는 기둥처럼 생긴 흰색 받침대가 놓여 있었다. 그 옆에는 화려한 장식의 플로어 스탠드가 서 있었다. 화초는 없었다. 러그도. 야나는 바닥 위를 살금살금 걸어가 아치 모양의 입구 앞에 멈춰 섰다. 천천히 둥근 테이블 스탠드가 켜져 있는 옆방을 들여다보던 그녀는, 그곳이 식당임을 알았다. 타원형 탁자 주위로 의자 열 개가 놓여 있었다. 그녀는 재빨리 그곳을 훑어본 뒤 문이 살짝 열려 있는 다음 방으로 향했다. 문틈으로 안을 들여다보았다. 현관이었다. 처음 눈에 띈 것은 벤치 하나와 모자걸이였다. 넓은 계단에는 와인색 카펫이 깔려 있었다. 위층에는 불이 켜져 있었다.

야나는 위로 올라가보고 싶은 유혹을 뿌리칠 수 없었다. 결국 그녀는 발로 문을 밀어 열었다. 바로 그때, 뒤에서 딸깍 하는 소리가 들렸다. 그녀의 심장이 마구 뛰었다. 천천히 고개를 돌려보니 어둠 속에 한 어린 소년이 서 있었다. 그의 눈빛은 이글거렸다. 그

Marked for Life

의 손에 들린 권총은 그녀를 정조준하고 있었다.

야나는 미동도 하지 않았다. 소년은 가까이에 있었다, 너무 가까이. 그 정도 거리라면 빗나갈 리가 없었다. 그는 서서히 더 가까이 다가왔다.

"진정해." 그녀가 말했다.

"총 버려." 소년이 말했다. "안 그러면 쏠 거야."

"나도 알아." 그녀는 이렇게 말한 뒤 권총을 아래로 내렸다. 다른 손은 항복의 표시로 내밀며.

"이름이 뭐니?" 그녀가 말했다.

"입 닥쳐."

"난 그냥 네가 뭐라고 불리는지 알고 싶을 뿐이야."

소년은 잠시 주저하다가 자기 이름을 밝혔다. "포보스."

"네 목에 그렇게 적혀 있니? 거기 포보스라고 새겨져 있어?"

포보스는 몹시 놀란 듯 보였다. 그는 자기도 모르게 한 손을 목에 갖다 댔다.

야나는 말을 이었다.

"만일 네가 내가 생각하고 있는 바로 그런 아이라면, 내 말을 잘 들어주길 바라. 나도 너랑 똑같았거든." 그녀는 이렇게 말하며 소년의 신뢰를 얻으려 애썼다.

"총 버려." 그가 다시 말했다.

"네 목에 있는 거, 그 새겨진 이름말이야. 나한테도 있어." 그녀가 말했다. "보여줄까?"

아주 짧은 순간 그는 당황스러워하는 듯 했다.

"아니." 이내 그는 퉁명스럽게 말했다.

"보여주지 말라고?" 그녀는 다시 말했다. "제발, 보여주게 해줘. 널 도와주고 싶어서 그래. 여기서 나가게 해줄게, 더 이상 여기 있지 않아도 돼."

하지만 소년은 듣고 있지 않았다.

"총 버려!"

"네가 원한다면야."

야나는 총을 던져버렸다. 총은 높이 날아갔고 포보스의 눈길도 그 총을 따라갔다. 총이 그의 머리 바로 위를 지나는 순간, 야나는 잽싸게 앞으로 나아가 왼손으로는 그가 들고 있는 총을 붙잡고 오른손으로는 그의 팔을 꽉 붙들어 그를 돌아서게 했다. 그녀는 그의 머리에 총을 겨눴다.

"미안해." 그녀가 속삭였다. "하지만 난 이렇게 할 수밖에 없어. 네가 뭘 할 수 있는지 나도 잘 아는데, 이게 너랑 나를 보호할 수 있는 유일한 방법이야."

포보스는 그녀에게서 벗어나려고 팔을 잡아당겼다.

그녀는 그의 목을 꽉 붙잡았고, 너무 세게 누르는 바람에 그는 숨이 막힐 지경이었다.

"진정해." 그녀가 말했다. "내가 널 도와줄게. 하지만 너도 내가 하라는 대로 해야 해. 안 그러면 많이 아플 거야."

그는 가만히 있었다. 그가 공기를 들이마시려 하자 목에서 그르렁대는 소리가 났다. 야나는 손의 힘을 조금 뺐다.

"이제 내가 하라는 대로 해." 그녀가 말했다. "약속할 수 있어?"

그는 간신히 고개를 끄덕였다. 그녀는 손에 힘을 좀 더 푼 다음, 좀 전에 던진 총을 찾아 주위를 두리번거렸다. 바닥 한가운데에 무광의 금속이 반짝이는 게 보였다. 그러나 그녀가 본 것은 그것뿐만이 아니었다. 거기에는 어떤 남자가 그녀를 똑바로 쳐다보며 서 있었다. 어둠 속에서도 그녀는 그게 누군지 알 수 있었다.

바로 그였다.

가브릴.

"브라보!" 그는 손뼉을 치며 말했다. "저 놈을 무장해제 시키는 건 쉽지 않은 일이야. 정말이라고. 그런데 그걸 잘도 해냈네!"

어둠 속에서 들리는 그의 목소리는 차분했고, 다정하기까지 했다.

"네가 들어오는 걸 봤어."

"총 이리 내." 그녀가 말했다.

"난 총이 없는데."

"네 아들은 총을 갖고 있어. 그러니 너도 당연히 갖고 있겠지."

"그래, 저놈은 갖고 있지만 난 아니야. 경찰들이 내가 권총을 여기 갖고 오도록 가만히 둘 것 같아?"

"네 아들이 그렇게 할 수 있었다면, 내 생각에는 너도 충분히 했을 것 같은데."

"아니, 그게 어디 말처럼 쉬운가."

"네 아들은 어떻게 한 건데?"

"마술." 그는 쉬익 하는 소리를 내며 전등이 내뿜는 빛을 향해 한 손을 휙 내밀었다.

그의 몸짓은 재빨랐고, 그의 손은 이내 다시 어둠 속으로 가라앉았다.

"그럼 정말 총을 안 갖고 있다고?"

"그래, 아가씨. 없다니까."

야나는 가브릴이 거짓말을 하는 건 아닌지 보려고 그가 입고 있는 옷을 유심히 훑어보았다.

"손 내밀어!" 그녀가 말했다.

가브릴은 두 손을 빛 속으로 내밀며 어깨를 으쓱했다.

"내가 볼 수 있게 계속 그렇게 들고 있어. 허튼 수작 부렸다가는 네 아들의 머리를 날려버릴 거야!"

"그럼, 그럼." 그는 이렇게 말하고는 그다지 진심이 느껴지지 않는 미소를 지어보였다.

"물어봐도 될지 모르지만, 여기서 뭘 하는 거야?"

"난 여기 꼭 와야만 했어. 궁금한 게 아주 많거든."

"아 그래? 기자인가?"

"아니. 난 그저 이유를 알고 싶을 뿐이야."

"무슨 이유?"

"왜 이런 짓을 하지?"

야나는 연신 그르렁대며 숨을 쉬고 있는 포보스를 향해 세차게 고갯짓을 했다.

그는 여전히 양손으로 야나의 팔을 꽉 잡고 있었다.

"왜라는 건 좋은 말이야. 예를 들면, 왜 내가 너한테 말해줘야 하지?"

"넌 나한테 빚을 졌으니까."

"난 빚진 사람이 한둘이 아닌데."

"나한테는 특히 더 그렇지."

"내가 너한테 무슨 짓을 했는데?"

야나는 속에서 분노가 끓어오르는 걸 느꼈지만 애써 마음을 진정시켰다.

"넌 나를 케르라고 불렀어." 그녀가 천천히 말했다.

"뭐라고?"

"나에게 케르라는 이름을 붙였다고."

가브릴은 한 걸음 앞으로 걸어 나왔다. 전등 불빛이 그의 얼굴을 비추며 흉터를 드러냈다.

그는 입을 벌린 채 그녀를 응시했다. 그녀도 그를 쳐다보았다. 그의 얼굴을 보니 마음이 가라앉는 기분이었다. 그녀의 어깨에 힘이 빠졌다.

"이런. 케르. 결국 살아남았군. 한 번 안아주지 않겠어?"

"꺼져."

"오 저런, 화가 나셨군 그래."

"넌 내 어린 시절을 빼앗고, 내 부모님을 죽이고, 이 빌어먹을 이름을 내 몸에 새겼어. 왜? 왜 그랬지? 대답해! 왜 이런 짓을 했냐고?"

가브릴은 미소를 지었다. 그는 고개를 뒤로 젖히고 이빨을 드러내며 낮은 목소리로 말했다.

"너무 쉬웠거든. 어쨌든, 너 같은 사람들은 아무도 찾지 않으니까. 불법 체류 아동들, 그게 너잖아. 서류상에는 존재하지도 않지."

"그래서 그렇게 납치하고 고문하는⋯⋯."

"난 고문은 안 해!" 가브릴은 언성을 높이며 그녀의 말을 끊었다. "훈련시키는 거지. 그 아이들에게 인생의 두 번째 기회를 주는 거라고. 중요한 존재가 될 수 있는, 더 대단한 일에 가담할 수 있는 기회를 말이야."

"무엇보다 대단하다는 거지?"

"넌 한 사람의 삶과 죽음을 관장하는 것이 얼마나 신성한 일인지 모를 거야."

"이건 아이들에 관한 얘기야." 야나는 냉정한 목소리로 말했다.

"맞아. 의미 없는 아이들. 살인자로 딱 알맞은."

포보스가 살짝 움직였고 야나는 그의 목덜미를 더 힘껏 잡았다. 그러자 그는 앙갚음이라도 하듯 손톱으로 그녀의 팔을 꽉 눌렀다.

"왜 그런 일을, 살인을 훈련시키는 거야?"

"왜 그럴 것 같아? 난 내 자신을 방어해야 해. 요새 이 업계가 뒈지게 험악하거든. 난 최고의 공급책들, 중간상인들, 밀매자들과 거래해. 고객도 많아서 번 돈을 지키는 게 문제야.

돈이 전부거든. 사람들이 뭐라 하든 다들 돈을 좇고 있잖아. 다들 돈을 원하고. 그런데 돈이 연루되면 더러운 일도 많아져. 마약이 연루되면 더욱. 그러니 항상 주위에 자기와 같은 태도를 취하는 사람들을 두어야 해. 이를테면, 누가 나를, 내가 만들어 놓은 내 '시장' 을 지켜줄까? 누가 밀고자나 돈 낼 능력이 없는 사람, 의무를 이행하지 않는 사람들처럼 골치 아픈 존재들을 처리해줄까? 알다시피 성인을 고용하는 건 힘들어. 돈도 많이 들뿐더러 양질의 삶을 맛보게 되면 욕심만 많아지거든. 속이기나 하고 아니면 약에 취해 해롱대거나 아무짝에도 쓸모없게 되어버리고. 경솔하고."

가브릴은 말을 이었다.

"잘만 노력하면 짓밟힌 아이를 인간 흉기로 만들 수 있어. 아무 감정도 없고, 잃을 것도 없는, 가장 위험한 전사로 말이야."

"그래서 죽였……."

"부모들? 맞아. 그래야 아이들은 더 다루기가 쉬워지거든. 더 헌신적이 되고. 안 그래? 사실이잖아? 너도 내 말에 동의하지?"

야나는 아무 대답 없이 이를 악물었다.

가브릴은 또다시 양손을 내밀었다.

"난 스웨덴을 더 좋은 나라로 만들고 있다고. 사람들은 내 행동을 용인할 수 없다고 생각할지 모르지만, 난 약자를 제거함으로써 더 나은 세상을 만드는 데 기여하고 있어. 불법 체류자 자식들의 수를 줄이고 있으니, 부분적으로는 사회에 봉사하고 또 부분적으로는 그 아이들 스스로 사회의 약자를 청소할 수 있도록 해주지. 다윈(Darwin)과 마찬가지야. 강한 자만이 살아남는다."

"하지만 그 아이들을 전부 다 죽였잖아."

"아이들이 죽임을 당하는 일은 항상 있어왔어. 어느 시대건 간에. 심지어는 성경에도 나오잖아. 마태복음에 헤롯왕이 예수 탄생 이후에 모든 두 살 이하의 유대인 사내아이들을 죽이라고 시킨 것 기억 안 나? 미래의 왕이 태어났다는 말을 듣고는 경쟁자를 없애려고 말이야."

"그럼 네가 이 시대의 헤롯왕이라도 된다는 거야?"

"아니, 내 말은 죽음은 그 자체로 무기가 된다는 거야. 모두에게 네가 누군지 확인시켜줄 수 있는. 난 아이들을 이용해 경쟁자가 생길 위험을 없애버린 거지."

가브릴은 오른쪽을 쳐다보았고, 그러자 그의 흉터가 일그러지다가 그의 눈에 걸렸다.

"가만히 서 있으라고 했지!" 야나가 소리쳤다.

가브릴은 눈길을 원래대로 돌렸고, 주름이 졌던 그의 진분홍색 피부가 다시 펴졌다.

"가만히 있잖아." 그는 느릿느릿 말했다.

"그럼 마약은? 그 마약은 다 뭐야?"

"사람들에겐 뭔가 보상을 해줘야 해. 그런데 모두를 의존적으로 만드는 것보다 더 좋은 방법이 있을까? 마약뿐 아니라 나한테도 의존하게 말이야. 그럼 도망칠 일도 별로 없을 테고. 알다시피 아이들은 시키는 대로 하게 되어 있어. 날 우러러본다고. 제대로 된 걸 좀 주기만 하면 그 아이들한테 아버지 소리를 듣게 되지."

"하나님처럼 말이지?"

"아니, 오히려 그 반대의 의미지. 악한 신이라고 해야 하나."

"아이들 살에다 이름은 왜 새기는 거야?"

"모두에게 소속감을 느끼게 하려고. 하나의 공동체지. 가족 같은. 다들 자기만의 이름을 갖고 있어. 내용은 같지만."

"죽음의 신들."

"맞았어. 그리고 나는 네가 누군지 잊지 않게 하려고 그 이름을 새긴 거야. 진짜 이름을 지어준 거지."

"내 이름은 야나야. 그게 내 진짜 이름이라고."

"하지만 넌 케르잖아."

"아니야."

"맞아! 네 안에는 내가 훈련시켰던 때의 네가 잠재되어 있어."

야나는 대답하지 않았다.

"내가 하는 일은 전혀 새로운 게 아니야. 여러 나라에서 젊은이들을 계획적으로 선발해 훈련시킨 다음 군대에서 이용하지. 나도 그와 같은 일을 하되, 거기서 한 단계 더 나아갔을 뿐이라고. 권총을 쏘는 건 누구나 할 수 있지만, 아무나 암살자가 될 수 있는 건 아니지."

"몇 명이나 되지?"

"우리가 훈련시킨 아이들 말이야?"

"그렇게 생각한다면……."

"70명."

가브릴의 대답에 야나는 주먹으로 한 대 얻어맞은 것 같았다. 포보스의 목을 잡고 있던 손에 살짝 힘이 풀렸다. 70명! 포보스도 그녀의 팔을 손톱으로 누르는 짓을 멈췄다.

"하지만 우린 매 집단에서 가장 강한 아이만 골라냈어."

"집단이란 건 컨테이너를 말하는 거야?"

"그래."

"그럼 한 컨테이너당 일곱 명씩 데려온 거야?"

"때에 따라서 더 많기도 하고 적기도 했지. 그 다음에는 잘하는 순서대로 두 명만 선발했어, 한 명이나. 나머지는 제거해 버렸지. 우리가 어떻게 했는지는 너도 당연히 기억하고 있겠지?"

가브릴은 그의 손을 권총 모양으로 만들어 야나에게 겨누었다.

"가만히 있어!" 그녀가 소리쳤다.

포보스도 움직였다. 그녀는 그의 목덜미를 꽉 잡고 그를 바닥에서 몇 센티미터 위로 들어올렸다. 그가 발을 마구 차대자 그녀는 다시 그를 내려놓았다.

"최근까지도 그 섬에 훈련생 한 명이 있었다고 한다면 네가 관심을 가질 것 같군."

"타나토스?"

"맞았어. 그 놈은 특별했지."

"그 애가 한스 율렌을 죽였잖아. 왜지?"

"맙소사, 잘 알고 있군. 어떻게 말해야 할까, 한스 율렌은 간섭이 좀 지나쳤어. 우리한테는 골칫거리가 되어버렸지."

"'우리'라면 그의 비서, 토마스 뤼드베리, 안데르스 파울손?"

"정확해!"

가브릴은 손을 내밀었고, 그걸 본 야나는 그를 향해 권총을 들어올렸다. 그는 히죽 웃으며 손을 더 멀리 내밀었다. 마치 그녀를 겁주려는 듯.

"가만히 있지 못해?" 그녀는 소리쳤다. 입술이 바짝 마른 그녀는 침을 삼켰다. "설명이나 계속해!"

"이미 다 알고 있잖아."

"계속하라고!"

가브릴은 심각해졌다.

그의 얼굴이 이상하게 일그러지며 아랫니가 드러났다.

"한스 율렌은 전체 컨테이너들 목록을 찾아내서는 토마스 뤼드베리에게 정보를 내놓으라며 압력을 가했어. 전부 다 불라고 협박하는 통에 우리는 그를 죽일 수밖에 없었지. 타나토스는 그 임무를 아주 훌륭하게 해냈어. 그런데 안데르스가 일을 다 망쳐버린 거야. 타나토스를 섬으로 데리고 오던 길에 뭔가 잘못되었던 거지. 타나토스가 도망치려 하자 안데르스는 그를 쐈고, 그 실수가 우리한테는 막대한 손실을 입혔어."

"내가 들어갔던 컨테이너는……."

"우리가 고른 첫 번째 컨테이너였어. 많은 계획이 필요했지. 지금도 그렇고."

"또 다른 컨테이너가 온다고?"

가브릴은 또다시 얼굴을 찡그렸다. 그는 턱을 들고 낮은 소리로 식식댔다.

"매번 싹 다 갈아버리는 게 더 나아. 그래야 애들이 뭔가를 알아낼 가능성도 없어지고. 그 애들이 임무를 완수하고 나면, 더 이상 쓸모가 없어지면, 우린 그 애들을 없애버릴 수 있어. 어차피 매번 새로운 아이들이 오니까 말이야. 너도 알다시피 이건 20년 이상 이어져온 일이야. 매년 수천 명이 스웨덴 국경을 넘어오고 아무도 그들을 찾지 않아. 아무도 그리워하지 않는다고. 내 말이 맞잖아, 안 그래? 그 누구도 널 찾지 않았지? 아무도, 그렇지?"

"입 닥쳐!"

"아무도… 널… 찾지……."

가브릴은 입으로는 쉿쉿 소리를 내며 양손을 야나를 향해 들어 올려 위아래로 움직였다. 뱀처럼.

"쉬이이이이이이이이잇!"

"가만히 있어! 안 그러면 쏜다!" 그녀는 소리치며 권총을 그에게 겨눴다.

가브릴은 다시 차분해졌다. 그러고는 고개를 살짝 숙였다.

야나는 심장이 쿵쾅대는 걸 느꼈다.

"정말 쏘리란 거 알아. 네가 어떤 생각을 하는지 난 다 꿰고 있으니까. 어쨌든 널 훈련시킨 건 나거든." 가브릴이 말했다.

"너뿐만이 아니라……."

"그래, 나뿐만이 아니었지." 가브릴은 큰 소리로 말하며 바닥 위에 놓인 권총을 향해 한 걸음 더 다가갔다.

"하지만 다른 사람들은 오래전에 죽었어. 믿을 만한 사람들만 주위에 둬야 한다고 말했잖아. 그리고 그 수는 적은 게 좋아, 그래야 먹여 살려야 할 입이 줄어드니까."

야나는 마른 침을 삼키며 권총을 꽉 쥐었다.

"이제 끝났어." 그녀는 단호한 목소리로 말했다.

"끝날 일은 절대 없어. 아이들은 우리의 미래니까."

가브릴은 또 한 걸음 앞으로 걸어갔다.

야나는 그의 움직임을 눈치 챘다.

"거기 서! 서!"

그는 그녀의 말을 듣지 않고 한 걸음 더 앞으로 나왔다.

"거기 서! 움직이지 마! 안 그러면……."

"안 그러면 뭐?"

그는 또 한 걸음을 내딛었다.

"안 그러면 애를 쏠 거야!" 그녀는 소리치며 권총을 가브릴이 아닌 포보스에게 겨눴다. 그녀는 권총을 포보스의 이마에 대고 꽉 눌러 그의 고개가 왼쪽으로 돌아가게 했다.

가브릴은 걸음을 멈추고 피식 웃었다.

"그렇게 해. 어차피 쓸모없는 놈이야."

"네 아들이잖아!" 야나는 소리치며 권총으로 포보스의 이마를 더 세게 눌렀다.

포보스는 잔뜩 긴장한 얼굴로 우는 소리를 냈다.

"아들 아니야. 그 쓸모없는 애들 중 한 명일뿐이지. 다른 애들과 마찬가지로 아무짝에도 쓸모없어. 보잘것없는 놈."

Marked for Life

가브릴의 말을 제대로 이해하지 못한 야나는 그를 쳐다보았다. 그리고 점점 더 크게 우는 소리를 내고 있는 포보스를 보았다. 그녀는 당장 권총으로 이마를 짓누르는 짓을 그만두고, 그의 얇은 피부에 난 총부리 모양의 빨간 자국을 쳐다보았다.

"그놈을 쏴도 좋아, 안 그래도 내가 나중에 쏘려 했거든. 그놈도 알고 있어. 그런데도 내가 시키는 거라면 뭐든 한다니까. 안 그러냐, 포보스? 넌 내가 시키는 건 다 하잖아?"

가브릴은 포보스에게 눈을 깜빡였고, 즉시 그 신호를 알아본 포보스는 가느다란 다리로 야나의 다리를 차기 시작했다. 정강이 아랫부분을 맞은 야나는 통증에 움찔했고, 그 순간 가브릴이 바닥에서 권총을 줍는 걸 보지 못했다.

야나는 포보스의 목을 꽉 붙잡고 그가 까치발을 들 때까지 들어 올려 더 이상 발을 차지 못하게 만들었다. 다시 가브릴을 돌아봤을 때, 그의 손에는 권총이 들려 있었다. 그녀는 재빨리 뒤를 돌았다. 그리고 가브릴은 방아쇠를 당겼다. 하지만 권총에서는 딸깍하는 소리만 날 뿐이었다.

그는 방아쇠를 당기고 또 당겼다. 딸깍, 딸깍. 탄창은 비어 있었다! 가브릴은 곧장 웃기 시작했다. 아주 큰 소리로.

야나는 그의 손에 들린 권총을 바라보았다. 저건 내 권총이잖아, 그녀는 생각했다. 왜 탄창이 비어 있지?

갑자기 방 안 다른 쪽에서 어떤 목소리가 들렸다.

"오늘은 재수가 없네요."

어둠 속에서 걸어 나온 다닐로가 가브릴에게 총을 겨눈 채 그로부터 2미터쯤 떨어진 곳에 섰다.

"넌 대체 여기서 뭐하는 거야?" 가브릴이 말했다.

그런데 가브릴이 다닐로에게 이야기하는 말투가 야나를 혼란스럽게 했다. 다닐로가 마치 둘이 같은 편인 양 가브릴 쪽에 서 있는 것도. 잠시 뒤 그녀는 그들이 정말 같은 편이란 사실을 깨달았다.

"제가 할게요." 다닐로는 이렇게 말하며 자신의 글록 권총을 그녀에게 겨눴다.

"그것 봐." 가브릴이 말했다. "믿을 수 있는 사람들만 네 주위에 두어야 한다니까."

"네, 그 말은 맞아요." 다닐로가 말했다. "하지만 난 그런 사람이 아니에요."

그 순간 그는 권총을 겨눈 방향을 다시 가브릴 쪽으로 바꿨다.

"너 대체 무슨 짓이야?" 가브릴이 말했다.

그리고 그는 더 이상 아무 말도 하지 못했다.

앞으로 쓰러져 돌바닥에 부딪쳤을 때 그는 이미 죽어 있었다.

다닐로는 자세를 바꿨다. 가브릴의 주위를 빙 돌아간 다닐로는 그를 또다시 쐈다. 그의 뒤통수를.

포보스는 미동도 없이 가만히 서 있었다. 숨을 가쁘게 쉬며. 그의 두 눈은 휘둥그레졌다. 야나는 포보스의 머리를 겨누고 있던 총부리의 방향을 서서히 바꿔 다닐로에게 겨누었다. 다닐로는 모자를 벗고 그녀를 쳐다보았다. 그의 눈은 검은색이었고 눈빛은 얼음처럼 차가웠다.

"야나." 그가 말했다. "작고, 귀엽고, 사랑스러운 야나. 왜 과거를 파헤쳐가지고 이래? 내가 가만히 있으라고 했잖아."

그는 권총을 손가락에 걸고 그녀에게로 걸어왔다.

Marked for Life

"네가 무슨 생각을 하는지 알아. 어떻게 아빠가 날 알아봤을까? 그 생각을 하고 있었지?"

야나는 고개를 끄덕였다.

"숲에서 엄마가 날 쫓아왔을 때 내가 죽은 척했다고 말했던 거 기억해? 그랬다가 다른 방향으로 도망쳤다고 했던 거 기억하냐고?"

야나는 다시 고개를 끄덕였다.

"거짓말이었어?"

"아니, 그건 사실이야. 전부 다. 난 도망쳤지만 그리 멀리 가지 못했어. 안데르스가 어느 도랑에서 날 발견했지. 그는 날 끌고 가서 다시 밴에 태웠어. 난 죽을 거라고 생각했지만 안데르스 덕분에 살아남았어. 그가 나를 돌봐줬거든. 항상 할머니처럼 더없이 부드러운 면이 있었지. 물론 자기 일은 능숙하게 해냈지만. 그래서 난 네가 그를 처리할 수 있으리라고는 생각지도 못했어. 네가 그의 집에서 그의 총에 맞으리라 생각했고, 그러길 바랐지."

다닐로는 아치를 그리며 야나 곁을 지나갔다. 그녀의 손에 들린 권총도 그가 가는 대로 따라 움직였다.

"그래서 그의 이름을 알려줬구나." 그녀는 조용히 말했다.

"맞아." 다닐로가 말했다.

"너도 이 모든 일에 가담했고." 그녀가 말했다.

"그것도 맞아."

다닐로는 이제 그녀 뒤에 있었다.

"하지만 어떻게……."

"어떻게 살아남았냐고? 난 그 섬에서 자랐어. 거기서 모든 걸 배웠고. 난 영리해서 임무도 여러 개를 받았어. 다른 아이들처럼 한 개만 받지 않았거든."

그는 발을 질질 끌며 다시 그녀 앞으로 갔다.

"열일곱 살이 된 나는 교관을 맡게 되었어. 아빠가 다른 교관들을 죽였거든. 그 밖에 다른 멍청이들도 다."

"네가 그를 그렇게 부른다는 게 믿기지 않아."

"뭐? 아빠? 너도 그렇게 불렀잖아."

"이제는 아니야."

다닐로는 이제 그녀의 왼쪽에 있었다. 계속 같은 모양을 그리며 그녀 주위를 걷고 있었다.

"가브릴은 나의 아빠야. 아 아니지, 미안, 그러니까, 나의 아빠였어. 가브릴, 나, 레나, 토마스와 안데르스가 모든 일을 처리했고. 이제 그들은 전부 죽고 말았어. 나만 빼고. 성공이야. 내 예상보다 좀 이르다는 건 인정하지만, 아주 잘 풀렸어."

야나의 머릿속에서 갖가지 생각들이 빙빙 돌았다. 분명 그의 말을 들었는데도 의미를 이해할 수 없었다.

"무슨 뜻이야? 네가 이 일을 계획했어?"

"계획이라, 뭐 그 비슷한 거지. 하지만 토마스 뤼드베리를 죽인 건 내 계획이 아니었어. 다른 누군가가 한 거지."

야나는 아래를 내려다보았다. 다닐로는 잠시 가만히 있다가 말을 이었다. "토마스가 죽었을 때 나는 그걸 일종의 신호라고 생각했어. 때가 되었다는 신호."

"무슨 때?"

"앞으로 나아갈 때."

야나는 갑자기 모든 것을 이해할 수 있었다.

"가브릴을 죽이려고 날 이용했구나." 그녀는 천천히 말했다.

"넌 그걸 받아들였고."

"난 널 믿었어."

"나도 알아. 그래서 일이 아주 쉬워졌지. 난 네가 나를 돕도록 도운 거야."

야나는 등을 폈다. 손에 든 권총이 무겁게 느껴졌다.

그녀는 다닐로를 쳐다보았고, 얼음처럼 차가운 그의 눈빛과 마주쳤다. 그는 세 발짝 걸어가서는 가브릴의 시신을 여러 번 발로 찼다.

"난 네가 죽길 바랐어. 그 생각은 못했지, 그치? 내가 널 죽이고 싶어 한다는 거 말이야!" 그는 있는 힘을 다해 발을 휘둘렀다. 그의 이마의 핏줄들이 불거져 나왔다. 콧구멍이 넓어졌고, 목의 힘줄들이 바이올린 줄처럼 팽팽해졌으며 이가 드러났다.

몇 초 뒤, 그는 잠잠해졌다.

야나는 아무 말도 하지 않았다.

포보스도.

다닐로는 의자에 앉아 이마에 붙은 머리카락을 휙 걷어내고는 야나를 쳐다보았다.

"미안해." 그가 천천히 말했다. "하지만 너도 네가 여기서 죽을 거라는 건 알고 있겠지?"

야나는 뭐라 대답해야 할지 몰라 고개만 끄덕였다. 떨리는 손을 그에게 보이지 않기 위해 안간힘을 썼다.

"아무런 의심도 하지 않다니."

"의심했어야 했는데." 야나는 이렇게 말하며 그의 눈을 마주보았다. "오래 전에 알았어야 했는데. 이제야 겨우 모든 게 맞아 떨어지네. 넌 나에게 지크자우어를 줬어. 타나토스도 지크자우어 권총으로 살해당했지. 이제야 내가 갖고 있는 총이 그를 죽일 때 썼던 바로 그 총이란 걸 깨달았어. 하지만 넌 탄창을 비워서 내가 여기서 단순 사망한 걸로 꾸미려 했지."

다닐로는 대답 대신 웃음을 터뜨렸다.

"아무도 널 의심하지 않도록 날 여기에 남겨두고 싶었겠지." 그녀는 천천히 말했다.

그의 웃음은 점점 더 시끄럽고 비열해졌다.

"정확해!" 그는 의자에서 벌떡 일어나 야나로부터 몇 걸음밖에 안 떨어진 곳에 섰다.

"경찰이 오면 널 발견할 거고 네가 나의 친구들을 죽인 범인이라고, 또 그 와중에 너도 총에 맞았다고 생각하겠지. 어여쁜 나의 검사님, 얼마나 대단한 스캔들이 될지 생각해봐!"

야나는 입술을 깨물었다. 어떻게 여기서 빠져나갈 수 있을까? 그녀의 손이 점점 더 떨렸다. 권총이 무겁게 느껴졌다.

"그리고 그들은 네 시신을 부검하다가 목에 있는 이름을 발견할 거야. 그러면 알게 되겠지. 네가 그 섬에 있던 아이들 중 한 명이란 걸. 그들은 네가 널 컨테이너에서 끌고 갔던 사람들, 네 부모님을 죽인 사람들에게 복수하려 했다고 생각할 수밖에 없을 거야. 간단하지, 안 그래?"

다닐로는 두 발짝 뒤로 물러섰다.

"가장 대단한 게 뭔지 알아? 네가 아무 의심도 하지 않았다는 거야. 내가 조심하라고 했잖아. 난 분명히 말했어. 하지만 넌 내 말을 안 들었지."

그는 야나에게 권총을 겨누고 포보스를 놔주라고 말했다.

그녀는 거절했다.

"좋아." 다닐로가 말했다. "그럼 둘 다 쏘는 수밖에."

그는 조준했다.

그리고 방아쇠를 당겼다.

바로 그 순간 야나는 포보스를 잡아당기며 한쪽으로 몸을 날렸다. 그들은 바닥에 떨어졌고, 앞으로 구른 그녀는 글록을 다닐로에게 겨냥한 뒤 발사했지만 빗나가고 말았다.

다닐로는 가브릴의 시신에 발이 걸려 넘어지며 권총을 놓쳤다. 그는 잽싸게 문 밖으로 후퇴했다. 야나는 여전히 반듯이 누운 자세로 힘겹게 숨을 쉬며 문 쪽을 응시한 채 총을 겨누었다. 그러고는 몸을 일으켜 포보스가 어디 있는지 둘러보았다. 이내 그가 사라진 것을 알게 된 야나는 몸이 오싹해졌다.

그녀는 계속해서 눈이 빠지도록 주위를 살피며 현관으로 걸어나왔다. 소리에 귀 기울이며. 현관 벽에 몸을 꽉 붙인 채 권총으로 계단 위를, 옆을 그리고 다시 위를 겨냥했다. 계단 첫 번째 칸에 다다랐을 때 무슨 소리가 들렸다. 그녀 뒤쪽 문에서 나는 소리였다. 그리로 슬금슬금 다가간 그녀는 잠시 기다렸다가 문을 열었다. 문은 지하실로 연결되었다. 전등 하나가 계단 위에 매달려 있었다. 그녀는 잠시 머뭇거렸다. 그 계단을 내려가면 빛 때문에 완벽한 타깃이 되어버릴 터였다. 그때 옆에서 딸깍 하는 소리가 들렸고, 그녀는 몸을 돌렸다. 문 뒤에 두꺼비집이 보였다.

그녀는 혼자 웃었다.

이제 우리는 게임을 할 거야, 그녀는 생각했다.

아주 재미있는 게임을.

야나 베르셀리우스는 메인 스위치를 끄고 숨을 깊이 들이마셨다. 한 걸음 앞으로 걸어 나간 그녀는 다른 세상으로 들어가고 있는 자신을 발견했다. 기억 속의 세상으로. 지하실에 들어서자마자 그녀는 어린 소녀로 변했다. 살아남고 싶은 소녀. 모든 게 다시 시작되었다. 그러나 이번에는 어둠과 싸우지 않았다. 그녀는 어둠을 품고 있었다. 이제 그녀는 자신 있었다.

그녀는 고개를 빳빳이 세우고 소리에 귀를 기울였다. 주위는 여전히 조용했다.

멍해질 정도로 조용했다.

그녀는 한 걸음 앞으로 걸어가 멈추고 다시 귀를 기울였다. 또 한 걸음 그리고 또 한 걸음. 세 걸음만 더 가면 계단이 나올 것이다.

야나는 난간을 찾아 한 손을 쭉 뻗고 머릿속으로 걸음을 셌다. 하나 둘 셋. 그때 난간이 손에 닿았다. 기억 속의 난간은 거칠고 금이 가 있었는데, 이제는 윤이 나고 부드러웠다. 그녀의 발이 천천히 계단을 내려갔다. 마지막 계단에서 난간을 놓은 그녀는 손을 앞쪽으로 휘둘렀다. 바로 그때 무슨 소리가 들렸다. 누군가가 움직이고 있었다. 누군가가 그녀 옆에 있었다.

누구지? 다닐로? 포보스?

야나는 또 소리가 나지 않을까 싶어 서서히 고개를 돌렸다. 하지만 주위는 조용했다. 이상하리만치 조용했다. 다닐로가 그녀의 뒤에 서서 기다리고 있을까? 그런 생각을 하자 그녀는 나가고 싶어졌다. 그냥 나가버리고 싶었다.

그때 소리가 들렸다.

숨소리.

신호.

야나는 본능적으로 소리가 나는 곳을 향해 권총을 겨눴다. 그 순간 팔에 강한 통증을 느끼고 균형을 잃는 바람에 뒤로 넘어지고 말았다. 바닥에 누워버린 그녀는 전혀 움직이지 않고 있었다. 다닐로가 가까이에 있었다.

그녀는 팔을 들어 권총으로 계단을 겨냥하려 했지만 통증 때문에 실패했다.

갑자기 그가 야나의 손에 들린 권총을 발로 찼다. 권총이 그녀 뒤쪽 바닥으로 미끄러지는 소리가 들렸다.

"어둠 속에서의 게임을 좋아하는 사람은 너뿐만이 아니라고." 그는 이렇게 말하며 그녀의 옆구리를 발로 찼다.

그녀는 신음했다.

"재미있지 않아? 그치? 정말 재미있어, 안 그래?"

그는 다시 그녀를 발로 찼는데, 그 힘이 너무 셌던 나머지 그녀는 고통스럽게 울부짖었다. 팔 어딘가가 부러진 듯했다.

"이제 끝낼 시간이야." 그는 말하기가 무섭게 그녀 위에 걸터앉아 양손으로 그녀의 목을 졸랐다.

야나는 겨우 한 손을 들어 손톱으로 그의 손을 할퀴었지만 그는 손을 놓기는커녕 더 세게 그녀의 목을 눌렀다. 그녀는 숨을 헐떡였다. 꽉 찬 어둠 속에 있었기에 눈앞이 캄캄해진다고 해도 알기 힘들 터였지만, 익숙하면서도 싫은 느낌이 서서히 밀려들었다. 곧 의식을 잃으리란 걸 알 수 있었다.

그녀의 다른 손은 다닐로의 다리 밑에 짓눌려 있었고, 그녀는 허리께에 있는 칼을 붙잡으려 손가락을 필사적으로 움직였다. 있는 힘을 다해 간신히 검지 끝과 중지로 칼자루를 집은 그녀는 빠른 손놀림으로 살살 칼을 빼내 곧장 다닐로의 허벅지 뒤쪽을 찔렀다. 그는 울부짖으며 그녀의 목을 조르던 손을 풀었다. 그녀는 그르렁대며 재빨리 한쪽 다리를 홱 들어올렸다. 다닐로는 옆으로 나가떨어졌고, 그녀는 몸을 일으켰다. 그러고는 그의 허벅지에서 칼을 빼낸 다음 칼끝을 그의 턱에 갖다 댔다.

"난 칼을 더 좋아한다고 했잖아!"

야나는 그를 향해 큰 소리로 식식댔다.

그러나 그녀는 그 순간을 오래 누리지는 못했다. 그가 무릎으로 그녀의 등을 차는 바람에 옆으로 나동그라진 것이다. 뭔가 단단한 것 위로 넘어진 그녀는 곧 그게 뭔지 알 수 있었다. 권총! 그녀는 잽싸게 권총을 주워 곧바로 어둠 속을 겨눴다. 그가 계단을 올라가는 소리를 들은 그녀는 그의 뒤를 쫓았다. 한 번에 한 칸씩 위로.

이제 야나는 방 건너편에서 들려오는 그의 숨소리를 듣고 있었다. 비록 주위는 이미 캄캄했지만, 그녀는 눈을 감고 집중했다. 그러고는 총을 발사했다.

그녀는 잠시 가만히 서 있었다.

곧 누군가 신음하는 소리가 들렸다.

통증 때문에 팔이 떨렸지만 신경 쓰지 않았다. 그녀는 왔던 길을 더듬어 두꺼비집 쪽으로 갔다. 가는 내내 그 신음소리에 귀를 기울이며. 그녀는 빠른 움직임으로 전기를 다시 켰다. 그러고는 고개를 돌려 바닥 위에 쓰러져 있는 남자를 보았다.

다닐로가 아니다.

포보스였다.

55장

가브릴 볼라나키를 보안국으로 인도하는 일은 그날 아침 9시에 이루어졌다. 그와 동시에 경찰청에서는 보안국이 주관하는 합동 기자회견이 열렸다.

군나르 외른은 몰려든 사람들로 인해 스트레스를 받았지만 홍보 담당자의 도움으로 그와 그의 팀이 얼마나 일을 잘해냈는지 사람들에게 겨우 전할 수 있었다. 기자회견장을 떠나며 그는 일말의 공허함을 느꼈다.

남은 아침 시간 동안 그는 보안국에 사건을 인계하느라 바빴다. 책상에 서류만 덜렁 올려놓고 떠나는 건 그의 스타일이 아니었다. 사건이 팀 차원에서 완전히 종결되었다는 걸 깨달았을 때, 아까보다 더 큰 공허함을 느꼈다. 이제 그들이 할 수 있는 일은 아무것도 없었다.

4시 정각, 군나르는 팀원들을 회의실로 불러 모았다. 헨리크는 의자에 똑바로 앉은 채 멍한 눈으로 앞만 바라보고 있었다. 아넬리 린드그렌은 양팔을 테이블 위에 기댄 채 앉아 있었다. 올라 쇠데르스트룀은 펜대를 잘근잘근 씹었다. 미아는 의자 앞부분을 들어 뒷다리로 균형을 맞추고 있었다. 머리는 대충 하나로 묶어 올린 채. 그녀는 즐거워보였다. 사건이 종결되었다는 건 그녀에게는 승리나 마찬가지였고, 더 이상 자신의 적수인 야나 베르셀리우스

Marked for Life

검사를 만날 일이 없다는 사실에 웃음이 절로 나왔다.

"유감이군." 군나르는 방 안을 둘러보며 말했다.

벽은 이제 텅 비어 있었다. 각종 지도와 피해자 사진들은 떼어 버리고 없었다. 화이트보드는 깨끗이 닦여 있었고 프로젝터도 꺼진 상태였다.

"아직 답을 찾지 못한 질문들이 많은데. 더구나 인터폴에서는 부정적인 대답을 들었어. 그쪽 데이터베이스에도 칠레 출신 실종자들에 관한 정보는 없다더군."

군나르는 실망한 표정이었다. 컨테이너에서 사망한 피해자들의 신원을 파악할 확률은 이제 거의 없어보였기 때문이다. 그러나 그가 안데르스 파울손의 자살에 관해 설명했을 때는 일종의 안도감이 느껴졌다. 그 안도감은, 군나르가 또 다른 살인사건을 보안국에 넘겨주고 싶어 하지 않았다는 사실에 기인했다.

"그는 왜 자살했을까요?" 올라가 말했다.

"도덕적인 가책 때문이었겠지." 군나르가 말했다. "양심 때문에. 레나 비크스트룀도 마찬가지고. 그런 범죄를 저지르고 아무렇지 않게 살아갈 수 있는 사람이 누가 있겠어."

마치 침묵이라는 덮개를 덮어버린 듯 팀원들은 조용했다.

"자 이제." 군나르가 말했다. "할 일이 딱 하나 남았군."

"그동안 수고했습니다." 미아는 이렇게 말하며 일어섰다.

"자네 어디 가나?"

"끝난 거 아니었어요?"

"아니, 안 끝났어. 아직 한 가지가 남았다니까."

다들 어리둥절한 표정으로 군나르를 쳐다보았다.

"우린 부두로 갈 거야."

5분 뒤, 헨리크는 자기 사무실에 앉아 펠릭스가 그려준 유령 그림을 만지작대고 있었다. 이번에 새로 그린 세 명의 꼬마 유령 그림이었다. 하지만 그는 머릿속으로는 딴 생각에 빠져 있었다. 그는 세 번째로 아빠가 된다는 사실에 어떻게 반응을 해야 할지 알수 없었다. 마음속으로는 기뻤지만 현실적인 걱정들이 그 행복을 무색케 했기 때문이다. 지난 밤 그는 도저히 잠을 이룰 수 없었다. 아침 회의 때에도 집중이 되지 않아 무슨 얘기가 오가는지 따라잡느라 애를 먹었다.

그는 유령 그림에서 눈을 떼고 창밖을 내다보았다. 사건은 종결되었지만 머릿속에서는 그에 관한 생각들이 멈출 줄을 몰랐다. 죽은 아이들을 떠올렸다. 그의 아이들이 납치되어 소년병으로 훈련된다면 어떨까 하는 생각에 끔찍한 기분이 들었다.

헨리크는 몸서리쳤다.

또 안데르스 파울손에 관해 생각하다가 사람이 스스로 목숨을 끊는 원인을 고민해보았다. 그는 반대로 생명을 창조했는데. 두 번이나. 이제 곧 세 번이 되겠지.

그는 그림을 한쪽에다 놔두었다.

"무슨 일이에요?"

헨리크는 미아의 목소리를 듣고 놀라서 움찔했다. 그녀는 방한장비를 갖춰 입은 채 문간에 서 있었다.

"얼굴이 말이 아니에요."

"나 곧 아빠가 돼." 헨리크는 천천히 말했다.

"또요?"

"응, 행운의 세 번째야."

"그럼 꾸준히 잠자리를 했다는 거네요! 대단해요!"

헨리크는 아무 대답도 하지 않았다.

"아무튼." 미아가 말을 이었다. "잊어버리기 전에……."

그녀는 주머니를 뒤져 다 구겨진 1백 크로나짜리 지폐 한 장을 꺼냈다.

"여기요."

"됐어."

"아니에요. 내 방식으로 갚고 싶어요. 선배가 점심이랑 커피 샀잖아요. 받아요!"

"그래. 고마워." 헨리크는 이렇게 말하며 일어서서 돈을 받았다.

"이 정도는 해야죠." 미아가 말했다.

그녀는 스카프를 목에 세 번 둘렀다.

헨리크는 문 뒤의 고리에 걸려 있던 재킷 주머니에서 지갑을 꺼냈다. 그는 그 1백 크로나짜리 지폐를 지갑에 이미 들어 있던 두 장의 지폐 옆에 밀어 넣었다.

두 장?

헨리크는 분명 지폐가 세 장 들어 있었다는 생각이 들었다.

그의 놀란 표정을 눈치 챈 미아가 그의 생각을 방해했다.

"자, 이제 가요. 움직이자고요." 그녀가 말했다.

포보스는 벽에 기대어 누워 있었다. 가슴이 빠른 속도로 오르락내리락했다. 그는 숨을 짧게 헐떡거리고 있었다. 동그랗게 뜬 검은색 눈은 공포에 질려 야나를 쳐다보았다. 그는 한 손을 목에다 대고 있었다. 빠른 속도로 울컥대며 흘러나온 피가 손가락 사이사이에 스며들었고, 스웨터 위로 흐른 피는 점점 더 큰 자국을 만들고 있었다. 글록 권총은 그의 옆에 놓여 있었다.

그 순간 그녀는 곁눈으로 어떤 형체를 보았다. 다닐로가 그녀로부터 3미터쯤 떨어진 곳을 지나 옆방으로 도망쳤다. 그녀는 당장 일어나 그를 쫓아갔다. 팔의 통증 따위는 잊어버렸다. 그를 잡아야 했다. 도망치게 둬서는 안 되었다. 다닐로는 식당으로 사라졌고, 그녀가 따라 들어가자 그는 다시 옆방으로 사라졌다. 그녀는 서둘러 쫓아갔다. 하지만 그는 너무 빨랐고, 단 두어 걸음 만에 방에서 벗어났다. 그가 뒷문 밖으로 몸을 던지는 모습이 보였다. 그녀가 다가갔을 때는 이미 그는 사라진 뒤였다. 그녀는 그 자리에 꼼짝하지 않고 조용히 서 있었다.

총을 쏠 준비를 한 채로.

그녀의 가슴이 쿵쾅댔고 피가 고동쳤다.

그는 도망가 버렸다.

그 나쁜 개자식이 도망가 버렸다!

야나는 마지못해 권총을 내린 뒤 허리띠 안쪽, 척추 아랫부분에다 끼워 넣었다. 팔의 통증이 서서히 돌아왔다. 악에 받친 그녀는 겨우 발을 돌려 집안으로 들어갔다.

포보스에게로.

부둣가에 서 있던 헨리크 레빈은 양팔로 몸을 감싸 안았다가 곧 그럴 필요가 없다는 걸 깨달았다. 다운재킷뿐 아니라 보온내복과

Marked for Life

묵직한 겨울 장화가 몸을 따뜻하게 해주고 있었기 때문이다. 움직임을 멈춘 그는 부두를 바라보았다. 커다란 배 한 척이 가까이 다가오며 이따금씩 낮은 신호음을 내고 있었다. 하늘에서부터 흩날리며 내린 함박눈이 땅 위에 흰색 막을 만들어놓았다. 컨테이너 장치장은 출입이 통제되어 노란색 테이프가 바람에 나부끼고 있었다.

"가까이 가볼까요?" 미아가 말했다.

그녀는 헨리크 옆에 섰다. 양손은 주머니에 찔러 넣고, 어깨를 추켜올리고, 얼굴은 니트 스카프로 휘감은 채. 오직 코와 눈만 밖으로 드러나 보였다.

"배가 부두에 닿을 때까지 기다리지." 헨리크는 이렇게 말하고는 항구 직원들, 제복 경찰관들과 함께 부두 반대편 끝에 서 있는 군나르와 아넬리에게 고개를 끄덕였다.

군나르와 아넬리도 고개를 끄덕이고는 이제 운하를 지나고 있는 배를 바라보았다. 파도가 밀려와 선체에 부딪쳤다. 열댓 마리 정도 되는 갈매기들이 새된 소리로 울어대며 선미 위를 빙글빙글 돌고 있었다. 녹색 작업복을 입은 선원들은 밧줄을 손에 든 채 갑판 여기저기에 서 있었다.

배가 부두 바로 옆에 다다르자, 첫 번째 밧줄이 아래로 던져진 걸 시작으로 밧줄들이 차례로 아치를 그리며 난간을 넘어 날아왔다. 항구 직원들은 그 기다란 밧줄을 집어 들어 짧은 쇠막대에 감아 고정시켰다. 직원들은 하나같이 안전모를 쓰고 있었으며, 그들의 등에는 큼직한 엠블럼이 보였다.

짐을 내리는 작업이 곧바로 시작되었다.

헨리크는 선체에 컨테이너들이 3층으로 쌓여 있는 걸 보았다.

파란색, 갈색 그리고 회색.

"괜찮아질 거야." 야나가 말했다.

그녀는 포보스 곁에 쭈그리고 앉아 있었다. 벽에 기대고 있는 포보스의 몸은 아까보다 더 아래로 내려가 있었고, 머리는 어깨에 기대어져 있었다. 그는 아주 조용했다. 들리는 거라고는 짧게 헐떡이는 숨소리뿐이었다. 그의 스웨터는 붉은 얼룩으로 뒤덮여 있었다. 바닥으로 떨어진 피가 고여 작은 웅덩이가 되었다. 그의 눈은 여전히 겁에 질려 있었지만, 눈빛은 게슴츠레해졌다.

"점점 밝아지고 있어." 그는 쌕쌕거리는 목소리로 속삭였다.

그는 기침을 했고, 그러자 입가에서 피가 조금 흘러내렸다.

"괜찮아질 거야." 야나는 재차 말했지만 문득 그에게 그런 거짓말을 하는 게 얼마나 바보 같은 짓인지를 깨달았다.

그는 그녀의 눈을 바라보았다.

"이제 모든 게 하얘… 전부 다… 하얘……." 그는 속삭였다.

포보스의 손이 툭 떨어졌다.

그는 두 눈을 감은 채 숨을 거두었다.

야나는 곧장 그의 곁에서 일어났다. 그리고 글록 권총을 집어 잘 닦은 뒤 그의 맥없는 손에 쥐어주었다. 곧이어 그녀는 두꺼비집 앞으로 걸어가 스위치들을 전부 닦았다. 그러고는 가브릴의 시신 옆에 쭈그려 앉아 그의 바지 주머니에 붙어 있던 추적 장치를 떼어냈다. 그녀는 바닥에 떨어져 있던 또 다른 권총을 주워 깨끗이 닦은 다음 그의 옆에다 놓았다. 1~2분 정도 거기 그대로 앉아 그를 쳐다보던 그녀는, 오랫동안 하지 않았던 행동을 했다.

그녀는 미소를 지었다.

진심 어린 미소가 그녀의 얼굴에 퍼졌다.

곧 자리에서 일어난 그녀는 없애버려야 할 권총이 또 남았음을 깨달았다. 그녀는 상처 입은 팔의 통증 때문에 얼굴을 잔뜩 찡그린 채 등에 꽂혀 있던 글록을 집어 들었다. 그 총도 그곳에 놓고 가야 했다. 능숙한 손놀림으로 거기 총에 묻은 지문을 닦은 그녀는 조심스레 가브릴의 손가락을 들어 탄창 주위에 내려놓았다.

그녀는 아직도 만족스럽지 않았다. 한 가지 중요한 게 빠졌다.

칼.

그녀는 다시 지하실로 내려가 몸을 숙인 채 칼을 찾아보았다. 어느 선반 밑에 피가 묻은 칼날이 놓여 있는 게 보였다. 그녀는 칼을 앞쪽으로 밀어서 꺼낸 다음 허리띠 안쪽의 얇은 칼집에 집어넣었다. 다시 계단을 올라간 그녀는 마지막으로 포보스를 쳐다보았다.

"정말 미안해." 그녀는 그에게 속삭였다.

그러고는 그곳을 떠났다.

56장

열네 번째 컨테이너에서 그들은 기적적인 발견을 했다. 녹슨 파란색 컨테이너에서. 부드럽게 내린 눈송이들은 그 골이 진 철판 위에 닿자마자 물방울로 변해 서서히 땅으로 미끄러져 내렸다.

팀원들은 문에서 4미터 정도 떨어져 서 있었다. 아연도금 잠금봉 네 개가 맨 위부터 아래까지 길게 뻗어 있었고, 부두 노동자 한 명이 가운데에 있는 육중한 자물쇠를 열고자 고군분투 중이었다. 다들 이번에도 이전 컨테이너들과 마찬가지로 엔진 부품, 자전거, 포장용 상자, 장난감 같은 것들이 들어 있으리라 예상했다. 하지만 이번에는 문을 여니 어둠밖에 보이지 않았다.

헨리크는 안에 뭐가 들었는지 보려고 앞으로 걸어갔다. 더 잘 보려고 눈도 가늘게 떴다. 이내 한 걸음 더 나아간 그는 두 발을 컨테이너 가장자리에 올리고 섰다.

마침내 그는 보고 말았다. 소녀를. 그 소녀는 눈을 동그랗게 뜨고 그를 쳐다보았다. 엄마 다리를 꽉 껴안은 채로.

야나 베르셀리우스는 볼보를 타고 고속도로를 빠르게 달렸다. 차로 뛰어가기 전 몇 분 더 기다려봤지만 다닐로는 아무 데서도 보이지 않았다.

그녀는 히터를 최대로 틀었다. 와이퍼가 앞 유리창의 질척거리는 눈을 치워주었다. 라디오는 꺼져 있었다. 아드레날린이 다 소진된 터라, 그녀는 머리를 뒤로 기댄 채 한 손으로 핸들을 잡았다. 다친 팔은 허벅지 위에 내려놓았다.

갑자기 휴대전화가 울렸다. 그녀는 의심 어린 눈으로 화면을 쳐다보았고 누군가 발신번호가 뜨지 않도록 전화를 걸었음을 알 수 있었다. 잠시 망설이던 그녀는 결국 전화를 받았다. 헨리크 레빈이 공손하게 자기 이름을 밝힌 다음 말했다.

"가브릴 볼라나키가 죽었어요."

야나가 아무 말도 하지 않자, 그가 말을 이었다. "보안국이 그집을 지키던 경찰들과 연락이 되지 않아 특수부대를 보냈는데, 그가 죽어 있더랍니다. 우리가 받은 첫 보고서에 따르면 둘이 서로를 쐈대요, 가브릴하고 아들이요. 그런데 경찰들도 사망했기 때문에 일이 어떻게 된 건지 정확히는 모르겠어요. 듣기로는 현장이 피바다였다는군요. 그 부대는 집안에서 권총 세 자루를 찾았답니다. 배가 갈라져 있는 곰 인형도 발견됐다니까 권총들은 아마 그안에 들어 있었을 겁니다."

"그렇군요." 야나가 말했다.

헨리크는 잠시 말이 없었다.

"저는 지금 부두에 와 있어요." 그가 말했다.

"그래요?"

"그들을 찾았어요. 아이들을 포함한 열 가족. 다들 안전합니다."

"잘됐네요."

"이게 마지막이었음 좋겠어요."

"나도 그래요."

"그에 대한 사건은 이제 종결되었습니다."

"확실히 끝났죠." 그녀는 이렇게 말하고는 전화를 끊었다.

저녁 6시 59분, 야나는 노르셰핑 린되에 있는 3층 단독주택의 마호가니 대문을 막 두드리려 하고 있었다. 순간 마음을 바꾼 그녀는 노크 대신 초인종을 눌러 쩌렁쩌렁한 소리로 그녀의 도착을 알렸다. 그녀는 한 발짝 뒤로 물러나 손가락으로 아직 덜 마른 머리를 쓸어 넘겼다. 창문 안으로 보이는 천 소재의 갓을 씌운 전등들이 그녀 앞바닥에 기다란 그림자를 드리웠다.

문이 천천히 열리더니 머리가 희끗희끗한 남자가 나타났다.

"안녕, 아빠?"

야나는 이렇게 말한 뒤 현관에 잠시 그대로 서 있었다. 그가 그녀를 볼 수 있도록.

그녀는 미리 연습한 미소를 지어 보였다.

짧게 고개도 끄덕였다.

그러고는 집안으로 걸음을 옮겼다.

감사의 말

이 이야기는 허구이다. 소설 속 등장인물과 실존인물 간에 유사점이 있다면 우연일 뿐이다. 등장인물들의 이름도 마찬가지다. 책에 나오는 장소들은 실제로 존재하지만, 때로는 사건과 더 잘 어울리도록 실제와 다르게 묘사하기도 했다. 혹여 본문 상에 오류가 있다면 그건 내 탓이다.

이 책을 쓰는 데 도움을 준 모든 사람에게 감사의 마음을 전하고 싶다. 책을 읽고 피드백을 준 사람들, 질문에 답해주고 여러 가지 사실을 알아내는 데 도움을 준 사람들, 기꺼이 시간을 내서 헌신적으로 도와준 사람들.

항상 내 말에 귀를 기울이고 날 격려해주는 엄마, 아빠와 여동생에게 크나큰 감사의 말을 전한다. 엄마, 엄마의 의견이 중요한 역할을 했어요. 그리고 어머님, 솔직한 피드백 감사합니다.

무엇보다도 내 남편, 헨리크 셰프에게 고맙다고 말하고 싶다. 여보, 당신의 비평과 아이디어들 그리고 영감을 공유해줘서 고마워요. 당신 없이는 이 책을 쓸 수 없었을 거예요.

마크드 포 라이프

1판 1쇄 발행 2017년 06월 14일
1판 2쇄 발행 2017년 06월 27일

지은이 에멜리에 셰프
옮긴이 서지희
펴낸이 김병은
펴낸곳 (주)프롬북스

등록번호 제313-2007-000021호
등록일자 2007.2.1.

주소 경기도 고양시 일산동구 장항동 정발산로 24 웨스턴돔타워 T1-718호
문의 031-926-3397
팩스 031-926-3398
전자우편 edit@frombooks.co.kr

ISBN 979-11-88167-04-3 03850
정가 14,800원